Sally MacKenzie est née à Washington et vit dans le Maryland. Sa série *Noblesse oblige* a reçu de nombreuses récompenses et a rencontré un immense succès outre-Atlantique. Dans *La Duchesse des Cœurs*, l'auteure s'attarde dans les réceptions mondaines et les bals, mêlant humour et sensualité avec un talent inégalé. Grâce à l'intervention de cette entremetteuse de haut vol, tout le monde devrait trouver chaussure à son pied.

Du même auteur, chez Milady :

Noblesse oblige :
1. *Le Duc mis à nu*
2. *Le Marquis mis à nu*
3. *Le Comte mis à nu*
4. *Le Gentleman mis à nu*
5. *Le Baron mis à nu*
6. *Le Vicomte mis à nu*
7. *Le Roi mis à nu*

La Duchesse des Cœurs :
1. *Lord Ned à tout prix*
2. *Lord Jack à tout prix*

Sally MacKenzie

Lord Ned à tout prix

La Duchesse des Cœurs – 1

Traduit de l'anglais (États-Unis) par Pauline Buscail

Milady Romance

Milady est un label des éditions Bragelonne

Titre original : *Bedding Lord Ned*

Suivi d'un extrait de : *Surprising Lord Jack*

ISBN : 978-2-8112-1004-5

Bragelonne – Milady
60-62, rue d'Hauteville – 75010 Paris

E-mail : info@milady.fr
Site Internet : www.milady.fr

À mon agent, Jessica Faust, qui est à bien des égards,
sinon la mère, du moins la marraine
de la duchesse et de sa descendance.

Chapitre premier

L'ego masculin requiert une manipulation délicate.

Préceptes amoureux de Vénus

Miss Eleanor Bowman se tenait dans la chambre d'amis rose de la duchesse des Cœurs. Le cœur battant, elle gardait les yeux rivés sur le morceau de soie rouge qui débordait de sa valise. Non, ce n'était quand même pas…

Elle se détendit. Évidemment que non. Son imagination lui jouait des tours. Il s'agissait seulement de son châle de Norwich. Elle se souvenait clairement l'avoir emballé, comme chaque année. L'étoffe était bien trop précieuse pour servir à repriser les chaussettes et elle ne pouvait pas se parer de celle-ci pour veiller sur les enfants de sa sœur, mais ce châle faisait sensation lors des soirées données par la duchesse pour la Saint-Valentin. C'était son unique concession à la mode, le seul brin d'élégance qu'elle s'autorisait.

D'un geste rapide, elle extirpa le tissu rouge de la valise – puis le jeta à terre comme si elle avait mis la main sur un serpent venimeux.

Bon sang, ce n'était pas son châle. Mais ces maudits dessous.

Elle ferma les yeux, furieuse contre elle-même. Cinq ans plus tôt, elle avait prévu de les porter accompagnés d'une robe rouge assortie, à l'occasion du bal de fiançailles de Lord Edward, attendant désespérément que Ned la remarque – enfin – et s'aperçoive que c'était elle qu'il voulait épouser, et non sa meilleure amie, Cicely Headley. Mais mère l'avait repérée la première, alors qu'elle descendait l'escalier pour monter dans le carrosse, et l'avait immédiatement renvoyée dans sa chambre.

Elle baissa les yeux sur le vêtement rouge. Dieu soit loué, mère l'avait arrêtée. Si elle s'était rendue au bal affublée de cette robe atroce, tout le monde l'aurait prise pour une femme de petite vertu.

Que Ned ait jeté son dévolu sur Cicely n'avait rien de surprenant. Elle incarnait tout ce qu'Ellie n'était pas : une petite blonde aux yeux bleus – une vraie beauté – dotée d'un tempérament agréable. Mais plus tard, Cicely était morte en couches, et l'enfant n'avait pas survécu…

Ellie ferma de nouveau les yeux, l'estomac noué par un mélange de honte et de désir ardent. Comme tout le monde, elle avait pleuré – sincèrement – mais elle avait aussi espéré que Ned se tourne vers elle et que leur amitié laisse enfin place à quelque chose de moins platonique.

En vain.

Soudain, elle rouvrit les yeux. La pauvre Cicely était morte depuis quatre ans ; si Ned avait jamais escompté lui demander sa main, ce serait chose faite. Elle en avait pris conscience le jour de ses vingt-six ans, un mois plus tôt. Il était temps d'aller de l'avant. Elle voulait des enfants, et ses fantasmes avec Ned n'allaient certainement pas exaucer son souhait.

Elle ramassa les dessous. Hors de question de conserver un objet qui lui rappelait…

— Ah, vous voilà enfin, Ellie.

— Flûte !

Elle se retourna d'un bond. La mère de Ned, la duchesse des Cœurs en personne – ou, pour être exact, la duchesse de Greycliffe – se tenait sur le seuil de la porte, la regardant de ses yeux marron bienveillants, si semblables à ceux de Ned.

— Oh, ma chère, je suis navrée.

Son sourire distingué céda la place à un froncement de sourcils.

— Je ne voulais pas vous effrayer.

Ellie inspira profondément, priant pour que la duchesse n'entende pas son cœur marteler dans sa poitrine.

— V-vous ne m'avez pas fait peur.

Si elle parvenait à avoir l'air calme, elle finirait par l'être. Depuis le malheureux incident de la soie rouge, elle s'entraînait à faire bonne figure.

Après tout, pourquoi céder à l'anxiété ? Les réceptions données par la duchesse étaient toujours charmantes.

Balivernes ! Plutôt de vraies séances de torture.

— Je comptais venir vous trouver un peu plus tard.

— Alors je vous ai épargné cette peine, repartit Ellie en s'efforçant de sourire.

— J'espérais que nous puissions avoir une petite conversation badine avant l'arrivée des autres convives, dit la duchesse au regard espiègle.

L'estomac d'Ellie se souleva et son calme si savamment étudié s'envola. « Une petite conversation badine », rien de tel n'existait avec la duchesse des Cœurs. Elle inspira profondément.

— Hmm, quelle idée… charmante.

— Fantastique ! Venez vous asseoir, je vais nous faire porter du thé.

Son altesse saisit la sonnette d'appel, puis marqua une pause, baissant les yeux sur les mains d'Ellie.

— Mais qu'avez-vous donc là ?

— Qu-quoi ?

Ellie baissa les yeux à son tour. Oh, mon Dieu !

— Ce n'est rien.

Elle déposa l'embarrassant sous-vêtement en soie sur la table de chevet ; il glissa aussitôt sur le sol. Parfait, on le remarquerait moins ainsi.

— Je défaisais ma valise lorsque vous êtes entrée.

La duchesse fronça de nouveau les sourcils.

— Peut-être devrais-je revenir plus tard dans ce cas ?

— Non, bien sûr que non.

Interrompre cette entrevue ne présentait pas le moindre intérêt. Plus vite elle connaîtrait les intentions de la femme, plus vite elle pourrait échafauder un plan…

Elle serra les dents. Non, pas cette année encore.

— Vous en êtes sûre ?

— Absolument.

Ellie s'éloigna de l'incriminante étoffe rouge.

— Parfait.

De son fauteuil en tapisserie rose, Son Altesse tira la sonnette, tournant le dos à la flaque de soie.

— J'ai demandé à Mr Dalton de faire livrer des macarons de chez Cook. Le dîner ne sera pas servi avant un moment, et nous devons garder des forces, n'est-ce pas ?

— J'ai bien peur de ne pas avoir faim.

Ellie préférerait encore danser nue sur les parapets du château – ou seulement vêtue de ces satanés dessous – plutôt que d'avaler quoi que ce soit à cet instant précis. Elle se percha sur une chaise en face de la mère de Ned.

— Oh.

Le visage de la duchesse s'assombrit.

— Mais je vous en prie, ne vous privez pas.

Que cette femme soit restée aussi mince tenait du miracle ; elle avait un appétit d'ogresse.

Son altesse sourit avec espoir.

— L'appétit vous taraudera peut-être en découvrant les macarons.

— Nous verrons bien.

Quand les poules auront des dents. Ellie s'éclaircit la gorge.

— Souhaitiez-vous vous entretenir d'un sujet en particulier, Votre Grâce ?

— Oui.

Zut.

Non, *bien*. Très bien, même. Excellent.

La mère de Ned n'avait pas été baptisée duchesse des Cœurs sans raison. Aussi loin qu'Ellie s'en souvienne, elle jouait déjà les entremetteuses, avec succès le plus souvent. La jeune femme incarnait un de ses rares échecs, mais ce serait différent cette année. Cette fois, elle comptait bien coopérer.

— Je m'entretenais avec votre tendre mère l'autre jour, commença la duchesse sur un ton autoritaire. Elle semble assez inquiète quant à votre avenir, vous savez.

Ellie se trémoussa sur sa chaise. Elle le savait, bien sûr – mère ne manquait jamais une occasion de lui rappeler à quel point son futur s'annonçait sinistre. Pendant qu'Ellie préparait ses bagages, elle n'avait eu de cesse de lui expliquer comment, si elle se laissait aller à devenir vieille fille, elle devrait compter sur la charité de ses jeunes sœurs, condamnée pour l'éternité à graviter entre leurs demeures. Toujours une tante, jamais une mère.

Ce discours l'avait sans doute poussée à emporter ces maudits sous-vêtements à la place de son châle ; distraite comme elle l'était, elle aurait tout aussi bien pu embarquer le pot de chambre sans s'en rendre compte.

— Je crois que mère aime se faire du souci.

La duchesse rit.

— Eh bien… c'est ce que font toutes les mères – s'inquiéter – comme, j'en suis sûre, vous en ferez vous-même l'expérience un jour.

— Ah.

Ellie déglutit avec peine.

Son altesse se pencha en avant et posa la main sur le genou de la jeune femme.

— Vous souhaitez devenir mère, n'est-ce pas ?

Ellie déglutit de nouveau.

— Ou-oui.

Son désir d'enfant était tel qu'elle renonçait à Ned – ce rêve ridicule, absurde, voire même aberrant.

— Évidemment. Un jour, ajouta la jeune femme.

La duchesse lui adressa un regard sans équivoque.

— Ma chère, vous avez vingt-six ans. C'est maintenant, « un jour ».

Ellie serra les lèvres. Tout à fait exact. Ne venait-elle pas d'en arriver elle aussi à cette conclusion ?

— Et pour devenir mère, vous devez d'abord être une épouse.

Son altesse se rassit.

— Pour vous marier, vous devez attirer l'attention d'un gentleman digne de ce nom. Vous avez passé bien trop de temps avec Ash à mon goût, l'an dernier. Cela ne fonctionnera jamais.

— Je m'entends bien avec Ash.

Le marquis d'Ashton, fils aîné de la duchesse, était intelligent, plein d'esprit… et inoffensif.

— Bien sûr que vous l'appréciez, ma chère, mais je dois vous informer que votre propension à passer du temps ensemble n'est pas passée inaperçue.

Ellie plissa les yeux.

— Qu'entendez-vous par là ?

— Seulement que vous semblez ne prêter aucune attention à tous les autres gentlemen.

Elle avait fait tant d'efforts pour ignorer Ned – pour dissimuler son désir brûlant – qu'elle n'avait remarqué aucun autre homme.

— Vous n'insinuez tout de même pas… Personne n'a pensé…

Elle secoua la tête.

— Ash est marié.

La duchesse poussa un soupir.

— Oui, il l'est. Aux yeux de l'Église et de l'État du moins.

— Et de son cœur.

Le regard d'Ellie croisa directement celui de la duchesse.

— N'allez pas croire que son comportement ait pu être inconvenant d'une quelconque façon. Il aime toujours Jess ; je suis convaincue qu'ils vont se réconcilier.

La duchesse émit un grognement plaintif.

— J'espère être encore en vie pour le voir. Mais en tout cas, je ne crois pas que quiconque soupçonne une liaison amoureuse entre vous…

— J'espère bien que non !

— Toutefois, les gens manquent souvent d'ouverture d'esprit, vous savez, et ils adorent cancaner, d'autant que la situation particulière d'Ash s'y prête à merveille.

— Je sais.

Ellie abhorrait le comportement des jeunes filles à marier et de leurs mères qui espéraient que Jess disparaisse comme par enchantement et cesse ainsi d'être une entrave au remariage d'Ash. Certaines avaient même osé mettre en doute son existence.

— Cela me met hors de moi.

Son altesse fit peu de cas de la colère d'Ellie.

— Oui, eh bien… Ash est assez grand pour s'occuper de ses affaires. Ce qui importe vraiment, c'est que vous, vous ignoriez les autres hommes, Ellie. C'est assez déconcertant pour ces malheureux.

Ellie poussa un soupir empreint de mépris.

En retour, Son Altesse la dévisagea avec insistance.

— Je vous assure que la plupart des hommes… enfin, je ne les qualifierais pas de timides, tout à fait, mais ils ont horreur du rejet. Si vous souhaitez qu'un gentleman vous fasse la cour, vous devez l'y encourager – un sourire, un regard, un signe pour lui indiquer que ses attentions sont les bienvenues. Vous ne pouvez pas continuer à prendre un air renfrogné et à vous dérober.

— Je n'ai pas l'air renfrogné et je ne me dérobe pas.

La duchesse sembla perplexe.

— Ah non ? Qu'en est-il de Mr Bridgeton l'année dernière ? J'étais persuadée que vous étiez tout à fait compatibles et j'ai tout fait pour vous réunir, mais chaque fois que je vous observais, je vous trouvais en grande conversation avec Ash, et Mr Bridgeton en train de se lamenter auprès de Miss Albert.

Qui était donc ce Mr Bridgeton ? Le rouquin au menton fuyant, ou le grand dadais doté d'une pomme d'Adam proéminente ?

— Personne ne s'est lamenté auprès de qui que ce soit.

— Au sens figuré, bien entendu.

La duchesse haussa les épaules.

— Je vous avoue que Miss Albert était mon deuxième choix pour lui. En général, j'ai plus d'un tour dans mon sac, vous savez. Je suis bien placée pour savoir que les jeunes gens se montrent parfois imprévisibles.

Elle afficha un sourire peu convaincant.

— Ils se sont mariés l'été dernier, d'ailleurs, et attendent un heureux événement pour ce printemps.

Ellie éprouva une pointe de jalousie. Mr Bridgeton – le rouquin, d'après ses souvenirs – s'était montré charmant. Son seul défaut : il n'était pas Ned.

Enfin, celui qu'elle finirait par épouser ne serait pas Ned, lui non plus.

— Parmi vos invités… Je veux dire, avez-vous convié des gentlemen que je pourrais… enfin, des hommes susceptibles de…

Fichtre, son visage devenait aussi rouge que ces maudits dessous.

— … Vous savez.

Son altesse parut ravie.

— Bien sûr que j'ai convié des gentlemen tout à fait décents pour vous.

Ellie s'efforça de sourire. Ce serait plus facile avec le temps… il le fallait bien. Elle s'éclaircit la gorge. Elle avait la bouche terriblement sèche.

— Qui donc ?

La duchesse se pencha en avant.

— D'abord Mr Humphrey. Il est un peu plus jeune que vous et très, comment dire… convenable. Il vient d'hériter d'une petite propriété de sa grand-tante ; la rumeur dit qu'il espère y fonder une famille sans attendre.

— Ah.

Ce dénommé Humphrey avait l'air d'un ennui mortel… mais l'ennui semblait une option acceptable. Elle voulait des enfants, pas des conversations. Et visiblement, il en voulait aussi. Excellent.

— Et ensuite, il y a Mr Cox. Il fait partie de la lignée du comte de Bollant, son quatrième fils, ou cinquième peut-être. Il est très apprécié de ces dames et assez extravagant, mais tout indique qu'il est prêt à s'établir. Il est voué à entrer dans les ordres, et votre père étant pasteur, vous pourriez lui être très utile.

— Je vois.

Prendre en charge une branchette dérisoire de la noblesse n'était pas particulièrement attractif, mais l'homme avait plusieurs frères. Avec un peu de chance, il aurait hérité de cette aisance à procréer, même s'il aurait été plaisant d'avoir une fille ou deux.

La duchesse, visiblement dans l'expectative, lui souriait. Voulait-elle qu'elle fasse son choix maintenant ?

— Je… enfin, ils semblent absolument… charmants, mais…

Les enfants, il fallait penser aux enfants.

— Enfin, j'imagine qu'il faudra que je les rencontre.

— Oui, en effet.

La duchesse reporta son attention vers la porte.

— Ah, voici Thomas avec le thé.

Un des valets entra. Un gros chat roux, la queue en l'air, le suivait d'un pas nonchalant.

— Reggie !

La mère de Ned se pencha pour gratter les oreilles de son animal de compagnie.

— Tu es venu réclamer une petite gâterie ?

Reggie miaula et frotta sa tête contre sa main.

— Cook a fait envoyer une douceur pour Sir Reginald, Votre Grâce, dit Thomas, tout en posant le plateau de service.

— Parfait. Transmettez-lui mes remerciements, je vous prie.

— Très bien, Votre Grâce.

Thomas fit une révérence et se retira, tandis que la duchesse servait une généreuse soucoupe de crème à Reggie et la posait sur le sol.

Tout en préparant le thé, Ellie gardait un œil sur le chat, qui lapait délicatement. Reggie semblait inoffensif, mais il avait pourtant causé un émoi non négligeable l'année précédente, en dérobant des plumes et d'autres accessoires de ces dames – et au moins un de ces messieurs – puis en les cachant sous le lit de Ned. Il avait même arraché le faisan empaillé qui trônait sur le chapeau favori de Lady Perford. Cette dernière n'avait pas eu l'air d'apprécier la plaisanterie.

— Reggie a-t-il abandonné ses activités criminelles, Votre Grâce ?

— Je l'ignore, il n'a eu aucune autre occasion de mal se comporter.

Elle émit un grognement.

— Comme vous le savez sans doute, Greycliffe déteste frayer avec la haute société et ronchonne dès leur arrivée, et ce, jusqu'au départ du dernier convive.

En effet, le duc semblait rarement heureux durant les réceptions données pour la Saint-Valentin.

— Comment Son Altesse supporte-t-il les bals londoniens ? demanda Ellie, tout en tendant une tasse de thé à la duchesse.

Elle avait pour habitude de lire les potins dans les journaux, mais seul Jack, le plus jeune des frères Valentine, y était mentionné, et elle ne s'y intéressait plus.

— Avec le peu de patience qu'il peut rassembler, autrement dit pas grand-chose, mais comme l'on s'attend à ce que le duc fasse preuve d'une certaine suffisance, cela ne fait qu'en rajouter.

Alors qu'elle sirotait son thé, ses yeux pétillaient.

— Les gens le flattent encore plus, ce qui a le don de le rendre furieux. Non, une fois par mois sur les quatre que dure la Saison mondaine est bien tout ce qu'il peut endurer. Un bal, ce n'est jamais qu'une soirée. Cela…

Elle secoua la tête, et soupira.

— Mais c'est mon anniversaire, ainsi que celui des garçons, et il sait à quel point cela compte à mes yeux, alors il serre les dents et s'efforce de jouer le jeu. Je vous laisse imaginer à quel point il souhaite que Ned se remarie et que Jack convole bientôt en justes noces, afin que je n'aie plus besoin d'organiser ces réceptions.

— Ah.

Ellie se força à sourire.

— Oui.

Elle savait que l'intérêt principal de cette satanée soirée était de trouver à Ned – et à Jack, bien évidemment – une épouse convenable.

— Je vois.

La duchesse regarda Reggie, à présent occupé à se nettoyer les pattes.

— En réalité, Greycliffe a bon espoir que Reggie sabote l'événement une fois encore. La réception lui avait paru nettement plus distrayante.

« Distrayante » était une façon curieuse de décrire les cris et les larmes de Lady Perford, lorsqu'elle avait exigé qu'on retrouve son faisan mutilé.

Ellie prit une bonne rasade de thé. Autant qu'elle sache tout dès maintenant ; il lui serait plus facile de composer en société.

— Et qui avez-vous invité pour Jack… et Ned ?

Elle déglutit.

Fichtre, sa voix tremblait. Peut-être que la duchesse n'avait rien remarqué.

Et peut-être que Reggie allait bondir sur la table et entonner un solo d'opéra.

À défaut, la mère de Ned se contenta de hausser un sourcil.

— Au départ, j'avais Miss Prudence Merriweather en tête pour Jack, dit-elle, toutefois la demoiselle s'est enfuie dans les bras de Mr Bamford il y a trois semaines. Ce fut un sacré choc pour tout le monde, mais bien évidemment, je dois y voir une bénédiction. Elle n'aurait certainement pas comblé Jack en étant éprise d'un autre.

La duchesse dévisagea Ellie d'un air curieux. Elle prit une autre gorgée de thé.

— J'ai dû creuser un peu la question, continua Son Altesse sur un ton assez sec, mais j'ai trouvé Miss Isabelle Wharton pour prendre sa place. Je ne l'ai jamais rencontrée, voyez-vous, mais mon amie Lady Altman m'a assuré qu'elle est assez saisissante. J'imagine que Jack apprécierait une charmante épouse.

Elle haussa légèrement les épaules.

— Et si cette rencontre n'aboutit à rien, eh bien, après tout, Jack a tout juste votre âge. Il a la vie devant lui.

— Absolument.

Un homme était encore jeune à vingt-six ans ; une femme, en revanche, était en passe de devenir vieille fille.

— Pour ce qui est de Ned, j'ai invité Lady Juliet Ramsbottom, la plus jeune fille du duc d'Extley.

Une fois encore, Son Altesse adressa à Ellie un regard indéchiffrable.

La jeune femme sentit un étau se resserrer autour de son cœur. Quelle idiote ! La fille d'un duc était un choix des plus avisés pour le fils d'un duc. Elle hocha la tête et avala une bonne gorgée de thé. Si seulement il y avait du cognac à portée de main pour l'aromatiser un peu.

— J'espère vous voir mariés cet été, Ned et vous.

Ellie manqua de s'étouffer – et à son grand dam, découvrit par la même occasion qu'il était possible de recracher du thé par les narines.

— Oh, ma chère !

La duchesse se leva d'un bond et lui donna une tape dans le dos.

— Vous allez bien ?

Ellie, haletante, dénicha un mouchoir dans sa poche et secoua la main, dans l'espoir que la duchesse cesse de lui marteler les omoplates. Elle irait parfaitement bien si seulement elle pouvait reprendre son souffle.

Bien sûr, la mère de Ned n'avait pas entendu par là qu'elle souhaitait voir Ellie mariée *à* Ned, seulement que leurs noces à chacun auraient lieu durant l'été.

La duchesse frappa plus fort encore.

— Par pitié ! haleta Ellie, arrêtez…

Les yeux humides, elle observait Reggie abandonner ses ablutions et se diriger vers…

— Ah, ah, ah.

— Qu'essayez-vous de me dire, ma chère ?

La duchesse interrompit sa séance de torture. Si par malheur, elle en venait à regarder dans la même direction que les yeux horrifiés d'Ellie, elle verrait Reggie renifler ses dessous en soie rouge.

Ellie sauta sur ses pieds. Par miracle, la panique lui éclaircit la gorge.

— Je vais très bien, lança-t-elle d'une voix rauque. Comme un charme. En pleine santé.

Elle jeta un coup d'œil par-dessus son épaule. À présent, Reggie s'amusait à tapoter les sous-vêtements d'une patte.

Elle se tourna légèrement pour dissimuler cette scène à la duchesse.

— Je ne devrais pas vous taquiner, je le sais bien, plaisanta sa grâce.

Ses yeux s'assombrirent et elle soupira, l'air abattu. Soudain, elle portait ses cinquante ans.

— Si j'ai appris une chose, c'est certainement qu'il est vain de ressasser. Dans le cas contraire, mes garçons seraient déjà tous heureux en mariage.

— Ils finiront par l'être, j'en suis convaincue, Votre Grâce.

Cédant à une impulsion, Ellie posa sa main sur le bras de la duchesse. Elle détestait la voir aussi peinée.

— Laissez-leur du temps.

— Du *temps*.

La duchesse se mordilla la lèvre, comme si elle se retenait d'en dire davantage. Elle laissa échapper un autre soupir profond et haussa les épaules, un léger sourire aux lèvres.

— Seulement… enfin, je suis tellement comblée avec le duc. On ne peut pas me reprocher de vouloir le bonheur de mes enfants, n'est-ce pas ?

— Bien sûr que non, Votre Grâce, mais votre histoire sort du commun.

Le duc et la duchesse avaient eu le coup de foudre, alors qu'ils étaient tous deux très jeunes. Étonnamment, ils étaient heureux en mariage depuis presque trente ans, et selon toute vraisemblance, étaient restés fidèles. Un tel couple faisait figure d'exception au sein de la noblesse anglaise.

Ellie considéra de nouveau Reggie. Maudit chat. Désormais, les dessous étaient sur sa tête. S'il s'accrochait dedans…

— Je sais, acquiesça sa grâce. Lorsque j'examine la haute, je vois tant de mariages malheureux…

Elle secoua la tête.

— Enfin, il suffit de regarder Ash et Jess. Voilà huit ans qu'ils sont séparés.

Ellie se détourna brusquement de Reggie.

— Je suis certaine qu'ils finiront par se réconcilier.

— Mais quand ?

La voix de la duchesse était empreinte d'une grande nervosité.

— Ash sera duc ; le duché a besoin d'un héritier, et ni lui ni Jess ne vont en rajeunissant.

Elle fronça les sourcils.

— Et je veux un ou deux petits-enfants avant d'être complètement gâteuse.

Malheur. À présent, Reggie s'avançait vers elles, les dessous en soie dans la gueule. Ellie saisit le bras de la duchesse et commença à la guider vers la porte.

— Ash – tout comme Ned ou Jack – est assez grand pour prendre soin de lui, Votre Grâce. Sachez que vous les avez bien élevés.

La duchesse soupira.

— Et que puis-je bien y faire de toute manière ?

Elle s'interrompit et observa la pièce.

— Où est donc passé Reggie ?

— Il a dû finir sa crème et partir, répondit Ellie.

Le satané chat venait de passer derrière les jupons de la duchesse et de sortir. Où diable allait-il ? Certainement pas… L'année passée, il avait… mais il n'oserait pas cette fois, si ? Ellie essaya de se donner une contenance.

— Ned et Jack sont-ils déjà arrivés ?

— Oh non. Je ne les attends pas avant un bon moment.

La jeune femme faillit s'évanouir de soulagement. Si Reggie emportait ses sous-vêtements dans la chambre de Ned, elle aurait le temps de les récupérer avant que qui que ce soit – Ned en particulier – ne tombe dessus.

— J'espère qu'ils nous rejoindront au château avant la tempête. Mrs Dalton était justement en train de dire que ses rhumatismes lui jouaient des tours.

— Oh ma chère, les rhumatismes de Mrs Dalton ne mentent jamais.

La duchesse s'arrêta sur le seuil et sourit, retrouvant son allant naturel.

— Imaginez un peu. Vous autres, jeunes gens, allez pouvoir descendre les collines en traîneau !

— J'ai passé l'âge…

Pour l'instant, tout ce qu'elle voulait c'était corriger un chat qui s'était mal conduit.

— Ne jouez pas les poules mouillées ; sans quoi vous risquez de finir frigorifiée par ce temps ! s'exclama la duchesse en riant.

— Vous pourrez toujours faire l'ange dans la neige, et je suis persuadée que les hommes se lanceront dans une bataille endiablée.

— Tout le monde finira trempé jusqu'aux os.

Ellie n'avait aucune envie de jouer dans la neige. De tels passe-temps étaient bons pour les enfants.

— Et il existe tant de jeux à pratiquer en intérieur, ajouta-t-elle.

Sa grâce applaudit avec enthousiasme.

— Vous savez, j'espère sincèrement que ce sera une fête splendide.

— Hum, oui.

Splendide, rien n'était moins sûr. Même si la neige valait toujours mieux que la pluie ou que la morosité ambiante du mois de février.

La duchesse lui tapota le bras avec affection.

— Et j'ai de grands espoirs pour vous aussi, ma chère.

Elle passa dans le couloir.

— Je vous attends en bas dans le salon bleu avant le dîner. Ne soyez pas en retard.

— Vous pouvez compter sur moi.

Ellie observa la duchesse traverser le corridor – et dès qu'elle fut hors de sa vue, elle détala vers la chambre de Ned.

Chapitre 2

Un petit jardin secret est une bonne chose.

Préceptes amoureux de Vénus

Bon sang, la fatigue se faisait déjà sentir et cette fichue réception n'avait pas encore commencé. Lord Edward Valentine laissa tomber sa valise dans l'entrée du château Greycliffe et ôta son chapeau.

— Avez-vous fait bon voyage, mon seigneur ? demanda Dalton, le majordome, tout en refermant la porte.

— Acceptable. Il va neiger, apparemment.

Pour ne rien arranger, une migraine pointait le bout de son nez. Il desserra son écharpe.

— C'est exactement ce que disait Mrs Dalton ce matin, mon seigneur, quand elle s'est réveillée aux prises avec un méchant rhumatisme. « J'en mettrais ma main à couper, m'a-t-elle dit, une tempête se prépare. » J'espère que les invités arriveront avant que les routes soient impraticables.

— Oui, oui. J'espère que Mrs Dalton se sent mieux.

Ned retira ses gants. Si seulement le blizzard pouvait empêcher quiconque de se montrer.

Pourquoi diable mère avait-elle besoin de faire de leur anniversaire un tel événement ? N'était-ce pas une malédiction suffisante que les membres de la famille Valentine soient tous nés le jour de la Saint-Valentin ? Et quand bien même sa mère n'avait pas eu son mot à dire concernant son nom de naissance – son ecclésiastique de père l'avait affublé du prénom de Vénus – rien ne l'obligeait pour autant à adopter le ridicule surnom que la haute lui avait attribué. Mais non, duchesse des Cœurs elle était, hôtesse des Bals Amoureux durant la Saison, et auteure d'un ouvrage tout bonnement scandaleux, *Les Préceptes amoureux de Vénus*. Leur famille tout entière était une farce grotesque, tout juste bonne à distraire les gentilshommes de la monotonie de leur existence.

C'est pourquoi Ned se rendait rarement en ville.

— Oh, n'ayez crainte, mon seigneur, rétorqua Dalton sur un ton enjoué tout à fait inapproprié. Il faut bien plus qu'un accès de rhumatisme et une tempête pour abattre Mrs Dalton. Non, vraiment. Elle était levée au chant du coq, tout affairée à peaufiner les préparatifs.

Au diable tous autant qu'ils sont ; Ned sentait sa tête tambouriner pour de bon. Il comptait monter directement et prendre les poudres que son valet, Breen, avait préparées avant de sortir à la hâte rejoindre sa mère souffrante, à Bath.

— Ned !

Mon Dieu, en parlant de mères… Il leva les yeux et aperçut la sienne en haut de l'escalier, arborant un sourire étincelant. Elle voudrait bavarder ; lui n'en avait aucune envie avec une telle migraine.

— Bonjour, mère.

Elle se précipita pour descendre les marches et enroula ses bras autour de lui avec tant d'enthousiasme qu'il se vit contraint de reculer d'un pas pour garder l'équilibre.

— Ned ! Je suis tellement contente que tu sois arrivé entier.

Il lui rendit son étreinte, sans avoir vraiment le choix. À quoi bon se montrer aussi démonstrative ?

— Évidemment que je suis arrivé en un seul morceau. Linden Hall n'est pas bien loin.

— Non, mais je suis convaincue que la neige va rendre les routes impraticables.

Elle le dévisagea avec attention.

— C'est tellement bon de te voir !

— Vous m'avez vu pour l'Épiphanie, répliqua-t-il en se délestant de son manteau qu'il tendit à Dalton. C'était il y a moins d'un mois. Je n'ai pas changé.

Elle continua à l'examiner, un petit pli naissant entre ses sourcils. Il se força à ne pas détourner le regard. Était-elle en train de chercher celui qu'il était autrefois ? Elle devait pourtant bien savoir qu'une partie de lui était morte avec Cicely.

— Tu as si rarement le sourire…, finit-elle par dire, tout en le prenant par le bras.

Il émit un grognement. Il n'y avait vraiment pas de quoi se réjouir.

— Monsieur Dalton, pourriez-vous faire monter les affaires de Lord Edward dans sa chambre par un de nos valets ? demanda mère.

— Bien entendu, Votre Grâce.

— Mère…

Ned interrompit Dalton d'un seul regard. Il préférait s'occuper lui-même de ses bagages.

— Je comptais t'offrir du thé, reprit sa mère en l'attirant vers le salon, mais je suis sûre que tu préférerais un cognac.

— Mère…

La douleur s'était étendue à tout son front. En l'état, un cognac était loin d'être recommandé.

— Ton père est sorti rendre visite à des métayers – un problème de fossé de drainage, me semble-t-il. Ash y serait volontiers allé à sa place, mais Greycliffe a insisté pour s'y rendre en personne.

Mère poussa un grognement.

— Il voulait éviter les convives aussi longtemps que possible, bien entendu. Ils devraient arriver d'un moment à l'autre, en particulier si le temps se dégrade. Pour l'heure, la seule personne présente est Ellie Bowman, qui – bien qu'elle soit une voisine et presque une parente –, compte à peine.

Mère afficha un large sourire, l'air visiblement amusé.

— Et Ash se cache dans son étude.

— Mère !

Ned trépignait.

— Je vous remercie, mais je souhaite me reposer dans ma chambre maintenant.

Elle s'interrompit et le regarda de nouveau. Son air passablement agacé céda vite la place à l'inquiétude.

— Oh, encore une de tes migraines, n'est-ce pas ?

Nom de nom, il détestait qu'on en fasse toute une histoire.

— Je suis certain que je me sentirai mieux très vite.

Il approcha la main de sa valise et Dalton la lui tendit. Le majordome avait trop de bon sens pour provoquer une dispute.

Mère lui attrapa le bras avec douceur.

— Alors il faut te reposer dans ta chambre immédiatement.

Était-ce un air fourbe qui déformait les traits de son visage ? Quel plan démoniaque avait-elle encore en tête ?

— Si Sir Reginald est là, précisa mère tout en le poussant presque vers l'escalier, fais-le déguerpir.

— Reggie ? Pourquoi serait-il donc… Oh, ne me dites pas qu'il reprend ses vieilles manies. Vous m'avez pourtant affirmé qu'aucun invité n'était encore arrivé.

Ned fronça les sourcils.

— Aurait-il commencé à voler les domestiques ?

Mère haussa les épaules.

— Je n'ai pas la moindre idée de ce que trame Reggie. Il se pourrait qu'il ne soit pas dans ta chambre, même si tu es son préféré, depuis toujours. Il m'a semblé le voir dans les parages lorsque j'étais à l'étage tout à l'heure. Maintenant vas-y.

Elle fit un petit geste des mains, comme pour le faire détaler.

Merveilleux. Un félin chapardeur l'avait pris en affection.

— Si je mets la main sur quoi que ce soit de volé, je vous l'apporterai. Et à partir de maintenant, je compte garder ma porte fermée à double tour.

— Tu sais pertinemment que ça n'empêchera pas Sir Reginald d'entrer.

Hélas, c'était vrai. Les portes, les tiroirs ou même les placards fermés – rien ne résistait à Reggie.

— Je pense que les domestiques l'aident.

— Oh, homme de peu de foi.

Mère saisit une nouvelle fois le bras de son fils.

— Va donc te reposer et nous te verrons dans le salon bleu avant le dîner. Si tu te sens mieux avant, je suis sûre qu'Ash serait ravi de te voir dans son bureau.

— Quand est-ce que Jack arrive ?

— Qui sait ? dit mère en poussa un soupir. Jack viendra quand ça lui chante, même si j'espère qu'il arrivera avant la neige.

— J'en suis sûr. Jack a beau être négligent, il n'est pas stupide.

Du moins l'espérait-il.

Ned commença à gravir les marches. La solitude de sa chambre le réjouissait d'avance. Si seulement il pouvait y passer l'intégralité de la réception…

Mais c'était impossible. Cette année, il s'était juré de ne plus laisser dicter ses actes par la colère et la douleur. Déjà quatre ans que Cicely et le bébé avaient déserté sa vie. Il était temps de coopérer avec mère et de choisir une nouvelle épouse.

Il s'arrêta au milieu de l'escalier, s'attendant à ce que le sentiment de perte lui coupe le souffle, comme d'habitude.

Mais ce ne fut pas le cas.

Nom de Dieu. Il agrippa plus fermement la rampe et ferma les yeux aussi fort que possible. Sa tête le lançait. Même le souvenir de Cicely lui échappait. Certains jours il devait regarder le portrait qu'il gardait dans sa poche pour se souvenir de ses traits. Même ce moment terrible, quand toute vie avait quitté son visage, leur fils aussi blanc qu'un linge étendu près d'elle, étranglé par le cordon ombilical, avait perdu de sa netteté.

Bon sang, qu'est-ce qui n'allait pas chez lui ?

Il redressa subitement la tête. Et comment diable pouvait-il oublier que mère laissait traîner ses yeux et ses oreilles un peu partout ? Il regarda par-dessus son épaule. Elle n'était plus dans l'entrée, Dieu merci, et Dalton était parti lui aussi. Aucun domestique en vue. Il était en lieu sûr pour l'instant.

Il reprit son ascension. Ses souvenirs s'effaçaient, mais peut-être était-ce une bénédiction après tout. La vie continuait, alors il devait en faire autant. Il avait toujours besoin d'un héritier – et par conséquent, d'une femme. C'était d'une logique implacable, un instinct de procréateur. L'amour n'était pas requis dans l'équation.

Il avait de la chance de l'avoir déjà connu. Beaucoup d'hommes – en particulier ceux de la haute – ne le trouvaient jamais.

Il expira longuement. Alors cette année, il épouserait une des femmes que mère avait invitées pour lui. Après tout, elle incarnait cette maudite duchesse des Cœurs. Selon les dires de Tante Aphrodite, elle servait d'entremetteuse depuis des années, avant même d'avoir épousé père. Une des femelles de cette réception devrait bien faire l'affaire.

Et dès qu'il serait remarié, s'il mettait du cœur à l'ouvrage – ainsi qu'un tout autre organe – il pourrait concevoir un héritier avant la fin de l'année.

Une fois en haut de l'escalier, il tourna en direction de sa chambre, tout en se frottant le front. Cette migraine s'annonçait atroce. Sans doute, le changement de temps – et la chevauchée de quatre heures par un froid pareil – y était pour quelque chose.

Diantre, son estomac se soulevait lui aussi ; il aurait de la chance de pouvoir avaler quoi que ce soit pour le dîner. Il appuya plus fort contre son front. Il allait prendre ces maudites pilules et s'allonger un moment ; peut-être qu'alors, il parviendrait à atténuer sa nausée.

Seigneur, cette impression d'être invalide était détestable, mais…

— Viens ici, toi, suppôt de Satan.

Il se figea dans le couloir. D'où diable ce son provenait-il ? De ses appartements. Une voix de femme avec une diction trop châtiée pour être celle d'une bonne… Mais mère avait pourtant dit qu'aucun invité n'était encore présent. De qui pouvait-il bien s'agir – et que pouvait-elle bien faire dans ses appartements ?

Qu'importe, il la renverrait à la seconde. Voire même encore plus vite, si possible.

Il ralentit le pas. Il était sur le point de faire irruption dans sa chambre lorsqu'il entendit un bruit sourd de mauvais augure, comme si quelque chose de lourd venait de percuter le sol, suivi d'un juron marmonné et d'un sifflement de chat énervé.

Au moins, il savait pour quelle raison la femme s'était introduite en douce. Peut-être que le satané animal volait de nouveau des plumes. Quoi qu'il en soit, son intruse pourrait bien emporter tout ce qu'elle voulait, Sir Reginald et son butin y compris, tant qu'elle sortait sans tarder.

Il passa par la porte ouverte. Le bruit provenait de sa chambre à coucher. Il traversa le petit salon, reprenant son souffle pour se préparer à faire déguerpir l'intruse sur-le-champ.

Il s'arrêta sur le seuil de la chambre, la mâchoire tombante. Juste à côté du lit, un postérieur de femme, drapé de popeline grise, frétillait sous ses yeux. Un postérieur des plus séduisants – ni large, ni trop étroit, et pourvu de jolies courbes.

Sa migraine diminua. Apparemment, le désir était un remède presque aussi efficace que les poudres de Breen.

— Donne-moi ça, Reggie.

Les mots de la femme étaient légèrement étouffés par le matelas. De toute évidence, une sacrée bataille se déroulait sous ce lit.

Reggie miaula. *A priori*, il avait réussi à s'échapper.

— Ah non, ne t'avise pas…

Elle se retourna en reculant. Sa jupe, coincée sous ses genoux, moula d'autant plus sa silhouette, soulignant davantage ses jolies formes.

Elle avait vraiment un séant des plus engageants.

La migraine s'était littéralement volatilisée.

L'observer de la sorte alors qu'elle pensait être seule n'était pas correct. Il devrait se manifester…

— Oh, maudite bestiole !

Elle tira brusquement sur sa jupe pour la dégager, exposant par la même occasion des genoux délicats et des mollets joliment galbés.

Bon sang, la douleur ne venait plus vraiment de sa tête à présent.

— Ah ah ! Je te tiens.

Elle se jeta sous le lit, disparaissant presque entièrement.

— Aïe !

Reggie déboula de l'autre côté, escalada la tête de lit, et fila à toute allure sur la couverture. Il tenait quelque chose de rouge dans la gueule.

— Reggie ! hurla la femme. Je vais te dépecer vivant.

Le chat ne semblait pas inquiet le moins du monde. Il remarqua Ned et trottina tranquillement vers lui pour déposer son butin à ses pieds.

— Qu'est-ce qu'on a là ?

Ned se pencha pour ramasser l'objet du délit. De la soie rouge – il secoua le tissu –, des dessous ?

— Aïe aïe aïe !

Tandis que Reggie, bien avisé, filait à l'anglaise, Ned releva brusquement la tête. Une femme – Ellie Bowman – se précipitait vers lui, les yeux rivés sur l'étoffe rouge qu'il tenait entre les mains. Ses cheveux bruns, généralement maintenus sagement par une coiffe en dentelle, s'étaient échappés de leurs épingles, et des boucles sauvageonnes encadraient son visage et retombaient sur ses épaules. Ses joues étaient rougissantes et ses yeux étincelaient de… panique ?

Il se redressa brusquement. Avait-elle l'intention de l'attaquer ?

Elle n'en était pas loin en tout cas. Elle trébucha sur un livre – probablement l'objet qui avait percuté le sol lorsqu'il était dans le couloir – et tomba lourdement contre lui. Il l'attrapa par la taille, son élan les faisant tous deux tomber à la renverse.

— Arf !

Il fut projeté violemment contre le mur, Ellie plaquée contre lui. Et elle pesait son poids.

Hmm. Non, pas vraiment à la réflexion. Elle était douce, tout en courbes là où il en fallait. Elle exhalait une odeur fraîche, agréable et citronnée. Ses cheveux effleuraient son cou, chatouillaient ses mains.

Une volute de désir s'enroula dans ses entrailles, et son sexe y réagit avec enthousiasme. Il passa ses doigts dans ses boucles, pencha la tête…

Nom de Dieu, était-il devenu fou ?

Il recula brusquement. Il s'agissait d'Ellie. L'amie de Cicely. Son amie. Il ne pouvait pas… Jamais elle ne serait…

Il tenta de repousser ses hanches en arrière mais se retrouva piégé contre le mur. Au moins, sous le coup de l'horreur, son organe avait repris des proportions plus appropriées.

— Hmm, commença-t-il en s'éclaircissant la gorge. Vous allez bien ?

Elle cligna des yeux, le regard curieusement dans le vague. Ses lèvres esquissèrent un sourire de sirène, et ce stupide pénis manifesta de nouveau son intérêt.

— Oui. Je, ah…

Ses yeux s'écarquillèrent, comme si elle venait soudain de s'apercevoir qu'elle était collée à lui comme un papier peint, et elle vacilla en arrière. Elle prit alors une voix plus sévère, presque accusatrice.

— Votre mère m'a dit que vous n'étiez pas encore arrivé.

Il fronça les sourcils. Que lui reprochait-elle ? C'était elle qui s'était aventurée dans sa chambre – avec les sous-vêtements en soie rouge qu'il tenait toujours à la main.

Le textile doux glissait entre son pouce et son index. S'agissait-il de ses dessous ? Portait-elle les mêmes à cet instant ? Il baissa les yeux pour les observer de plus près.

Puis il se souvint soudain que c'était à son tour de prendre la parole.

— Je viens d'arriver.

— Ah.

Elle dégagea une mèche de cheveux de son front.

— Bien sûr.

Elle esquissa son sourire habituel, placide, et reprit l'expression convenue qu'elle arborait dans les salons.

— Avez-vous fait bon voyage ?

Il avait eu la même conversation avec Dalton.

Il haussa les épaules.

— Froid, mais supportable.

Sincèrement, le temps maussade avait fait écho à son humeur, même s'il se sentait nettement plus réchauffé à présent – d'une façon tout à fait inappropriée, étant donné le lieu et la femme qui se tenait en face de lui, mais ce n'était peut-être pas plus mal, s'il se décidait à tenir sa résolution matrimoniale.

Les dessous ne pouvaient pas appartenir à Ellie – mais alors, à qui d'autre ? À mère ?

Par tous les diables ! Comment une telle pensée avait-elle pu s'insinuer dans son esprit ? Un seau d'eau glacée en pleine figure ne serait pas de trop pour chasser cette idée.

— Mrs Dalton pense qu'il va neiger, dit Ellie, et ses articulations se trompent rarement.

Oui, mieux valait penser aux rhumatismes de Mrs Dalton qu'à mère – ou à quoi que ce soit d'autre.

— C'est ce qu'a dit Dalton.

Ellie acquiesça.

— Nous pouvons quasiment prévoir nos journées en fonction de ses douleurs.

Elle repoussa ses cheveux en arrière, et son expression calme sembla un peu plus hésitante.

— On dirait bien que j'ai perdu ma coiffe et mes épingles.

Il sourit, se souvenant de la scène réjouissante à laquelle il venait d'assister.

— Ces accessoires sont probablement sous mon lit.

— Ah, dit-elle, le rouge aux joues. Peut-être bien.

Il ne devrait pas la taquiner, mais il ne pouvait s'en empêcher.

— Voulez-vous que je vous aide à les retrouver ?

— Non !

Elle déglutit avec peine.

— Merci bien, mais ce ne sera pas nécessaire. J'en ai d'autres. Vous pourrez me les rendre – enfin, la coiffe – plus tard.

Son air négligé avait un je-ne-sais-quoi d'attirant, un peu comme lorsqu'elle était petite fille, et qu'elle et Cicely traînaient dans les pattes de Percy, Jess, Ash, Jack et lui-même. Cicely était la plus calme des deux, prudente, quoique très féminine, mais Ellie aimait grimper aux arbres, pêcher et s'essayer à tout ce que faisaient Jess et les garçons. Elle rentrait toujours à la maison les jupons déchirés et les cheveux en désordre.

— Juste là, vous avez un peu de suie sur le visage.

Il s'approcha pour essuyer la tache sur son front, mais elle esquiva ses doigts.

— J'imagine. Le sol sous votre lit, répliqua-t-elle en rougissant, est particulièrement sale.

Elle attrapa le livre tombé par terre et le remit sur la table ; puis elle commença à marcher autour de lui.

— Je vais retourner dans ma chambre pour me préparer.

— Très bien. Je vous verrai au rez-de-chaussée un peu plus tard ?

— Oui, bien entendu. Dans le salon bleu avant le dîner. J'imagine que tous les convives seront arrivés d'ici là.

Bon sang. Qui mère avait-elle bien pu inviter pour lui ?

Peu importe, il comptait au moins essayer de se conformer à l'un de ses choix. Sa décision était prise. Il serra les poings.

Il tenait toujours les dessous en soie, et Ellie était sur le point de s'échapper.

— Ellie ?

Elle s'arrêta net, en équilibre sur la pointe de ses pieds, oscillant vers le couloir… et la liberté. Il paraissait évident qu'elle voulait prendre la fuite.

— Oui ?

Même le ton de sa voix, court et tendu, exprimait son désir de partir.

La compagnie de Ned était-elle à ce point un calvaire pour elle ?

Il se sentait ridicule à présent, comme mère. Il avait vu Ellie pour l'Épiphanie, même si, maintenant qu'il y repensait, il lui avait à peine adressé quelques mots. Elle avait semblé plus friande de la compagnie d'Ash.

Il n'en avait pas toujours été ainsi. Enfant, elle le suivait comme son ombre – d'après Ash et Jack, en tout cas. Et elle s'était montrée une amie si dévouée envers lui après la mort de Cicely et du bébé. Seigneur, que serait-il bien devenu sans sa douceur et sa compassion ? Pourtant, depuis un an ou deux, ils avaient à peine échangé quelques mots.

— Vous aviez une question, Lord Edward ?

Il détestait quand elle l'appelait ainsi. Il brandit l'étoffe rouge.

— C'est à vous ?

— Alors comme ça, on essaie d'éviter mère et ses invités ? demanda Jack alors que Ned venait d'entrer dans le bureau d'Ash.

Jack était affalé nonchalamment dans un des gros fauteuils en cuir, la jambe étendue sur l'accoudoir, un verre de cognac à la main. Une écharpe médicale, faite d'un tissu assorti à son veston, gisait sur son torse.

— Pas plus que toi. Quand es-tu arrivé ?

— Juste après toi, apparemment.

Tout en refermant la porte, Ned fronça les sourcils.

— Au moins tu as bravé la neige – et ne devrais-tu pas porter cette écharpe ?

C'était tout Jack de se montrer aussi négligent.

Jack leva les yeux au ciel.

— Non, monsieur Inquiet. Le boucher qui m'a soigné m'a affirmé que j'étais comme neuf.

— Ne m'appelle pas comme cela.

Jack l'affublait de ce satané surnom depuis leur enfance.

— Ta clavicule ne peut pas être déjà guérie – tu l'as cassée il y a une quinzaine à peine, en conduisant ta maudite calèche sur la glace, non ?

— Il s'avère qu'elle n'était pas fracturée, répondit Ash de son siège derrière le bureau, dont la surface était jonchée de croquis, comme à l'accoutumée.

Il attrapa la carafe à décanter.

— Un cognac ?

— Merci.

L'estomac de Ned recommença à se nouer. Il avait pris les remèdes de Breen et s'était allongé, mais cela n'avait rien changé. Il n'avait pas arrêté de penser à Ellie et à ces dessous en soie.

Ellie était tellement… ordinaire, à vrai dire. Pas d'une façon négative, bien entendu. Elle était solide et respectable – certainement pas le genre de femme à porter de tels sous-vêtements.

Sauf que si, *a priori*.

Cette seule idée était sacrément déstabilisante. Chaque fois qu'il avait fermé les yeux, il l'avait imaginée avec ce vêtement rouge. Pas en train de le porter, bien sûr – c'était au-delà de ce que son imagination pouvait concevoir. Juste en train de le tenir à la main. Mais tout de même, cette vision hantait son esprit. C'était comme voir un hérisson portant un veston – tout à fait grotesque.

Peut-être qu'un peu de médecine distillée calmerait ses nerfs. Il observa les croquis sur le bureau d'Ash tout en saisissant le verre offert.

— Qu'est-ce que c'est ? Tu envisages de faire bâtir un château ?

Ash rangea les esquisses en pile.

— Non, je m'occupais, en attendant que mère me traîne hors d'ici pour jouer les maîtres de cérémonie, même si je prie pour que père rentre à temps pour faire les honneurs.

— Je pense que tu devrais le faire construire, dit Jack. Ce serait une folie des plus splendides.

Il jeta un coup d'œil à Ash puis se replongea dans la contemplation de son cognac avant d'ajouter :

— Ou pourquoi pas un théâtre ? Rappelle-toi l'époque où nous jouions au Roi Arthur et aux chevaliers de la Table Ronde ? Il ferait un Camelot parfait. Tu devrais l'installer sur l'île au milieu du lac, à Blackweith.

Bon sang. Blackweith était le domaine où résidait Jess. Jack essayait-il de mettre le feu aux poudres ?

Visiblement.

— Et en parlant de Blackweith, ajouta Jack, comment se porte Jess ?

— Bien, répondit Ash, le visage aussi impénétrable que la forteresse qu'il avait dessinée, à ce qu'en dit Walker.

Ah, donc Ash et son épouse communiquaient toujours par l'intermédiaire du gestionnaire immobilier. Ned ne fut pas surpris. Ash n'avait pas adressé un seul mot à Jess depuis qu'il avait quitté Blackweith, le soir de leurs noces.

— Tu vas devoir te pencher sur la question bientôt, tu sais, conclut Jack.

— Jack !

Ned s'adressa à son jeune frère d'un air renfrogné.

Jack haussa les épaules.

— C'est vrai. Aucun d'entre vous ne se rend jamais à Londres, alors vous n'avez pas à subir les questions – et encore, elles viennent des membres les plus polis de la haute. Les autres marmonnent entre eux, inventant des fables plus insultantes les unes que les autres – et ils ont l'imagination particulièrement fertile.

— Nom de Dieu ! murmura Ash entre ses dents.

Jack soutenait son regard.

— Ton étrange situation maritale est sujet à commérages depuis des années, Ash, mais à l'approche de la trentaine, sache que les gens commencent à prendre des paris. Certains misent sur le fait que tu vas entamer des procédures de séparation officielle dans les mois qui viennent. Quant à savoir si tu réclameras une annulation de mariage ou un divorce, les avis sont plus partagés. Les motifs supposés sont variés, de l'aliénation à l'adultère, en passant par l'impuissance, sans oublier… pire encore.

À ces mots, Ash se mit à rougir. Il donnait vraiment l'impression d'avoir envie de frapper quelqu'un.

— Qu'ils aillent tous au diable ! Mon mariage ne regarde personne, hormis Jess et moi.

Ned détestait ajouter son grain de sel, mais Jack avait raison. Ash devait regarder les choses en face.

— Tu es l'héritier d'un duché.

Jack hocha la tête en signe d'approbation.

— Les gens sont curieux, d'autant qu'on ne vous a pas vus en ville, ni toi ni Jess, depuis des lustres. Et bien sûr, tous les imbéciles qui viennent parader ici chaque année ne manquent pas de faire savoir que ta femme n'est jamais dans les parages.

Il tapait nerveusement du pied.

— Bon nombre de mères ambitieuses, reprit-il, ont même eu l'audace de me demander si Jess était décédée et si personne n'osait annoncer la nouvelle.

Ash secoua la tête.

— Honnêtement, je suis surpris que mère et père ne se soient pas montrés plus… concernés par la situation.

Ash se passa la main dans les cheveux.

— Mère se mord la langue la plupart du temps, et se contente de multiplier les regards tristes et inquiets à mon égard. Père, en revanche, se permet des commentaires de plus en plus désobligeants. Ça n'a pas été une mince affaire par ici ces derniers temps.

Ash laissa échapper un long soupir.

— Et si ce que tu dis est vrai…

Il se frotta le visage, paraissant d'un seul coup nettement plus âgé.

— Vous avez raison, tous les deux. Il est temps de régler cette affaire. Dès que cette maudite réception sera terminée, je me rendrai à Blackweith.

— Si je peux faire quoi que ce soit pour t'aider, proposa Ned, tu n'as qu'un mot à dire.

Jack hocha la tête.

— Tu peux compter sur moi également, j'espère que tu le sais.

— Oui, merci, mais personne ne peut rien pour moi.

Ned s'abstint de poser la question qui lui brûlait les lèvres – à savoir où était le problème exactement. Jack eut le bon sens d'en faire autant. Cela ne les regardait pas, après tout. Si Ash voulait leur en faire part, il saurait où les trouver.

— Sacrebleu, il me faut plus de cognac ! lâcha Ash tout en remplissant son verre. Quelqu'un en veut ?

Ils se passèrent la bouteille. S'enivrer avant de rencontrer les convives de mère ne semblait pas une riche idée, mais un verre supplémentaire ne ferait que rendre Ned plus… détendu. Il prit une bonne rasade puis fit un geste à l'intention de Jack.

— Alors si ta clavicule n'est pas cassée, à quoi bon cette écharpe ?

— Elle m'évite des cabrioles dans la salle de bal avec des gamines coiffées de plumes, rétorqua Jack en grimaçant. J'espère en faire bon usage cette fois. Mère a convié Miss Isabelle Wharton.

Ned haussa les sourcils.

— Ce nom devrait m'évoquer quelque chose ?

— D'après Jack, elle est connue en ville, répondit Ash, soulagé de ne plus être au cœur de la conversation.

— Du moins auprès des hommes, ajouta Jack. Elle a vingt-quatre ans et elle est désespérée. Ses deux jeunes sœurs l'ont déjà précédée à l'autel. J'ai passé des mois à l'éviter, et voilà que mère la ramène ici, dit-il en rejetant la tête en arrière pour fixer le plafond. Je suis maudit.

Jack avait toujours eu le sens du dramatique.

Ned avala une autre gorgée de cognac, s'efforçant de rester de marbre.

— Et qui mère a-t-elle bien pu inviter pour moi, vous le savez ?

— Demande à Ash, dit Jack en se détournant brièvement du plafond.

Ned jeta un coup d'œil vers son autre frère ; celui-ci semblait absorbé dans la contemplation de son verre de cognac comme s'il voyait le liquide ambré pour la première fois.

— À ce point-là ?

Ash toussa et regarda Jack. Aucun des deux ne pipa mot.

— Allez, dites-moi !

Ash s'éclaircit la gorge.

— Il me semble que mère a Lady Juliet Ramsbottom en tête pour toi.

— Ah oui ?

Ned attendit. Encore un silence. Son estomac, que le cognac avait agréablement réchauffé, se tordit de nouveau.

— Je la côtoie aussi peu que Miss Wharton. Est-elle horrible, elle aussi ?

— Je ne dirais pas cela.

Jack sirota une gorgée de cognac.

— J'ai entendu dire qu'elle a du caractère, mais elle se montre toujours très bien élevée – voire docile – en société.

— Et… ?

Ned avait décidé de se fier au choix de mère cette année, mais si Jack et Ash émettaient des réserves…

— Est-ce qu'elle louche ? Est-elle bossue ? Sans cervelle ou impertinente ? Est-ce qu'elle ressemble…

— Elle ressemble à Cicely, lâcha Jack d'une voix monocorde.

— Ah.

Ned sentit son estomac se soulever, mais serra les dents et fit abstraction de la nausée.

— Qu'est-ce qui a bien pu lui passer par la tête ?

— Je suis certain qu'elle ne cherchait pas à remplacer Cicely, s'empressa d'ajouter Ash. Nous savons tous que c'est impossible.

— Si elle y a vraiment réfléchi, mère a sans doute pensé que Lady Juliet était ton genre de femme, expliqua Jack. Tu sais bien… Petite et avec, comment dire, des allures de poupée.

Après tout, Cicely avait tout d'une poupée en porcelaine, non ?

Non, comment pouvait-il porter un regard si réducteur sur les êtres ? Cicely était parfaite – quoiqu'il fût déterminé à choisir désormais une épouse plus robuste, plus charpentée, plus à même de survivre à un accouchement.

Le désespoir qu'il ressentait toujours lors de ces réceptions s'abattit sur lui comme un brouillard épais. Même le crépitement des bûches dans la cheminée lui sembla morose tout à coup. Pourtant, il avait espéré que cette année serait différente.

—Oh, bon sang !

—Comme tu dis, approuva Jack.

Ash leur proposa du cognac une nouvelle fois, et ils remplirent tous leurs verres.

—Mère doit être en train de perdre ses talents, conclut Ash. Pouvons-nous oser espérer que la duchesse des Cœurs prenne sa retraite ?

—Que diable, aucune chance que ça se produise ! intervint Jack. Ses réceptions sont aussi courues que les endroits les plus prisés de Londres. On y fait meilleure chère et mère sert des liqueurs, qui plus est.

Il leva les yeux au ciel.

—Et à ce qu'on dit, ses infernaux *Préceptes amoureux* sont plus en vogue que jamais.

—Grands dieux ! s'exclama Ned. En avez-vous déjà feuilleté un exemplaire ?

Jack le regarda comme s'il sortait d'un asile de fous.

—Pour qui me prends-tu ? Je préférerais encore me crever les yeux de mes propres mains. Mes amis savent à quoi s'en tenir s'ils osent m'en montrer un malheureux coin de page ou en citer ne serait-ce qu'un mot…

—Et ils obéissent à tes moindres désirs ? demanda Ash.

— J'ai la réputation d'être un excellent tireur. Ils n'osent pas s'y risquer, rétorqua Jack en fronçant les sourcils.

— Si seulement il existait un moyen aussi efficace de convaincre mère d'arrêter d'écrire cette chose, ajouta Ned. Et en particulier, d'arrêter d'organiser ces fichues réceptions.

— Ainsi soit-il !

Ash leva son verre et ils burent tous.

Jack s'enfonça plus profondément dans son fauteuil.

— Promets-moi seulement que tu ne me laisseras pas seul avec Miss Wharton.

Il frissonna.

— Si je baisse ma garde un instant, je risque de me retrouver dans de beaux draps…

— Bien entendu, répliqua Ned, même si je doute que tu aies besoin de notre assistance.

Jack ferma les yeux. Une tension inhabituelle altérait ses traits.

— Si seulement j'étais aussi sûr de moi. Miss Wharton est diablement insistante.

— Tu sais, je suis convaincu qu'Ellie serait d'un grand secours, dit Ash. En tant que femme, elle saurait mieux s'y prendre pour surveiller Miss Wharton.

Jack se redressa dans son siège, un sourire soulagé dissipant la sévérité inhabituelle qui se lisait sur son visage.

— Oui, c'est ça. Ellie est belle joueuse. Je suis prêt à parier qu'elle m'aidera, dit-il en jetant à Ned un regard sans conviction. En supposant que mère… ou quelqu'un d'autre… n'ait pas besoin d'elle.

À quoi Jack faisait-il allusion ? Il devrait poser la question, mais il appréhendait étrangement la réponse. Envoyer son poing dans la figure de Jack semblait nettement plus satisfaisant.

Toutefois, Ned se maîtrisa tant bien que mal.

— Je crois que je vais aller me préparer pour le dîner.

Chapitre 3

Les doux ont beau posséder la terre, ils ne font pas d'heureux mariages.

Préceptes amoureux de Vénus

Ellie se tenait dans l'ombre, dans un coin du salon bleu. Sa vieille robe de soirée était presque assortie aux tapisseries. Avec un peu de chance, en demeurant parfaitement immobile, personne ne la remarquerait.

Elle avait réussi à se glisser dans la pièce derrière Miss Isabelle Wharton sans attirer le moindre regard, même si cela n'avait rien de surprenant. Miss Wharton était tout bonnement saisissante, comme l'avait annoncé l'amie de la duchesse, mais son extravagance était bien plus notable que sa beauté. La femme était aussi grande qu'Ellie et assez potelée, arborant une cascade de bouclettes blondes et une robe verte si surchargée de rubans et de falbalas qu'elle ressemblait à s'y méprendre à un énorme sapin de Noël ambulant. Dès son entrée, elle se dirigea droit sur Jack, qui se tenait près de la cheminée en compagnie de Ned, d'Ash et d'une petite femme terne qu'Ellie n'avait pas encore rencontrée.

Jack observa Miss Wharton s'approcher avec inquiétude, comme si elle camouflait une plante grimpante vénéneuse susceptible d'enrouler une liane mortelle autour de son cou. Un pas de plus en arrière et sa queue-de-pie prendrait feu au brasier de l'âtre.

Ellie était trop loin pour entendre les premiers mots de Miss Wharton qui avait rejoint le groupe, mais la réponse de Jack, quelle qu'elle fut, sembla l'amuser. Les trois hommes ne savaient plus où se mettre. Le rire de la jeune femme évoquait un âne en état d'ébriété, quoiqu'Ellie n'ait jamais eu l'occasion d'entendre un son pareil.

Pauvre Jack. Elle devrait aller les rejoindre. Elle pourrait…

Oh, non ! Elle s'en sentait incapable. Hors de question qu'elle s'approche de Ned maintenant qu'il savait que les dessous rouges en soie lui appartenaient.

Seigneur, comment allait-elle bien pouvoir survivre à cette réception ?

Impossible. Certes, elle voulait un époux, mais il serait peut-être plus sage de feindre une migraine – ou encore une poussée de fièvre, ou n'importe quoi d'autre – et de rentrer au presbytère. Il restait toujours l'année prochaine. Quand on est célibataire à vingt-six ans, on n'est plus à un an près.

Pourquoi diable n'avait-elle pas menti et prétendu que ces maudits dessous n'étaient pas les siens ?

Parce qu'elle mentait terriblement mal, voilà pourquoi. Chaque fois, elle se mettait à rougir, hoqueter et bégayer. Ned n'aurait pas été dupe une seule seconde. Et à qui pouvaient-ils bien appartenir, sinon à elle ? Aucun autre invité n'était encore arrivé lorsqu'il l'avait trouvée dans sa chambre.

Que devait-il penser d'elle ?

Mortifiée, elle ferma les yeux mais cela ne lui fut d'aucun secours. L'image de Ned restait gravée derrière ses paupières – ses longues jambes, ses hanches étroites, son torse massif. La boucle de cheveux châtain qui retombait sur son front quoi qu'il fasse. Ses yeux marron chaleureux, bordés de cils démesurés, écarquillés de stupeur lorsqu'il considéra les dessous rouges en soie glissant entre ses doigts.

« Oh ! »

Elle plaqua sa main sur sa bouche et jeta un coup d'œil autour de la pièce. Dieu merci, personne ne semblait l'avoir entendue. Elle regarda le groupe près du feu. Heureusement, Ned lui tournait le dos… Ce dos puissant doté de si larges épaules…

Quand elle avait trébuché sur ce satané livre et était tombée contre lui, ses bras s'étaient enroulés autour d'elle telles deux barres de fer, l'enserrant contre son corps de la poitrine aux hanches. Pas un centimètre ne les séparait.

Elle frissonna, et un étrange trouble lui traversa l'estomac – ou plutôt, quelque part en dessous de l'estomac. Elle avait les joues en feu.

Jamais elle n'avait vécu de contact aussi rapproché avec un homme. Elle poussa un grognement plaintif. À vrai dire, elle n'avait même jamais souhaité qu'un homme la touche. À l'exception d'un seul, Ned.

Eh bien, il faudrait que ça change.

Satané Reggie. S'il avait le malheur de croiser son chemin, elle l'écorcherait vif et se ferait un manchon avec sa fourrure. Au moins, elle n'aurait plus à s'inquiéter que ces fichus dessous fassent une nouvelle apparition embarrassante. Elle n'aurait qu'à les enfoncer dans son armoire et fermer la porte à double tour. Dès son retour au presbytère, elle les réduirait en lambeaux et les jetterait dans les toilettes.

— Vous voilà enfin.

— Ah !

Ellie bondit et tourna brusquement la tête sur la gauche – la duchesse se tenait à deux pas à peine.

— Oh, vous m'avez surprise, Votre Grâce.

— De toute évidence. Que faites-vous donc ici, cachée dans les rideaux ?

— Euh…

La mère de Ned avait vu juste, c'était tout à fait ce qu'Ellie cherchait à faire. Mais jamais elle ne l'admettrait.

— Euh, non, j'étais seulement…

Seulement quoi ?

— Tous les convives sont arrivés sans encombre ? demanda Ellie pour changer de sujet.

— Oui, grâce au ciel. Lady Juliet était la dernière.

La duchesse secoua la tête, faisant danser la plume pourpre qui trônait sur son crâne – elle ferait bien de rester à bonne distance de Reggie.

— Je vous assure, ajouta-t-elle, que la neige tombait à gros flocons lorsque la malheureuse est arrivée au château.

Ce fut à cet instant qu'Ellie remarqua l'homme qui se tenait près de la duchesse – un nabot qui ressemblait à une taupe : de petits yeux clairs, de grosses lunettes, un nez énorme, des dents de lapin et un menton fuyant.

— Je ne peux que vous donner raison, Votre Grâce, vu que j'étais dehors moi-même. Le temps est absolument effroyable, peut-être le pire qu'il m'ait été donné de voir, et j'ai pourtant connu bon nombre de climats différents. Sans vouloir paraître craintif, je dois admettre que j'ai eu une belle frayeur. Mes chevaux ont glissé durant tout le trajet depuis Londres. Alors j'étais certain que mon cocher, en dépit de son grand talent, ne pourrait rien y changer, et que nous finirions dans un fossé. Mais Dieu merci, il a tenu bon. Toutefois, la marche jusqu'au château m'a glacé jusqu'aux os, ma houppelande n'étant d'aucune utilité, figurez-vous. Alors ce sera un vrai miracle si je n'attrape pas la mort, dit la taupe d'une seule traite.

Ellie cligna des yeux. Elle jurerait que l'homme n'avait pas repris son souffle plus d'une fois ou deux pendant tout son discours.

La duchesse rit.

— J'espère que vous resterez parmi les vivants, monsieur Humphrey, déclara-t-elle en joignant les mains pour mimer le désespoir. Et où sont donc passées mes bonnes manières, allez-vous me dire ? J'ai complètement négligé les présentations, qui étaient pourtant mon propos en venant par ici. Ellie, voici Mr Lionel Humphrey ; Mr Humphrey, Miss Eleanor Bowman, que, je dois bien l'avouer, je considère comme ma propre fille.

La taupe fit une révérence.

— Enchanté de faire votre connaissance, mademoiselle Bowman ; Son Altesse m'a dit tant de bien à votre sujet, j'ai presque l'impression de vous connaître, mais bien sûr ce n'est pas le cas, alors je suis quelque peu anxieux de m'entretenir avec vous, si je puis me permettre.

— Ah.

Était-il possible de se noyer dans un flot de paroles ?

— Oui, bien sûr. C'est, euh, un plaisir de vous rencontrer aussi.

Elle tourna les yeux vers la mère de Ned ; la duchesse souriait platement, la tête inclinée vers la taupe comme pour l'encourager à profiter de l'occasion.

Ellie se mordit la lèvre. Ça, c'était un des hommes que la duchesse considérait comme un bon parti pour elle ?

Une manifestation étrange se produisit dans son estomac, mais rien de comparable à ce qu'elle avait ressenti en pensant à Ned. Cette sensation était bien plus proche de la nausée.

Elle s'efforça de se reprendre. Elle ne pouvait pas se permettre de faire la fine bouche. Elle avait vingt-six ans. Et les hauts-de-chausses devaient bien avoir quelque chose d'attirant. Si son but était de devenir mère, un seul critère lui importait chez un gentilhomme : avoir un organe reproducteur en état de marche.

À la seule idée de laisser Mr Humphrey s'approcher suffisamment pour utiliser ledit organe, son estomac se souleva. Si seulement elle avait encouragé Mr Bridgeton l'année passée…

Cultiver de telles pensées n'avait pas le moindre intérêt. Mr Bridgeton n'était plus disponible ; Mr Humphrey l'était, lui, et il se trouvait là, juste devant elle. Elle s'efforcerait de voir au-delà de sa façade peu attrayante. Il se pourrait bien qu'il ait un cœur en or, après tout. Quelqu'un devait bien lui trouver des qualités. Ses amis. Sa mère…

— Je vous laisse faire plus ample connaissance tous les deux, s'exclama la duchesse, rayonnante. J'ai bien peur de devoir vous laisser. Je vois que mon tendre Greycliffe a enfin daigné se joindre à nous.

En effet, le duc se tenait sur le seuil de la porte, l'air renfrogné.

Ellie refréna son envie irrépressible de retenir la duchesse par la manche.

— Alors vous devriez le rejoindre avant qu'il ne se décide à faire monter un plateau dans sa chambre.

— Vous le connaissez trop bien, ma chère, acquiesça-t-elle en riant.

C'était vrai. Elle connaissait et appréciait toute la famille de Ned.

La taupe – non, Mr Humphrey – courba la tête en signe de respect.

— Ne vous attardez pas plus, Votre Grâce, vous laissez Miss Bowman entre de bonnes mains. Je prendrai le plus grand soin d'elle.

Ellie refoula un sursaut d'exaspération et fit de son mieux pour ne pas lever les yeux au ciel. Que diable s'imaginait ce Mr Humphrey ? Que pouvait-il bien arriver au beau milieu du salon du duc ? Elle avait bien envie de lui remettre les idées en place…

Mais non, elle ne dirait rien. Elle se contenta de déglutir et se força à sourire. Elle voulait un bébé, alors il lui fallait un mari. Elle devait essayer d'apprécier cette taup… cet homme célibataire, disponible.

— Étiez-vous déjà venu au Château Greycliffe, monsieur Humphrey ? demanda-t-elle tandis que la duchesse s'éloignait pour saluer le duc.

Question stupide. S'il était venu auparavant, elle le saurait. Personne n'entrait dans le château sans que la nouvelle se répande dans tout le village, et comme le duc n'aimait pas se divertir, les occasions de commérer se faisaient rares.

Le nez de Mr Humphrey eut comme un sursaut.

— Non, mais je dois dire que c'est très impressionnant. La demeure, les jardins – enfin, j'aimerais les voir, mais avec cette neige et ce vent, c'est presque impossible ; toutefois je suis certain qu'ils doivent être charmants par un temps plus clément.

Il se pencha légèrement et son nez se retrouva au niveau du corsage d'Ellie – par chance, toutes ses robes avaient des cols très hauts. Il n'en haussa pas moins les sourcils.

— J'ignore si sa grâce en a fait mention, mais je viens de toucher un héritage non négligeable. Ma regrettée grand-tante nous a quittés il y a quelques mois, et, étant sans enfants, elle m'a légué l'ensemble de ses biens. Une belle propriété dans le Devon – rien d'aussi grandiose que le Château Greycliffe, bien entendu, mais un domaine assez douillet et de toute beauté si vous voulez mon avis.

Il s'éclaircit la gorge et ses sourcils remuèrent d'un air entendu.

— Je suis en quête d'une épouse, figurez-vous, pour entretenir la maison et me faire don – ses sourcils semblaient sur le point de s'extraire de son front – d'un héritier, et ce qui va avec.

Il remua de nouveau le bout du nez ; sans doute une sorte de tic nerveux, quoiqu'il ne semblât pas perturbé le moins du monde.

— J'espère que mon franc-parler ne vous offusque pas, mademoiselle Bowman, mais j'imagine qu'au-delà d'un certain âge, une femme comme vous doit examiner toutes les possibilités. Nul besoin de tourner autour du pot comme si vous étiez une jeune demoiselle effarouchée.

— Ah.

Son premier réflexe – répondre à l'aide de son genou – ne serait pas approprié au beau milieu du salon de la duchesse. Et si cet homme parvenait à se racheter d'une façon ou d'une autre, elle ne voulait pas blesser la seule partie de son anatomie qui lui serait utile.

— Vous devez être enchanté d'avoir acquis une propriété, monsieur, mais regrettez sans doute la façon dont vous l'avez reçue. Laissez-moi vous présenter mes condoléances. Je suis navrée pour votre perte.

— Ma perte ?

Mr Humphrey, bouche bée, cligna des yeux.

— Votre grand-tante, monsieur. Je suis désolée d'apprendre sa mort.

D'autant que le décès de la pauvre femme était bien le seul motif pour lequel cet énergumène avait été invité.

— Oh.

Il hocha la tête, mais ne parut pas peiné le moins du monde.

— Oui, c'est très triste, mais elle était assez vieille. Presque quatre-vingts ans ; tout le monde s'accordait à dire que ce n'était plus qu'une question de jours.

Il s'approcha encore ; Ellie manqua de s'enfuir en courant.

— Bon nombre de personnes pensaient que mon cousin Théo hériterait du domaine : il était de notoriété publique que tante Théodora préférait sa mère à la mienne. Tante Winifred a même prénommé son fils Théodore pour se faire bien voir, mais Théo n'a obtenu qu'une vulgaire collection de chats chinois. Je crois – et mère partage mon avis – que cette vieille tante Théodora a fini par se lasser des flatteries de Winifred et de ses attaques incessantes à notre encontre. Certes, nous ne l'avions pas vue depuis des années, mais si j'avais su que j'avais la moindre chance d'être son héritier, je lui aurais rendu visite plus souvent. En définitive, c'est peut-être mieux ainsi, vous ne trouvez pas ?

— Euh… si.

Pour lui sans doute, pas pour ce malheureux cousin Théo.

Mr Cox n'allait peut-être pas tarder à apparaître dans le salon ; même une petite branche noble vaudrait mieux que cette mauvaise herbe tenace.

Non, non et non ! Elle ne pouvait éconduire Mr Humphrey aussi rapidement. Il fallait peut-être apprendre à l'apprécier. La réception commençait à peine. Elle réserverait son jugement – ou du moins essaierait.

Mr Humphrey tira sur son veston. Difficile d'imaginer que cet homme avait seulement vingt-cinq ans, vu l'embonpoint qu'il accumulait déjà.

— Alors bien sûr, lorsque la duchesse des Cœurs m'a convié, j'ai accepté immédiatement. Sa grâce est une entremetteuse si talentueuse, vous savez, et il me sera bien plus profitable de trouver une épouse maintenant, sans perdre mon temps et mon argent pendant une Saison entière.

Il fit de nouveau osciller son nez, en signe de dégoût cette fois.

— Les jeunes filles peuvent se montrer si naïves, à se laisser tourner la tête par des bals et de beaux atours, alors que leurs vrais devoirs dans la vie sont de porter des enfants, de tenir décemment leurs intérieurs et de s'assurer que leurs maris sont bien soignés, n'êtes-vous pas d'accord ?

— Euh... si.

Hélas, elle l'était.

Mr Humphrey remit ses lunettes en place.

— Splendide ! J'aurais juré que vous étiez une femme sensée à la seconde où je vous ai vue, mademoiselle Bowman, et j'ai beau savoir qu'il est trop tôt pour s'avancer...

L'homme n'allait quand même pas faire sa demande, si ? Être pragmatique, c'était une chose ; mais de là à en oublier toute forme de romantisme, il y avait un pas.

— Mais je dois dire que vous m'avez donné raison d'espérer...

— Monsieur, nous venons à peine de nous rencontrer !

— ... que vous ferez de moi le plus heureux des...

— Monsieur Humphrey !

On aurait dit un cheval qui s'emballe.

— ... hommes dans les plus brefs délais, déclara-t-il en souriant jusqu'aux oreilles.

Elle ne pouvait se permettre de faire la fine bouche. Elle voulait des enfants et son éventail des possibles s'amenuisait à vue d'œil. Mr Humphrey était à la fois consentant et viril.

Mais elle n'était pas désespérée à ce point. Elle n'avait même pas encore rencontré Mr Cox.

— Monsieur Humphrey, vous allez un peu vite en besogne.

— Ah oui, je sais. Nous n'en sommes qu'à nos débuts, fit-il remarquer en la gratifiant d'un clin d'œil malvenu. Tant que nous nous comprenons…

— Mais nous ne nous comprenons pas ! protesta la jeune femme.

Ellie prit une profonde inspiration. Elle devait se rappeler qu'elle ne voulait se fermer aucune porte. Mr Cox pourrait être pire encore.

— Je veux dire, nous n'en sommes effectivement qu'au début, bien trop tôt pour moi ou pour n'importe lequel d'entre nous, pour se forger une opinion sur… quoi que ce soit.

— Oh, je ne sais pas, dit-il en accompagnant ses paroles d'un regard très curieux, qu'elle aurait qualifié de lubrique sur n'importe quel autre homme. J'aime ce que je vois. Et vous ?

— Moi ?

Il tira une nouvelle fois sur son veston.

— Aimez-vous ce que vous voyez ?

— Ah… euh… h bien…

— Cela vous laisse sans voix, n'est-ce pas ? reprit-il.

Elle acquiesça. Cela semblait la seule réponse appropriée.

— J'ai souvent cet effet sur les femmes.

Les lèvres étroites de Mr Humphrey se muèrent en petit sourire suffisant.

— Et quel effet est-ce donc ? demanda Ned juste derrière Ellie.

Elle se retourna, coinçant son talon dans sa jupe. Elle serait tombée si Ned ne l'avait pas rattrapée *in extremis*.

Elle se dégagea de son emprise immédiatement ; elle ne pouvait risquer de tomber sous son charme encore une fois.

— Vous ne devriez pas vous approcher des gens en douce, Lord Edward.

Il lui lança un regard perplexe, presque chagriné, mais son visage se durcit lorsqu'il reporta son attention sur Mr Humphrey.

— Cet homme vous importune-t-il, Ellie ?

Oh, sacrebleu, ce ton tranchant… ! Jeune garçon déjà, il volait au secours de la veuve et de l'orphelin. S'il estimait que Mr Humphrey l'avait insultée, il n'hésiterait pas à en venir aux mains.

Adorable. Exactement ce qu'il leur fallait – Ned et la taupe, se lançant dans une bagarre en plein salon, même si, vu leur grande différence de taille et de force, le combat ne ferait pas long feu.

— Bien sûr que non. Voici Mr Humphrey, Ned. Il vient d'hériter d'un domaine dans le Devon.

Elle se retourna vers la taupe.

— Monsieur Humphrey ; Lord Edward.

— Alors pourquoi n'est-il pas dans le Devon ? rétorqua Ned, regardant l'énergumène comme s'il s'agissait d'une vulgaire vermine.

Le visage de Mr Humphrey adopta une teinte blanchâtre, et ses petits yeux s'écarquillèrent autant que le permettaient ses lunettes. Sa pomme d'Adam était agitée de spasmes.

— Parce que votre mère l'a convié pour la réception, évidemment, siffla Ellie. Et je suis certaine qu'elle s'attend à ce que vous le mettiez à l'aise.

— Pas s'il vous insulte.

— Il ne m'insulte pas.

Mr Humphrey finit par retrouver sa voix.

— Évidemment que je n'insulte pas Miss Bowman, Lord Edward. Au contraire, j'étais sur le point de – Oh, Seigneur, il ne comptait quand même pas se déclarer devant Ned – lui offrir l'honneur de devenir ma...

Ellie écrasa le pied de Mr Humphrey de toutes ses forces.

— Aïe !

— Oh, je suis navrée, monsieur.

Elle évitait savamment de croiser le regard de Ned.

— Très bien, ma chère.

Ned était en colère, de toute évidence.

— Il n'y a pas de mal. Comme je le disais...

Dieu merci, la duchesse fit son apparition ; elle avait envoyé le duc, un grand verre de Madère à la main, rejoindre l'attroupement près du feu.

— Ned, je vois que tu as rencontré Mr Humphrey.

— Oui, rétorqua-t-il sèchement.

Sa mère lui adressa un grand sourire.

— Parfait. Alors si tu veux bien nous excuser, je devrais présenter Mr Humphrey aux autres convives.

Elle prit la taupe par le bras.

— Par ici, monsieur.

Mr Humphrey ne faisait pas le poids face à la duchesse ; il se laissa guider sans rechigner.

Dès que Mr Humphrey fut hors de portée de voix – même si Ned se moquait éperdument qu'il l'entende ou non – le jeune homme se tourna vers Ellie.

— Cet imbécile n'était pas en train de vous faire sa demande, si ?

Ellie rougit.

— Non.

— Mais il s'y attelait, non ?

— Peut-être bien, dit-elle en regardant ailleurs.

— Parbleu, il vient à peine de vous rencontrer !

Elle croisa son regard un instant mais détourna vite les yeux.

— Peut-être a-t-il été subjugué par ma grande beauté.

Son ton sarcastique ne lui échappa pas et il ouvrit la bouche pour poursuivre la plaisanterie, mais la froideur de sa posture le freina.

Où était le problème ? Cicely était de nature sensible – il avait appris à choisir ses mots avec soin auprès d'elle – mais il s'agissait d'Ellie. Lui et elle se taquinaient sur tous les sujets possibles depuis des années, comme frère et sœur. La beauté physique n'était qu'un artifice pour elle. Il n'y avait qu'à regarder sa robe. Impossible de trouver vêtement plus informe, avec ses longues manches bouffantes et son col qui remontait jusqu'au menton…

Pourtant, il avait vu ces dessous en soie rouge… Les portait-elle à cet instant ?

Et avait-il complètement sombré dans la folie ? À ce rythme-là, il n'allait pas tarder à imaginer Ellie en danseuse d'opéra.

— Voici Percy et Ophélia, dit Ellie.

— Oh, bon sang !

Il se tourna pour voir son beau-frère – petit, chétif et aussi sombre que Cicely avait été lumineuse – et sa maîtresse, Lady Ophélia Upton, venir à leur rencontre. La situation s'annonçait des plus embarrassantes – voire même carrément infernale.

— Pourquoi mère les invite-t-elle chaque année ?

Ellie le regarda comme s'il était ahuri.

— Parce que Percy est le frère de Cicely et qu'il vit dans les environs, bien sûr, et Ophélia est sa… « bonne amie », lança-t-elle, les joues empourprées, en haussant les épaules. Ce n'est pas comme s'il ignorait qu'il est indésirable. Il connaît la date de votre anniversaire ; il sait que votre mère organise toujours cette réception ; d'autant que son majordome est le cousin d'un des valets de Greycliffe.

Ned grogna. Hélas, elle avait tout juste.

Enfant déjà, il ne portait pas ce type dans son cœur – aucun de sa fratrie ne l'appréciait d'ailleurs. Percy, du même âge qu'Ash, avait toujours été un traître et une brute. Mais cet individu était le frère de Cicely, alors une fois marié, Ned s'était efforcé de sauver les apparences – parfois sans succès. Percy avait été la cause de ses rares disputes avec Cicely, disputes qui la laissaient toujours en larmes et lui avec l'impression d'être le plus gros goujat de tous les temps.

Un mois après la mort de Cicely, Percy lui avait écrit pour quémander de l'argent. Convaincu de respecter la volonté de son épouse, Ned en avait envoyé. Mais Percy avait écrit encore, et encore ; trop souvent ces dernières années. Ned avait fini par en avoir assez. Il lui avait fait parvenir un chèque pour Noël accompagné d'un mot spécifiant qu'il ne toucherait plus un sou de sa part. Depuis, il avait brûlé la moindre missive – et il en avait reçu une quantité depuis les derniers congés – sans même prendre la peine de les ouvrir.

Il ne s'attendait pas à ce que son beau-frère soit heureux de le voir.

— Bonsoir Lady Ophélia. Percy.

Ophélia lui sourit, mais son beau-frère s'abstint.

— Edward.

Le ton était glacial. Percy lui tourna le dos et sourit à Ellie – le demi-sourire agaçant qui donnait toujours envie à Ned de lui assener un coup de poing en pleine face.

— Ma chère, cela fait bien trop longtemps.

Ellie fit un signe de tête à Ophélia.

— Souvenez-vous, Percy, vous m'avez vue la semaine dernière au village. J'achetais des rubans, et vous du tabac à priser.

Un grand sourire illumina le visage de Ned. Ellie était trop intelligente pour se laisser berner par Percy – bien sûr, elle avait grandi avec lui, aussi. Elle savait à quel point il était mielleux.

— Devez-vous toujours vous montrer aussi prosaïque ? rétorqua Percy d'une voix acerbe.

— Il faut croire. Je ne vois ni pourquoi je mentirais, ni pourquoi je me prêterais à ce petit jeu.

— Simple question de politesse, comme vous le sauriez si vous étiez déjà allée à Londres.

— Et comme vous, vous le savez, Percy, il est tout à fait improbable que je me rende un jour en ville, alors je peux m'épargner la peine de me soucier des convenances.

Ophélia fronça les sourcils.

— Bien sûr que vous irez à Londres un jour, Ellie, dit-elle, pour profiter de ces vues imprenables, ou assister aux bals et aux soirées mondaines.

Ellie se contenta d'un haussement d'épaules.

— J'ai compris qu'il valait mieux ne pas espérer ce qu'on ne peut obtenir.

Pourquoi diable avait-elle jeté un regard à Ned ? Il ne pourrait pas l'emmener en ville – il y allait déjà peu, alors s'y montrer avec une inconnue ferait jaser. Il se tourna vers Ophélia.

— J'espère que le temps n'a pas rendu votre voyage trop pénible.

Ophélia sourit.

— Oh, non. J'ai eu la chance de passer la nuit dernière dans les environs.

Probablement dans le lit de Percy.

Elle posa sa main sur le bras de son cavalier.

— Je détesterais manquer la réception annuelle de la duchesse des Cœurs.

— Ah bon ? Moi j'en serais enchanté.

Ned donnerait tout pour se retrouver dans son bureau à Linden Hall, un verre de cognac à proximité, un livre dans les mains, devant un bon feu de cheminée.

— Comment cela, Lord Edward, commença Percy, vous n'aimez pas nous avoir tous ici pour célébrer votre anniversaire ?

— Pas particulièrement.

Encore moins un gredin pareil.

Pourquoi Ophélia perdait-elle son temps avec cet homme ? Son père, le comte de Brambril, accumulait les dettes depuis des années, alors on aurait pu penser que sa fille chercherait un bon parti, pas un bon à rien comme Percy. Même si sa réputation était définitivement salie, son titre – la fille d'un comte sans-le-sou n'en demeurait pas moins la fille d'un comte – la rendrait attrayante pour beaucoup d'hommes. Par ailleurs, elle était toujours séduisante, même si l'âge commençait à laisser son empreinte. Ned n'avait pas souvenir qu'elle ait eu ces rides aux coins de la bouche et des yeux, l'année précédente.

Un vacarme retentit derrière la porte du salon et Dalton entra alors dans la pièce.

— La comtesse d'Heldon, annonça-t-il. Lady Juliet Ramsbottom ; Mr Harold Cox.

— Merveilleux ! s'exclama la duchesse, traînant son époux à sa suite pour saluer les nouveaux venus. Bienvenue à Greycliffe.

— Comme c'est… intéressant, qu'ils soient arrivés ensemble, commenta Percy.

Ophélia lui jeta un regard contrarié.

— Oh, chut, Percy. Ils se sont probablement croisés dans le hall en descendant les marches.

De quoi diable étaient-ils en train de parler ? Pas que cela fasse la moindre différence, Percy et Ophélia passaient leur temps à jacasser sur des rumeurs dont Ned se moquait totalement. Leurs sujets de conversation n'avaient pas le moindre intérêt à ses yeux.

Mais cette fois, c'était différent – l'un des sujets pourrait concerner sa future épouse. À cet instant, il ne voyait que Lady Heldon et Mr Cox. Il s'agissait forcément de Lady Heldon, vu qu'elle n'avait rien de commun avec Cicely. Elle avait les cheveux bruns, le regard fourbe et lubrique, des lèvres charnues, très rouges contre sa peau pâle ; et une énorme paire de…

Il détourna son attention sur Mr Cox. L'archétype du bourgeois londonien – manteau, cravate et pantalon dernier cri, cheveux blonds coupés à la dernière mode. Il ne lui manquait qu'un monocle pour parfaire le tableau – monocle qu'il tenait justement à la main.

Ned jeta un regard de connivence à Ellie.

Elle regardait Cox avec une extrême détermination. Bon sang. Qu'avait-elle en tête ?

— Voilà Juliet, fit remarquer Ophélia.

Ned considéra de nouveau le groupe – et eut l'impression de recevoir un coup en pleine poitrine. Le reste de la pièce disparut, il n'avait d'yeux que pour la femme exquise, sortie tout droit d'un rêve, en train de sourire à sa mère. Cicely.

La peine, le sentiment de perte et l'amour qu'il avait éprouvés pour son épouse – tout ce qu'il pensait avoir enfin surmonté – affluèrent de l'endroit sombre où il les avait reclus, ramenant des larmes au fond de ses yeux.

Ce n'était pas Cicely, ce n'était pas elle, mais…

Même Percy semblait stupéfait.

— C'est incroyable à quel point Lady Juliet ressemble à ma pauvre sœur, n'est-ce pas ?

Chapitre 4

Il faut parfois se montrer téméraire.

Préceptes amoureux de Vénus

En ramassant le bol de soupe encore intact d'Ellie, Thomas fronça les sourcils. Elle avait déjà dîné au château assez souvent pour que le satané valet sache que la soupe de tortue de chez Cook était l'une de ses préférées. Elle manquait juste d'appétit ce soir-là.

— La neige vous a-t-elle posé un problème pour venir de Londres, monsieur Cox ? demanda-t-elle, tout en se tournant vers le convive assis à sa droite.

Mr Humphrey, sur sa gauche, était occupé à sauver la dernière goutte de soupe, avant de consentir à abandonner son assiette.

— Hmm ?

Mr Cox avait les yeux rivés sur Lady Juliet, installée de l'autre côté de la table.

Cette femme était tout bonnement charmante. Elle était petite, avec une ossature délicate et des traits parfaits, des cheveux blond cendré, et de grands yeux bleus ornés de longs cils. Elle ressemblait énormément à Cicely, peut-être était-elle plus jolie encore, et à cet instant, elle contemplait Ned comme s'il était un dieu vivant.

Et lui, la regardait comme si elle incarnait la réponse à ses prières.

Bon sang !

Ellie considéra fixement la duchesse, assise à la gauche de Ned. Si Son Altesse était Sir Reginald, elle ronronnerait à coup sûr.

Ellie serra les dents.

— La neige a-t-elle compliqué votre voyage ? demanda-t-elle derechef à Mr Cox.

De toute évidence, elle perdait son temps avec lui – il était sous le charme de Lady Juliet. Elle ferait mieux de poursuivre Mr Humphrey de ses ardeurs.

Son estomac se noua.

Soudain, elle se rappela qu'elle avait déjà vingt-six ans. Elle voulait des enfants.

Des enfants bigleux à l'allure de petites taupes ?

Ah.

Cette seule idée lui coupa l'appétit.

— Non, pas le moins du monde, répondit Mr Cox, après avoir réussi à se détourner de l'objet de son affection.

Ses lèvres s'étirèrent en un sourire poli.

— Je suis venu à cheval. J'ai trouvé le froid et la neige assez… tolérables, finit-il par dire tout en posant encore une fois les yeux sur Lady Juliet, comme s'il ne pouvait s'en empêcher.

— Oui, nous sommes en février, après tout. J'imagine que nous devons nous attendre à un temps hivernal.

Ce commentaire profond n'exigeait pas de réponse ; Mr Cox hocha donc vaguement la tête.

Elle devrait définitivement se concentrer sur Mr Humphrey. Il devait bien y avoir quelque chose d'attirant chez cet homme, sinon il n'aurait pas été invité… À moins que la duchesse ne considère Ellie comme un cas désespéré et qui devrait se montrer follement reconnaissante envers n'importe quel mâle qui accepterait de l'épouser.

Mr Cox, en dépit de son physique avantageux, ne semblait pas du tout disposé à le faire. Son altesse ignorait-elle les sentiments de cet homme ? De nouveau, il lorgnait sur Lady Juliet.

Elle devait bien en être consciente – la duchesse des Cœurs prêtait attention à tous les hommes en costume. Ainsi, un obstacle quelconque avait dû s'interposer entre Lady Juliet et Mr Cox ; mais quand bien même, si tel était le cas, le narguer en lui mettant l'inaccessible sous le nez semblait plutôt cruel.

Lady Juliet l'ignorait superbement ; peut-être y avait-il anguille sous roche – elle ne lui rendait aucun de ses regards, un problème tristement répandu à cette réception. Dans ce cas, Mr Cox pourrait bien vouloir d'Ellie comme second choix. Certes, cette pensée n'était pas très réjouissante, mais en définitive, lui non plus n'était pas son premier choix. Et au moins, il lui donnerait de plus beaux enfants que Mr Humphrey.

— Mais la neige reste bien plus plaisante que la pluie et la boue, intervint Son Altesse, tournant son attention vers eux pour raviver le sujet du climat. N'êtes-vous pas d'accord, monsieur ? C'est bien plus joli et nettement plus divertissant. Ellie et moi en discutions justement plus tôt dans la journée, n'est-ce pas Ellie ?

Grands dieux, les yeux de la mère de Ned pétillaient d'espièglerie.

— Je crois que c'était votre propos, Votre Grâce.

— Bien sûr, c'est ce que je disais, rétorqua la duchesse tout en se penchant en avant, suscitant par la même occasion, un curieux mouvement au niveau de ses sourcils. Je vous le demande, monsieur : que peut-il y avoir de mieux que de glisser tranquillement dans la neige, en compagnie d'une belle dame emmitouflée d'une couverture en fourrure ? ajouta-t-elle, en désignant Ellie du regard.

Mortifiée, Ellie n'allait sans doute pas tarder à rendre l'âme, tombant la tête la première dans le lièvre rôti que Thomas venait de lui mettre sous le nez. On aurait pu s'attendre à plus de subtilité de la part de la duchesse des Cœurs. Au moins, Mr Cox avait le bon goût de prendre les tentatives maladroites de l'entremetteuse avec le sourire.

— Je ne peux que vous donner raison, Votre Grâce.

Son ton aimable paraissait aussi forcé que son sourire, mais à défaut de mieux, il faisait l'effort de se montrer sociable.

— Formidable ! commenta la duchesse, tout en leur adressant un sourire rayonnant, à lui et Ellie. Dès que la neige s'arrêtera, je suis d'avis que nous sortions notre traîneau. Nous disposons aussi de luges, pour les plus intrépides. Je connais une ravissante colline pour y faire de la glisse. N'est-ce pas, Ned ? demanda-t-elle en se tournant vers son fils.

Ned interrompit un instant – avec une réticence des plus évidentes – sa conversation avec Lady Juliet.

— Quoi donc, mère ?

— Que nous avons non loin de la maison une colline parfaite pour faire de la luge. Souviens-toi des heures que vous avez passées sur cette pente, les autres garçons et toi, tout près de l'étang, après chaque chute de neige.

— Oui, bien entendu, je m'en souviens, mais…

— Ellie, Jess et Cicely nous accompagnaient, elles aussi, commenta Jack depuis son siège, de l'autre côté de Lady Juliet.

Les réceptions données par la duchesse étaient toujours très informelles ; parler à table n'était pas seulement toléré mais encouragé.

— Cicely ne faisait jamais de luge – elle se plaignait sans cesse du froid et rentrait de bonne heure – mais Ellie et Jess participaient. Elles se montraient tout à fait téméraires.

— Téméraires, Lord Jack ? plaisanta Ellie, s'efforçant d'avoir l'air aimable.

Elle aurait largement préféré arracher la patte du lièvre et la lui jeter en pleine figure. Comme ils dînaient dans l'une des plus petites salles à manger, il se pourrait bien qu'elle vise juste. Crier haut et fort qu'elle avait été un vrai garçon manqué durant sa jeunesse n'allait pas l'aider à faire avancer ses ambitions matrimoniales – bien sûr, jeter de la nourriture ne servirait pas non plus ses intérêts.

— Vous m'aviez surnommée « Ellie la chipie », me semble-t-il.

— Évidemment. Vous essayiez sans cesse de voler ma luge.

Pour sa défense, elle n'avait pas eu tellement le choix. Père estimait que la luge n'était pas une activité convenable pour une fille, Ellie n'en possédait donc pas. Et bien sûr, il avait raison. Elle aurait mieux fait de rentrer avec Cicely. Jess était différente – elle n'avait que faire de l'opinion des autres. Et aussi loin qu'Ellie s'en souvienne, il avait toujours été évident qu'elle épouserait Ash.

— Je voulais seulement l'emprunter, plaida Ellie.

— En permanence !

— Si mes souvenirs sont bons, commença Ash, Ellie arrivait à récupérer la luge aussi souvent qu'elle le voulait.

— Seulement parce qu'elle était plus grande que moi à l'époque, commenta Jack, tout en adressant un signe de tête au duc. Et parce que père m'aurait réprimandé si je lui avais enfoncé la tête dans la neige, comme j'en avais tellement envie.

— Effectivement, confirma le duc en fronçant les sourcils. En l'état, j'ai dû te rappeler à plus d'une reprise qu'un gentleman ne se bat pas avec une dame.

— Je n'avais pas conscience de causer tant de difficultés.

Peut-être que si elle s'excusait, Jack changerait de sujet.

— Je suis profondément désolée.

— Oh, ne le soyez pas, ma chère, reprit le duc en lui décochant un sourire. Je pensais que ce serait une bonne chose pour Jack d'apprendre dès l'enfance comment gérer une fille au caractère bien trempé. Je suis certain qu'il a su faire bon usage de ce talent.

La duchesse éclata de rire.

— Sans aucun doute.

— Je ne sais pas, père. Jamais une autre femme n'a essayé de me voler ou de m'attaquer avec une boule de neige entre-temps, rétorqua Jack, avant de se retourner vers Ellie. Je vous préviens, Ellie, je tire beaucoup plus fort aujourd'hui, alors prenez garde si vous aviez l'intention de vous lancer dans une bataille ces jours-ci.

— Oui, en effet, méfiez-vous mademoiselle Bowman.

Au-delà d'être démesurément forte, la voix de Miss Wharton avait une sonorité nasale tout à fait désagréable.

— Lord Jack fait de la boxe avec Gentleman Jackson en personne. C'est devenu un vrai champion ; tout le monde en parle à Londres.

— Je suis sûr qu'Ellie sait pertinemment que je n'oserais jamais la bombarder de boules de neige, mademoiselle Wharton.

Les derniers mots de Jack se voulaient cassants, mais il était impossible de dire si Miss Wharton l'avait remarqué. En effet, c'est à ce moment précis que Mr Humphrey se lança dans une tirade interminable.

— Mademoiselle Wharton, bien que je sois convaincu que Miss Bowman apprécie votre sollicitude, je suis persuadé qu'elle est pleinement consciente, ayant grandi en âge et en sagesse depuis son enfance, que même si elle a montré un jour la témérité et l'imprudence de jeter une boule de neige à Lord Jack, une telle activité, maintenant qu'elle est adulte – voire mature, si je puis me permettre – est tout à fait inconvenante, pour ne pas dire indécente.

Comme pour ponctuer son discours, il grimaça, puis se tourna vers Ellie.

— N'ai-je pas raison, mademoiselle Bowman ?

Ellie prit une grande inspiration. Mr Humphrey était assis juste à côté d'elle ; et la patte de lapin encore intacte, dans l'assiette devant elle. Elle n'aurait même pas besoin de viser…

Frapper un prétendant éventuel en pleine tête avec les mets servis pour son dîner n'allait pas arranger sa situation aux yeux d'un homme. Un peu de tenue, voyons. Elle voulait des enfants.

— Euh…

— Vous avez tout à fait raison, monsieur, enchaîna Jack, profitant de son désarroi momentané. Ellie est devenue un véritable bonnet de nuit.

Jack, en revanche, n'était pas un prétendant éventuel. Si elle ne pouvait lui jeter de la nourriture maintenant, peut-être aurait-elle l'occasion de lui renverser une tasse de thé sur la tête un peu plus tard.

— Vous souvenez-vous de l'époque où Ellie insistait pour utiliser le tremplin que vous aviez construit, Ash ?

Percy avait décidé de prendre part à cette conversation ridicule. Ellie lui lança une œillade assassine ; il croisa son regard puis se concentra sur Ash.

— Il a bien fallu un quart d'heure pour la déterrer sous cet amoncellement de neige.

— Je m'en souviens, répondit Ash en hochant la tête.

Jack éclata de rire.

— Comment oublier ? Vous hurliez à la mort, Ellie. Vous aviez la bouche pleine de neige lorsque nous vous avons enfin libérée.

— Quel… courage, mademoiselle Bowman ! commenta Juliet en baissant les yeux sur son assiette, offrant ainsi une belle démonstration de bienséance féminine. Je suis certaine que je serais bien trop timide pour oser quoi que ce soit d'aussi effrayant.

Mr Cox émit un son étrange, à mi-chemin entre le ricanement et le grognement. Il portait sur Lady Juliet un regard curieusement cynique.

— Et vous auriez raison, s'empressa d'ajouter Ned. Ellie est bien plus robuste que vous.

Il lui lança un regard impénétrable, avant de poursuivre.

— Mais Mr Humphrey a raison ; elle ne ferait pas une telle chose maintenant qu'elle n'est plus une petite fille.

— Ah ! Je reconnais un défi quand j'en vois un, s'exclama Jack. Qu'en dites-vous, Ellie ? Allez-vous nous prouver le contraire, à Ned et moi-même ? Je consentirais même à vous prêter ma luge, si tel était le cas.

— Non, merci.

— Oh, ne vous faites pas prier, mademoiselle Bowman.

Lady Heldon parlait d'un ton roublard, assez surprenant pour une femme, et vaguement obscène – le genre de voix qu'Ève avait dû utiliser pour persuader Adam de croquer la pomme dans le Jardin d'Éden.

— Je suis assez impatiente de vous voir donner une leçon aux hommes de la famille Valentine – et à nous autres, surenchérit-elle. Vous n'êtes pas d'accord, Lady Ophélia ?

— Absolument, repartit l'intéressée en se tournant vers le duc. Je vous en prie, Votre Grâce, joignez votre prière à la nôtre.

— Oh non. J'espère avoir trop de bon sens pour oser dicter son comportement à une femme adulte.

— Exactement, appuya la duchesse, tout en se penchant en avant, les yeux pétillants. Peut-être devrais-je faire la course contre vous, Ellie. Je n'ai pas fait de luge depuis des années.

Ellie manqua de s'étouffer avec la bouchée de lièvre qu'elle avait bêtement essayé d'avaler. Mr Humphrey leva la main comme pour lui donner une tape dans le dos par sollicitude, mais elle se décala.

— Faire la course contre elle ? répéta le duc, les yeux écarquillés. Vous n'allez tout de même pas descendre la colline en luge, ma chère !

— Ah non ? rétorqua la duchesse, les yeux ronds comme des billes. Ne venez-vous pas de dire que vous aviez trop de bon sens pour dicter son comportement à une femme ?

— Euh, si, mais je ne parlais pas de vous.

De toute évidence, le duc voyait les ennuis se profiler, mais n'en demeurait pas moins un homme courageux, caractérisé par une volonté de fer.

La duchesse écarquillait tant les yeux que ses sourcils disparurent sous sa coiffe.

— J'essaie simplement d'assurer votre sécurité, ma chère. Vous n'êtes plus aussi jeune qu'autrefois.

La mâchoire de la duchesse se crispa.

— Je ne suis pas mourante non plus.

— Pas encore.

Ils se regardèrent avec insistance pendant un moment, puis la duchesse sourit.

— Je serai prudente.

Le duc poussa un grognement.

— Quelqu'un voudrait-il lancer un pari ? demanda Jack. Qui va donc remporter la grande course annuelle de la réception des Valentine – la duchesse de Greycliffe ou Miss Eleanor Bowman ?

— Jack !

Ellie reprit son souffle ; hurler à table n'était pas plus approprié pour une femme respectable, que de jouer avec la nourriture. Elle se tourna vers la duchesse.

— Votre grâce, je n'ai aucunement l'intention d'aller faire de la luge.

— Voyons, ne soyez pas rabat-joie, Ellie, rétorqua la duchesse. Ça promet d'être amusant.

Mr Humphrey se racla la gorge. Nom de nom, qu'allait-il bien pouvoir dire encore ?

— Loin de moi l'idée de prétendre vous donner un conseil, Votre Grâce, mais j'avoue être inquiet pour votre sécurité ; toutefois, je sais que je n'ai nullement besoin de m'en faire puisque vous vous rangerez nécessairement à l'avis du duc, tout comme Miss Bowman a été convaincue, si je puis me permettre, par mon avis supérieur de mâle.

Ellie, bouche bée, tourna la tête pour dévisager l'homme. À la table, on entendait les mouches voler.

— Quoi ? demanda-t-il en regardant autour de lui. Aurais-je dit quoi que ce soit de fâcheux ?

— Pas si vous cherchiez à vous faire arracher la tête, puis vous la faire réduire en miettes et recracher sur vos bottes, commenta Jack, incapable de mâcher ses mots.

— À la réflexion, Votre Grâce, ajouta Ellie, montrant toutes ses dents à Mr Humphrey dans ce qui aurait pu passer pour un sourire, je crois que je vais me joindre à vous.

— Vous ne comptez pas vraiment faire de luge, Ellie, si ? demanda Ned en lui prenant sa tasse de thé des mains.

Il regarda de nouveau Lady Juliet, assise avec Percy et Ophélia, et son cœur fit un bond dans sa poitrine.

Elle ressemblait tant à Cicely. Il avait beau savoir que ce n'était pas elle, son cœur n'en avait cure. Mais était-ce vraiment important ? Auprès d'elle, il se sentait de nouveau fort et protecteur.

D'autant que mère estimait que c'était un bon parti pour lui, et mère était la duchesse des Cœurs. Il devrait se fier à son jugement, d'autant qu'il en avait envie, pour une fois.

Si seulement Lady Juliet n'était pas si frêle… La sage-femme lui avait pourtant assuré que la mort de Cicely n'était pas due à sa taille menue, que parfois même des femmes rondes mouraient en couches. Peut-être que…

— Si, je compte bien faire de la luge.

— Comment ?

Il reporta son attention sur Ellie. Son visage arborait cette expression revêche, renfrognée, qu'il ne lui avait pas vue depuis l'enfance.

— Voyons, ne soyez pas ridicule !

Le visage d'Ellie se ferma.

D'accord, peut-être s'était-il montré un peu trop brutal, mais, bon sang, elle se comportait vraiment de manière grotesque.

Ellie lui lançait à présent un regard de défi.

— Je ne vois vraiment pas en quoi cela vous concerne, Lord Edward.

Il s'efforça de lutter contre son mauvais caractère.

— Cela me concerne parce que je me soucie de vous, Ellie. Vous savez pertinemment que je vous considère comme la sœur que je n'ai jamais eue.

Ellie écarquilla les yeux. On aurait dit qu'elle était à deux doigts de vomir sur ses chaussures.

Il recula d'un pas.

— Je ne suis *pas* votre sœur.

— Grands dieux, ne criez pas.

Bon sang, qu'est-ce qui clochait chez elle ? Au fond, Ellie était une personne sensée ; elle devait seulement être de méchante humeur ce soir-là, sans doute à cause de la petite catastrophe mensuelle. Cicely avait parfois des comportements irrationnels à l'approche de ses règles.

Il regarda autour de lui. Personne ne semblait leur prêter la moindre attention, hormis sa mère qui souriait et lui faisait un signe de main. Voulait-elle qu'il retourne auprès de Lady Juliet ? Il s'exécuterait dans un moment. Il avait hâte de retrouver Lady Juliet qui ne se comporterait certainement pas en mégère, elle.

— Et je ne vous considère pas comme mon frère.

Aïe. Le jeune homme pensait qu'ils étaient très proches, plus proches que de simples amis. Durant ces années infernales, elle avait été son seul repère, un havre de paix dans la tempête de douleur et de culpabilité qui faisait rage en lui.

Il devait se rappeler que, bientôt, il aurait une épouse à qui se confier à la place.

— La luge, c'est bon pour les enfants, vous avez passé l'âge.

— Je suis fort aise que vous l'ayez remarqué.

Sa voix transpirait le sarcasme, mais il sentit aussi un léger tremblement, comme si elle vibrait d'une émotion plus forte.

— Il me semble pourtant vous avoir vu en faire avec Jack – et même Ash – pour Noël, et vous êtes plus âgés que moi.

Touché. Jack avait encore été l'instigateur de la chose cette fois-là, encouragé par un – voire deux ou trois – verre de cognac. Ils étaient assis dans le bureau d'Ash, observant les derniers flocons tomber nonchalamment dehors, lorsque Jack avait eu l'idée de sortir les luges pour faire une ou deux descentes avant la tombée de la nuit.

Au départ, Ned avait résisté et s'était plaint tout le long du chemin menant à la colline, mais dès qu'il avait dévalé cette pente, le souffle coupé par le vent et les joues tiraillées par le froid, sa mauvaise humeur s'était volatilisée. Il s'était senti ressuscité, comme si son cœur n'était pas mort avec Cicely, mais s'était seulement figé dans la glace. C'est à ce moment-là qu'il avait envisagé de se remarier.

— C'est différent.

— Je ne vois pas pourquoi.

Bon sang, sa tête commençait à tourner de nouveau.

— Vous êtes une femme. Vos jupons pourraient se prendre dans les patins.

— Allons bon, au pire, je me retrouverais dans une posture peu élégante, étalée de tout mon long, dans la neige froide et humide. Je suis taillée dans un bois solide. Je survivrai.

Et pourquoi diable avait-il la vision soudaine de ses jupons en train de se soulever pour révéler des dessous en soie rouge ?

Il se frictionna le front et les tempes, mais cela ne fit pas la moindre différence.

— Vous pourriez vous casser la jambe – ou le cou.

— Et je pourrais aussi trébucher et tomber dans le feu en passant près de la cheminée ou encore m'ébouillanter ici, juste sous vos yeux, surenchérit-elle en secouant sa tasse de thé vers lui.

Elle se montrait délibérément bornée.

— Qu'en est-il de votre réputation ? Lady Heldon et Ophélia prendront un malin plaisir à colporter cette anecdote.

Le mépris fit frémir les lèvres d'Ellie.

— Ma réputation peut bien survivre à une malheureuse histoire de luge. Souvenez-vous que je viens d'avoir vingt-six ans ; je ne suis plus vraiment une jeune fille. D'ailleurs, quel scandale cela pourrait-il bien causer ? D'autant que votre mère a l'intention de se joindre à moi.

— Père ne le permettra jamais.

— Je pense que la duchesse fera comme bon lui semblera, rétorqua Ellie en fronçant les sourcils.

Elle avait sans doute raison sur ce point.

— Quand bien même, insista Ned, ma mère est mariée. Elle n'a pas à s'inquiéter de dégoûter ses prétendants. Vous, si.

Le rouge monta aux joues d'Ellie.

— Ah oui ?

Le ton brusque de sa voix le fit marquer une pause, mais seulement un instant.

— Oui. Si vous souhaitez attirer les faveurs d'un homme, vous devez vous comporter de manière plus circonspecte, affirma-t-il en fronçant les sourcils. En d'autres termes, votre comportement habituel.

La tasse de thé d'Ellie heurta sa soucoupe, et il sursauta.

— Faites attention. Il me semble que mère aime beaucoup ce service.

Elle ignora sa mise en garde.

— Je ne prétends pas que mon « comportement habituel » a remporté beaucoup de succès par le passé. Au cas où cela vous aurait échappé, je suis encore vieille fille.

Il tenta de se maîtriser, mais sans y parvenir tout à fait.

— D'après ce que mère m'a laissé entendre, vous auriez pu vous marier plusieurs fois si vous aviez arrêté de vous cacher avec Ash et n'aviez pas découragé les hommes qu'elle avait invités pour vous à ces maudites réceptions.

Les joues d'Ellie s'empourprèrent encore, devenant presque aussi rouges que ces dessous en soie…

Les portait-elle à cet instant ?

Le regard de Ned glissa vers une zone où il n'était pas supposé s'aventurer. Pourquoi porterait-elle un morceau de tissu aussi scandaleux sous une robe de matrone aussi informe ?

Il releva les yeux vers son visage. Cela n'était pas son problème – et rien que d'y penser, sa tête le faisait souffrir encore plus.

— Alors j'imagine que je ferais mieux de faire plus ample connaissance avec Mr Cox et Mr Humphrey, trancha-t-elle. Si vous voulez bien m'excuser.

Elle le dépassa, mais il la retint par le bras.

— Que vous arrive-t-il, Ellie ? Vous n'êtes pas vous-même ce soir.

Elle se mordilla la lèvre, puis secoua la tête et regarda au loin.

— Ou peut-être que je le suis enfin !

Elle le contourna. Elle ne se dirigea ni vers Mr Cox ni vers Mr Humphrey, mais à la place, s'arrêta pour examiner le portrait du tout premier duc de Greycliffe – une peinture qu'elle avait déjà vue un nombre de fois incalculable.

Bon sang, qu'est-ce qui n'allait pas chez elle ?! Ned se massa le front une fois encore. Il se sentait tout retourné, comme s'il venait d'atterrir dans un asile de fous.

Il regarda fixement Lady Juliet ; elle croisa son regard et sourit. Au moins une femme se réjouissait-elle de passer du temps en sa compagnie.

Sa mère n'avait qu'à s'occuper d'Ellie.

Chapitre 5

Une pointe de jalousie renforce les liens.

Préceptes amoureux de Vénus

La situation pouvait-elle encore s'aggraver ? Cette année, elle s'était juré d'accepter le fait que Ned la considérait comme une amie, mais au fin fond de son cœur, même si elle avait essayé de le nier de toutes ses forces, elle avait espéré. Et à présent…

Bon sang, il la considérait comme une sœur.

L'estomac d'Ellie se noua et la tête lui tourna comme si elle était sur le point de s'évanouir. Elle s'efforça d'inspirer profondément. Elle devait paraître calme, placide – se comporter normalement, en somme, comme Ned l'avait fait remarquer. Elle ne devait en aucun cas faire tomber le masque, d'autant plus qu'elle venait de parler avec lui. Ellie était persuadée que la duchesse allait deviner la raison de son trouble, et refusait de révéler ses sentiments plus qu'elle ne l'avait déjà fait.

Elle reprit de nouveau son souffle. Tout irait bien. Elle…

— Mademoiselle Bowman ?

— Ah ! s'écria-t-elle en sursautant.

Mr Cox se tenait juste à côté d'elle.

— Veuillez m'excuser si je vous ai surprise.

Le ton de sa voix était grave, mais ses yeux pétillaient. Il inclina la tête en direction du tableau.

— Étiez-vous subjuguée par la tenue splendide de notre compagnon ?

— Pardon ?

Elle regarda le portrait. Le premier duc de Greycliffe – accoutré d'une énorme collerette, d'un pourpoint criard, de culottes bouffantes, de bas blancs et de chaussures à talons hauts pourvues d'énormes pompons – lui lançait un regard noir.

— N-non. Je vous avoue que je ne regardais pas du tout la peinture.

— Tant mieux. Je craignais que vous n'admiriez son élégance, ajouta Mr Cox, un grand sourire aux lèvres. Ces atours ne sont pas à mon goût – en particulier les chaussures.

Ellie lui rendit son sourire. Il incarnait l'image même de la perfection masculine ; n'importe quelle femme sensée tomberait immédiatement sous son charme.

Beaucoup de femmes étaient d'ailleurs tombées dans ses filets – exception faite de Lady Juliet, apparemment. Et d'Ellie, malheureusement. En dépit du physique attrayant de Mr Cox et des attentions dont il l'entourait, la jeune femme restait de marbre. Il n'était pas Ned.

Ned, qui la considérait comme une sœur et restait insensible à ses charmes. Bon sang !

— Les chaussures sont tout à fait remarquables, je vous l'accorde.

Peut-être que si elle essayait de trouver Mr Cox plus attirant…

— Comme vous pouvez le constater, le premier duc avait un penchant pour la mode. On prétend qu'il faisait des ravages auprès des femmes en son temps et qu'il a brisé plus d'un cœur.

Mr Cox secoua la tête.

— Fascinant. On dirait un parfait freluquet, non ? Mais je dois avouer que nous avons aussi un ou deux ancêtres accoutrés de la sorte sur les murs de la demeure familiale, glousssa-t-il. J'imagine qu'ils seraient tout autant horrifiés en voyant ma tenue.

Il écarta légèrement les bras, comme pour inviter Ellie à examiner celle-ci. Elle s'exécuta donc, bien qu'elle eût déjà remarqué comme il portait bien son manteau et son pantalon. Hélas, elle ne l'appréciait que sur un plan purement esthétique.

Pourtant, elle éprouvait bel et bien de l'admiration à son égard. Il était nettement plus attirant que Mr Humphrey. Et si quelque chose s'interposait entre lui et Lady Juliet, alors il se pourrait bien qu'Ellie et lui finissent par s'entendre – suffisamment pour faire quelques enfants.

Elle sourit, faisant de son mieux pour se prêter au jeu de la séduction.

— Je pense pouvoir confectionner quelques pompons pour vos chaussures, si vous le désirez.

— Non, merci, sans façons, repartit-il en lui tendant le bras. Accepteriez-vous de faire quelques pas en ma compagnie ?

Dans le passé, elle aurait décliné l'invitation et se serait empressée d'amorcer une grande conversation avec Ash. Elle jeta un coup d'œil vers celui-ci, qui était en compagnie de Jack, Miss Wharton et Lady Heldon. Vu la tête qu'il faisait – tout aussi sinistre que celle de Jack – il l'aurait accueillie à bras ouverts si elle avait tenté de les rejoindre. Elle devrait…

Elle devrait faire un tour avec Mr Cox. Comme Ned l'avait fait remarquer, elle serait déjà mariée si elle n'avait pas passé son temps à déjouer les plans de la duchesse. Mariée, voire même mère de famille.

Hors de question qu'elle perde une minute de plus. Elle posa sa main sur la manche de Mr Cox.

— J'en serais enchantée, monsieur. Quel dommage qu'il neige autant ; les jardins de Greycliffe sont tout à fait charmants, même en hiver.

Et s'ils s'étaient promenés dehors, elle aurait pu échapper au regard inquisiteur de la duchesse. La mère de Ned était assise près du duc, de Miss Mosely – la femme effacée qui se tenait à côté d'Ash avant le dîner – et de la taupe, mais elle sourit et fit un signe de tête à Ellie, sans prêter attention au babillage incessant de Mr Humphrey. En fait, Miss Mosely était la seule à l'écouter – le duc regardait sans cesse sa montre de gousset, tentant probablement d'évaluer combien de temps il devrait endurer ce supplice avant que la duchesse ne l'autorise à s'échapper.

— Son altesse a mentionné que votre père était pasteur, dit Mr Cox tandis qu'ils passaient devant le portrait hargneux du second duc. Avez-vous grandi dans les environs ?

— Oui. Père a toujours vécu dans la région – c'était un des camarades de classe du duc et il s'est établi ici juste après son ordination.

C'était sa maison – Greycliffe et le presbytère – le seul foyer qu'elle eût jamais connu. Si elle se mariait – ou plutôt quand elle se marierait – elle devrait tout abandonner. Il se pourrait bien qu'elle ne revoie jamais le duc, la duchesse, Ash, Jack, Ned…

Elle chassa cette sombre pensée et s'efforça de sourire.

— Vous allez penser que je suis vraiment une fille de la campagne, monsieur, car je n'ai jamais franchi les frontières de la paroisse.

— Pas même pour aller à Londres ? demanda-t-il, les sourcils froncés.

Elle secoua la tête.

— Non. Père ne pouvait pas se permettre une Saison, surtout avec quatre filles à lancer dans la vie. La duchesse a proposé de prendre ces frais à sa charge, mais je ne voulais pas lui être redevable à ce point.

Cela n'avait pas été la seule raison. Elle n'avait pas pris la peine d'aller chercher un époux à Londres parce que celui qu'elle voulait était là, à Greycliffe – ou à Linden Hall, dès que Ned avait atteint sa majorité et que le duc lui avait fait don de cette propriété superflue.

Elle avait toujours rêvé de voir Linden Hall, mais l'occasion ne s'était pas présentée. Si Cicely avait survécu, elle aurait pu lui rendre visite…

Peut-être que cela n'aurait pas été une bonne idée.

— C'était extrêmement généreux de sa part, fit remarquer Mr Cox en haussant les sourcils.

Ça l'était en effet, mais le duc et la duchesse étaient généreux.

— Pourquoi semblez-vous si surpris ? Père et le duc sont amis – mère et la duchesse également.

Ils marquèrent un temps d'arrêt sous le regard maussade du troisième duc. Elle leva les yeux vers la moue boudeuse et les narines dilatées de l'homme – elle avait souvent taquiné Ned sur le fait que ses ancêtres semblaient ballonnés.

— Je ne suis pas habitué à ce que des gens de mon rang pensent à quoi que ce soit d'autre qu'à eux-mêmes, répondit Mr Cox.

— Ah ?

Ellie le dévisagea. Il ne quittait pas du regard Lady Juliet, assise près de Percy, Ophélia et Ned. Elle semblait concentrer toute son attention sur ce dernier. Elle s'esclaffait sans vergogne à la moindre de ses interventions, et Ellie eut l'impression qu'on enfonçait une lame dans ses entrailles. Elle se retourna vers Mr Cox – toujours absorbé dans la contemplation de Lady Juliet.

— Le duc et la duchesse sont les seuls nobles que je connaisse, dit-elle, et le duc ne s'attendait pas à hériter – son titre lui fut dévolu à l'âge de treize ans – ce qui explique sans doute pourquoi son attitude diffère de celle d'un homme né et élevé pour prétendre à ce titre.

Ned devait être sérieusement intéressé par Lady Juliet pour consentir à se soumettre aussi longuement à la compagnie de Percy. L'expression qu'il affichait en la regardant – déterminée et tendre à la fois – était exactement la même que celle qu'il avait quand il posait les yeux sur Cicely.

Ellie avait l'impression qu'on lui avait arraché les entrailles, à tel point qu'elle craignait de glisser dessus.

— L'expérience m'a prouvé que les nobles se montrent souvent déraisonnables, expliqua Mr Cox, faisant de son mieux pour se concentrer sur Ellie. Le titre a tendance à leur monter à la tête. Mais le duc et la duchesse sont différents, cela saute aux yeux. Il paraissait évident à table qu'ils vous considèrent comme leur propre fille.

— Oui.

Ellie s'en était toujours félicitée – elle avait mis fille et belle-fille au même niveau dans sa tête – mais maintenant qu'elle savait que Ned la considérait comme une sœur, l'idée lui semblait nettement moins attrayante.

— J'étais souvent dans leurs pattes. Comme vous l'avez sans doute compris, nous avons partagé les jeux de notre enfance.

Il s'arrêta devant un dessin d'Ash représentant le château au milieu des jardins en fleurs, et sortit son monocle pour l'examiner de plus près.

— Donc vous connaissez bien Lord Ashton, Lord Edward et Lord Jack.

— Oui, comme mes propres frères… même si Ash est le seul à vivre encore ici. Lord Jack est à Londres le plus souvent, et Lord Edward est installé dans son propre domaine.

Mr Cox acquiesça et remit son monocle dans sa poche.

— Ashton et Lord Edward ne viennent jamais en ville, si ?

— Non, aucun des deux n'est attiré par Londres.

— Peut-être y allaient-ils plus souvent lorsqu'ils étaient mariés ?

— Ash est toujours marié, fit remarquer Ellie en fronçant les sourcils.

— Oui, enfin, je voulais dire lorsqu'ils étaient avec leurs épouses. Avaient-ils pour habitude de les emmener en ville ?

Quel intérêt cela pouvait-il représenter à ses yeux ? Ash et Jess s'étaient séparés le jour de leurs noces, mais si Mr Cox l'ignorait, Ellie ne comptait pas l'en informer. Et Cicely était déjà enceinte à son retour de lune de miel.

— Non, mais je crois que ni Jess ni Cicely ne s'intéressaient vraiment à Londres. Elles n'ont jamais manifesté l'envie d'aller en ville lorsque nous étions enfants.

— Les Saisons mondaines ne les faisaient-elles pas rêver ?

— Je crois qu'elles étaient plutôt satisfaites d'être ici à la campagne.

C'est-à-dire précisément là où elle ne serait jamais une fois mariée. Enfin, il se pourrait bien qu'elle vive à la campagne, mais pas dans les parages. Elle devrait tout quitter pour la demeure de son mari et vivre au milieu d'étrangers. Un frisson d'angoisse parcourut sa colonne vertébrale.

Au moins, il resterait les enfants – ses enfants. Elle devait se concentrer là-dessus.

— Parlez-moi de votre demeure, monsieur.

En recueillant quelques détails, peut-être arriverait-elle à se convaincre que déménager serait une aventure.

— Je n'en ai pas vraiment, mademoiselle Bowman. J'ai bien une garçonnière en ville, mais en tant que cinquième fils de ma fratrie, je suis plus ou moins démuni.

— La duchesse m'a fait part de votre souhait d'entrer dans les ordres.

Mr Cox sourit mais son regard demeurait résolument sombre.

— C'est certainement ce qu'espère ma mère. Je voulais m'enrôler dans l'armée, mais mon père a refusé de m'acheter une charge, et maintenant que Boney n'est plus une menace..., dit-il en soupirant. Peut-être que je rejoindrai le clergé.

— Vous ne devriez pas si cette perspective ne vous réjouit pas.

Elle n'avait pas son mot à dire sur la question, bien évidemment, mais Ellie avait trop souvent entendu son père se plaindre de gens d'église peu enthousiastes pour s'abstenir de tout commentaire.

— Il faut bien que je fasse quelque chose, mademoiselle Bowman. Je ne suis pas un homme riche.

Il hésita, puis poursuivit, sur un ton un peu cru.

— Je vous avoue que les locomotives à vapeur me passionnent, mais certains estiment qu'investir dans de telles entreprises n'est qu'une basse affaire de commerce.

Il jeta un nouveau coup d'œil à Lady Juliet…

Mon Dieu, et dire que Lady Juliet la regardait, elle ! Et Ned fronçait les sourcils, les yeux rivés sur elle. Qu'est-ce qui n'allait pas chez eux ? Elle n'avait pas échangé deux mots avec Lady Juliet et faisait exactement ce que Ned lui avait suggéré, à savoir se conduire d'une manière tout à fait irréprochable avec un éventuel soupirant. Elle rendit son froncement de sourcils à Ned.

— Le monde change de nos jours, monsieur Cox.

— Pourrais-je avoir votre attention s'il vous plaît ? demanda la duchesse en claquant des mains.

Elle avait rejoint Ash et Jack, laissant le duc, qui tentait désespérément de réprimer ses bâillements, seul avec Mr Humphrey et Miss Mosely.

— Miss Wharton a proposé de chanter pour nous, et comme je suis convaincue que d'autres parmi vous souhaitent en faire autant, nous allons nous diriger vers la salle de musique.

Le duc bondit aussitôt pour escorter sa femme – et échapper à Mr Humphrey et Miss Mosely.

Ellie aurait préféré prendre congé dans sa chambre et se couvrir la tête du dessus-de-lit, mais il était encore trop tôt, et avait par ailleurs un époux potentiel à séduire – elle se surprit à l'espérer. Elle sourit et laissa Mr Cox la guider jusqu'à la salle de musique. Avec un peu de chance, Miss Wharton aurait une voix plus agréable en chantant qu'en parlant.

Ned s'assit près de Jack et regarda Miss Wharton se préparer. Elle avait essayé de convaincre Jack de l'accompagner au piano, mais il s'était caché derrière son écharpe – puis s'était entouré d'Ash et Ned pour protéger ses arrières, tandis qu'elle s'avançait devant l'assemblée. Elle n'aurait pas d'autre choix que de s'installer ailleurs dès qu'elle aurait terminé.

Ned reporta son attention sur Mr Cox, installé à l'avant, lui aussi. Le gredin était bien trop beau et élégant, et s'asseyait bien trop près d'Ellie, au point de pouvoir lui chuchoter à l'oreille. Il lui avait aussi accordé beaucoup d'attention dans le salon, monopolisant son temps. À quoi jouait-il ?

Il n'avait pas intérêt à jouer avec ses sentiments. Si Mr Cox pensait que personne ne veillait à la protéger, il faisait fausse route. Ned sentit ses poings se serrer. Qu'est-ce qu'il aimerait envoyer un coup dans le nez de Cox, écraser ses os et sa chair, faire couler le sang sur la cravate blanche de ce dépravé…

Jack lui donna un coup d'épaule.

— Cesse donc de grommeler.

— Quoi ? demanda Ned en le fusillant du regard. Je ne grommelle pas.

— Bien sûr que si. Je t'entends d'ici.

— Tu devrais te mettre de la cire dans les oreilles.

— Si j'avais de la cire dans les oreilles, je ne t'aurais pas entendu.

Ned serra les poings. Peut-être frapperait-il Jack dans un premier temps.

Ash se pencha vers eux. Il avait récupéré la chaise près du mur, et était donc débarrassé de Lady Heldon.

— Pourquoi vous disputez-vous tous les deux ?

— Pour rien.

Ned jeta un coup d'œil à Lady Juliet de l'autre côté. Il devrait lui faire la conversation, mais elle n'avait d'yeux que pour Mr Cox et semblait furieuse.

Elle avait dû rencontrer ce scélérat à Londres ; il se renseignerait sur la réputation de cet homme dès que Miss Wharton aurait fini de chanter. Si elle savait quoi que ce soit de répugnant, il en toucherait deux mots à son père. Sa mère était capable de faire des erreurs, visiblement – il n'y avait qu'à regarder ce balourd de Mr Humphrey.

— Ned était en train de grommeler, expliqua Jack.

L'intéressé tourna la tête pour dévisager son frère.

— Pour la dernière fois, je ne grommelais pas.

— Je sais ce que j'ai entendu. Tu lançais un regard noir à Cox, tout en serrant les poings et en grognant.

— Si nous n'étions pas dans la salle de musique de mère, je te montrerais ce que c'est de grogner.

Leur père, assis devant eux, se retourna et haussa les sourcils.

— J'ignore à quel sujet vous chuchotez, mais vous réglerez ça plus tard. Miss Wharton va commencer.

La duchesse avait contraint Percy à jouer du piano avec elle. L'accompagnement serait supportable, c'était déjà ça. Malgré tous ses défauts, Percy était un excellent musicien. Il savait jouer sur la corde sensible. Le duc se retourna, et Ned, après avoir adressé à Jack un dernier regard sans équivoque, se rassit dans son siège.

Un son étrangement doux résonna.

Il ne fut pas le seul à manifester son soulagement, tous émirent un soupir étouffé ou toussèrent discrètement. Miss Wharton sembla ne rien remarquer. Elle chantait allégrement avec une pure voix de soprano, visiblement emportée par la musique, et une fois terminé, elle rougit d'une manière charmante en entendant les applaudissements enthousiastes.

— Au moins, tu auras un peu de distraction si elle arrive à t'épouser, glissa-t-il à Jack.

— Très amusant. Je n'aime pas la musique à ce point-là, tu le sais bien.

— Elle cherche un siège, intervint Ash. Devrais-je lui laisser le mien ?

Jack prit un air sévère, même si son regard semblait légèrement désespéré.

— Comme ça, tu peux t'asseoir près de la veuve Heldon ?

Ash se sentit persécuté à son tour.

— Ah, oui, peut-être que je vais rester là où je suis.

— Je ne sais pas pourquoi tu t'en fais pour cette femme, Ash, enchaîna Ned. Elle ne peut plus te piéger. Tu es déjà marié.

Ash retira une peluche invisible de son pantalon.

— Ma vie est assez compliquée comme ça ; je me passerais volontiers de désagréments supplémentaires.

Le seul problème dans la vie d'Ash était Jess, qui vivait à deux jours de cheval de Greycliffe et à qui il n'avait pas adressé la parole depuis huit ans. Autant que Ned en savait, Ash menait une vie monacale. Toutefois, ça ne le regardait pas. Son frère était libre de faire ce qu'il voulait – en supposant que ses parents soient d'accord.

Ce n'était pas la première fois que Ned se félicitait de ne pas être l'aîné. On prétendait que son père était nettement plus compréhensif que la plupart des ducs, ce qui était probablement vrai. Il avait hérité de ce titre par accident, lorsque son oncle et ses cousins avaient trouvé la mort dans un incendie. Mais il possédait Greycliffe depuis quarante ans maintenant et avait beaucoup œuvré pour le duché – les propriétaires les plus anciens rappelaient souvent que les choses s'étaient nettement améliorées depuis son arrivée. Il était impossible qu'il accepte que son héritage soit mis en péril par l'étrange situation maritale d'Ash.

Et en parlant de succession, Ned aurait aimé, lui aussi, avoir un fils pour prendre sa suite à Linden Hall. Il ferait mieux de courtiser Lady Juliet, au lieu de se chamailler avec Jack.

Il se tourna vers elle. De profil, elle ne ressemblait pas tellement à Cicely, surtout à cet instant précis. Elle applaudissait sans enthousiasme, la bouche basse, la mâchoire crispée, tout en observant… Mr Cox, constata-t-il en suivant son regard.

Pourquoi diable lorgnait-elle encore sur cet homme ?

— Je trouve que Miss Wharton s'en est plutôt bien sortie, pas vous ? demanda Ned.

Lady Juliet se tourna vers lui.

— Je suis désolée… Que venez-vous de dire ? demanda-t-elle en rougissant légèrement. J'ai bien peur de ne pas avoir entendu.

— Je disais avoir trouvé que Miss Wharton chantait bien.

— Oh, oui, acquiesça-t-elle, les yeux toujours rivés sur Cox. Elle a une très jolie voix.

— En effet, commenta-t-il tout en examinant son profil une fois encore. Je me demande bien qui ma mère va forcer à chanter ensuite.

— Hmm ?

De toute évidence, il en faudrait davantage pour détourner de Mr Cox l'attention de Lady Juliet. Elle fronçait de nouveau les sourcils. Craignait-elle que ce type lui manque de respect ? Bon sang, il ferait mieux de ne pas essayer.

— Cox vous a-t-il importunée, Lady Juliet ?

— Je vous demande pardon ?

Elle dévisagea Ned. Son teint livide devint soudain écarlate ; elle humecta ses lèvres de sa langue.

— Non, bien sûr que non. Je lui ai à peine parlé.

— Mais il vous a bouleversée, d'une certaine manière.

Elle secoua la tête et baissa les yeux sur ses mains qui trituraient nerveusement sa robe, la froissant par la même occasion. Elle s'interrompit et lissa le tissu.

— Non, comment aurait-il pu ? Je vous ai dit que je lui avais à peine adressé deux mots.

Elle mentait.

— Ce soir, oui, mais avant ? Vous a-t-il importunée en quelque autre occasion à Londres ?

— Non, répondit-elle les lèvres tellement pincées, que sa bouche ne formait plus qu'un trait fin. Pourquoi vous montrez-vous si insistant, Lord Edward ?

Il aurait dû abandonner, mais il s'en sentait incapable.

— Je ne voudrais pas que vous soyez mal à l'aise. Si jamais…

— Je ne suis pas mal à l'aise.

Il n'en croyait pas un mot.

— D'autres femmes ici pourraient être en danger s'il venait à se montrer menaçant.

Bon sang, Cox fondait de nouveau sur Ellie.

— Miss Bowman, par exemple. C'est une amie d'enfance ; je détesterais qu'on lui fasse du mal.

Lady Juliet haussa les sourcils.

— J'aurais cru Lady Bowman assez vieille pour choisir elle-même ses fréquentations, siffla-t-elle en affichant un sourire peu aimable. De toute évidence, elle n'est pas née de la dernière pluie.

— Bien entendu, Miss Bowman fait ses choix elle-même, mais elle a mené une vie assez recluse, expliqua Ned en fronçant les sourcils.

Lady Juliet était-elle en train de critiquer Ellie ? Il n'apprécia pas son comportement – d'autant que son manque de sollicitude pour une autre femme ne laissait rien présager de bon. Toutefois, elle était jeune – il demanderait sans doute à sa mère son âge exact – et parfois, les jeunes femmes, en particulier les belles femmes, avaient besoin de quelques années d'expérience pour compatir avec celles qui avaient eu moins de chance. Cicely elle-même… Bon, il était jeune lui aussi à l'époque, il pouvait donc difficilement la blâmer.

— Miss Bowman n'est pas habituée à côtoyer des hommes de la trempe de Cox.

Lady Juliet releva son joli petit menton.

— Votre mère – la duchesse des Cœurs – a convié Mr Cox, votre inquiétude est donc sûrement infondée. Quel mal pourrait-il bien faire juste sous son nez, dans la demeure de votre père ?

Son ton hautain laissait entendre qu'elle connaissait déjà la réponse. Mr Cox pourrait avoir raison du bon sens d'Ellie et lui briser le cœur.

Bon, si Lady Juliet ne voulait pas lui révéler quoi que ce soit sur cet individu, il se renseignerait auprès de Jack. À vrai dire, il aurait dû y penser plus tôt – il l'aurait probablement déjà fait s'ils ne s'étaient pas chamaillés. Si Mr Cox était un goujat, Jack en aurait entendu parler. Il s'apprêtait à se tourner vers son frère quand sa mère prit la parole.

— C'était splendide, mademoiselle Wharton ! Vous avez une voix si délicate.

— Merci, Votre Grâce, répliqua Miss Wharton en rougissant.

Elle sourit, balaya la pièce du regard et se concentra sur Jack.

— Je vous préviens, celui qui lui propose son siège verra ses bottes remplies de neige ou, pire, je les lui fourrerai là où je pense, murmura Jack tout en rendant son sourire à la jeune femme.

— Prenez mon siège, mademoiselle Wharton, proposa Mr Cox en se levant.

Miss Wharton, visiblement déçue, dodelina de la tête et s'assit.

Ned eut un sursaut de conscience. Il venait mentalement de blâmer Juliet d'un manque de compassion.

— Es-tu sûr…

— Oui, siffla Jack. Il vaut mieux ne pas lui laisser de faux espoirs, crois-moi.

— Votre grâce, commença Mr Cox en souriant à la duchesse, seules les femmes sont autorisées à chanter durant cette réunion ?

Mère éclata de rire.

— Bien sûr que non, monsieur. Mon époux et mes fils sont incapables de s'accorder les uns aux autres, c'est pourquoi j'oublie souvent de demander à nos gentlemen de nous gratifier d'une chanson. Aimeriez-vous nous interpréter quelque chose ?

— J'en serais ravi, si Mr Percy consent à rester au piano.

— Percy ? demanda la duchesse.

— Bien sûr, si je connais la chanson, acquiesça Percy en hochant la tête.

— Je suis persuadé que vous la connaissez, assura Mr Cox. Je vais interpréter « *Some rival has stolen my true love away* » – Ma muse ravie par un rival.

Lady Juliet prit soudain une profonde inspiration, ce qui n'échappa pas à Ned. Si un regard pouvait tuer, Mr Cox serait en train de rendre son dernier souffle sur le sol de la salle de musique.

Mr Cox tendit la main vers Ellie.

— Et j'espère que Miss Bowman voudra bien se joindre à moi.

Si un regard pouvait tuer, Mr Cox serait mort une deuxième fois. Ne pouvait-il pas pousser la chansonnette tout seul ? Ellie rougit et protesta un peu, mais elle consentit finalement à se lever pour accompagner la fripouille.

La chanson était une ritournelle banale sur le grand amour. Ellie avait une jolie voix, mais celle de baryton de Mr Cox était extraordinaire, n'en déplaise à Ned. Toutefois, l'homme se montrait un peu trop théâtral à son goût – il tint la main d'Ellie et la regarda droit dans les yeux tout au long de cette satanée chanson. Bon sang ! Ellie semblait tomber sous son charme. Ses joues s'empourprèrent de la première à la dernière note.

Ned devrait la surveiller de très près.

La duchesse soupira et applaudit avec enthousiasme dès qu'ils eurent terminé.

— Oh, c'était très beau, monsieur Cox. Et vous avez très bien chanté vous aussi, bien sûr, Ellie.

Elle sourit à ses invités.

— Qui souhaite prendre la suite ? Allons, ne soyez pas timide.

Mr Humphrey s'éclaircit la gorge.

— Je serais ravi de contenter tout le monde d'une chanson, Votre Grâce, car je vous avoue qu'on me considère souvent comme le virtuose de la famille, on me supplie toujours d'entonner un nouvel air au point que cela en devient embarrassant ; toutefois je dois vous avertir que j'ai attrapé un petit rhume il y a quelques semaines qui m'a laissé une mauvaise toux ; néanmoins, je pense avoir suffisamment guéri pour…

Le duc se leva pour venir à leur rescousse.

— Merci, monsieur Humphrey, mais j'ai bien peur que nous ne devions laisser votre voix se reposer encore une nuit, intervint-il en regardant son épouse. Je pense que nos invités sont fatigués d'avoir voyagé toute la journée. Nous devrions les laisser retrouver leurs lits.

Le sourire de Mr Cox n'échappa pas à Ned. Nom de Dieu ! Le bâtard n'avait tout de même pas l'intention de partager le lit d'Ellie.

La duchesse acquiesça.

— Vous avez sans doute raison, admit-elle en adressant à ses convives un sourire éclatant. Montez vous coucher et nous vous retrouverons de bonne heure et de bonne humeur demain. J'ai prévu toutes sortes d'activités charmantes.

Elle avait à peine fini de parler que Jack s'était déjà levé de sa chaise, Ash sur les talons ; ils avaient réussi à s'éclipser, laissant Miss Wharton et Lady Heldon trouver elles-mêmes leur chemin jusqu'à l'étage. Percy et Ophélia s'entretenaient au-dessus du piano, probablement en train de comploter ; et la taupe tenait le crachoir à la duchesse, son époux et Miss Mosely. Le duc bâillait sans vraiment chercher à se cacher, mais Mr Humphrey continuait à jacasser.

Ned chercha Ellie du regard ; il lui toucherait bien deux mots avant qu'elle n'aille se coucher. Il lui recommanderait de rester sur ses gardes. Il avait beau l'avoir encouragée à suivre les conseils de son entremetteuse de mère, jamais il n'avait eu l'intention de la jeter dans la fosse aux lions. Non pas qu'il la soupçonne d'avoir l'aplomb d'entrer dans la chambre d'un homme, bien sûr, mais ce type-là… Elle ferait mieux de fermer sa porte à clé.

Fichtre, elle quittait déjà la pièce en compagnie de Mr Cox.

— Consentez-vous à m'escorter jusqu'à l'étage, Lord Edward ?

Lady Juliet, elle aussi, avait observé Mr Cox et Ellie, mais à présent, elle souriait à Ned.

— Bien entendu.

Il lui offrit son bras.

Elle posa la main sur sa manche – et l'entraîna d'un bon pas hors de la pièce jusqu'au bas de l'escalier. Mr Cox et Ellie venaient de commencer à monter.

— Je suis tellement impatiente d'être à demain, Lord Edward ! s'exclama-t-elle d'une voix forte. Avez-vous la moindre idée de ce qu'a prévu votre mère ?

Le dos de Mr Cox venait-il de se raidir ?

— Non, répondit calmement le jeune homme. Ma mère est complètement imprévisible.

Pour une raison qui échappa à Ned, cette remarque provoqua l'hilarité de Lady Juliet.

Quelques marches devant eux, Ellie fit un léger faux pas. Mr Cox la rattrapa.

— Vous avez une belle voix, mademoiselle Bowman, dit-il.

Il ne parlait pas aussi fort que Lady Juliet mais sa voix portait très bien.

Ned tendit l'oreille pour entendre la réponse d'Ellie. Mais Lady Juliet ne lui en laissa pas l'occasion.

— Pensez-vous que nous sortirons les traîneaux demain ? demanda-t-elle d'une voix plus basse, avec une pointe de sensualité. J'adorerais partager une couverture en fourrure avec vous, Lord Edward.

À ces mots, le dos de Mr Cox se crispa résolument, et il s'arrêta net comme s'il s'apprêtait à se retourner. Que diable se passait-il ?

Au moins, il était évident que Lady Juliet n'avait pas peur de Mr Cox.

— Nous devrons attendre que la neige s'arrête, répondit Ned. O'Leary, le palefrenier en chef, refusera de sortir les chevaux si les conditions ne sont pas bonnes.

— Oh, ce serait dommage.

Lady Juliet fit ressortir sa lèvre inférieure, dans une moue qu'elle voulait sans doute séduisante, mais son regard glissait vers Mr Cox.

— Bon, j'imagine que je vais devoir faire preuve de patience, n'est-ce pas ?

— Comme nous tous.

Ned jeta un coup d'œil derrière lui pour voir si cette petite mise en scène était observée. Du bas de l'escalier, Lady Heldon lui adressa un petit sourire en coin. Fichtre.

Mr Cox et Ellie atteignirent enfin l'étage et tournèrent dans le couloir. Par chance, la duchesse avait installé Ellie dans une chambre proche de celle de Ned ; il pourrait raccompagner Lady Juliet puis s'assurer que Mr Cox était retourné dans ses appartements avant de se retirer à son tour dans les siens.

Il s'arrêta à la porte de Lady Juliet pour lui souhaiter bonne nuit, tout en essayant d'observer Ellie et Mr Cox du coin de l'œil. Lady Juliet ne fit pas tant de manières. Droite comme un « i », elle les observait ouvertement – Ned s'autorisa donc à en faire autant. La scène avait tout d'une farce grossière.

— Vous avez une voix absolument charmante, mademoiselle Bowman, roucoula Mr Cox, sur un ton assez passionné.

L'homme savait pertinemment qu'il avait un public.

—Ce fut un plaisir de chanter avec vous, ajouta-t-il.

—Merci, répliqua Ellie tout en jetant un coup d'œil à Ned et Lady Juliet, avant de pousser la porte de sa chambre. Bonne nu…

Mr Cox s'empara de sa main, la portant à ses lèvres.

—J'ai ressenti une telle complicité lorsque nos voix se sont unies…

Lady Juliet siffla.

Ned n'en pensait pas moins. Cette scène décupla son désir d'envoyer son poing sur le nez de Mr Cox. Comment cet homme pouvait-il débiter de telles balivernes en gardant son sérieux ? Ellie avait trop de bon sens pour se laisser prendre au jeu.

Ce satané Mr Cox n'avait pas intérêt à tenter d'unir quoi que ce soit d'autre que sa voix avec Ellie.

La jeune femme leur jeta un autre regard, puis libéra sa main.

—Oui, merci, j'ai apprécié de chanter avec vous moi aussi, monsieur. Maintenant si vous voulez bien m'excuser, je me sens assez fatiguée. Bonne nuit.

Mr Cox considéra un instant la porte close, puis se retourna et se dirigea droit vers eux.

Soudain, Lady Juliet adressa un sourire à Ned. Elle minaudait, elle aussi.

—Merci infiniment pour cette charmante escorte, mon seigneur. J'ai été ravie d'être en votre compagnie dans la salle de musique, et je suis impatiente de vous retrouver… plus tard, ajouta-t-elle en baissant le ton, tout en lançant un regard rapide à Mr Cox.

Le visage de celui-ci s'assombrit ; on aurait dit qu'un nuage noir passait au-dessus de lui – ou encore qu'il venait de voir un cadavre, celui de Ned de préférence.

Bon sang ! Il était hors de question que Ned se retrouve piégé dans le petit jeu auquel s'amusaient ces deux-là.

— Demain matin, dit-il fermement. Je vous verrai demain matin, Lady Juliet.

Il fit une révérence et s'écarta pour laisser passer Mr Cox. L'homme lui jeta un coup d'œil, puis foudroya Lady Juliet du regard avant de se diriger vers sa chambre. Lorsqu'il les dépassa, Lady Juliet se mit à sourire puis ferma sa porte.

Ned marcha à grands pas dans le couloir. Peut-être devrait-il y réfléchir à deux fois avant de courtiser cette femme. De toute évidence, elle éprouvait des sentiments pour Mr Cox – et il l'aimait en retour.

Il s'arrêta devant la porte d'Ellie. Devrait-il l'en avertir ? Il pourrait frapper...

Il entendit un bruit de pas derrière lui et regarda par-dessus son épaule. Lady Heldon était arrivée à l'étage. Il ferait mieux de continuer à marcher. Ellie faisant presque partie de la famille, il n'y avait rien d'exceptionnel à ce que Ned se rende dans sa chambre pour converser avec elle – mais Lady Heldon risquait de ne pas le comprendre. Du reste, il n'avait jamais rien fait de tel.

Lorsqu'il atteignit ses appartements, il trouva la porte entrouverte. Enfer et damnation ! Il était certain de l'avoir bien fermée en quittant la pièce plus tôt. Se pourrait-il… non, pas cette fois encore. Il entra.

— Reggie !

— Miaaaaou !

Bon sang de bonsoir.

— Tu ferais mieux de ne pas reprendre tes mauvaises habitudes, sans quoi je te jette par la fenêtre dans la neige.

Il traversa en trombe le salon menant à sa chambre. Il tomba sur Reggie, assis sur son lit, léchant sa patte arrière, l'air de rien.

— Une des domestiques t'a laissé entrer ?

Reggie s'interrompit, le gratifia d'un clin d'œil puis reporta son attention sur son autre patte arrière.

— Gare à toi si je trouve quoi que ce soit sous ce lit.

Et dire qu'il se retrouvait réduit à causer avec un chat…

Il se mit à quatre pattes et s'approcha de l'espace sombre. Maudit Reggie ! Effectivement il s'était faufilé dans les chambres des invités et avait encore sévi. Ned jeta le butin sur le dessus-de-lit : trois plumes blanches, un gant gris en cuir de chevreau, une petite tabatière en émail dont le couvercle était décoré d'une image tout à fait obscène, une épingle à cheveux ornée de pierres, et quelque chose qui ressemblait étrangement à un faux mollet.

— Comment diable allons-nous restituer tout ceci ? Reggie… Oh, bon sang !

Reggie descendit du lit, révélant qu'il était étendu sur un autre objet volé… des dessous en soie rouge.

Chapitre 6

Trouvez une manière de hanter les pensées d'un homme.

Préceptes amoureux de Vénus

— Il neige toujours. Pas de luge aujourd'hui.

Le duc de Greycliffe laissa retomber le rideau sur la fenêtre et retourna jusqu'au lit conjugal.

— Comment penses-tu distraire tes convives aujourd'hui, ma chère duchesse ?

— Ces convives sont également les tiens, Drew, commenta Vénus, et… ah ! s'écria-t-elle en s'écartant de lui. Veille à garder tes pieds à distance. On dirait des blocs de glace.

Drew, un grand sourire aux lèvres, se rapprocha d'elle.

— Mais n'est-ce pas la raison pour laquelle j'ai une charmante épouse dans mon lit… pour me réchauffer les pieds lorsqu'ils sont froids ?

— Non, certainement pas. Je… hmm…

Drew lui embrassait le cou précisément à l'endroit qu'elle préférait. Elle frissonna… et le froid n'y était pour rien. Même après trente ans de mariage, elle avait toujours une folle envie de son mari.

Mais elle devait se rappeler qu'elle avait une maison pleine à craquer d'invités.

— Je pensais les envoyer chasser dans le donjon. Ils… ohh.

Drew titillait un de ses tétons.

— À quoi bon ? Ils n'y trouveront qu'une multitude de toiles d'araignée – et peut-être une souris ou deux.

Ses lèvres s'aventuraient dans son cou tandis que ses doigts experts s'attaquaient à l'autre téton.

— Pas si nous y cachons des objets pour qu'ils les retrouvent, rétorqua la duchesse.

C'était tellement bon.

— Et j'enverrai Reggie se charger des souris.

Mais ce serait encore meilleur s'ils étaient nus. Elle tira sur la chemise de nuit de son époux.

— Enlève ça.

— Ne crains-tu pas que j'attrape un rhume ? demanda-t-il sur un ton enjoué.

— Non.

Elle tira de nouveau. Le gredin ne l'aidait pas.

— Je te tiendrai chaud, minauda-t-elle.

— Mais tu te plaignais à grands cris de mes pieds froids !

— Drew…

Rira bien qui rira le dernier. Elle remonta la main le long de sa jambe et enroula ses doigts autour de…

— Ah ! s'exclama-t-il d'une voix haut perchée. Tu as peut-être raison.

— Bien sûr que j'ai raison.

Il se fit plus dur et plus long. Elle avait toujours été fascinée par son membre. Il émit un profond soupir quand elle le caressa.

— Oui, j'ai vraiment trop chaud, assura-t-il. Toutefois, si tu espères que je retire cette encombrante chemise de nuit, il va falloir me laisser faire.

Vénus soupira. C'était amusant – mais ça le deviendrait nettement plus dès qu'ils seraient peau contre peau.

— Très bien.

Dès que ses doigts lâchèrent leur emprise, la chemise vola dans les airs. La sienne suivit de peu – juste au moment où leur porte s'entrouvrit.

— Pff.

C'était la voix de Mary provenant du couloir.

— Ils sont encore occupés à ça, Timms, à leur âge. Nous devrons revenir plus tard.

La porte se referma, et la femme de chambre de Vénus et le valet de Drew s'éloignèrent.

— Oh, mon cher, Mary va encore me dévisager de son air habituel lorsqu'elle reviendra, déclara Vénus en se mordillant la lèvre. Peut-être devrions-nous sortir du lit. Et si nos invités étaient déjà debout ?

— Ils n'ont qu'à se distraire eux-mêmes – et Mary te regarde ainsi tous les matins.

La main de Drew prenait une direction des plus intéressantes.

— Eh bien, elle estime qu'il est tout à fait inapproprié que nous partagions le même lit. Tu sais bien que cela correspondrait bien mieux à son idée de mon rang si je dormais dans ma chambre et que tu me rendais visite à l'occasion.

— Oui, mais cela ne correspondrait pas à mon idée du confort. Fichu titre ! Je refuse d'être un Greycliffe lorsque je suis au lit avec mon épouse.

Il lui embrassa le ventre tandis que sa main s'aventurait plus bas.

Vénus se mit à remuer, haletant légèrement. Oh oui, juste un peu plus bas. Un peu… Oui, juste là. Et alors sa langue…

Il était encore tôt. La plupart de leurs invités étaient toujours à l'heure de Londres. Drew et lui avaient largement le temps… Oh !

Cela ne prendrait pas bien longtemps ; elle le désirait tant. Elle tira sur ses cheveux.

— Impatiente, chère duchesse ?

— Oui, répondit-elle en tirant de nouveau. Très.

Drew était particulièrement dévoué. Il savait exactement ce qu'elle aimait, et lorsqu'il arriva sur elle, puis en elle, elle brûlait de sentir le plaisir explosif qui allait suivre ; tout en étant aussi comblée que pour sa première fois.

Enfin, encore plus même. Elle ne savait pas à quoi s'attendre à l'époque. C'était arrivé dehors, sur le sol dur, et ça lui avait fait mal. Elle devait bien admettre que l'expérience, un lit, et une porte fermée amélioraient nettement les choses.

— Hmmm.

Elle enroula ses bras autour de lui. Elle aurait voulu qu'il y reste pour toujours.

— Tu es toujours un vrai délice, ma chère duchesse, commenta-t-il, le souffle court.

Elle sourit et lui embrassa la joue. Leur première fois avait été merveilleuse – quoique douloureuse – mais toutes celles qui avaient suivi n'avaient fait que renforcer leur relation. Ils avaient affronté la vie côte à côte. Ils avaient traversé la maladie et la santé ; ils avaient partagé les joies et les peines d'élever leurs enfants. Drew la connaissait mieux que personne au monde – et c'était réciproque.

Il tourna la tête pour l'embrasser.

— Fais savoir à Mary que tu ne dormiras jamais ailleurs qu'ici avec moi.

— Je crois qu'elle le sait déjà après toutes ces années.

C'était la raison pour laquelle elle jouait les entremetteuses. Elle espérait la même chose pour ses fils. Pas l'union physique – même si c'était très agréable – mais ce sentiment profond de lier son destin à quelqu'un, d'avoir un foyer, une famille.

Elle se laissait submerger par les émotions, comme toujours.

— Je t'aime, Drew.

— Moi aussi, dit-il en déposant un baiser sur le bout de son nez avant de rouler sur le dos. Je t'aime tant que je vais endurer une autre journée avec des gens ennuyeux qui envahissent ma maison et ma vie paisible.

Elle éclata de rire et s'assit. La magie laissait place aux mondanités. Elle avait besoin de s'occuper.

— Souviens-t'en s'il te plaît. J'ai bien peur d'avoir plus besoin de toi que d'habitude cette fois-ci.

Il grogna, tout en dissimulant ses yeux derrière le bras.

— Pourquoi ai-je la désagréable impression que je vais devoir prendre part à tes activités d'entremetteuse ?

— Parce que tu es très perspicace.

— C'est toi, la duchesse des Cœurs, objecta-t-il, tout en décalant légèrement son bras pour pouvoir la regarder.

Elle le gratifia d'un grand sourire et bondit hors du lit.

— Et toi, tu es le duc des Cœurs.

— Pas du tout. Cette seule idée me fait horreur.

Elle se précipita sur sa chemise de nuit qu'elle passa par-dessus sa tête.

— Je ne te demande pas grand-chose.

— Ah, je te connais, Vénus. Tu vas me mettre à contribution bien plus que je ne le souhaite.

Il se redressa pour s'adosser à la tête de lit, et elle fut momentanément distraite par le spectacle de son torse, ses bras et ses épaules nus.

— Et si tu continues à me regarder comme ça, ajouta-t-il avec un petit mouvement de sourcils, je me verrais contraint de te traîner de nouveau dans ce lit et de te montrer à quel point je suis le duc des Cœurs.

— Une menace inutile. Je sais que tu ne peux pas récupérer aussi vite, commenta-t-elle en riant.

Il prit un air offensé, avant d'afficher un large sourire.

— Voilà qui n'est pas très fair-play de ta part... Mais tu sais que je peux quand même t'émoustiller et te faire gémir.

En effet, et il l'avait déjà prouvé à maintes reprises.

— N'y pense même pas. Je dois faire acte de présence auprès de nos convives.

— Et je dois faire acte de présence auprès de leur hôtesse.

— Tu en as déjà assez fait, conclut-elle en s'écartant du lit pour ne pas céder à la tentation. Maintenant, sors du lit. Nous devons parler de la réception.

Drew se leva pour récupérer sa chemise de nuit, et elle admira ses fesses musclées, avant de se forcer à s'asseoir à la coiffeuse. L'état de sa chevelure laissait penser qu'elle était tombée dans un buisson de ronces. Elle s'empara de sa brosse.

— Drôle d'assortiment cette année, lança Drew, juste avant d'enfiler sa chemise de nuit. Et moi qui pensais que tu faisais très attention à ces choses-là...

— J'y fais très attention, soupira la duchesse.

Elle se dévisagea dans le miroir. Venait-elle de repérer un nouveau cheveu blanc ?

— J'y ai fait attention. Ce groupe va seulement demander quelques efforts supplémentaires.

— C'est le moins qu'on puisse dire. Ce Mr Humphrey...

— Ce n'est pas lui, le problème, rétorqua la duchesse, balayant l'idée sans plus de cérémonie.

— Sauf si Ellie décide de se pencher sur son cas, repartit Drew en grimaçant. Qu'est-ce qu'il peut être rasoir. Tu ne pensais tout de même pas qu'il était fait pour elle, si ?

— Bien sûr que non. J'ai d'autres projets en tête. J'ai invité Mr Humphrey dans un but précis.

— Et lui, qu'en dit-il ?

— Je n'en suis pas certaine, répondit-elle, croisant le regard de Drew dans le reflet du miroir. Lorsqu'on s'immisce dans une affaire de cœur, rien n'est clair.

— Ce n'est pas moi qui vais te contredire sur ce point, répliqua-t-il en fronçant les sourcils. Et pourquoi avoir invité Lady Heldon ? Elle a des mœurs légères, même si ça n'a jamais empêché Ophélia de figurer sur la liste des invités. Mais au moins, Ophélia a le bon goût de se limiter à Percy. Lady Heldon semble avoir des vues sur Ash, même si ses intentions restent mystérieuses.

À ces mots, il se renfrogna encore un peu plus.

— Elle est là pour une bonne raison, elle aussi.

— Si tu le dis. Je ne fais pas le poids face à toi. Que veux-tu que je fasse ?

Vénus posa sa brosse à cheveux et se tourna vers lui.

— Garde un œil sur ce pauvre Jack. J'ai bien peur d'avoir commis une grave erreur en invitant Miss Wharton. Elle est bien plus désespérée que je ne l'imaginais.

Puis elle afficha un grand sourire avant d'ajouter :

— Et aide-moi à découper et à cacher une dizaine de cœurs en papier.

Les yeux rivés sur ses bottes, Ned fronça les sourcils. Il était assis dans le salon, attendant que les invités le rejoignent pour que la duchesse puisse leur dévoiler la première activité de la journée. Ils n'y couperaient pas. Elle n'était pas du genre à laisser les gens trouver eux-mêmes une façon de se distraire.

Cela se déroulerait nécessairement en intérieur. Impossible de mettre le nez dehors. La neige tombait toujours à gros flocons, que le vent mugissant faisait tourbillonner et rabattait contre les vitres.

Il s'enfonça dans le canapé. Pourquoi diable avait-il choisi cette place ? C'était franchement inconfortable. Il aurait pu s'asseoir n'importe où ; tout le monde prenait encore son petit déjeuner.

Il passa en revue les autres options. En vérité, les alternatives restantes manquaient de confort depuis que la duchesse avait changé les meubles l'année passée. Il pouvait opter pour l'un des fauteuils rigides au dossier raide, mais il préférait les laisser à Jack et Ash qui cherchaient à garder les femmes à distance. Ned était censé les accueillir volontiers. Une en particulier – Lady Juliet.

Il ferma les yeux, s'efforçant de se représenter la jeune femme, mais la seule image qui lui vint à l'esprit fut celle d'Ellie.

Maudits dessous en soie.

Il était descendu tôt pour rendre à mère les objets dérobés par Reggie. Il avait d'abord pensé les ramener directement dans le salon et laisser leurs propriétaires les récupérer sur une table, mais alors, il s'était souvenu de la tabatière obscène et de la prothèse aux allures de mollet. Les personnes à qui appartenaient ces articles apprécieraient sans doute une certaine discrétion. Non pas que la duchesse soit un modèle de vertu, mais il s'agissait de sa réception et de son félin chapardeur, c'était donc à elle de régler ce problème.

Mais les dessous en soie… Il savait déjà à qui ils appartenaient.

Il gigota dans le canapé, sans parvenir à trouver une position confortable.

Peut-être aurait-il dû les confier à sa mère avec les autres biens dérobés. Au moins, il ne les aurait plus en main – et il les avait gardés bien plus que nécessaire la veille au soir. Cette soie douce, glissante, avait un je-ne-sais-quoi de…

Bon sang, Ellie serait furieuse si elle savait qu'il avait caressé ses sous-vêtements. Lui-même en était mortifié. Dès qu'il avait réalisé ce qu'il était en train de faire, il les avait fourrés dans un de ses placards.

Comment diable allait-il pouvoir les restituer ?

Alors qu'elle peuplait justement ses pensées, Ellie entra dans la pièce, s'arrêtant brusquement sur le seuil dès qu'elle le vit. Bon Dieu, elle semblait horrifiée. Où était donc passée leur amitié simple, agréable ?

Elle balaya la pièce du regard, l'air de chercher quelqu'un d'autre – n'importe qui – à qui parler. Lorsqu'elle finit par se rendre à l'évidence qu'ils étaient seuls, elle redressa le menton et s'approcha de lui.

Elle portait encore une robe sombre et informe à manches longues qui lui couvrait le cou. Ces dessous rouges ne pouvaient pas être les siens.

Elle avait pourtant prétendu le contraire.

Il s'était levé en la voyant arriver – c'était un gentleman, même s'il n'avait pas l'impression de l'être à cet instant. Il lui fit une révérence un peu brusque.

— Vous cherchez Mr Cox, Ellie ? J'ai bien peur qu'il ne soit encore au lit.

Rougissante, elle le fusilla du regard.

— Je ne le cherchais pas. Je l'ai aperçu dans la salle à manger.

— Mr Humphrey, dans ce cas ?

— Non, répondit-elle en reniflant. Ni Percy, ni Jack ou Ash, ni même votre père – et certainement pas vous non plus.

Cette remarque le blessa, mais l'énerva aussi, et la colère était une émotion bien plus fiable que… ce trouble indéfinissable qui s'était emparé de lui.

— Votre humour est on-ne-peut-plus désagréable.

— Je ne crois pas vous avoir demandé votre avis sur le sujet.

Il eut envie de la secouer ; au lieu de quoi il croisa les mains derrière son dos et baissa les yeux vers elle.

— Très juste. Vous n'avez rien demandé. Je vous ai librement fait part de mon opinion. Permettez-moi de vous rappeler un autre petit conseil : faites plus attention à vos affaires.

— Faire attention à mes affaires ? demanda-t-elle en haussant les sourcils, essayant sans nul doute de prendre un air hautain.

Ellie était toutefois incapable de dissimuler sa confusion.

— Qu'entendez-vous par là ? reprit-elle.

— Reggie a encore fait des siennes.

— Je sais. Votre mère nous a prévenus ce matin. Elle a laissé les objets volés sur une table dans le petit salon jaune, et j'ai le plaisir de vous annoncer que je viens d'aller vérifier. Rien de ce qui s'y trouve ne m'appartient, précisa-t-elle en ponctuant son discours d'un haussement d'épaules.

— En effet, j'ai jugé préférable de conserver l'objet en question dans ma chambre.

Elle commença à paraître un peu inquiète, même si elle faisait de son mieux pour le cacher.

— Ah oui ?

— Oui. C'est d'une nature assez personnelle et, euh… scandaleuse. J'ai pensé que vous préféreriez que personne ne soit au courant.

Elle écarquilla les yeux avant d'éclater de rire.

— Vous me taquinez, Lord Edward. Je suis sûre de ne rien posséder de scandaleux qui soit susceptible d'intéresser Reggie. Cela appartient sans doute à Lady Heldon ou à Ophélia. Ou peut-être à Lady Juliet, ajouta-t-elle, fronçant les sourcils.

Cette fausse gaieté cassante lui faisait horreur. Que lui était-il donc arrivé ? Ellie avait toujours été franche et honnête. Peut-être n'avait-il pas été assez clair.

— Oh, non, je sais que cet objet vous appartient. C'est très reconnaissable.

Il marqua un temps d'arrêt. La raison lui sommait de ne pas en dire davantage, mais il n'eut aucun mal à la réduire au silence.

— C'est très… rouge.

Tandis que mère et le reste de l'assemblée entraient dans la pièce, Ellie haleta et devint livide.

La duchesse concentra aussitôt son attention sur eux.

— Ah, vous voilà enfin tous les deux. Je vous surprends en plein tête-à-tête ?

— Non.

Bigre ! Il avait l'impression d'être une fripouille. Il aurait fallu être aveugle pour ne pas remarquer la contrariété d'Ellie.

— Nous évoquions seulement les mauvaises manies de Sir Reginald.

— Oui, renchérit Ellie, tout en lui adressant un léger sourire en guise de remerciement, qui le fit se sentir encore plus mal à l'aise. Lord Edward me conseillait de faire attention à mes affaires.

Mère éclata de rire.

— J'ai bien peur que ce soit sans espoir, rien n'est à l'abri avec Sir Reginald. J'ignore comment il s'y prend, mais quand il veut quelque chose, il arrive toujours à ses fins.

Mr Humphrey renifla.

— Permettez-moi de dire, Votre Grâce, qu'il semble tout à fait improbable qu'un malheureux animal puisse dérober tant d'objets de tailles et de formes différentes. Je crains que l'un de nos invités, poursuivit-il en jetant un regard sévère à l'assemblée, n'ait l'intention de nous jouer un mauvais tour. Je m'avoue très contrarié que quelqu'un trifouille dans mes effets personnels.

Ned serait prêt à parier une coquette somme que le faux mollet appartenait à Mr Humphrey. Hmm… Sa démarche semblait quelque peu claudicante.

— Trifouiller est le mot juste, intervint Jack. L'an dernier, Reggie a été pris la main dans le sac – ou plutôt devrais-je dire « la gueule dans le sac » car c'est ainsi qu'il emporte son butin. Et vous pouvez protester comme bon vous semble – Ned s'en donne à cœur joie lorsqu'il découvre les objets volés sous son lit – mais personne n'a jamais réussi à convaincre Reggie d'arrêter.

— Je vois, commenta Mr Humphrey, tout en tirant sur son gilet. Bien, dans ce cas, puis-je suggérer de mettre l'animal dans l'écurie pour la durée des festivités ?

Un silence choqué parcourut la pièce ; la duchesse dévisageait Mr Humphrey comme s'il avait deux têtes.

— Cela réglerait le p-problème, bégaya Miss Mosely plutôt timidement, n-non ?

Son altesse tourna les yeux vers elle.

— Sir Reginald, déclara-t-elle, est un chat d'intérieur.

— Mais ce ne serait l'affaire que de quelques jours…

Mr Humphrey s'interrompit et tira de nouveau sur son gilet lorsque la duchesse reporta son attention sur lui.

— Aimeriez-vous séjourner dans l'écurie pendant quelques jours, monsieur ?

— Euh, non, bien sûr que non, mais…

Son altesse leva la main pour le faire taire. Elle pouvait parfois se montrer assez impérieuse.

— Sir Reginald non plus.

— Eh bien, je dois dire que si le confort d'un chat a plus d'importance que…

L'air bravache de Mr Humphrey fut vite rabroué par le regard inflexible de la duchesse qui provoqua un nouveau sursaut de son appendice nasal.

— Oui, enfin bon. Cela me semble tout à fait exagéré.

— Les duchesses peuvent se permettre d'avoir un comportement « tout à fait exagéré », monsieur Humphrey, rétorqua-t-elle en arborant un sourire aimable. C'est l'un des avantages du titre.

— Au moins, vous n'en faites pas autant que le comte de Landly, Votre Grâce, intervint Mr Cox. Son caniche est vêtu d'un costume en velours et dispose de son propre valet de pied.

La duchesse poussa un grognement.

— Ce pauvre Landly est bête comme ses pieds – et Reggie ne se prêterait jamais à une mascarade pareille.

— Celui qui tenterait de mettre des vêtements à Reggie se retrouverait avec les mains et le visage lacérés en guise de récompense, gloussa le duc.

— Tout à fait, insista la duchesse en jetant un coup d'œil à Mr Humphrey. Reggie tolère difficilement les imbéciles.

La taupe bafouilla, mais tint sa langue cette fois-ci.

— De toute évidence, Mr Humphrey n'a pas encore été présenté à Sir Reginald, murmura Ned.

— Sans doute vaudrait-il mieux qu'ils ne se croisent jamais, chuchota Ellie en se mordillant la lèvre.

Ned émit un ricanement.

— Reggie a le bon sens d'éviter Mr Humphrey, mais je doute fort que ce dernier fasse preuve de la même sagesse.

Sa grâce avait demandé l'attention de tous les convives.

— Veuillez vous asseoir pour que je vous explique le programme des festivités.

Ellie hésitait. Elle devrait s'asseoir près de Mr Cox et continuer à… Enfin, elle ne savait pas trop à quoi faire. Elle avait cru qu'il se passait quelque chose entre eux la veille, mais par la suite, il y avait eu cette scène singulière dans l'escalier et le comportement encore plus étrange de l'homme devant la porte de sa chambre. De plus, il se trouvait de l'autre côté de la pièce ; si elle se décidait à le traquer, son attachement serait plus évident qu'elle ne le souhaitait pour le moment.

Elle pourrait aussi s'asseoir avec Mr Humphrey, mais Miss Mosely avait déjà pris une place à côté de lui, sans doute occupée à panser les blessures de son ego. Enfin, il valait mieux que ce soit son ego qui en prenne un coup, plutôt que son visage et ses mains – Reggie se montrerait impitoyable envers l'insensé qui tenterait de l'enfermer dans l'écurie. D'ailleurs, ces efforts seraient infructueux – elle était prête à parier un an d'argent de poche que le chat serait de retour au château avant même que la porte de l'étable ne soit refermée.

Ned lui désigna le canapé qu'il occupait.

— Acceptez-vous de vous joindre à moi pendant que ma mère nous annonce à quelle sauce nous allons être mangés ?

— Euh… merci.

Il était juste en face d'elle – il serait grossier de refuser. Et si elle prenait ce siège, Lady Juliet ne pourrait pas l'avoir – même si elle voyait bien que la jeune femme s'était déjà rapprochée de Mr Cox.

Il prit place à côté d'elle quand elle s'assit.

Le canapé était bien trop étroit. En se décalant à peine, elle aurait pu poser sa main sur la cuisse de Ned.

Elle croisa les mains sur ses genoux.

— Si vous avez regardé par la fenêtre, commença la duchesse, vous avez pu constater que la neige tombe toujours à gros flocons. Comme nous ne souhaitons retrouver aucun d'entre vous enseveli sous un amas de neige ou recouvert de stalactites, nous ne sortirons pas de la maison aujourd'hui. Les courses de luge devront attendre, finit-elle en décochant un sourire à Ellie.

Ned venait-il de grogner ?

Elle fit mine de ne rien remarquer.

— Par chance, poursuivit la duchesse, j'avais prévu ce mauvais temps, même si je pensais que nous aurions de la pluie. Le mois de février est si imprévisible, n'est-ce pas ?

— Oh oui, Votre Grâce, répondit Miss Mosely. Ce ne fut pas une mince affaire que de savoir quoi emporter dans mes bagages.

Mr Humphrey s'éclaircit la gorge.

Oh, non. On aurait pu penser que l'homme serait un peu décontenancé, mais ce n'était visiblement pas le cas.

— En effet, je vous en donne autant, Miss Mosely. J'ai été contraint, moi aussi, de passer un temps infini à envisager ce que j'allais bien pouvoir emmener pour cette délicieuse réunion. Je…

Ellie se retourna vers Mr Cox tandis que Mr Humphrey déblatérait. Lady Juliet lui chuchotait à l'oreille.

Mr Cox semblait mourir d'ennui.

Seigneur, pourquoi l'homme ne témoignait-il pas plus d'intérêt ? S'il l'aimait vraiment, il devrait être enchanté qu'elle lui parle. Non pas qu'Ellie s'en soucie réellement, mais si Lady Juliet se mariait avec Mr Cox, alors elle n'épouserait pas Ned. Et il ne fallait pas qu'elle l'épouse si elle n'éprouvait pas de sentiments pour lui. Ned avait déjà tant souffert de la perte de Cicely ; lui faire endurer la douleur d'avoir une femme infidèle, indifférente, serait d'une cruauté sans nom.

Sans compter que cela épargnerait à Ellie le désagrément d'assister, une fois encore, aux noces de l'homme qu'elle aimait.

— Je dois admettre, poursuivit Mr Humphrey, qu'il est plus facile pour des gentlemen que pour des dames de voyager, vu que nous n'avons pas à nous charger de robes, de vestes et autres accessoires de la sorte que vous, mes très chères, devez porter pour éblouir les yeux de nous autres, mâles. Cependant, nous devons choisir le bon veston (ce jour-là il en avait sélectionné un jaune bilieux) et transporter une vaste quantité de cravates pour apparaître devant vous avec un arrangement présentable.

— Tout à fait.

On aurait dit que Miss Mosely ne contrôlait plus sa tête qui dodelinait à intervalles réguliers pour manifester son accord avec Mr Humphrey.

— Tout à fait, oui. Mon frère dit souvent qu'un homme doit toujours se munir d'une valise remplie de cravates en sortant de chez lui.

— Mon Dieu, murmura Ned. Pensez-vous que mère serait contrariée si je nous tirais d'affaire en faisant avaler sa cravate à Humphrey ?

Ellie haleta et gloussa en même temps, produisant une sorte de gargouillis étouffé.

— Vous allez bien ? s'enquit Ned.

— Hmm.

Par chance, Son Altesse avait enfin arraché le fil de la conversation à l'emprise mortelle de Mr Humphrey.

— Tout ceci est passionnant, mais en ce qui concerne l'activité d'aujourd'hui, nous…

— J'ai amené un bon livre ! s'exclama Jack. Ne vous sentez pas obligée de planifier quoi que ce soit pour moi.

Il avait pris le siège le plus proche de la duchesse – et le plus éloigné de Miss Wharton. Le duc était appuyé contre la cheminée, non loin de là.

— Et j'ai quant à moi quelques lettres à rédiger, tenta Ash.

Il s'était lui-même installé à bonne distance de Lady Heldon.

La duchesse les dévisagea en fronçant les sourcils.

— Allons bon, vous mourrez d'envie de remettre ces distractions à plus tard dès vous aurez entendu ce qui nous attend, répliqua-t-elle avant de marquer un temps d'arrêt, le sourire aux lèvres. Nous allons faire une chasse au trésor.

Miss Wharton se mit à couiner – elle n'était pas certaine d'avoir déjà entendu une femme produire un tel son – et à applaudir en même temps.

— Une chasse au trésor ? Comme c'est excitant !

— Et quel trésor allons-nous chercher ? demanda Lady Heldon, interrompant ses messes basses avec Ophélia.

— Des pièces et des billets de banque, j'espère, intervint Percy.

— Non, Percy, rétorqua la duchesse en fronçant les sourcils. Évidemment, il n'y aura ni pièces ni billets. Où avez-vous la tête ?

— Nulle part. Il est si loin de River Tick, qu'il n'arrivera jamais à rentrer chez lui, murmura Ned.

— Chut, lui souffla Ellie en faisant les gros yeux avant de regarder de nouveau la duchesse.

Pourquoi diable Ned était-il aussi beau ? N'importe quelle femme rêverait de se perdre dans ses grands yeux sombres.

Mais pas elle. Elle en avait assez de se languir de lui.

— Mon très estimé beau-frère doit vraiment être dans le creux de la vague, dit-il, pour manifester à ce point son intérêt pour l'argent.

Ellie lui jeta un coup d'œil.

— Cela ne date pas d'hier. Il vit au jour le jour depuis des années.

— Ah vraiment ? demanda Ned en haussant les sourcils.

— Vous l'ignoriez ? Il misait sur son héritage, jusqu'à ce qu'il le touche et s'aperçoive vite que ses attentes étaient bien trop élevées. Apparemment, son père était un vrai panier percé, lui aussi.

— Hmm. Je l'ignorais. Pourtant, j'aurais dû m'en douter…

Il ne le savait pas, parce qu'il était bien trop entiché de son épouse pour s'en soucier.

Non, cela n'était pas tout à fait exact. Les rumeurs n'avaient pas commencé après la mort de la mère de Cicely – mais deux mois après celle de Cicely, alors que Ned avait sombré dans le chagrin.

— On prétend que Lady Headley les aidait à joindre les deux bouts, poursuivit Ellie. Mais après sa mort, personne n'avait plus aucune prise sur Sir Arthur.

Les âmes charitables avaient mis sa soudaine sauvagerie sur le compte de la douleur d'avoir perdu son épouse, mais le père de Percy avait été terrassé par une crise d'apoplexie neuf mois plus tard et, dans son lit, deux femmes de chambre tenaient compagnie à son cadavre. Autant de raisons pour lesquelles Ellie en doutait fort.

Ned secouait la tête.

— J'aurais vraiment dû m'en douter. Dès notre mariage, Percy suppliait Cicely de lui donner de l'argent – peut-être même avant, pour ce que j'en sais – et une fois morte, il s'en est pris à moi. Je lui ai coupé les vivres à Noël ; il doit être venu à bout de ses ressources à présent. Nous allons sans doute le retrouver en train de fouiller sous les coussins en quête de quelques pièces de monnaie.

— Alors, qu'allons-nous chercher, Votre Grâce ? demanda une nouvelle fois Lady Heldon.

La duchesse sourit et balaya la pièce du regard.

— En l'honneur de la Saint-Valentin, le duc et moi-même avons caché une dizaine de cœurs en papier dans le donjon du château.

— Des cœurs en papier ?! s'écria Percy, l'air désespéré.

— Eh bien, commença le duc, il s'agit d'un immense sous-sol. Nous y conservons du vin – même si nous n'avons pas caché un seul cœur dans la cave, ajouta-t-il à l'attention de Percy – ainsi que des meubles et d'autres objets que nous n'utilisons pas en ce moment.

— Comme vous l'imaginez, enchaîna la duchesse, c'est un vrai fourbi. Assez poussiéreux, j'en ai peur, et avec quelques toiles d'araignée. Les domestiques n'entretiennent pas cette partie de la propriété.

— Y a-t-il des fantômes ? s'enquit Miss Wharton, espérant qu'on lui répondrait par l'affirmative.

— Pas à ma connaissance, répondit la duchesse en souriant, mais dans un endroit aussi ancien qu'un château – il appartient à la famille Greycliffe depuis presque sept cents ans – il ne serait guère étonnant d'avoir un ou deux esprits à demeure.

— Oh, Seigneur. Je-je ne crois pas… enfin… d-des fantômes ? demanda Miss Mosely, terrifiée, d'une voix chevrotante.

— Si des esprits rôdent dans les parages, je suis certain qu'ils sont très sympathiques, intervint le duc, semblant faire de son mieux pour réprimer un fou rire.

— Je n'en mettrais pas ma main à couper, chuchota Ned. Père n'a-t-il donc pas regardé les portraits de nos fichus ancêtres récemment ?

Ellie étouffa un ricanement.

— Oh, même des fantômes sympathiques…

Mr Humphrey tapota la main de Miss Mosely, pâle comme la mort.

Ned gloussa, mais discrètement, Dieu merci.

— On devrait appeler cette femme Miss Soupe-au-lait. Elle a bien plus de chances de tomber sur une araignée que sur un esprit.

— Par pitié, n'en dites rien. J'imagine qu'elle et la plupart des autres dames seraient tout aussi effrayées à cette idée, dit Ellie.

— Mais pas vous ? s'enquit-il en souriant.

— Bien sûr que non.

— Votre altesse, commença Mr Humphrey, je m'oppose formellement à exposer ces dames à l'éventuelle présence d'êtres surnaturels. J'affronterai quant à moi – en présence des autres représentants du sexe fort – ces créatures sans s-sourciller si nécessaire, mais je ne trouve pas sage de risquer de heurter la sensibilité des dames charmantes réunies ici, en les amenant dans une zone infestée de spectres, conclut-il en se raclant la gorge avec un léger tremblement.

Le duc le dévisagea comme s'il était une espèce rare de scarabée. Il ouvrit la bouche, sans doute pour remettre le type à sa place, mais la duchesse intervint avant qu'il n'ait le temps de dire quoi que ce soit.

— Oh, monsieur Humphrey et mademoiselle Mosely, ne vous en faites pas. Son altesse nous accompagnera, et aucun malheureux fantôme n'oserait défier le duc de Greycliffe.

— Exact, commenta le duc en gratifiant la duchesse d'un clin d'œil.

— Mais à quoi bon ramasser ces cœurs ? demanda Percy. Il doit bien y avoir un intérêt.

— Bien sûr qu'il y en a un ! répondit la duchesse, le sourire aux lèvres. Celui qui en collectera le plus gagnera la première balade en traîneau.

Lady Heldon fronça les sourcils, avant de formuler à voix haute ce que tout le monde pensait tout bas.

— Pardonnez-moi, Votre Grâce, mais cela semble une bien maigre récompense pour s'être donné la peine de s'aventurer dans un donjon humide.

— Humide et poussiéreux, renchérit Ophélia. Je pense que je resterai ici et garderai l'ourlet de ma robe au sec, pendant que vous autres irez chercher des cœurs.

— Nous pourrions faire une partie de cartes, proposa Percy en regardant autour de lui. Qu'en dites-vous, Ash ?

— Non, merci, répondit-il sans quitter sa mère du regard. Le vainqueur a-t-il le droit de faire cavalier seul, mère ?

La duchesse des Cœurs adressa un sourire à son fils aîné comme s'il faisait preuve d'une intelligence rare.

— Non, bien sûr que non. Celui ou celle qui gagne aura le droit de choisir un compagnon, donc j'imagine qu'il y a deux vainqueurs, conclut-elle avec un haussement d'épaules, si le compagnon désigné est lui-même satisfait du choix, bien entendu.

Le silence se fit pendant que tout le monde s'efforçait d'assimiler l'information.

Ellie réprima un soupir. Ned choisirait Lady Juliet s'il gagnait, quant à Mr Cox… Elle regarda en direction du couple sur le canapé. Tous deux avaient les yeux rivés sur la duchesse.

Mr Cox choisirait-il Lady Juliet, lui aussi ? Et dans ce cas, Ned se retrouverait avec… qui donc ?

— Ah, vous auriez dû le dire plus tôt, Votre Grâce.

Lady Heldon se leva, secoua ses jupons et jeta à Ash un regard qui, de toute évidence, se voulait charmeur.

— Accepteriez-vous de nous servir de guide jusqu'au donjon, Lord Ashton ?

— Bien sûr, répondit-il en offrant son bras à sa mère. Puis-je vous escorter, mère ? Si le duc charmeur de spectres n'y voit pas d'objection ?

Le duc fit un signe de tête approbateur tandis que la duchesse, partant d'un grand éclat de rire, posait la main sur le bras d'Ash.

Ned se tourna vers Ellie. De toute évidence, il n'avait pas d'autre choix s'il ne voulait pas faire preuve d'une grossièreté inconcevable.

— Vous venez ? demanda-t-il, offrant son bras.

Elle acquiesça et posa les doigts sur son avant-bras puissant. Elle lui arrivait à peine à l'épaule.

Pendant un instant, elle se sentit délicate et féminine, puis un désir familier et douloureux la submergea. Elle aimait Ned ; elle l'avait toujours aimé et l'aimerait probablement toujours.

Mais bon sang, il ne l'aimait pas, en tout cas pas de la manière dont elle l'espérait.

Ils quittèrent le salon en dernier, et au moment où ils atteignirent l'escalier qui descendait au donjon, tous les autres avaient déjà disparu.

— Les gens doivent être impatients de commencer le jeu, fit remarquer Ellie.

— Ou de le terminer, proposa Ned. Ici, les marches sont irrégulières. Laissez-moi passer le premier. Vous pouvez vous appuyer sur moi si besoin.

Ellie observa les épaules massives de Ned lui passer devant tandis qu'elle s'engageait dans l'escalier. Elle ne le toucherait pas si elle pouvait l'éviter. Elle s'appuya contre le mur à la place.

Avec qui déciderait-elle de faire une balade si elle gagnait ce jeu ? L'homme qu'elle aimait et qui la considérait comme une sœur, ou l'homme qui se contenterait d'elle s'il ne pouvait avoir la femme qu'il désirait vraiment ?

Elle perdit légèrement l'équilibre, mais se rattrapa sans avoir à toucher Ned.

Elle choisirait Mr Humphrey et prierait pour que son babillage incessant et creux la sorte de sa tristesse.

Chapitre 7

Entretenez le mystère...

Préceptes amoureux de Vénus

Ned n'était pas descendu au donjon depuis des années ; il avait oublié à quel point le plafond était bas. En passant la porte menant de l'escalier à la cave, il se baissa juste à temps pour éviter de se cogner la tête contre le linteau. Bon sang ! Il avait intérêt à faire attention.

— Oh... ahh !

Ellie atterrit lourdement contre le dos de Ned.

Il trébucha, puis se retourna et la saisit par les épaules pour la stabiliser. Son corps entra en contact avec le sien, sa poitrine douce appuyée contre son torse, et il inhala un effluve de citron et de savon, typiquement féminin.

Son pénis n'y resta pas indifférent.

Il tendit les bras pour la tenir éloignée de son membre indécent.

— Vous allez bien ?

— Très bien, répondit-elle en se dégageant brusquement de son emprise. J'ai failli trébucher sur la dernière marche.

— Je vous avais bien dit qu'elles étaient instables.

— Oui, je sais. La dernière était plus dangereuse que les autres, voilà tout.

Elle l'était – il avait failli la rater lui-même.

— Méfiez-vous, le sol aussi est irrégulier.

— Je sais bien. Je suis déjà venue ici auparavant.

— Pas depuis l'enfance. À moins que vous n'ayez déjà aidé Dalton à remonter du vin.

Ils se tenaient juste devant l'entrée de la cave, mais père avait insisté sur le fait que rien n'était caché au milieu des fûts. Tout le monde avait déjà avancé jusqu'aux autres pièces de stockage au coin.

— Bien sûr que je n'ai pas aidé Dalton, mais ce n'est pas comme si quoi que ce soit avait changé depuis l'époque où nous jouions ici, rétorqua-t-elle, le regard dans le vide. Nous devrions rattraper les autres.

Elle voulut se précipiter – et trébucha de nouveau. Il l'attrapa par la taille.

Sa taille fine. Des formes se cachaient donc sous cette épaisse couche de tissu. Enfant, elle était grande et élancée. Quand avait-elle commencé à se camoufler derrière des vêtements informes ?

Bon sang, qu'est-ce qui ne tournait pas rond chez lui ?

Elle se dégagea de son emprise, tenta de se ruer en avant – et trébucha une fois de plus.

— Mère sera furieuse après moi si vous vous blessez sous ma garde, lança-t-il tout en tentant de la rattraper par le coude.

Elle fit un mouvement de côté et il perdit patience.

— Qu'est-ce qui ne va pas, Ellie ?

— Rien, répondit-elle en évitant de croiser son regard. J-je veux seulement rattraper les autres. Ils pourraient bien commencer sans nous.

— J'en doute fort.

Mère avait rusé pour les obliger à participer à ce jeu stupide. Elle se doutait sûrement qu'Ash et Jack feraient tout pour éviter de se retrouver piégés dans un traîneau avec Miss Wharton ou Lady Heldon – alors que ces dames étaient farouchement déterminées à mener à bien leurs quêtes.

Il se moquait plus ou moins de gagner ; à coup sûr, il se retrouverait avec Lady Juliet. Mr Humphrey ferait sans doute un tour avec Miss Mosely – Soupe-au-lait – quant à Mr Cox…

Ned fronça les sourcils. Mr Cox allait-il choisir Ellie ?

Fichtre, il n'avait aucune confiance en ce type – de toute évidence, c'était un dépravé. Ellie n'avait pas assez d'expérience pour gérer un homme de cette trempe ; elle avait beau avoir vingt-six ans, elle était toujours aussi innocente qu'une enfant.

— Pourquoi tenez-vous à mettre la main sur ces cœurs ridicules, Ellie ? demanda-t-il. Vous n'espérez tout de même pas choisir Mr Cox, si ?

La veille, elle avait passé la majeure partie de sa soirée en compagnie de ce type, séduite par son visage charmant, sans aucun doute.

Elle tressaillit avant de le regarder droit dans les yeux. Insinuait-il qu'elle n'avait aucune chance avec

Mr Cox ? Il n'avait pourtant aucunement l'intention de la froisser.

— Je suis seulement votre conseil et coopère avec votre mère.

N'était-ce pas précisément ce qu'il lui avait conseillé ?

— Dans tous les cas, vos parents se sont donné la peine de cacher ces cœurs, ajouta-t-elle, tout en acceptant enfin de lui prendre le bras. Il serait grossier de ne pas s'y intéresser.

Ils longèrent le couloir en silence. Ellie avait beau avoir posé les doigts sur sa manche, un mur épais semblait s'être érigé entre eux. Tous les sourires spontanés et la chaleur inhérents à leur relation ces dernières années s'étaient volatilisés. Elle agissait comme une parfaite – et déplaisante – étrangère.

Peut-être était-ce aussi bien ainsi. Il ferait mieux de se concentrer sur Lady Juliet. Il détestait voir Ellie blessée – et avait très peur que Mr Cox lui fasse du mal – mais si elle ne voulait pas suivre son conseil, il ne pouvait pas y faire grand-chose.

Toutefois, il comptait en toucher deux mots à Jack et Ash. Peut-être qu'elle écouterait l'un d'entre eux.

— Vous voilà, les interpella mère tandis qu'ils débouchaient du couloir et rejoignaient le groupe réuni près de la porte de la première réserve. Qu'étiez-vous donc en train de mijoter ?

Au ton de sa voix, elle s'imaginait qu'il y avait anguille sous roche.

Les joues d'Ellie s'empourprèrent, et elle retira brusquement les doigts de son bras, comme si sa manche venait de prendre feu. Seigneur, pourquoi affichait-elle un air coupable ? Ils n'avaient rien fait d'autre que se disputer, pour l'amour du ciel.

— J'étais en train d'aider Ellie – enfin, Miss Bowman – à dompter le sol instable, expliqua-t-il.

— Ah oui ? demanda la duchesse, l'air surpris. J'étais pourtant persuadée que vous ne rencontreriez aucune difficulté, Ellie. Vous et Ned jouiez souvent ici.

— J'étais petite fille à l'époque, Votre Grâce, fit remarquer Ellie. C'était il y a bien longtemps.

— Pas tant que ça, commenta la duchesse, l'œil visiblement pétillant. Il me semble que c'était hier.

Sapristi, à présent elle semblait sous-entendre qu'Ellie et lui avaient pour habitude de se mettre à l'abri des regards dans le donjon.

— Pas tout à fait hier, corrigea-t-il. Il y a une vingtaine d'années, plutôt.

La duchesse et Ellie le dévisagèrent en même temps.

— Enfin, c'est vrai. Admettez-le, Ellie. Vous ne deviez pas avoir plus de sept ou huit ans – dix tout au plus – la dernière fois que nous sommes descendus ici.

— Il n'était peut-être pas utile d'insister aussi lourdement sur le nombre d'années qui séparent Ellie de l'enfance, chuchota son père.

Apparemment, le duc avait vu juste. Ellie tourna aussitôt le dos à Ned.

— Il me semble avoir précisé que cela remontait à des années. N'est-il pas temps de commencer le jeu, Votre Grâce ? demanda-t-elle.

La duchesse jeta un regard lourd de reproches à Ned avant de sourire à l'assemblée.

— Si, en effet. Maintenant que nous sommes tous réunis, la chasse peut commencer.

Ophélia et Lady Heldon manquèrent de faire tomber Ash pour franchir la porte de la réserve, Miss Wharton sur leurs talons, et tous les autres non loin derrière. À l'instant même, le couloir résonna de bruits de tiroirs qu'on ouvrait et refermait frénétiquement.

— Les cœurs sont soigneusement cachés, expliqua la duchesse, contrainte de hausser le ton pour couvrir le vacarme. Et certains revêtent des indices, vous aurez donc besoin de vous creuser les méninges de temps à autre.

Personne ne s'interrompit dans sa quête acharnée.

— Le duc et moi-même vous retrouverons à l'autre bout de la cave. Nous ne voulons pas prendre le risque de vous révéler quoi que ce soit.

Le duc et son épouse s'éloignèrent dans le couloir. Ned attendit qu'Ellie et les autres – guidés par Ophélia, Lady Heldon et Miss Wharton, bien entendu – ne soient passés dans la deuxième pièce du sous-sol avant de s'écarter du passage.

Ash et Jack traînaient la patte. Jack avait retiré son écharpe et ouvrait les tiroirs au hasard, tandis que son frère s'appuyait contre une hideuse chaise en bois sur le dossier de laquelle étaient sculptés des serpents.

Ce n'était pas la première fois que Ned s'interrogeait sur le mauvais goût de ses ancêtres en matière de décoration.

— Pourquoi tu ne cherches pas les cœurs, Ash ? demanda-t-il. Tu crois qu'ils ont déjà tous été trouvés ?

Jack fut le premier à répondre.

— Personne n'a rien trouvé ici, donc j'ai encore de l'espoir, dit-il en jetant un coup d'œil à Ash. Pourquoi ne cherches-tu pas ? Tu es résigné à l'idée de te blottir contre Lady Heldon sous une couverture ?

— Restons correct, je te prie. Je crois seulement qu'on a intérêt à s'y prendre méthodiquement, répondit Ash en haussant les épaules. J'essaie de me mettre à la place de mère pour découvrir où elle a bien pu cacher ces satanés bouts de papier.

— Malheureusement, fit remarquer Ned, je doute que quiconque soit capable de comprendre le fonctionnement de son esprit – père y compris.

Les pièces du sous-sol s'étendaient sur toute la longueur du château ; des débarras pleins à craquer de chaises, de tables, de vêtements, de statues, de peintures et de bric-à-brac. Ned avait constaté depuis longtemps que ses ancêtres ne jetaient jamais rien ; ils se contentaient de tout consigner dans le donjon.

Ash, Jack et Ned – accompagnés d'Ellie, Cicely, Percy et Jess – ne s'étaient jamais lassés d'explorer cette curieuse collection de vieilleries. En voyant le chevalier déchu, doté d'un seul bras, appuyé contre le mur dans un coin, il sourit.

— Ah, voilà Mr Gawain, le neveu du Roi Arthur, lança-t-il, tout en s'approchant. Son bras droit repose toujours sur le sol à côté de lui.

— Dieu merci, c'était son bras et non le mien ! s'exclama Ash en riant.

Ned acquiesça. Lorsque Ash et Percy avaient une dizaine d'années, ils se battaient avec des cannes qu'ils avaient dégottées non loin de là. Malheureusement, ce qui devait arriver arriva et Percy oublia un jour qu'il s'agissait de faire semblant – par chance, Mr Gawain en avait payé le prix et Ash avait été miraculeusement épargné.

— Nos remerciements, noble chevalier, dit Ned en levant la visière, comme il en avait l'habitude.

Un morceau de papier rouge en forme de cœur voleta alors dans la pièce.

— Ah ! s'écria Jack, en train de farfouiller dans les tiroirs d'un lavabo cassé. Tu as mis la main sur le premier cœur. Porte-t-il un indice ?

Ned retourna le bout de papier.

— Apparemment, non.

— Dommage. J'espérais…

Jack s'interrompit lorsqu'un cri perçant retentit dans une autre pièce.

— Fichtre ! gémit Ash en poussant un long soupir. Avez-vous reconnu de quelle femme il s'agissait ?

— Malheureusement pour moi, on aurait dit Miss Wharton. Elle émet un cri assez reconnaissable.

Jack ferma le dernier tiroir et s'éloigna du lavabo.

— Tu sais, Ash, je pense qu'Ophélia prête main-forte à Lady Heldon.

— J'en ai bien peur, en effet. Percy l'en a probablement convaincue pour je ne sais quelle raison.

Ned sentit la colère sourdre dans la voix contenue d'Ash. Aucun d'entre eux n'appréciait réellement Percy, mais Ash le détestait pour de bon.

— Mais comme vous me le rappelez sans cesse, je suis déjà marié, la veuve pourra m'ennuyer, mais rien de plus. Miss Wharton, en revanche, semble déterminée à faire de toi son époux.

— Sans blague…, commenta Jack d'un air morose.

— Tiens, lança Ned en lui tendant le cœur en papier. Tu en auras plus besoin que moi.

— J'en ai trouvé un ; j'en ai trouvé un !

Miss Wharton arracha un cœur en papier de la gueule d'un lion placé au milieu d'une table et effectua une pirouette en sifflotant, faisant basculer au passage un gros chien en porcelaine rouge et bleu, tout bonnement hideux.

Ellie se jeta en avant et le rattrapa avant qu'il ne heurte le bord de la table.

— Comme c'est excitant, soupira Miss Mosely, tout en reposant le chandelier qu'elle était en train d'examiner. J'aimerais tellement en trouver un…

— Allons, allons, mademoiselle Mosely, intervint Mr Humphrey, ne vous découragez pas. Le jeu ne fait que commencer – je ne doute pas que vous réussirez, vous aussi.

Il repoussa contre le mur le sofa jaune criard sous lequel il regardait, et adressa un signe de tête à Miss Wharton.

— Bien joué, mademoiselle Wharton !

— Oui, en effet. Bravo ! la félicita Percy.

Ellie lui trouvait un air moqueur, mais il souriait aussi. Miss Wharton, bien trop excitée pour relever le sarcasme, le gratifia d'un grand sourire.

— J'ai toujours adoré les chasses au trésor, déclara-t-elle en fourrant le cœur dans sa poche. C'est si distrayant…

Elle s'empressa de se rendre dans la pièce voisine, Mr Humphrey et Miss Mosely sur ses talons.

— Quelle exubérance ! s'écria Lady Heldon, visiblement surprise. J'ai presque l'impression d'être de nouveau au jardin d'enfants.

— Miss Wharton a passé l'âge du jardin d'enfants ! ricana Ophélia.

— En effet, confirma Lady Heldon. Il y a une bonne raison – voire même plusieurs – pour qu'elle se retrouve sur la touche.

— Je ne sais pas, Miranda, intervint Percy. Je trouve son enthousiasme rafraîchissant.

Lady Heldon le regarda fixement avant de hausser les épaules.

— J'ai dû mal vous entendre, Percy. Cette fille est la plus inexpérimentée des célibataires. Toutefois, là n'est pas la question. Je dois admettre qu'elle ne manque pas de motivation. Soit elle est très douée, soit elle a une chance incroyable. Nous devons faire mieux si je veux que Lord Ashton soit mon partenaire pour cette promenade en traîneau.

— Ne parlez pas trop fort, Miranda.

Percy jeta un coup d'œil à Ellie ; elle faisait semblant d'examiner le chien en porcelaine. Une longue arête s'étendait en son centre – ah oui, elle s'en souvenait. L'intérieur était creux.

Lady Heldon renifla.

— Très bien. Je ne sais pas pourquoi nous restons là à bavasser. Allons-y.

Elle se dirigea à grands pas vers la pièce suivante.

Pourquoi Percy se souciait-il que Lady Heldon fasse une promenade avec Ash ? Elle l'observa quitter la pièce en compagnie d'Ophélia, puis jeta un coup d'œil vers Mr Cox et Lady Juliet de l'autre côté de la salle, se demandant s'ils avaient entendu cette étrange conversation. Lady Juliet faisait un boucan de tous les diables en manipulant une pile de vieilles casseroles ; Mr Cox, quant à lui, avait la tête enfoncée dans une armoire. Apparemment, ils n'avaient pas saisi les propos de Lady Heldon.

Elle devrait prévenir Ash, mais de quoi exactement ? Il savait déjà que Lady Heldon avait des vues sur lui – c'était de notoriété publique. Elle n'avait pas fait preuve de la moindre subtilité, même si ce qu'elle cherchait demeurait un mystère, compte tenu du fait qu'il était déjà marié. Peut-être voulait-elle seulement une aventure, mais on aurait pu penser qu'elle se montrerait plus discrète en présence du duc et de la duchesse. Et pourquoi Ash ? Il ne faisait aucun doute qu'à Londres, de nombreux candidats seraient ravis de la distraire.

Pourquoi la duchesse l'avait-elle invité en définitive? Le mystère restait entier. Elle devait pourtant connaître la réputation de Lady Heldon.

Le regard d'Ellie s'attarda de nouveau sur le chien hideux qu'elle tenait toujours entre ses mains. Lorsqu'il avait huit ans et elle six, Ned y avait un jour caché un crapaud. Il lui avait donné pour qu'elle l'ouvre, espérant en vain qu'elle se mettrait à hurler. Cicely, en revanche, ne s'était pas fait prier.

Ellie soupira. Même si elle parvenait à mettre la main sur tous les cœurs et faisait la balade en traîneau avec Ned, cela ne changerait rien. Il se contenterait d'évoquer ses problèmes avec son personnel à Linden Hall ou – pire encore – des souvenirs de Cicely et de leur enfance.

— Mademoiselle Bowman.

Ellie sursauta et le chien faillit lui échapper. Mr Cox s'était rapproché pendant qu'elle était absorbée dans ses pensées. Il devenait urgent pour elle de se montrer attentive à ce qui l'entourait.

— Vous m'avez surprise.

— Toutes mes excuses.

Il s'approcha encore et lui toucha le bras. Elle tenta de s'écarter, mais se retrouva coincée contre la table.

Tu n'as qu'à sourire, se dit-elle. *Flirter avec lui. Cet homme pourrait être ton ticket gagnant pour avoir des enfants.*

Mais son corps refusait de coopérer.

Il était pourtant bel homme. Il lui donnerait sans doute de beaux enfants. Que demander de plus ?

Il se tenait bien trop près, sous couvert d'examiner la figurine au centre de table. Sa manche frôlait quasiment son corsage. Elle tenta de prendre une inspiration profonde.

Il dégageait une odeur un peu… aigre. Pas sale, non plus… mais repoussante. Peut-être le savon qu'il utilisait.

Elle se pencha encore un peu en arrière et brandit le chien devant elle comme un bouclier.

— Je comprends pourquoi cet objet était relégué à la cave, dit-il en lui adressant un sourire qui la mit mal à l'aise. Voir un lion rugir dans ma direction pendant le dîner me couperait certainement l'appétit.

Elle devrait être ravie, pas mal à l'aise. Elle s'efforça de lui rendre son sourire.

— Ce n'est pas du meilleur goût, n'est-ce pas ?

Elle regarda de l'autre côté de la pièce pour lutter contre la sensation d'enfermement qui l'étreignait et constata que le lion n'était pas le seul à rugir. On aurait dit que Lady Juliet mourait d'envie de découper Ellie en morceaux.

— Je ne crois pas que la duchesse aurait caché un autre cœur aussi près de celui qu'a trouvé Miss Wharton, fit remarquer Mr Cox, sa respiration faisant vibrer les boucles d'Ellie, près de son oreille.

Elle frissonna. Ses mots bourdonnaient et la chatouillaient comme une mouche indésirable ; elle agrippa le chien en porcelaine encore plus fort pour se retenir de le frapper.

— Non, ça m'étonnerait.

Pourquoi l'homme refusait-il de reculer ? Elle pourrait le repousser, mais ça ne ferait certainement pas avancer ses projets de mariage.

Cependant, comment pouvait-elle envisager d'avoir des enfants si elle ne supportait pas d'être aussi près de leur père potentiel ? Un degré d'intimité nettement supérieur était requis pour accéder à la maternité, si elle avait bien compris le processus.

— Oh, Lord Edward !

Le ton mielleux de Lady Juliet hérissa les poils d'Ellie. Ned se tenait dans l'entrée, Ash et Jack juste derrière lui. L'expression d'Ash était, comme toujours, parfaitement neutre, mais ce maudit Jack ne manqua pas d'afficher un air surpris en la voyant en compagnie de Mr Cox.

Ned se contentait de la regarder fixement, fulminant en voyant Mr Cox se rapprocher encore. Elle pouvait littéralement sentir le souffle de l'homme dans sa nuque.

— Je me demandais où vous étiez passé ! s'exclama Lady Juliet en agrippant le bras de Ned. Êtes-vous venu m'aider à dénicher des cœurs ?

Ned lui sourit. Bon sang !

— Je serais ravi de vous aider dans n'importe quelle entreprise, Lady Juliet.

— Parfait. Vous devez connaître les moindres recoins de cet endroit. Où pensez-vous que votre mère aurait pu cacher les cœurs ?

Ned jeta un nouveau regard à Ellie.

— Lady Juliet, commença-t-il, il est impossible de percer à jour l'esprit de ma mère, vous pouvez me faire confiance sur ce point.

— Mère est un vrai mystère, admit Jack, tout en s'approchant pour examiner à son tour la figurine placée au centre de la table.

— Miss Wharton a déjà trouvé un cœur entre les mâchoires du lion, ajouta Mr Cox en s'écartant légèrement.

Ellie disposa presque d'une marge de manœuvre suffisante pour se redresser.

Jack acquiesça.

— C'était sans nul doute le cri perçant que nous avons entendu ! beugla-t-il sur un ton méprisant. Elle les aura tous trouvés en un rien de temps.

— Mais non. Venez, Lord Edward, dit Lady Juliet en entraînant Ned à sa suite. Nous pourrions sauter une des pièces vu que Miss Wharton semble particulièrement en veine. Vous ne pensez quand même pas que la duchesse lui aurait donné des indications, si ?

— Grands dieux, j'espère que non, chuchota Jack tandis que Ned et Lady Juliet s'éloignaient.

— Vu que cette pièce a l'air d'avoir déjà été fouillée de fond en comble, je vais avancer moi aussi, lança Ash. Vous venez, monsieur Cox ?

— Il le faut bien, répondit-il en offrant son bras à Ellie. Nous y allons, mademoiselle Bowman ?

— Si ça ne vous dérange pas, monsieur Cox, j'aimerais m'entretenir avec Ellie, dit Jack. Seul à seul, précisa-t-il, voyant que le type n'avait pas l'air décidé à bouger.

— Oh, est-ce bien approprié, Jack ? demanda Mr Cox en fronçant les sourcils.

Jack poussa un grognement.

— Bon sang, ne soyez pas stupide. En dehors du fait que je n'ai qu'un bras valide, commença-t-il en bougeant son écharpe, Ellie et moi avons grandi ensemble. Elle n'hésiterait pas une seule seconde à me gifler – ou à me frapper en pleine tête avec ce chien en porcelaine qu'elle tient à la main. N'est-ce pas, Ellie ? demanda-t-il en la regardant.

— En effet, je vous giflerais ou vous frapperais sans hésiter si le besoin s'en faisait sentir, plaisanta Ellie. Allez-y, monsieur Cox. Il ne peut rien nous arriver à proximité d'une foule de gens – Miss Wharton a bien montré à quel point la voix porte par ici – mais je suis entre de bonnes mains avec Lord Jack, ne vous inquiétez pas.

— Très bien, conclut Mr Cox en faisant une révérence avant de sortir.

— Sacrebleu, Ellie ! commença Jack dès que l'homme fut dehors. Vous n'avez tout de même pas l'intention de le choisir, si ? Il est plutôt agréable à regarder, j'imagine – le gredin est connu pour avoir un certain succès en ville – mais il est d'un ennui mortel.

— Venant de vous, ça en dit long.

Jack leva les yeux au ciel.

— Très drôle, commenta-t-il, avant de prendre un ton nettement plus sérieux. J'aurais parié que vous lui préféreriez mon rabat-joie de frère.

Ellie sentit le rouge lui monter aux joues, et baissa rapidement les yeux pour éviter le regard inquisiteur de Jack. Elle envisagea de reposer le chien en porcelaine sur la table, mais estima qu'il lui donnait une contenance.

— Ce que je veux n'a pas grande importance ; Ned ne me laissera pas le choix.

Cependant, elle n'était pas convaincue que Mr Cox le lui laisserait, lui non plus.

— Je sais que Ned est un peu lent…

— Il m'a dit qu'il me considérait comme une sœur, Jack.

— Seigneur ! lâcha Jack, bouche bée.

— Vous allez gober des mouches si vous ne faites pas attention, l'avertit-elle en tapotant sa joue.

Jack referma subitement la bouche.

— La débilité de Ned ne cessera jamais de m'étonner. Il est aussi rigide que les murs de ce château.

C'était agréable d'avoir le soutien de Jack, mais il n'avait aucune prise sur le fait que Ned l'aime de la façon dont elle le souhaitait.

— Et je crois que Mr Cox est plus intéressé par Lady Juliet que par moi, ajouta-t-elle.

Il restait Mr Humphrey, mais il semblait rapidement tisser des liens avec Miss Mosely. Apparemment, elle allait encore échouer à trouver un bon parti, malgré toute la bonne volonté de la duchesse des Cœurs.

— Cela ne me surprend pas.

Adieu, le soutien de Jack.

— Non, ne me faites pas ces yeux-là. D'après les rumeurs en ville, Mr Cox a demandé sa main, et son père la lui a refusée sans appel. Visiblement, le cinquième fils d'un comte n'est pas à la hauteur pour épouser la fille d'un duc.

— Ou peut-être que Lady Juliet ne voulait tout simplement pas épouser Mr Cox. Elle semble intéressée par Ned.

Même s'il y avait eu cette étrange scène avant qu'ils aillent se coucher la veille…

Non, elle ne se fierait certainement pas à ce détail.

— En effet, elle a l'air déterminée à piéger Ned, admit Jack en secouant la tête. Ne se rend-elle pas compte qu'il va l'enterrer à la campagne ? Il ne va jamais à Londres ; et elle quitte rarement la ville. Mr Cox lui correspond nettement mieux.

— Mais si elle aime Ned…

Jack émit un grognement.

— Lady Juliet aimer Ned ? Je ne crois pas. Je la soupçonne de n'aimer que sa petite personne. Par chance, ma bourrique de frère s'en rendra compte avant de faire sa demande, ajouta-t-il avant de s'éclaircir la gorge. À vrai dire, j'ai toujours pensé que vous feriez une deuxième épouse parfaite pour Ned, Ellie.

— Ah, euh…

Jack ne venait pas de dire ce qu'elle croyait avoir entendu, si ?

— Mais je vous l'ai dit – Ned me considère comme une sœur.

— Je n'y crois pas une seconde. Oh, et il pourrait bien en être persuadé, mais seulement parce qu'il ne s'est pas autorisé à vous voir autrement. Comment le pourrait-il ? Vous étiez la meilleure amie de sa femme, rappela-t-il en haussant les épaules. Il ne pouvait pas s'avouer que vous rêviez de l'épouser.

Peut-être qu'elle pourrait mourir dans ce donjon. Il y régnait déjà tant de désordre, personne ne remarquerait une vieille fille momifiée au milieu de cette pagaille.

— Oh, non, je…

— Admettez-le, Ellie. Vous mourez d'envie d'épouser Ned depuis que Cicely est morte, affirma-t-il en saisissant un chandelier tout en lui jetant un regard en biais. Peut-être même avant cela.

Son estomac se noua et, l'espace d'un instant, elle craignit de vomir. Si Jack l'avait remarqué, alors le voisinage entier devait être au courant. Tout le monde avait dû chuchoter dans son dos et la prendre en pitié. Comment pourrait-elle…

Non. Si tout le monde le savait, mère ou l'une de ses amies en aurait entendu parler et l'aurait mise au courant.

— Vous vous sentez bien ?

Elle cligna des yeux. Elle en avait presque oublié la présence de Jack. Il la dévisageait, les sourcils froncés, le regard assombri par l'inquiétude.

— Oui, t-très bien.

Elle baissa les yeux vers le chien en porcelaine et prit une profonde inspiration. Jack ne pouvait rien affirmer.

— Je n'ai jamais essayé de m'interposer entre Cicely et Ned.

Bon, en dehors de la robe en soie rouge, mais heureusement, personne hormis ses parents ou ses sœurs ne l'avait vue.

— Non, et c'est bien dommage.

— Comment ?! sursauta Ellie, manquant de faire tomber le chien sur le sol.

Jack haussa les épaules.

— Depuis que Ned a dit « je le veux », je n'ai eu de cesse d'espérer que vous ne parveniez à l'empêcher d'épouser Cicely.

Faute de mieux, elle s'agrippa plus fort encore au chien de porcelaine.

— Mais Cicely était parfaite pour Ned. Tout le monde s'accordait à le dire.

— Pas moi, répliqua Jack en grimaçant. Elle avait un côté gnangnan parfaitement consternant. Incapable d'avoir une opinion, sauf quand elle a décidé de revenir à Greycliffe pour accoucher. Et elle a fait rentrer Percy dans la famille. Ce type est une sale vermine, même Ned est d'accord sur ce point.

Ellie avait la tête qui tournait. Jack n'appréciait donc pas Cicely ? Pourtant tout le monde l'aimait.

— Elle n'y pouvait rien, pour Percy.

— Non, et elle ne pouvait rien non plus contre sa mère, qui était un vrai tyran, et son père, une brute épaisse. J'imagine que cela n'a rien d'étonnant qu'elle soit devenue une créature fade et insipide.

— Ned l'aimait.

Jack était le plus effronté des frères Valentine. Bien sûr qu'il trouvait Cicely assommante.

— Je vous l'accorde, il l'aimait. Cicely avait une beauté fragile, et Ned n'avait que vingt-deux ans, sans expérience de la ville. Le fait qu'elle ait été l'opposé complet de Jess a dû aider aussi.

— Jess ? demanda Ellie, incapable de suivre le fil des pensées de Jack. Qu'est-ce que Jess a à voir là-dedans ?

Jack la regarda comme si elle s'était échappée d'un asile d'aliénés.

— Réfléchissez, Ellie. Il était de notoriété publique que Jess avait une volonté de fer, et qu'Ash l'avait laissée à Blackweith. Leur mariage est un véritable désastre. Évidemment que Ned s'est trouvé une jolie fille calme et docile.

Ellie secoua la tête. Elle ne pouvait laisser Jack semer le trouble dans ses pensées.

— Ned et Cicely étaient heureux ensemble.

— Vraiment ? demanda-t-il, incrédule. Peut-être bien, mais je doute que cela aurait duré. Ils étaient mariés depuis moins d'un an, souvenez-vous. Je serais prêt à parier que si Cicely avait survécu, Ned se serait lassé d'elle.

— Non. Vous devez faire erreur.

Jack ne connaissait rien à l'amour – ou du moins, au genre d'amour qui importait.

— Si vous le dites, rétorqua-t-il avec un grand sourire. Honnêtement, je suis bien plus inquiet pour ma propre situation que pour celle de Ned.

Quelle surprise.

— Vous souhaitez vous marier ?

— Non, je ne veux absolument pas me marier – c'est pour cette raison que je suis venu vous trouver.

— Ah, lâcha Ellie sur un ton amer. Bien sûr, le célibat n'a plus de secret pour moi.

— Ne soyez pas stupide. Vous auriez pu vous marier à maintes reprises si vous l'aviez voulu. J'étais présent lors de ces réceptions ; je vous ai vue pendue aux lèvres d'Ash. Il est certes charmant, mais tout de même, il n'est pas aussi passionnant.

— Mais…

— Et j'ai vu vos soupirants se consoler avec d'autres invitées tandis que mère grinçait des dents.

— Allons, vous en faites trop, c'est ridicule.

— Vraiment ?

Jack haussa les sourcils.

Ellie jeta un regard au chien. Il avait raison quant au fait qu'elle se réfugie dans la compagnie d'Ash, mais il devait faire erreur sur le reste… même si Ned et la duchesse partageaient à peu de choses près la même opinion.

— Mais là n'est pas la question, reprit Jack. Ce qui m'inquiète en attendant, c'est ma liberté. Accepteriez-vous de m'aider ?

Elle perçut une certaine tension derrière son ton badin.

— Bien sûr. Comment puis-je vous aider ?

— Gardez un œil sur Miss Wharton. J'ai bien peur qu'elle n'essaie de me compromettre.

Ellie éclata de rire.

— Oh, Jack, vous devez savoir comment décourager les demoiselles. Vous passez votre temps à Londres.

— Oui, rétorqua-t-il en grimaçant, mais Miss Wharton se montre particulièrement insistante. Elle me court après depuis des mois et connaît toutes mes ruses. Et me voilà coincé au château avec elle pendant des jours, avec ma mère qui joue les entremetteuses... Ellie, je pourrais bien être réduit à me cacher sous la neige, ajouta-t-il avec une expression qui traduisait la persécution.

— Personne ne peut vous forcer à épouser Miss Wharton, même si elle vous met en danger.

Il redressa une épaule.

— Oui, mais je ne voudrais pas me faire exclure de la haute société. Tout le monde sait que Miss Wharton me poursuit, mais si sa réputation venait à être entachée, la bonne société m'en ferait porter la faute. C'est toujours l'homme qui est à blâmer, vous savez.

— Mais votre père est le duc de Greycliffe. Cela devrait faire la différence.

— Grands dieux, Ellie ! Je ne compte pas me cacher derrière le titre de mon père, rétorqua-t-il, l'air visiblement outré. Pour qui me prenez-vous ? demanda-t-il sévèrement. Je ne veux pas ternir la réputation de Miss Wharton, ni même heurter sa sensibilité. Ce n'est pas une mauvaise bougresse. Elle veut seulement la même chose que la plupart des femmes. Si je n'étais pas l'objet de son désir, j'admirerais la persévérance dont elle fait preuve. Vous feriez bien de prendre exemple sur elle. Quelle merveilleuse épouse vous feriez pour Ned ! D'ailleurs, je préférerais vous accueillir au sein de ma famille, plutôt que Lady Juliet.

Ellie ne souhaitait pas poursuivre cette conversation.

— Oui, eh bien, nous parlons de vos problèmes, pas des miens pour l'instant. J'imagine que la première chose à faire est de vous aider à trouver les cœurs cachés ; Miss Wharton semble mener le jeu en attendant.

Jack acquiesça.

— Elle semble avoir le nez pour les débusquer, n'est-ce pas ? Comme un porc qui chercherait des truffes.

Il sortit un bout de papier rouge froissé de sa poche.

— Je n'en ai qu'un, Ned me l'a donné.

Ainsi Ned ne se ruait pas pour les amasser et remporter la compétition. Ce n'était pas grand-chose, mais toujours mieux que rien.

— Nous pouvons peut-être en ajouter un autre à votre collection.

Elle secoua le chien en porcelaine qu'elle tenait et souleva sa tête. Comme elle l'avait espéré, un cœur rouge se cachait à l'intérieur.

— Fantastique !

Jack lui arracha le papier et le dirigea vers sa poche.

— Attendez ! Il me semble y voir inscrit quelque chose.

Jack examina le cœur, l'air concentré.

— Effectivement. Que je sois maudit si j'arrive à y comprendre quoi que ce soit.

— Que dit l'inscription ?

— « Découvre ce qui se trouvait ici autrefois et un autre cœur tu trouveras. »

Jack secoua la tête.

— Je n'ai pas souvenir que mère ait jamais mis des biscuits ou une autre sucrerie dans cette chose – je l'ai toujours vue dans le donjon.

Ellie se mit à rougir. La duchesse ne pouvait pas avoir connaissance du crapaud, si ? Et cette pauvre créature était partie depuis bien longtemps. Alors qu'est-ce que…

— Là !

Elle pointa du doigt une énorme grenouille verte en porcelaine, posée sur l'étagère au-dessus des pots que Lady Juliet avait inspectés un peu plus tôt.

Jack la regarda comme si elle avait perdu la tête.

— Ellie, cet objet immonde n'aurait jamais pu rentrer dans ce chien tout aussi hideux.

— Vérifiez quand même.

Peut-être avait-elle mal compris.

Jack se dressa pour attraper la grenouille et laissa échapper un long sifflement. Il se tourna et lui montra la figurine en dessous de laquelle était collé un cœur rouge.

Chapitre 8

… Veillez toutefois à ne pas trop semer la confusion.

Préceptes amoureux de Vénus

Ned observait la bergère ornée de fleurs perchée tout en haut du grand placard. Une fine ligne parcourait son cou comme si elle était malencontreusement tombée sur madame Guillotine ; en réalité, elle avait pris un mauvais coup de batte de cricket lorsque Jack, Ash et lui-même jouaient à l'entrée de la maison par une journée d'hiver, des années plus tôt. C'était incroyable que la pauvre fille n'ait pas volé en éclats. Dalton avait eu beau recoller les morceaux, elle avait conservé les stigmates de cet épisode. Elle s'était retrouvée là au lieu de finir aux ordures parce que c'était un cadeau des cousins de la duchesse.

Le regard de Ned glissa vers Mr Cox, qui était en train de fourrer son doigt dans les anneaux d'un candélabre en forme de serpent. Si seulement une ligne semblable pouvait faire le tour du cou de cette vermine visqueuse. Nom de Dieu, ce serpent londonien dégoulinait sur Ellie lorsque Ned était tombé sur eux.

À quoi diable Ellie pouvait-elle bien penser en laissant cet individu prendre de telles libertés ? De toute évidence, elle avait une cervelle de moineau, et aucunement l'intention de se laisser guider par son intelligence... Eh bien, si Ellie ne l'écoutait pas, Mr Cox n'aurait pas le choix. Un coup de poing en pleine figure permettait souvent de retenir l'attention de son interlocuteur.

— Enfin !

Lady Juliet arracha un bout de rouge d'un pot-pourri qui ressemblait plus à une pyramide de trompes d'éléphants. Étonnamment, elle jeta un regard triomphant à Mr Cox avant de secouer le cœur sous le nez de Ned.

— J'en ai trouvé un !

Il recula d'un pas pour éviter de prendre un coup.

— Je vois.

Elle fourra le cœur dans sa poche et ouvrit un placard, y plongeant pour fouiller dans les affaires que mère ou quelque ancêtre avait reléguées dans ce recoin sombre. Un carré de tissu orange s'envola et tomba sur le sol. Lady Juliet était aussi lamentable pour faire des recherches, qu'un fox-terrier à la poursuite d'un rat.

Elle sortit la tête de l'armoire quand retentit un cri aussi strident que familier.

— Fichtre ! Miss Wharton a mis la main sur un autre cœur, dit-elle en jetant à Ned un regard renfrogné. Et vous ressemblez à une des statues que votre famille a balancées ici, Lord Edward. Allons, dépêchez-vous de chercher parmi ces objets. Nous ne pouvons pas laisser Miss Wharton gagner.

La Lady Juliet docile, douce et calme qui ressemblait tant à Cicely pendant la réception, s'était volatilisée, laissant place à une vraie harpie.

— Pourquoi pas ? J'imagine qu'elle choisira Jack comme partenaire ; vous n'êtes pas intéressée par mon frère, si ?

Son froncement de sourcils s'accentua pour afficher un air de dédain.

— Bien sûr que non ! Quelle goujaterie...

Ned espérait que personne ne remarquerait son air choqué, mais avait bien peur qu'il ne soit pas passé inaperçu.

— Lady Juliet est quelque peu... compétitive, Lord Edward, lança Mr Cox, un léger sourire aux lèvres. Elle doit gagner, même lorsque le prix ne l'intéresse pas.

L'expression de Lady Juliet se figea un instant ; puis elle releva la tête avant de se replonger dans l'armoire. Sa phrase suivante était légèrement étouffée.

— Je vous renvoie le compliment, monsieur Cox, lança-t-elle.

— Visiblement, je ne peux pas m'en empêcher, murmura-t-il.

Il plongea les mains dans ses poches et regarda l'endroit d'où ils étaient arrivés.

— Où est Miss Bowman d'après vous ?

— Elle ne devrait pas tarder, répondit Ned.

Si Ellie remportait la compétition et choisissait Mr Cox comme partenaire, il devrait intervenir, même s'il n'était pas son frère. Il ne pouvait pas sciemment livrer son amie d'enfance à une telle crapule, même en public, le temps d'une balade en traîneau. Une épaisse couverture était la porte ouverte à bien trop de libertés.

Mr Cox fronça les sourcils.

— Je me demande si Miss Wharton sait que Miss Bowman est seule avec Lord Jack.

Ned le regarda d'un air mauvais. Il n'appréciait pas du tout le ton de sa voix.

— Pourquoi s'en soucierait-elle ?

Ash leva les yeux du placard qu'il était en train d'examiner.

— Oui, où voulez-vous en venir, monsieur Cox ?

Ned avait vraiment très envie de le frapper. Peut-être qu'il pourrait se contenter de lui jeter quelque chose de lourd en pleine face.

— Vous agissez comme si quelque chose d'inconvenant était en train de se produire.

Mr Cox jeta un regard affable à Ned.

— Lord Jack n'est pas marié, tout comme Miss Bowman.

Ned émit un grognement.

— Ne soyez pas ridicule. Jack considère Miss Bowman comme une sœur.

— Peut-être bien, commenta Mr Cox avec un sourire particulièrement mielleux. Mais comment Miss Bowman le considère-t-elle ?

— Comme un frère, évidemment.

Ned regarda Ash pour en avoir confirmation, mais ce dernier tripatouillait les tiroirs du placard.

— Si vous le dites, rétorqua Mr Cox en haussant les épaules. Il semble néanmoins étrange qu'une femme que la duchesse aime comme sa fille soit toujours sur la touche à cet âge quelque peu avancé. D'après mon expérience, les mères aimantes sont impatientes de voir leur progéniture quitter le nid pour rejoindre le foyer d'un homme.

Ned tenta d'atténuer la crispation de sa mâchoire pour prendre un ton civilisé.

— Ma mère a essayé de trouver un bon parti pour Miss Bowman, mais elle n'a pas encore rencontré de gentleman à son goût.

— Ou peut-être que son cœur est déjà pris et qu'elle n'a plus rien à offrir, suggéra Mr Cox en affichant un air diabolique.

— Oh, pour l'amour du ciel, monsieur Cox ! Miss Bowman n'a rien d'une faible femme qui serait éperdument amoureuse d'un homme en silence, et encore moins de Jack. Elle est bien trop pragmatique, n'est-ce pas, Ash ?

Il allait le rouer de coups à cet instant précis et… non. Mère serait extrêmement contrariée s'il blessait l'un de ses invités. Pourtant, elle devrait s'y attendre en conviant pareils abrutis.

— Ash ?

Pourquoi diable Ash se taisait-il ? Il regarda son frère dont l'expression demeurait impénétrable. Il ne pensait tout de même pas qu'Ellie en pinçait pour Jack, si ? Cette seule idée était révoltante.

Ned s'empara de ce qu'il avait à portée de main – un gros bol en terre cuite en l'occurrence – et fit mine d'y chercher un cœur.

Il ne devrait pas être dégoûté à l'idée qu'Ellie épouse Jack, même si son estomac se nouait à cette seule pensée. Mais c'était seulement dû à la surprise. Ellie était raisonnable et aurait sûrement un effet apaisant sur Jack, gouvernant ses bas instincts et lui apprenant le sens des responsabilités. Elle pourrait le persuader de quitter la ville et tous ses vices pour revenir à la campagne où Ned le verrait plus souvent. Et il verrait aussi Ellie plus souvent. Cette idée lui plaisait. Comparée aux Londoniennes élégantes tirées à quatre épingles – Lady Juliet en incarnant un parfait exemple – Ellie était un soulagement, aussi simple et honnête qu'une bonne bière bien fraîche.

Il fronça les sourcils en examinant le bol. Il verrait bien plus Lady Juliet qu'Ellie si elle devenait sa femme. Mais peut-être qu'Ellie n'était pas aussi droite et simple qu'il le pensait. L'affaire des dessous rouges n'était toujours pas résolue…

Un autre cri retentit un peu plus loin. Miss Wharton devrait se faire engager pour retrouver les objets égarés. Son talent – ou sa chance – était incroyable.

— Lord Edward !

Lady Juliet, ayant enfin terminé d'explorer les coins les plus reculés de l'armoire, se redressa de ces profondeurs moisies pour le regarder avec mépris.

Elle avait un peu de suie sur le nez, et des mèches de cheveux flottaient devant ses yeux. Elle les écarta d'un revers de la main.

— Arrêtez donc de bavasser et commencez à chercher. Le temps presse.

Elle continua en inspectant l'intérieur d'une théière.

Ned avait l'estomac noué. Il avait décidé de courtiser Lady Juliet. Il voulait une famille ; il avait besoin d'une femme… Mais fallait-il qu'on le rabroue sans cesse ?

Il chassa cette pensée. Elle s'était montrée charmante dans le salon. Elle était seulement trop emportée par le jeu, rien d'autre. Certaines personnes étaient comme ça – tout à fait plaisantes, calmes et aimables jusqu'à ce qu'ils se retrouvent en compétition avec d'autres. Mr Cox l'avait dit lui-même.

Et à quel point exactement Mr Cox connaissait-il Lady Juliet ? Il y avait clairement un lien entre eux. De nature romantique ? Mais alors, pourquoi mère aurait-elle invité Lady Juliet comme un parti éventuel pour lui ? Il devrait demander à Jack ; il avait sans doute entendu quelque rumeur à Londres.

Jack et Ellie…

Bon sang de bonsoir ! Maintenant sa tête martelait de nouveau. Il lui faudrait reprendre des remèdes de Breen après cette ridicule chasse au trésor.

— Lord Edward, je vous en prie ! Je pense que vous avez perdu suffisamment de temps sur ce bol.

Lady Juliet lui jeta un regard mécontent avant de s'attaquer à une soupière.

Il n'avait aucune envie de chercher de stupides morceaux de papier. Cette année, la duchesse s'était surpassée dans le registre des distractions irritantes, et la fête ne faisait que commencer.

Il se pencha pour attraper le bout de tissu qui était tombé lorsque Lady Juliet inspectait le contenu de l'armoire. Il allait seulement…

Ah. L'étoffe était tombée près de deux chenets qui représentaient, avec une quantité de détails repoussants, la bataille entre Saint Georges et le dragon. Juste à l'endroit où la lance de Saint Georges frappait la poitrine du monstre, il aperçut un peu de rouge. Un cœur en papier.

Devrait-il le donner à Juliet ? C'était certainement ce qu'elle attendrait de lui.

Mais Jack avait besoin de son aide pour éviter Miss Wharton et peut-être approfondir sa relation avec Ellie.

Il sentit ses poils se hérisser. Il n'arrivait toujours pas à imaginer Jack et Ellie ensemble, mais peut-être avait-il seulement besoin de temps pour se faire à l'idée.

— Avez-vous trouvé un cœur ? demanda Lady Juliet. Donnez-le-moi immédiatement.

Il cacha le papier rouge dans la paume de sa main et lui tendit le tissu à la place.

Les traits délicats de Lady Juliet se déformèrent en expression de dégoût.

— Ce n'est même pas rouge. Qu'avez-vous donc en tête ?

— C'est presque rouge, intervint Ash depuis l'autre côté de la pièce.

— C'est orange ! cracha Lady Juliet.

— Je ne sais pas.

Maintenant que Ned voyait le tissu à la lumière, il tirait sur le rouge – pas si on le plaçait juste à côté du cœur qu'il avait réussi à glisser dans sa poche, mais dans l'absolu…

— Eh bien, moi, je sais.

Lady Juliet tapait nerveusement du pied.

— Quel caractère ! commenta Mr Cox.

Lady Juliet se tourna vers lui.

— Ne vous avisez pas…

Elle s'interrompit, serrant les lèvres.

L'homme gloussa, même s'il ne semblait pas particulièrement amusé.

— Je crois voir de la fumée sortir de vos oreilles, Lady Juliet. Il n'est pas bon de garder toute cette colère au fond de vous.

Lady Juliet foudroya Mr Cox du regard. Pendant un instant, Ned crut qu'elle allait se jeter sur lui et lui tordre le cou.

Puis elle prit une profonde inspiration et se retourna.

— Je pense qu'il ne doit plus y avoir de cœurs à trouver par ici, Lord Edward, reprit-elle, comme si rien ne s'était passé. Que diriez-vous de passer dans la pièce suivante ?

— Euh… bien sûr.

Ned lui offrit timidement son bras. Elle le prit et lui adressa un sourire aussi doux qu'aurait été celui de Cicely. Il entendit Mr Cox grogner.

Il ne donnerait certainement pas à cet homme la satisfaction de constater qu'il l'avait mis hors de lui. Le comportement peu agréable de Lady Juliet pouvait désormais être mis sur le dos de Mr Cox. En fait, cela montrait même qu'elle avait de la jugeote. Ils semblaient s'accorder sur le fait que cet homme était un fripon.

La pièce suivante était la dernière, Dieu merci. Le duc se tenait à l'entrée lorsqu'ils arrivèrent ; la duchesse était à l'autre bout assise dans une chaise, entourée de harpies au talent indéniable.

Lady Juliet se dirigea immédiatement vers un placard pour l'inspecter.

— Vous cherchez à nous empêcher de revenir sur nos pas pour trouver plus de cœurs, père ? chuchota Ned.

— Pas tout à fait, mais je crois qu'il est temps que ce jeu se termine, pas toi ?

Père fit un signe de tête en direction de Mr Cox lorsqu'il passa devant lui pour rejoindre Percy, Lady Heldon et Ophélia.

— Absolument.

— Cela a néanmoins apporté un éclairage nouveau, intervint Ash en s'arrêtant près d'eux.

Ned fronça les sourcils.

— Qu'entends-tu par là ?

— Je ne suis pas friand de Mr Cox.

— Moi non plus.

— J'avais cru comprendre, ajouta Ash en souriant.

— Lady Juliet ! héla Miss Wharton. Vous pouvez arrêter de chercher maintenant. Miss Mosely a trouvé le seul qui était caché dans cette pièce, n'est-ce pas, Votre Grâce ?

Mère acquiesça.

— Nous étions justement en train de faire les comptes. Miss Wharton en a quatre, elle est en tête pour le moment.

— Son talent est tout à fait stupéfiant, fit remarquer Lady Heldon sur un ton sarcastique, dénigrant de façon inappropriée les qualités de Miss Wharton.

Cette dernière ne perçut pas la critique. Elle rougit de façon assez charmante.

— J'ai toujours apprécié la chasse au trésor.

— Et vous êtes vraiment très douée, renchérit Miss Mosely.

— En effet, mademoiselle Wharton, ajouta Mr Humphrey. Comme je le faisais justement remarquer à Miss Mosely – qui a fait un effort remarquable, je dois l'admettre, même si elle n'a pas obtenu de résultats aussi notables que vous, bien entendu, sans avoir pour autant à en rougir – mais comme je le disais à Miss Mosely, votre talent pour retrouver des morceaux de papier disséminés ici et là mérite d'être salué.

— Je vais devoir cacher plus minutieusement mes cœurs si nous sommes amenés à jouer encore à ce jeu, ajouta la duchesse avec un sourire.

Elle lança alors un regard inquisiteur à Lady Juliet.

— Miss Mosely et Lady Heldon ont chacune déniché un cœur. En avez-vous trouvé un, Lady Juliet ?

— Un seul, Votre Grâce, répondit-elle, les épaules basses. Et Lord Edward revient les mains vides.

Loin de lui l'idée de contredire une dame. Il confierait discrètement le cœur à Jack dès que son frère finirait par faire son apparition.

— Ash ? demanda mère.

— Pas l'ombre d'un cœur, répondit Ash.

— Il en manque donc encore cinq. Ah, voilà nos retardataires.

Ned se retourna et tomba nez à nez avec Ellie. Elle n'avait pas l'air éprise de Jack, même s'il n'arrivait pas à se représenter à quoi ressemblerait la jeune femme amoureuse. En tout cas, ni joues rosées ni sourire radieux. Ellie était fidèle à elle-même – calme et pragmatique. Pourquoi diable avait-il pris au sérieux les propos de ce malotru de Mr Cox ?

Parce qu'Ash n'avait pas contredit sa version des faits, voilà pourquoi... Mais en définitive, son frère ne l'avait pas confirmée non plus. Il y avait de bonnes chances qu'il ait été absorbé par quelque rêverie au sujet d'un chantier de construction et n'ait même pas écouté la conversation.

Dans tous les cas, il fallait qu'il remette à Jack le fichu bout de papier sans se faire remarquer – Lady Juliet serait furieuse si elle le surprenait – mais le duc bloquait le passage.

— Ellie, chuchota-t-il alors qu'elle passait devant lui. Attendez un instant je vous prie.

Elle pouvait lui servir d'alibi. Ah, enfin, Jack était libéré de son père.

— Comment ? demanda Ellie, marquant une pause.

Parfait. Il lui sourit tout en bousculant Jack pour lui tendre le morceau de papier rouge. Heureusement, Jack l'attrapa aussitôt, comme s'il s'y attendait.

— Mère se demandait justement si vous aviez trouvé des cœurs.

— Oui, Ellie, commença la duchesse. La récolte a été bonne ?

La jeune femme parut un peu mal à l'aise, mais après tout, elle n'avait jamais aimé être au centre de l'attention. Elle jeta un coup d'œil à Jack et se racla la gorge.

— J'ai bien peur que non, mais Jack en a trouvé quelques-uns.

— Ah oui ? demanda la duchesse, un large sourire aux lèvres. Combien ?

Jack sortit une liasse de papiers rouges et les compta.

— J'en ai cinq.

— Oh…

Miss Wharton ne put cacher sa déception.

— Vous avez gagné ! lui dit-elle avec un sourire plein d'espoir. Qui choisissez-vous donc pour partager votre promenade ?

Jack entrouvrit la bouche comme s'il s'apprêtait à répondre, puis s'interrompit.

— Je pense que je devrais attendre avant de prendre cette décision, vous ne croyez pas ?

— Excellente idée ! s'exclama sa mère en applaudissant et en bondissant de sa chaise. Ne te ferme aucune possibilité, et laisse tout le monde sur des charbons ardents, ajouta-t-elle en riant. Enfin, ces dames surtout, même si j'imagine que les hommes doivent craindre que tu ne les prives de leur cavalière.

— Il ne s'agit que d'une malheureuse balade en traîneau, fit remarquer père.

— Oui, tout à fait, mais on ne sait jamais ce qui peut survenir au détour d'un chemin. Tout peut arriver – ou rien du tout.

— Comme toujours, ma chère duchesse, enchaîna son mari, votre perspicacité m'épate.

— Oh, vous vous moquez, mais c'est pourtant vrai, rétorqua-t-elle en riant. Tout pourrait changer d'une seconde à l'autre, insista-t-elle en s'esclaffant de plus belle. En attendant, j'imagine que vous aimeriez tous aller vous changer – ou du moins, épousseter les toiles d'araignée qui auraient pu avoir l'audace de s'accrocher à vos nobles personnes – et peut-être vous reposer après toute cette agitation. Prenez donc congé, nous vous retrouverons dans le salon avant le dîner.

Ned regarda Ellie se diriger vers l'escalier. Cox, cette canaille, lui offrit son bras, et elle l'accepta sans même accorder un regard à Jack. De son côté, ce dernier poussa le vice jusqu'à escorter Miss Wharton.

Mr Cox devait faire erreur. Ellie n'était pas amoureuse de Jack. Et si elle n'était pas mariée, c'était simplement parce qu'elle n'avait pas encore trouvé d'homme à son goût.

Et pourtant, il n'y croyait pas non plus.

— Alors, Lord Edward, l'interpella Lady Juliet, baissant la voix et se collant à lui tandis qu'il la guidait vers la sortie du donjon. D'après vous, qui Lord Jack choisira-t-il pour l'accompagner ? Miss Wharton espère visiblement que ce sera elle, mais je serais prête à parier ma modeste fortune qu'il n'en fera rien. Pourtant, il lui donne le bras à cet instant. Qu'est-ce que cela peut bien signifier ?

— Je n'en ai pas la moindre idée.

Ned n'avait pas souvenir d'avoir déjà été en proie à une telle confusion. Cette sensation lui déplaisait au plus haut point.

Jack faisait forcément fausse route.

Ellie, les yeux plongés dans sa tasse de thé, était installée sur le sofa à côté de Miss Wharton, qui bavassait à côté d'elle. Ils étaient tous au beau milieu d'une partie de charades ; les femmes venaient juste de mimer *Les Voyages de Gulliver* et à présent, les hommes étaient sortis pour mettre au point leur tactique.

Ellie avait sérieusement envisagé de rester à l'étage après la chasse au trésor et de feindre une migraine, mais elle savait que la duchesse la traînerait au rez-de-chaussée, faisant fi de ses protestations. Et elle ne pouvait pas passer sa vie à se cacher – cette réception allait encore durer trois jours.

Elle ferma brièvement les yeux. *Trois jours.* Comment allait-elle bien pouvoir tenir le coup ?

Elle serra les dents. Bon sang, elle allait maîtriser ses émotions, voilà tout. Pourquoi accordait-elle la moindre crédibilité aux propos de Jack ? Cicely était la femme parfaite pour Ned. Tout le monde le savait. Si elle n'était pas morte en couches, ils auraient vécu heureux jusqu'à la fin de leurs jours.

Et quant au fait que Jack ait deviné son amour pour Ned, cela ne restait qu'une supposition de sa part. Une supposition hasardeuse, qui s'avérait exacte par chance. Personne d'autre n'avait de soupçons ; mère le lui aurait dit si elle avait entendu la moindre petite rumeur. Ellie ravala un gloussement vaguement hystérique. Ned ne se doutait certainement pas qu'elle l'aimait. Et même la duchesse des Cœurs devait l'ignorer – elle y aurait fait allusion si elle le savait, ou du moins, aurait travaillé plus dur pour jeter Ellie dans les bras de son fils.

Elle regarda la mère de Ned, qui lui adressa un large sourire, assez perturbant, en retour.

Elle s'absorba de nouveau dans la contemplation de sa tasse de thé. À présent, elle voyait le mal partout. Si elle n'avait pas eu cette maudite conversation avec Jack, elle penserait seulement que Son Altesse se montrait agréable.

Au moins, Ned avait pu lui rendre ses dessous. Elle les avait retrouvés pliés dans un grand fichu devant la porte de sa chambre lorsqu'elle en était sortie pour dîner. Elle les avait rangés dans son armoire, prenant soin de les mettre sur une étagère plus haute cette fois.

— J'aime les charades, lui confia Miss Wharton, en lui donnant un petit coup de coude qui manqua de faire tomber Ellie du siège qu'elles partageaient. Pas vous ?

Ellie sourit. Quel soulagement de penser à quelque chose d'autre qu'à elle-même. Miss Wharton n'était pas très distinguée, elle était bien trop bruyante et enthousiaste, mais il existait certainement des défauts plus gênants.

— J'ai bien peur de ne pas être très douée à ce jeu-là, répondit Ellie.

Comme elle venait juste de le prouver ; elle n'avait pas proposé le moindre indice pour aider son équipe à faire deviner le titre.

— Mais vous avez fait un travail remarquable. Je crois que c'est grâce à votre imitation d'une mouette que ces gentlemen ont pu trouver la réponse aussi rapidement, s'empressa-t-elle d'ajouter.

— Je suis bien meilleure pour faire deviner que pour trouver les réponses, répliqua Miss Wharton en rougissant. Comment pensez-vous que Mr Humphrey va bien pouvoir se débrouiller sans parler ? demanda-t-elle en gloussant.

— Je ne peux même pas l'imaginer, s'esclaffa Ellie.

Miss Wharton avait donc de l'humour. Jack aurait pu plus mal tomber.

Mais il avait semblé tellement malheureux et tendu dans le donjon.

Jack était sans doute un peu trop désinvolte, voire inconséquent parfois, mais il avait bon cœur. Et il était aimable. Et sans doute capable de tomber amoureux.

S'il n'était pas épris de Miss Wharton, il ne devrait pas l'épouser.

Et si elle-même n'aimait pas Mr Cox…

Elle prit une gorgée de thé. C'était différent.

—Ah, voici ces messieurs, annonça la duchesse. Préparez vos méninges, mesdames !

En dehors de Mr Humphrey, aucun des hommes ne semblait ravi d'être là, mais au moins, ils n'en étaient pas venus aux mains. Ellie était un peu inquiète. Percy avait toujours adoré asticoter Ash, et à présent, il était également en froid avec Ned. D'ailleurs, Ned avait jeté des regards on ne peut plus hostiles à Mr Cox dans le donjon.

Ce dernier commença en levant trois doigts.

—Trois mots ! s'écria Miss Wharton en gigotant de nouveau.

Ellie fit vaciller sa tasse de thé, heureusement, les éclaboussures atterrirent dans sa soucoupe. Elle la posa rapidement sur la table devant son genou.

Mr Humphrey hocha la tête avec enthousiasme, réajustant ses binocles sur son nez, puis leva un doigt.

—Premier mot !

Il plaça la main sur son torse.

—Gilet ! cria Miss Wharton. Chemise, cravate.

Il secoua la tête.

— Torse ! tenta Ophélia.

— Massif ? lança Lady Heldon en ricanant. Musclé. Viril.

Mr Humphrey secoua la tête avec plus d'insistance puis se donna des petites tapes sur la poitrine.

— Frapper, proposa Miss Mosely. Et faites attention, monsieur. N'allez pas vous blesser.

— Gifle, dit Lady Juliet.

— Battre, surenchérit Miss Wharton. Pilonner.

Ellie n'avait aucune proposition et toute cette agitation lui donnait le tournis. Elle observait Mr Humphrey se marteler la poitrine. Serait-elle capable de l'aimer ?

Son estomac se retourna. Non, probablement pas.

Si elle ne pouvait aimer ni Mr Cox ni Mr Humphrey…

Elle se raidit. Elle se posait la mauvaise question. Bien sûr qu'elle ne pouvait aimer aucun de ces hommes. Elle le savait. Elle n'était pas une de ces jeunes filles fleur bleue en quête d'amour fou. Non, elle était une vieille fille pragmatique. Elle voulait un arrangement civil confortable qui lui permettrait de disposer d'un foyer et d'élever ses enfants.

Mr Humphrey laissa retomber ses mains en signe de défaite et regarda Mr Cox qui souriait et collait ses pouces et ses index ensemble, faisant la forme d'un…

— Cœur ! hurla Miss Wharton. En train de battre la chamade. Terreur.

Elle bondit littéralement sur ses pieds.

— Je sais. *The Mysterious Warning* de Mrs Parsons. Ou *Les Mystères d'Udolphe* de Mrs Radcliffe.

L'homme la regardait bouche bée. Mr Humphrey et Mr Cox secouèrent la tête à l'unisson.

— Oh, lâcha Miss Wharton en se laissant retomber sur sa chaise. Eh bien, j'ai pourtant failli faire un arrêt cardiaque lorsque j'ai lu ces romans.

— Je suis tout à fait d'accord, appuya Miss Mosely, posant la main sur le genou de Miss Wharton. Je n'ai pas lu le livre de Mrs Parson, mais *Les Mystères d'Udolphe* m'a tenue éveillée toute la nuit.

— Vous devriez essayer *Les Mystères de la forêt* de Mrs Radcliffe, si vous ne l'avez pas déjà lu, lança Lady Heldon, sans prendre de ton sarcastique pour une fois. Je l'ai beaucoup aimé.

— Et également *Le Moine* de Mr Lewis, ajouta Ophélia.

— Mesdames, interrompit la duchesse, vous aurez tout le loisir de discuter de vos livres préférés plus tard, mais pour l'instant, ces pauvres messieurs essaient de vous faire deviner un titre, et ce n'est pas celui d'un roman d'épouvante.

— Oh, oui, veuillez m'excuser, dit Miss Wharton. Continuez, je vous prie.

Mr Humphrey et Mr Cox regardèrent les autres hommes. Percy leva deux doigts.

— Deuxième mot ! s'écria Miss Wharton sur un ton plus feutré.

Ellie serra fermement ses mains l'une contre l'autre. Le pragmatisme avait ses limites. Le mariage n'était pas la même chose que d'engager un gestionnaire immobilier ou un majordome, ou même de partager une maison avec un frère ou un père. Non, si elle voulait des enfants, elle devrait faire don de son corps.

Son estomac menaça de remonter jusqu'à sa gorge.

Pourrait-elle tolérer suffisamment Mr Humphrey ou Mr Cox pour autoriser l'un d'entre eux à la féconder ? Sa réaction épidermique dans le donjon n'avait pas été très encourageante ; quant à Mr Humphrey – non, elle ne se voyait pas accueillir la taupe dans son lit, même avec les yeux bien fermés et les pensées focalisées sur l'entretien de la maisonnée.

Percy fit semblant d'ôter son manteau et de retrousser ses manches. Puis il se frictionna les mains, attrapa un objet imaginaire et fit mine de creuser.

— Bêcher ! s'écria Miss Wharton.

— Pelle, proposa Ophélia. Creuser.

— Enterrer, suggéra alors Lady Heldon. Cadavre.

— J'ai trouvé, annonça Ophélia. *La Tombe* de Robert Blair.

Lady Heldon jeta un regard sévère à son amie.

— Cela ne fait que deux mots, Ophélia.

— Oh, balivernes ! J'en suis sûre.

Ellie se mordit la lèvre. Peut-être pourrait-elle se faire à Mr Cox. Au moins, il était séduisant, et si la duchesse disait vrai, bien d'autres femmes avaient succombé à ses charmes. Peut-être que les relations conjugales, c'était comme monter à cheval – un talent qu'on améliorait avec la pratique. Elle aimait l'équitation sans aimer le cheval pour autant. C'était une activité physiquement stimulante, rien de plus. Et si Mr Cox avait de l'expérience, il était certainement très doué en la matière.

Si on lui laissait un peu de temps, elle serait capable de gérer cette relation avec sang-froid. Peut-être même pourrait-elle espérer un peu d'amitié et de respect. Elle serait la mère de ses enfants, après tout.

Ellie examina Mr Cox qui n'avait pas conscience d'être observé. Ses yeux étaient rivés sur Lady Juliet, son expression crispée par le désir.

Était-ce vraiment grave si l'homme qu'elle épousait était épris d'une autre femme, si celle-ci avait prévu d'en épouser un autre ? Ellie n'était pas non plus un cœur à prendre. Tant qu'ils se montraient honnêtes l'un envers l'autre de façon à ce qu'aucun des deux n'entretienne de faux espoirs, cela ne ferait pas la moindre différence.

Ou presque.

Ash avait fait semblant d'égarer un certain nombre d'objets, les femmes finirent donc par décréter que le dernier mot était « perdu ». Jack s'efforçait à présent de leur faire deviner le premier mot une nouvelle fois. Il plaça la main sur son cœur, regarda Ellie, et mima le visage le plus ridicule, le plus énamouré, qu'elle ait jamais vu.

Elle avait fait tout son possible pour ne pas regarder Ned, mais elle ne put empêcher ses yeux de glisser pour croiser son regard. Il devait trouver l'expression de Jack terriblement drôle.

Ce n'était pas le cas. Il dévisagea son frère puis la regarda, elle. Quel était le problème ?

Elle reporta son attention sur Jack. Il lança un regard perplexe à Ned avant de tourner la tête.

— L'amour ! s'exclama Ellie. Oh. Il s'agit de *Peines d'amour perdues* de Shakespeare. N'est-ce pas ?

D'un geste théâtral, Jack tituba puis se laissa choir dans une chaise à proximité.

— Tout à fait ! J'ai bien cru que vous ne trouveriez jamais.

— Bien joué, mademoiselle Bowman !

Miss Wharton lui donna une tape dans le dos, manquant de renverser la tasse qu'Ellie avait eu l'imprudence de reprendre à la main.

— Et beau travail d'acteur, Lord Jack… ainsi que vous tous, messieurs, évidemment. Nous continuons à jouer ?

— Je pense avoir épuisé mes modestes talents d'acteur, mademoiselle Wharton, répondit Jack.

— Tout comme moi, surenchérit Ash en regardant sa mère. Que nous avez-vous donc concocté pour demain ?

La duchesse sourit.

— Mrs Dalton – et ses articulations divinatoires – croit que la tempête se calmera, donc nous devrions pouvoir aller patiner et peut-être même faire de la luge, annonça-t-elle en se tournant vers Ellie.

Charmant. Ellie sentit les yeux de Ned s'attarder sur l'arrière de son crâne, mais elle refusa de se retourner.

— Formidable ! Si vous voulez bien m'excuser, je crois que je vais aller me reposer à l'étage.

Chapitre 9

Les hommes aiment avoir le contrôle.

Préceptes amoureux de Vénus

— Je pense qu'on devrait forcer Mr Humphrey à jouer aux charades plus souvent, fit remarquer Drew, tout en défaisant sa cravate.

Il venait de donner congé à son valet, tout comme Vénus avait sommé à sa femme de chambre de se retirer pour la nuit.

— Il est bien plus distrayant lorsqu'il est muet.

— Il l'est en effet, le pauvre homme !

Vénus s'assit à sa coiffeuse et retira les épingles de ses cheveux.

— Promets-moi qu'il n'épousera pas Ellie.

Drew plaisantait, bien évidemment, mais elle perçut néanmoins une pointe d'inquiétude dans sa voix.

— Je détesterais devoir l'éviter, mais je dois préserver mon audition – et ma santé mentale.

Il retira sa chemise et Vénus soupira. Son torse et ses épaules étaient si impressionnants…

Elle attrapa sa brosse à cheveux.

— On ne peut jurer de rien lorsque l'on s'aventure sur le terrain de l'amour, mais je pense qu'il est tout à fait improbable que Mr Humphrey et Ellie se plaisent. Elle semble bien plus intéressée par Mr Cox.

Drew grogna et s'approcha de la coiffeuse pour lui prendre la brosse des mains.

— Au moins, Mr Cox n'est pas une énorme pipelette.

Il lui passa la brosse dans les cheveux. Elle aimait le contact de ses mains et les lents mouvements fermes pour démêler sa chevelure.

— Même si j'ai la nette impression que ses intérêts se trouvent ailleurs.

— En effet.

Les muscles du torse et des bras de Drew se contractaient dans le mouvement. Elle aurait pu passer l'éternité à l'observer.

— Il est follement épris de Lady Juliet. Il a demandé sa main il y a quelques mois, mais son bonnet de nuit de père a refusé. On prétend qu'il ne lui a laissé aucun espoir.

Une chaleur familière parcourut le bas-ventre de la duchesse. D'autres parties de son corps commencèrent aussi à se languir du contact de Drew.

Il émit un grognement.

— Cela ne me surprend pas. Extley a toujours été une tête de mule au cœur de pierre. Mais Lady Juliet n'est plus une enfant. Si elle veut Mr Cox, elle n'a qu'à le cueillir, dit-il en donnant un dernier coup de brosse. On dirait qu'elle compte épouser Ned, ajouta-t-il en fronçant les sourcils dans le miroir. N'est-ce pas la raison pour laquelle tu l'as invitée ?

— Non.

Drew posa les mains sur les épaules de sa femme, massant le nœud à la base de son cou. Elle ferma les yeux et appuya sa tête en arrière. Hmm. Elle avait l'impression de fondre – de bien des manières.

— Je l'ai conviée pour qu'elle se rende compte qu'elle veut Mr Cox – qu'elle le désire bien plus qu'elle ne souhaite la bénédiction de son père ou le conte de fées qu'elle avait imaginé pour son avenir.

Elle leva la tête pour croiser le regard de Drew.

— As-tu remarqué la façon dont elle l'observe dès qu'il regarde quelqu'un d'autre ? Il se passe vraiment quelque chose entre eux.

Drew émit un grognement.

— Oui, mais elle ne semble pas s'en rendre compte – ni notre imbécile de fils d'ailleurs. Qu'arrivera-t-il si Ned lui demande sa main et qu'elle accepte ? interrogea-t-il en levant les mains et en reculant d'un pas. Il me semble que tu joues avec le feu.

Vénus haussa les épaules puis se leva.

— Je ne fais que donner des occasions aux gens ; je n'ai aucune prise sur le fait qu'ils décident de les saisir ou non.

Elle devait cependant admettre qu'elle était vraiment inquiète. Elle voulait que Ned soit heureux et elle était presque sûre qu'il ne le serait jamais avec Lady Juliet. Elle poussa un profond soupir.

— Quel dommage que les mariages arrangés ne soient plus en vogue.

— Et qui aurais-tu choisi pour Ned ? demanda Drew en la serrant dans ses bras.

— Tu le sais bien, répondit Vénus en enroulant ses bras autour de son cou. La même personne que celle que tu aurais choisie.

Drew lui caressa le dos avec sa main, et elle eut envie de ronronner comme Sir Reginald.

— J'aurais voulu que Ned l'épouse dès le départ.

— Tout comme moi.

Vénus ne confierait une telle chose à Drew que dans l'intimité de leur chambre où elle était sûre que personne ne l'entendrait.

— J'aimais Cicely – tu sais bien que je l'ai accueillie à bras ouverts dans la famille, tout comme toi – mais j'aurais voulu que Ned choisisse Ellie. J'espère que Cicely ne s'en est jamais doutée.

— Je suis sûr que non.

— Elle était douce et avait besoin de Ned, mais Ellie le poussera dans ses retranchements, s'il a le bon sens de l'épouser. Je pense qu'il l'aime, il ne s'en rend juste pas encore compte.

D'un geste agile, Drew desserra les attaches de sa robe.

— Au moins, elle ne reste pas cramponnée à Ash cette année.

— Je lui ai dit que les gens l'avaient remarqué.

Vénus appuya son menton contre le torse de son époux. Elle parvenait à entendre le battement régulier et rassurant de son cœur.

— Et je pense qu'elle a changé ; je crois qu'elle a décidé de se marier quitte à renoncer à Ned.

Drew s'écarta, en fronçant les sourcils.

— Cela n'augure rien de bon.

— Non. Si seulement je l'avais su plus tôt, j'aurais fait des choix peu attrayants pour qu'elle ne fasse rien de stupide.

— Hmm. Mr Humphrey est loin d'être attrayant, mais Mr Cox, c'est une autre histoire.

— Oui, je sais. Mais il aime Lady Juliet, et je pense qu'Ellie n'est pas dupe.

Drew se mit à rire.

— Tu sembles avoir rempli cette réception de jeunes gens qui ignorent leurs désirs profonds.

— C'est vrai de la plupart des jeunes gens, rétorqua Vénus avec un sourire. Mais pas de nous. J'ai su que je te voulais dès que je t'ai rencontré.

Elle haussa les épaules.

Il afficha un large sourire.

— Je ne suis pas certain que ce soit tout à fait exact. Je me souviens que tu étais furieuse après moi.

— Seulement en surface, expliqua-t-elle en haussant les épaules. Tout au fond de moi, je savais que je t'aimais, ajouta-t-elle en laissant échapper un soupir. Qu'est-ce que j'ai fait de mal, Drew ? Pourquoi nos fils n'ont-ils pas la même certitude ?

— Peut-être leurs instincts lubriques les empêchent-ils de voir ce qu'ils ont dans leurs cœurs, répondit-il en lui déposant un baiser sur le front.

— Mais toi aussi, tu étais viril et lubrique. Pourtant, tu savais.

— Ma chère duchesse, le temps que vous employez est incorrect. Je *suis* toujours viril et lubrique, dit-il en l'embrassant langoureusement puis en envoyant valser sa robe sur le sol. Toutefois, j'ai eu la chance de tomber amoureux d'une brillante entremetteuse qui lit dans les cœurs aussi aisément que d'autres feuillettent un journal.

— Si seulement ! soupira-t-elle en se dégageant de sa robe. Dis-moi, en ta qualité d'expert du désir : comment allons-nous pousser Ned à admettre qu'il aime Ellie ?

Il déposa un baiser sur sa joue.

— Il vaudrait peut-être mieux qu'elle arrête de se cacher derrière ces robes ignobles. Nous les hommes, nous apprécions les femmes qui ont de l'esprit, mais nous aimons leur corps également.

Il frotta le nez contre l'endroit sensible sous son oreille tandis que ses doigts s'attaquaient à son corset.

— Peut-être que Reggie devrait faire main basse sur toute sa garde-robe.

Elle afficha un grand sourire.

— Je crains que cela ne dépasse le cadre de ses compétences, mais tu viens de me donner une idée.

— Parfait ! Laisse-moi donc t'en souffler quelques autres.

Il défit les accroches et ôta son corset ; puis il empoigna ses seins, laissant courir ses pouces contre ses tétons. Une décharge de désir la traversa.

Soudain, elle sut précisément à quoi elle voulait employer l'heure qui allait suivre.

Elle l'attira jusqu'au lit.

— Au fait, Ellie est persuadée qu'Ash aime toujours Jess.

Drew afficha un air inquiet.

— Dans ce cas, j'espère qu'il fera quelque chose pour remédier à la situation. J'aimerais que mon fils me donne un héritier avant d'aller reposer en paix.

Vénus caressa son torse.

— Reposer en paix ?! N'importe quoi. Je ne veux pas t'entendre parler de quitter cette terre.

Il l'allongea sur le matelas.

— Avoue-le, Vénus. Tu voudrais avoir un petit-fils ou une petite-fille à gâter avant de ne plus en avoir l'énergie.

— Oui, en effet ! s'esclaffa-t-elle. Mais je n'envisage pas d'être affaiblie avant des années. Prévois-tu un déclin prochainement ?

— Je te laisse en juger par toi-même.

Drew ôta son pantalon presque aussi vite que lorsqu'il avait vingt-et-un ans et sauta sur le lit. S'ensuivit une rafale de rires, de ricanements, de gémissements et de halètements ; puis Vénus se retrouva sur le dos, comblée.

— Je crois qu'il reste de la vie en vous, Votre Grâce, annonça-t-elle.

— Bien sûr.

Drew se renversa à côté d'elle sur le matelas et ferma les yeux.

Vénus se tourna pour le regarder – les traits virils de son visage, ses longs cils, sa bouche délicate. Autant de raisons de l'aimer.

— Merci d'avoir surveillé Jack aujourd'hui.

Il garda les yeux fermés.

— Je soupçonne ses frères et peut-être même Ellie de lui avoir manifesté une attention toute particulière. Après lui avoir glissé le cœur en papier que j'avais gardé, Ned lui en a fait passer un, lui aussi.

— Vraiment ? Excellent ! C'est une bonne chose que Jack ait gagné le jeu directement plutôt que d'être en lice avec Miss Wharton, vu qu'il se serait probablement comporté en gentleman et lui aurait laissé choisir son partenaire – c'est-à-dire lui, sans aucun doute.

— Hmm.

Vénus se retourna pour regarder le lit à baldaquin. Étonnamment, elle ne se sentait pas fatiguée du tout.

— Tu sais, j'apprécie davantage Miss Wharton maintenant. Elle a certes des côtés un peu brusques, mais elle est attachante à sa manière. Elle s'est montrée si enthousiaste pour la chasse au trésor et les charades. Elle ferait sûrement une charmante épouse.

Drew fronça les sourcils et entrouvrit un œil.

— Mais pas pour Jack.

— Non, pas pour Jack.

— Bien. Je suis d'accord, Miss Wharton est une jeune femme estimable, mais je ne pourrais pas supporter un autre séjour avec elle, pas plus qu'avec Mr Humphrey.

Vénus acquiesça.

— Je comprends, mais il se pourrait qu'elle se calme une fois mariée. Je la soupçonne d'avoir du mal à canaliser son énergie, mais un mari y arriverait très bien.

Le regard de Drew arbora un éclat résolument lubrique.

— Tiens, tiens, de l'énergie.

— Quoi ? Oh ! gloussa-t-elle. Je ne pensais pas à ce genre d'énergie ! Tu as déjà eu ta part.

— Vraiment ?

Il se tourna pour fourrer son nez sous son oreille, puis laissa glisser ses lèvres le long de son cou.

— Tu en es sûre ?

— O-oui… hmm.

Il déposa des baisers au-dessus de sa poitrine. Oh ! Un seul geste de Drew et son corps souffrait pour lui, même à cet instant, alors qu'il venait déjà de la combler. Ses lèvres étaient si proches de provoquer un pic de douleur. Elle se tortilla.

— Il te reste encore de l'énergie ? demanda-t-il.

— Ah, ah, o-oui.

— Laisse-moi t'aider à t'en débarrasser.

Il plaqua ses lèvres contre son téton, et peu après, Vénus se retrouva tout à fait incapable de repenser à ses invités.

Ned fixait la petite bosse sous le dessus-de-lit, juste en dessous de sa taille.

Fichtre !

Tout irait bien – à merveille, même – si son… excitation avait été causée par quelque rêve avec Lady Juliet, mais cela n'était pas le cas.

Il considéra avec dédain l'accablante protubérance, et elle s'atténua par complaisance.

Ned se sentait encore plus fatigué qu'avant d'aller au lit – ce qui n'était pas surprenant vu qu'il avait enchaîné les rêves étranges. Il avait erré dans des donjons aux murs rouges, peuplés de colonies de chats, et s'était débattu avec des quantités de serpents. Son cœur avait failli s'arrêter à un moment, lorsqu'il avait vu Ellie s'asseoir sur la luge de Jack au sommet d'une montagne. La neige était trop dense et ses pieds trop congelés pour la rattraper, alors il l'avait observée, impuissant, dévaler la pente jusqu'au lac.

Mais son dernier rêve…

Oh, enfer et damnation ! Il se cogna contre la tête de lit, se forçant à fermer les yeux, mais cela ne lui fut évidemment d'aucune utilité. L'image était gravée dans son esprit.

Ellie était vêtue d'une chemise de nuit en soie rouge, occupée à danser et flirter avec Jack. Sacrebleu ! Il éprouva un nouvel accès de colère en y repensant. Puis la musique était devenue une valse, et Jack s'était transformé en Mr Cox, et alors songea Ned, sur le point de s'arracher les yeux, la chemise de nuit d'Ellie s'était volatilisée, révélant sa délicieuse peau laiteuse et ces maudits dessous rouges sur ses fesses rebondies.

Il arracha brusquement les mains de son visage et jeta un œil au couvre-lit. Son fichu pénis faisait encore des siennes.

Il reprit son souffle. Non, c'était bon signe. C'était encourageant. Son corps avait été profondément endormi depuis la mort de Cicely, et il sortait à présent de sa léthargie. Il aurait seulement voulu que ce soit Lady Juliet, et non Ellie, qui suscite ce réveil en fanfare.

Enfin, cela n'en demeurait pas moins un réveil – le reste importait peu.

Il se débarrassa de ses couvertures et balança ses pieds au bout du lit. Il allait chasser de son esprit ses chimères insensées. Il se servirait du pot de chambre, nettoierait, et ensuite…

Bon sang, qu'est-ce qui pouvait bien dépasser de sous son lit ? On aurait dit… il se pencha. Oui, il s'agissait bien d'un boa en plumes blanches.

— Reggie !

Il inspecta la pièce autour de lui. Où diable… ? Ah mais oui, évidemment ! Reggie s'était fait un nid douillet dans son couvre-lit chiffonné.

Le chat leva la tête et le gratifia d'un clin d'œil.

— Reggie, si tu as encore volé quoi que ce soit, je te jure que je vais t'attraper par la queue et te jeter par la fenêtre !

Bien sûr qu'il s'était adonné à son passe-temps fétiche – Ned n'avait pas pour habitude de collectionner des boas en plume.

Le maudit chat miaula. Il savait pertinemment que Ned ne toucherait pas à un seul cheveu de son petit corps de chapardeur agaçant.

Ned ramassa le boa sur le sol, puis se mit à quatre pattes pour scruter la zone d'ombre sous son lit.

Reggie n'avait pas chômé. Ned trouva un sac à main jaune et vert ; un bas en soie rose lacéré par les crocs et les griffes de Reggie ; une culotte ornée de dentelle et une boîte de pilules féminines qui lui échappa des mains comme si elles étaient brûlantes dès qu'il eut déchiffré l'étiquette.

— Bon sang, Reggie ! Ne pourrais-tu pas t'en prendre à des objets moins personnels ?

Reggie était bien trop occupé à se lécher l'arrière-train pour répondre.

Ned s'accroupit.

— J'imagine que je peux me contenter de les laisser sur la table du petit salon jaune comme l'a fait mère hier. Les gens pourraient ainsi s'habituer à chercher leurs objets égarés tous les matins.

Reggie ne semblait ni d'accord, ni opposé à l'idée. Il miaula de nouveau, s'étira et sauta du lit, se délassant à un pas tranquille, la queue haute, comme si le château lui appartenait – à juste titre car il était, d'une certaine façon, en terrain conquis.

Eh bien, rien d'autre à faire que de rassembler les objets et de les descendre au rez-de-chaussée. Ned s'en empara et… oh, bon sang.

Là, sur le lit, à l'endroit où Reggie était étendu, se trouvaient aussi les maudits dessous rouges d'Ellie.

Ellie regardait par la fenêtre dans la longue galerie. Une fois encore, les rhumatismes de Mrs Dalton avaient constitué un excellent baromètre – le soleil était haut dans le ciel, le ciel bleu, et pas un flocon de neige ne se profilait à l'horizon. Elle plissa les yeux ; le temps était presque trop lumineux. Les branches des arbres ployaient sous le poids de la neige, et les champs, recouverts d'un doux manteau blanc à perte de vue, n'étaient perturbés que par les empreintes occasionnelles de lapins ou de cerfs.

Il serait agréable de sortir de la maison ; peut-être le froid lui éclaircirait-il les idées.

Elle reposa son front contre la fraîcheur du carreau. Elle avait besoin de réfléchir. Elle avait à peine dormi la nuit précédente. En dépit de ses efforts, elle demeurait incapable de faire preuve d'enthousiasme, ni pour Mr Humphrey, ni pour Mr Cox.

Choisir un mari et avoir des enfants lui paraissait raisonnable deux jours plus tôt, mais à présent, cela semblait être de la pure folie.

Elle appuya sa tête plus fort contre le verre. C'était un choix raisonnable. Au-delà des enfants, le mariage lui apporterait une maison à elle. Un foyer dont elle pourrait s'occuper ; un endroit où on aurait besoin d'elle. « Épouse » était un titre nettement plus enviable que « vieille fille ». En tant que femme mariée, elle serait traitée d'égal à égal par les matrones du coin, au lieu d'attirer leur pitié.

Non, tant que l'homme en question n'était pas cruel – et ni Mr Humphrey ni Mr Cox ne semblaient l'être – le mariage restait une option largement préférable à la solitude. Dans un passé pas si lointain, la plupart des unions étaient convenues pour des raisons pratiques qui n'avaient rien à voir avec cette émotion peu fiable qu'est l'amour.

Elle poussa un soupir. Son esprit avait beau trouver tous les arguments possibles, son cœur n'était toujours pas convaincu.

Alors Jack avait-il raison ? Devrait-elle courtiser Ned comme Miss Wharton courtisait Jack – et Ned prendrait-il les jambes à son cou aussi vite que son frère ?

Elle entendit ses talons marteler le parquet derrière elle et se retourna. Bon sang, c'était Ned. Elle ne voulait pas lui parler pour l'instant ; ses pensées étaient bien trop confuses.

Toutefois, son cœur ne l'était pas et s'emballait, tel un épagneul impatient de voir son maître et si enthousiaste que, si elle le laissait faire, il lui lécherait probablement les pieds. Il était si important pour elle, et tellement beau – grand, avec de larges épaules et cette boucle de cheveux châtain qui retombait sur son front. Ce matin-là, il était vêtu simplement de hauts-de-chausses en daim, d'un gilet, d'une cravate délicatement nouée… et portait un sac à main jaune et vert ?

— J'espérais vous trouver ici ! lança-t-il en s'avançant vers elle, déposant le sac sur le grand rebord de fenêtre.

— O-oui.

Que diable faisait-il avec un sac à main ?

— Je n'ai pas pu…

Non, elle n'avait aucune raison de lui confier qu'elle n'avait pas fermé l'œil de la nuit.

— Je me suis levée tôt et j'ai eu envie de me dégourdir les jambes, se reprit-elle. C'est si calme et apaisant, ici !

— Si vous arrivez à faire abstraction de ces ancêtres au regard désapprobateur, fit-il remarquer en souriant.

Elle lui rendit son sourire, espérant que le nœud dans sa poitrine finirait par se détendre.

— Oh, comparé aux tableaux accrochés en bas, ceux-là ne sont pas si mal. Et j'ai toujours adoré ce portrait de vos frères et vous accroché là-bas.

L'artiste avait fait asseoir Jack, qui devait avoir près de quatre ans et se cramponnait à un lapin en peluche, dans une chaise aux côtés d'Ash et Ned.

— Vous avez tous l'air si angélique.

Ned ricana.

— Vous ne diriez pas la même chose si vous aviez pu entendre les menaces et les jurons étouffés que nous échangions. Je crois que l'artiste a définitivement renoncé à peindre de jeunes garçons juste après avoir achevé cette toile.

— Peut-être, mais vos parents doivent être ravis de l'avoir maintenant.

Ellie ressentait un léger pincement au cœur à chaque fois qu'elle la regardait. Elle lui rappelait tant à quel point leur enfance commune avait été heureuse.

Lorsqu'elle voyait le visage de Ned enfant, elle parvenait à retrouver en lui l'homme qu'il était devenu.

Elle dévisagea Ned qui se tenait debout devant elle. Parfois, elle arrivait aussi à retrouver en lui le petit garçon qu'il était.

Ned haussa les épaules et regarda par la fenêtre.

— Une belle journée nous attend. Mère sera ravie de ne pas avoir à changer ses projets.

— Oui. J'imagine que les domestiques sont déjà en train de préparer le nécessaire pour notre séance de patinage.

Le visage de Ned se crispa et il fronça les sourcils.

— L'étang est-il suffisamment gelé ?

Diantre ! Elle perçut une pointe d'inquiétude dans sa voix.

— Entièrement, en dehors de la partie près de la source qui sera balisée. Vous savez bien que votre père ne prendra aucun risque.

Ned ne se décontracta pas pour autant.

— On a beau prendre des précautions, on n'est jamais à l'abri avec la glace. Vous vous rappelez quand Ash est passé au travers ?

— Oui, mais c'était au mois de mars lorsque la neige commençait à fondre. Il savait pertinemment qu'il n'aurait pas dû aller sur l'étang.

Ned l'avait sorti de l'eau ; tous les autres étaient restés stupéfaits sur la berge. Sans doute était-ce la raison pour laquelle il n'avait jamais aimé le patinage.

— Vous vous en faites trop…

Ned prit un air renfrogné.

Elle n'aurait pas dû faire cette remarque – Jack lui cassait déjà les pieds sans arrêt avec sa tendance à se faire du mouron.

— Je m'inquiète seulement parce que trop de gens autour de moi ne le font pas suffisamment, se défendit-il, ce qui m'amène à l'une des raisons pour lesquelles je suis venu vous trouver ce matin.

Oh bon sang, nous y voilà ! Peut-être pouvait-elle faire diversion.

— Cela a-t-il quoi que ce soit à voir avec votre ravissant sac à main ?

— Comment ?

Il cligna des paupières, incrédule, puis baissa les yeux vers le sac et piqua un fard.

— Non. Enfin, oui.

— Oui et non ?

Elle se força à sourire, espérant qu'elle trouverait une échappatoire à cette conversation qui s'annonçait fort déplaisante. Elle ne voulait pas se disputer avec lui. Elle était trop fatiguée, et ses sentiments étaient bien trop confus. Elle pourrait facilement se mettre à hurler, dire des choses qu'elle regretterait sans doute, ou encore éclater en sanglots. Dans tous les cas, elle n'y verrait pas plus clair, et la situation deviendrait vite embarrassante pour tous les deux. La fuite restait la meilleure tactique.

— Ce sac à main – ou plutôt, ce qui se trouve à l'intérieur – est la deuxième raison pour laquelle je suis venu vous trouver.

Nom de nom, tout cela ne présageait rien de bon. Elle regarda le sac bombé.

— Reggie aurait-il encore fait des siennes ?

— Absolument. Je ne vois pas pourquoi…

Ned serra les lèvres avant de reprendre :

— Mais passons. Je souhaite vous parler de votre idée ridicule d'aller faire de la luge.

— Ah.

Cela n'était pas tout à fait exact.

— Ce n'est pas mon idée. Jack en est l'initiateur.

Elle s'interrompit – autant se montrer honnête.

— Et Mr Humphrey, ajouta-t-elle. S'il ne s'était pas montré aussi agaçant, je n'aurais sans doute jamais mangé de ce pain-là.

Mais bien entendu, Ned ne voulait pas discuter de sa conduite – il voulait la lui dicter.

— J'espère que nous n'aurons pas le temps – je suis déjà assez anxieux à l'idée de voir tout le monde patiner. Cependant, si pour une raison quelconque mère insistait pour vous faire dévaler une pente en luge cet après-midi, vous devez me promettre de refuser.

Elle le regarda. Elle aurait dû être furieuse. Elle avait envie de l'être. La colère l'aiderait à supporter cette conversation indésirable, et Ned méritait quelques mots cinglants. Il outrepassait ses droits – d'ailleurs, rien ne l'autorisait à se comporter de la sorte.

Mais elle n'y arrivait pas. Il avait l'air inquiet et soucieux, ce qui lui parut aussi irritant qu'adorable.

— Ned, j'apprécie votre sollicitude, mais je ne peux rien promettre. Je…

— Bien sûr que vous pouvez en faire la promesse.

Elle inspira lentement. Il avait de bonnes intentions. Il fallait qu'elle se concentre là-dessus.

— Si votre mère…

— Père ne la laissera pas faire.

Elle n'en était pas si convaincue.

— Alors, la question ne se pose pas. Je ne ferai de luge que si votre mère en fait aussi.

Ned avait toujours l'air sévère. De toute évidence, il doutait de la capacité de son père à retenir la duchesse.

— Mais mère pourrait bien se sentir forcée à cause de vous. Elle ne souhaitera pas briser ce qu'elle considère sans doute comme une promesse. Vous devez vous désister la première.

Affichant un air des plus déterminés, il ne la quittait pas des yeux, comme s'il pouvait la forcer à faire ce qu'il voulait en un battement de cils.

— Vous devez vous montrer raisonnable, Ellie.

À quoi bon lui laisser avoir encore plus de pouvoir sur elle ? Il n'était pas son époux et ne le deviendrait jamais. Elle devait cesser d'essayer de lui plaire.

— Votre mère aussi est parfaitement capable de se montrer raisonnable, Ned. Et puis-je vous rappeler ce que vous avez dit, à savoir que votre père l'empêcherait de faire de la luge. Vu que je n'en ferai pas moi non plus si elle y renonce, je n'ai aucune promesse à vous faire.

Pensif, Ned regarda au loin.

— Certes, mais mère arrive parfois – souvent, même – à convaincre père de la laisser faire des choses malavisées.

Ellie faillit éclater de rire.

— La duchesse est capable de prendre ses propres décisions. Vous ne croyez tout de même pas que votre père devrait tenter de décider de ses moindres faits et gestes, si ? Le duc a bien trop de bon sens pour s'y risquer.

Elle s'attendait à ce qu'il ricane et soit d'accord, mais ce ne fut pas le cas.

— Je le crois, si. Enfin, père devrait avoir le dernier mot, lâcha-t-il, la mâchoire crispée. C'est pour son bien. Pour sa sécurité.

— Ned…

Qu'en savait-elle après tout ? Elle n'avait jamais été mariée. Pourtant, elle ne pouvait imaginer une femme moderne se laisser tyranniser par son mari.

— Cicely ne vous laissait certainement pas lui dire quoi faire ou ne pas faire, si ?

— Bien sûr que si.

— Vraiment ? demanda-t-elle.

Cicely avait donc été une femme très docile.

Ellie se sentit touchée en plein cœur. Si c'était le genre de femme que Ned voulait épouser, elle ne ferait jamais l'affaire.

— Oui.

Les yeux de Ned se firent presque suppliants.

— Pour les choses importantes. Pour sa sécurité, ajouta-t-il et son visage fut soudain assombri par le désespoir. Sauf que je n'ai pas réussi à la protéger.

Il cligna des yeux et se tourna d'un seul coup pour faire face à la fenêtre et se figea comme une statue.

— Oh, Ned.

Ellie s'approcha pour lui toucher le bras.

Il ne la regarda pas, mais ne dégagea pas son bras pour autant.

— Ce fut une vraie torture, Ellie. Un vrai calvaire, d'être aussi impuissant.

— Je sais, Ned.

Ils avaient déjà eu cette conversation de nombreuses fois après la mort de Cicely.

— Mais parfois il se passe des choses contre lesquelles on ne peut rien. Vous savez que Cicely était heureuse de porter votre enfant, rappela Ellie.

— Elle avait peur, ajouta-t-il entre ses dents.

Il parlait si bas qu'Ellie ne l'aurait pas entendu si la galerie n'était pas aussi calme.

— C'est pour cela qu'elle a voulu revenir à Greycliffe et se rapprocher de sa mère.

Elle eut envie de le serrer contre elle pour le consoler, comme elle l'avait fait quatre ans plus tôt. Mais c'était du passé. Elle se contenta de lui secouer doucement le bras.

— Bien sûr qu'elle était nerveuse et recherchait la présence de sa mère. C'est normal pour une femme qui va avoir son premier bébé. Toutes mes sœurs en ont fait autant.

Il ne répondit pas, regarda un instant de plus par la fenêtre puis recula, ce qui la força à retirer sa main.

— Peut-être. Mais aussi vrai que je n'ai pas su assurer la sécurité de Cicely – et oui, je sais que vous avez raison en ce qui concerne la grossesse – je peux vous empêcher de faire de la luge, ajouta-t-il, l'air assez déterminé. La mort est irréversible, Ellie, qu'elle survienne à cause d'un accouchement malheureux ou suite à une collision avec un arbre.

Elle sentit son désespoir jouer contre elle. Faire de la luge n'était peut-être pas raisonnable, mais son discours ne l'était pas non plus. Il serait facile de céder – elle n'avait même pas vraiment envie de grimper sur ce stupide engin – mais elle était persuadée que ce n'était pas la bonne décision.

— Mais vous ne pouvez pas me protéger, Ned. Au fond de vous, vous devez bien le savoir. Même si je ne fais pas cette descente, quelque chose d'autre pourrait arriver. La vie et la mort sont imprévisibles.

Il blêmit légèrement, mais son expression demeurait impassible.

— Vous avez peut-être raison, mais ça ne change rien au fait que cette idée est dangereuse. Je vous interdis de faire de la luge.

Elle était furieuse mais tenta de s'exprimer d'une voix qui ne laisserait rien transparaître de sa colère. Ned n'avait pas besoin qu'on lui crie dessus.

— Vous ne pouvez pas me l'interdire. Vous n'êtes ni mon mari (Dieu merci, sa voix ne trembla pas en prononçant ces mots) ni mon frère, ni quoi que ce soit d'autre.

Il ouvrit la bouche pour protester, mais elle ne lui en laissa pas l'occasion.

— Et quand bien même, je ne vous laisserai pas me dicter ma conduite. Je ne peux pas. Je ne suis pas ce genre de personne, lâcha-t-elle avant de déglutir. Je n'ai rien à voir avec Cicely.

— Ellie…

— Je sais que vous êtes plein de bonnes intentions, Ned, mais vous ne pouvez pas – et je ne peux pas vous laisser – vivre ma vie à ma place.

Ned sentit ses narines se dilater et ses paupières se plisser. Pendant un instant, elle crut qu'il allait l'empoigner, peut-être même la secouer, mais il n'en fit rien. Il se contenta de hocher la tête.

— Très bien, je vois qu'il n'y a aucun moyen de vous faire entendre raison.

— Ned…

Elle serra les dents. Il lui restait encore des choses à ajouter, mais il semblait évident, hélas, qu'il n'écouterait pas, plus maintenant en tout cas.

Il se retourna pour attraper le sac à main.

— Revenons-en à la seconde raison pour laquelle je suis venu vous trouver ce matin, commença-t-il, la voix à présent dénuée de toute émotion. Comme vous l'avez compris, Reggie a encore frappé hier soir. Je vais déposer les autres objets qu'il a dérobés dans le salon jaune, mais j'ai préféré vous remettre ceci en personne. J'imagine que vous n'avez pas dû le trouver hier, même si je l'avais laissé devant votre porte.

— Ah.

Ellie fixa avec horreur le sac jaune et vert.

Ned haussa les épaules.

— J'imagine que Reggie a dû le trouver et le reprendre, poursuivit-il en lui tendant le sac à main.

Veuillez redescendre ceci au rez-de-chaussée lorsque vous aurez retiré le… vêtement qui se trouve à l'intérieur.

Bon sang ! Ned ne pouvait pas être tombé une fois de plus sur ses dessous rouges. Elle les avait cachés dans son armoire, cette fois, dans un recoin que Reggie ne pouvait pas atteindre.

Sauf que visiblement, il y était arrivé. Un peu de textile rouge dépassait là où les cordons du sac étaient un peu plus lâches.

— Non, je les ai bien trouvés hier. Je pensais les avoir mis en lieu sûr.

Ned émit un grognement.

— Visiblement, non. Je vous suggère de trouver une meilleure cachette aujourd'hui.

Son visage revêtit une expression étrange – un mélange de dégoût, d'horreur et d'une autre émotion indéfinissable.

— J'en ai assez de les retrouver dans ma chambre, ajouta-t-il.

Chapitre 10

Assurez-vous de pouvoir faire confiance à un homme avant de le courtiser.

Préceptes amoureux de Vénus

Ellie attendit que le son des talons de Ned sur le plancher ait complètement disparu. Il avait emprunté le chemin le plus court pour monter à l'étage ; elle voulait s'assurer qu'il soit parti avant d'en faire autant.

— Oh, Ned ! murmura-t-elle.

Elle appuya la tête contre le carreau froid de la fenêtre une fois encore. Ned n'avait aucune raison de se sentir coupable ; il n'aurait rien pu faire pour sauver Cicely. Tout le monde le savait ; même l'accoucheur réputé de Londres, qu'il avait fait venir pour prêter main-forte à Mrs Lexton, la sage-femme, en avait convenu. Personne ne le blâmait en dehors de lui-même – hormis la mère de Cicely et Percy. Mais entre-temps ils avaient sans doute pris conscience, une fois le chagrin atténué, que sa mort était seulement un tragique accident. Le cordon s'enroulait parfois autour du cou du bébé ; la mère n'était jamais tout à fait à l'abri d'une hémorragie.

Une femme prenait énormément de risques en accouchant, mais elle savait à quoi elle s'exposait. Ellie s'y prêterait volontiers elle-même, en particulier pour donner naissance au bébé de Ned.

Elle se redressa, s'écartant de la fenêtre. Mais le seul risque qu'elle n'était plus disposée à courir était celui de se perdre elle-même. Elle avait déjà perdu bien trop d'années à se faire passer pour une autre personne – Cicely – dans le but de plaire à Ned. Jack avait raison ; elle était devenue un bonnet de nuit docile et ennuyeux.

Mais elle n'était pas non plus téméraire et audacieuse – ni insensible d'ailleurs. Elle ne comptait pas faire de luge ce jour-là, même si la duchesse en faisait, pas parce que Ned le lui avait ordonné, mais parce qu'elle l'aimait.

Elle retint son souffle et tendit l'oreille. Silence. Il devait être parti à présent. Elle pouvait se précipiter dans l'escalier et monter jusqu'à sa chambre sans se faire repérer. Il était encore tôt ; personne n'était sans doute levé en dehors des domestiques. Et cette fois, elle cacherait les maudits dessous dans un endroit où Reggie ne les trouverait pas.

Elle était tout en haut des marches lorsqu'elle entendit des voix.

— Je n'arrive pas à croire que j'ai refusé une invitation chez Hallington pour venir à cette réunion insipide. Dénicher des petits cœurs en papier, jouer aux charades – grands dieux !

Il s'agissait de Lady Heldon. Elle devait être en bas de l'escalier, deux étages plus bas.

— Et Pelthurst devait se rendre chez Hallington lui aussi, non ? demanda Ophélia.

Et si ce sac hideux appartenait à l'une d'entre elles ? Ellie ne pouvait pas le leur restituer avec ces fichus dessous à l'intérieur, mais elle n'avait aucun endroit où les cacher. Ils étaient trop encombrants pour rentrer dans sa poche, et bien trop voyants.

Elle n'avait pas d'autre choix que de faire un détour, mais le deuxième escalier menait droit à la salle à manger. Si Lady Heldon et Ophélia étaient réveillées, il y avait de bonnes chances que d'autres convives soient déjà levés. Elle vérifia sa montre.

Juste ciel ! Ned et elle devaient avoir discuté plus longtemps qu'elle ne le pensait. À cette heure-ci, tout le monde devait déjà s'activer. Elle ne pouvait pas se permettre de passer près de la salle à manger. Qu'arriverait-il si elle croisait Mr Cox ou Mr Humphrey ?

— Oui, il avait prévu d'y aller, et je peux vous assurer que je n'aurais pas dormi seule la nuit dernière si j'avais été là-bas, fit remarquer Lady Heldon, sur un ton presque mélancolique. Pelthurst peut se montrer très distrayant – assez inventif, au cas où vous l'ignoreriez – et Hallington lui-même avait laissé entendre qu'il pourrait se joindre à nous. Je n'ai pas souvent l'occasion d'avoir deux gentlemen dans mon lit en même temps.

Deux gentlemen ? Lady Heldon ne sous-entendait tout de même pas qu'ils pourraient passer la nuit tous les trois, mais… Non, ce n'était pas possible, si ?

À quoi bon être si nombreux ?

— Vous étiez pourtant ravie d'avoir une chance de rencontrer – et de séduire – l'insaisissable marquis d'Ashton lorsque je vous en ai soufflé l'idée, nota Percy.

Quoi ?!

Le choc, suivi de peu par une colère brûlante, submergea Ellie. Elle avait toujours imaginé que Percy avait un penchant pour Jess. Pourquoi diable essaierait-il de tenter Ashton de briser ses vœux de mariage ?

Si seulement elle avait autre chose que ce hideux sac à main à jeter sur ces odieux personnages.

— Je ne me doutais pas qu'il serait aussi insaisissable lorsque j'ai charmé la duchesse pour me faire inviter. Il doit être sodomite, ajouta Lady Heldon sur un ton dégoûté.

Un objet vraiment très lourd qu'elle jetterait de toutes ses forces.

— Ne soyez pas ridicule, Miranda.

Le courroux perçait dans la voix de Percy qui se rapprochait dangereusement.

Oh, Seigneur. Elle regarda par-dessus la rampe… et aperçut leurs têtes juste en dessous d'elle. Bon sang, ils étaient déjà au premier étage ; ils atteindraient le virage et la repéreraient à peine quelques secondes plus tard. Il fallait qu'elle se cache. Mais où ? La galerie était entièrement vide – ah, un éclair de génie. Les passages secrets. Il y en avait un entre la statue de Diane et le tableau représentant les chiens de chasse du second duc.

L'un des ancêtres de Ned ne souhaitait pas croiser ses domestiques, il avait donc créé de petits interstices dans les murs pour qu'ils se cachent dès qu'ils le voyaient approcher. Enfants, elle, Ned et les autres les utilisaient pour jouer à cache-cache. Quelques-uns menaient à des escaliers étroits ; malheureusement pas celui-ci, mais elle avait seulement besoin d'une cachette temporaire. Il devait toujours exister. Elle en aurait entendu parler si le duc s'en était débarrassé.

Elle se rua à cet endroit, cherchant frénétiquement sur le mur une petite trappe – à peine une fente – à sa surface.

— Je ne suis pas ridicule, s'offusqua Lady Heldon. Pour quelle autre raison Ashton ne me manifesterait-il aucun intérêt ?

— Peut-être parce qu'il a trop bon goût en matière de femmes, répondit Ophélia d'un ton un peu acerbe.

— Vous devez plaisanter ! s'esclaffa Lady Heldon.

— Non, pas le moins du monde. Tous les mâles de Londres ne sont pas en pâmoison devant vous, Miranda.

Lady Heldon renifla.

— La plupart le sont, et quant aux autres, ils me dévorent du regard. Ashton m'a à peine jeté un coup d'œil. Vous devriez y penser, Ophélia.

Elle semblait légèrement essoufflée. Lady Heldon, Ophélia et Percy s'arrêtèrent dans leur ascension, accordant à Ellie quelques précieuses secondes pour repérer le mécanisme de la porte dérobée.

— Cela expliquerait son étrange mariage – ou non-mariage, à dire vrai – et le fait qu'il se terre à la campagne. Même si j'avoue être étonnée qu'aucune rumeur n'ait couru jusque-là, mais j'imagine que le duc et la duchesse ont dû user de leur influence pour les étouffer.

Où diable était donc le loquet qui ouvrait la porte ? Les mains d'Ellie tâtonnèrent un peu plus bas. Ah, bien sûr ! Elle était enfant la dernière fois qu'elle s'était cachée là, donc l'emplacement était plus bas qu'elle ne le pensait. Elle le trouva et appuya dessus.

La porte s'ouvrit sans un bruit. Dieu soit loué ! Elle se glissa à l'intérieur.

— Je suis vraiment furieuse contre vous, Percy, de m'avoir convaincue de venir tout en sachant que le marquis n'était absolument pas intéressé par ce que j'ai à offrir, se plaignit Lady Heldon en reprenant sa pénible ascension de l'escalier. Vous devriez essayer de le séduire vous-même.

La voix de Percy se faisait mieux entendre, elle aussi ; ils devaient avoir tourné et entamé la dernière montée.

— Je viens de vous le dire, Ash n'est pas un sodomite. Ce penchant est difficile à cacher. Quelqu'un aurait vu ou entendu quelque chose, et, croyez-moi, j'ai demandé à tout le monde – discrètement, bien entendu. Je suis toujours revenu bredouille.

Ellie ferma la porte de l'intérieur, puis respira enfin. Elle était en sécurité, et juste à temps. Elle entendit des bruits de pas résonner dans la galerie. Ils se rapprochaient...

Ils s'arrêtèrent juste à côté de sa cachette.

— Continuez à essayer, Miranda, intervint Percy. Je sais que vous arriverez à vos fins. Vous êtes belle, et vous savez certainement comment tenter un homme. Vous allez prendre Ash dans vos filets.

— Je ne sais pas. C'est particulièrement difficile avec ses parents en tant qu'hôtes. J'ai des scrupules.

— Entendez-vous par là que vous craignez que la duchesse, et donc toute la bonne société, ne vous coupe l'herbe sous le pied ? s'esclaffa Ophélia.

— Oui, en partie.

L'espace dans le mur était très contigu, bien plus que dans les souvenirs d'Ellie. Bien entendu, elle était plus petite la dernière fois qu'elle s'était retrouvée là.

— Je vous ai dit que cela fonctionnerait mieux si nous étions ailleurs – n'importe où – qu'à Greycliffe, Percy, renchérit Lady Heldon.

— Ash ne quitte jamais Greycliffe. Cela ne pouvait arriver qu'ici.

— Très bien. Dans tous les cas, il n'y a rien à faire en attendant. Vous feriez mieux de vous assurer de m'avoir une invitation au bal donné chez les Humley, en contrepartie de tous ces tracas. J'étais mortifiée d'en être exclue l'an dernier.

— Vous pouvez compter sur moi.

Quelque chose se mit à ramper sur le poignet d'Ellie. Elle se mordit la lèvre pour s'empêcher d'émettre un son et frappa la chose avec le sac à main. D'habitude, elle n'avait que faire des insectes, mais c'était nettement plus déroutant lorsqu'elle ne pouvait pas les voir.

— J'ignore pourquoi la vieille Lady Humley me déteste à ce point.

— Peut-être parce que vous avez couché avec son mari, suggéra Ophélia.

Lady Heldon émit un grognement plaintif.

— Elle devrait me remercier de l'avoir soulagée des attentions d'Humley. L'homme était une vraie déception – beaucoup de grands airs, et rien derrière. Je crois que notre « rencontre » n'a pas duré plus de trois minutes.

— Sans doute, mais vous auriez dû éviter de raconter à qui voulait l'entendre, à quel point il s'est montré décevant.

— Je n'ai glissé qu'un mot à une ou deux personnes. C'est mon devoir de mettre en garde les autres femmes, vous ne croyez pas ?

— Ce qui importe, c'est ce qu'en pense Lady Humley, fit remarquer Ophélia. Elle n'a pas apprécié de se retrouver dans les caricatures de Mr Rowlandson et Mr Cruikshank, et la cible de nombreux autres artistes.

— Elle est hypersensible. Ce n'est pas comme si elle était en faute. Tout le monde sait qu'elle est bien trop collet-monté pour l'avoir mis dans son lit avant leurs noces.

Oh, Seigneur ! Voilà qu'Ellie avait une terrible envie d'éternuer. Elle appuya fermement contre son nez. Si elle ne ratait pas une miette de la conversation de l'autre côté du mur, Percy et les deux femmes entendraient certainement son éternuement. Et Percy avait joué à cache-cache au château lorsqu'il était enfant ; il devinerait à la seconde d'où provenait le son.

— Êtes-vous certain de pouvoir m'obtenir cette invitation, Percy ? demanda Lady Heldon. Parce que si vous en êtes incapable, je pense vider les lieux dès que les routes seront praticables. Si je pars dans un jour ou deux, je devrais pouvoir arriver avant la fin de la réception des Hallington.

— Je vous assure que je l'aurai.

— J'y compte bien. Je détesterais voir les caricaturistes faire des portraits peu flatteurs de vous ou du marquis d'Ashton, vous savez.

Lady Heldon s'interrompit un instant, et Ellie arrivait presque à imaginer son sourire mauvais.

— Tout le monde à Londres s'intéresse à Lord Ashton. Il incarne un tel mystère…

— Vous aurez votre invitation.

— Parfait. À présent, veuillez m'excuser. Cette galerie me donne la migraine. Je n'ai jamais vu autant de visages ingrats de toute mon existence.

Ellie entendit des pas s'éloigner. Avec un peu de chance, Ophélia et Percy allaient se retirer, eux aussi.

Mais elle manquait cruellement de chance ce matin-là.

— Comment peux-tu garantir cette invitation à Miranda, Percy ? Tu sais bien qu'Humley et son épouse préféreraient monter à cheval nus en plein Piccadilly, plutôt que de la laisser entrer dans leur demeure, siffla Ophélia.

— Je l'aurai. J'ai mes sources.

— Je n'arrive pas à imaginer lesquelles. Tu sais bien que les menaces de Miranda ne sont pas à prendre à la légère.

Percy gloussa, même s'il ne semblait pas particulièrement amusé.

— Je n'avais pas pensé à mettre Ash en ligne de mire des artistes, mais cela me semble une très bonne idée.

— Es-tu devenu fou ?! s'écria Ophélia. Si tu n'obtiens pas cette invitation à Miranda, Ash ne sera pas le premier visé par les caricatures. Ce sera toi, et peut-être même moi.

Sa voix se brisa sur ce dernier mot.

— Cesse de t'en faire, Ophélia. Tout est sous contrôle.

— Comment ? Qui va t'obtenir cette invitation ?

Un autre éternuement menaçait Ellie. Elle serra les lèvres et se pinça le nez. Oh ! On aurait dit que sa tête était sur le point d'exploser.

— Je ne peux pas te le dire.

— Parce que tu n'en as pas la moindre idée.

— Ce n'est pas vrai. Je n'ai pas le droit de divulguer son nom, voilà tout.

Il y eut une pause et Ellie se remit à espérer qu'ils décampent. Son nez la démangeait ; ce réduit était dangereusement poussiéreux.

— Oh, Percy ! gémit Ophélia d'un ton presque désespéré. Pourquoi essaies-tu d'attirer des ennuis à Ash ? Pourquoi te soucies-tu tant de lui ?

Percy éclata d'un rire un peu machiavélique.

— Je n'ai que faire d'Ash.

— C'est faux. J'ai parfois l'impression que c'est tout ce qui t'importe.

— Tu te trompes, rétorqua-t-il.

— Alors réponds à ma question. Est-ce à cause de toi qu'il s'est séparé de sa femme ?

Il y eut un moment de silence. Puis Ellie éternua.

— Qu'est-ce que c'était ?

— Quoi donc ? demanda Percy.

Oh, zut. Ils l'avaient sûrement entendue.

— On aurait dit quelqu'un en train d'éternuer, expliqua Ophélia.

Ellie arrivait presque à se représenter Percy en train de scruter la galerie vide.

— Qui aurait bien pu éternuer, Ophélia ? Il n'y a que nous ici. Tu as dû rêver.

— Très bien, peut-être que je n'ai rien entendu, rétorqua-t-elle, visiblement énervée. Certainement pas ta réponse à ma question, en tout cas.

— Tu dois vraiment apprendre à maîtriser ton imagination, ma chère. Comment pourrais-je avoir quoi que ce soit à voir avec les infortunes conjugales d'Ash ? Sa femme et lui ne vivent plus ensemble depuis des années. Je suis aussi innocent qu'un nouveau-né.

— Le fils du diable, peut-être, renchérit Ophélia, les dents serrées. Mais même si tu étais responsable de ça, Percy, je pourrais te pardonner. C'est ton acharnement à ruiner la vie d'Ash que je ne peux tolérer.

— Tu es seulement contrariée par la conversation désagréable que nous venons d'avoir avec Miranda, répliqua Percy, d'une voix qui se voulait rassurante. Allons prendre une bonne tasse de thé pour te détendre. Tu te sentiras nettement mieux après.

Ellie retint son souffle. Allaient-ils enfin partir ?

— D'accord, consentit Ophélia, dont la voix était nettement plus lointaine. Mais je ne vais pas lâcher prise de sitôt, tiens-le-toi pour dit.

— Fais comme bon te semble, ma chère.

Ellie attendit, pour leur donner le temps de rejoindre l'escalier. Percy avait-il joué un rôle dans le conflit entre Ash et Jess ? Elle n'avait pas souvenir qu'il ait fait quoi que ce soit, même si elle devait bien admettre qu'elle prêtait bien plus attention à Ned qu'à Percy ou Ash, à l'époque.

Elle appuya son oreille contre la porte. Pas un bruit, Dieu merci. Ils avaient dû partir. Elle avait hâte de sortir de cet endroit étroit et sombre. D'après ses souvenirs, il y avait un levier… oui, le voilà.

Elle l'abaissa et la porte s'ouvrit merveilleusement – juste sous le regard furibond de Percy.

Ned était assis seul dans la salle à manger, les yeux rivés sur les piles de jambon, de rognons, de hareng fumé et de boudin noir devant lui. Beurk. D'où diable provenait toute cette nourriture ?

Il l'avait choisie lui-même sur le buffet, bien sûr. Imbécile. Il repoussa son assiette et prit une rasade de café.

Bon sang ! Le liquide fumant lui ébouillanta la bouche. Il le recracha et posa avec fracas la tasse sur la table, se renversant du café sur les doigts.

Cette journée pouvait-elle encore prendre une tournure plus déplaisante ? Si seulement il pouvait retourner au lit et la recommencer !

Il s'essuya les doigts avec sa serviette. Il s'était montré incapable de tirer un bon parti de cette conversation dans la galerie avec Ellie. Il s'en était rendu compte sur le moment, mais n'avait pas su rectifier le tir – ce qui ne lui ressemblait absolument pas. C'était un homme tempéré, calme et rationnel.

Ah ! Il avait été bien loin du compte, cette fois. Il avait même été jusqu'à mentionner Cicely et le bébé. Et dire qu'il avait failli pleurer…

Cela remontait à quatre ans déjà. Il devrait avoir passé le cap. Ellie devait trouver qu'il était une véritable chiffe molle.

Il roula sa serviette en boule. Mais elle l'avait tellement énervé… Le seul souvenir de cette conversation – et de son obstination – lui donnait la migraine.

Il ne demandait rien d'extravagant. Il voulait seulement qu'elle soit en sécurité, l'empêcher de se briser le cou ou de tomber dans l'étang et de mourir congelée. Pourquoi n'écoutait-elle pas la voix de la raison ?

Bon sang, il se sentait si impuissant.

Il se massa le front. En tout cas, colère ou pas, il n'aurait jamais dû lui donner d'ordre. Même Cicely se serait rebiffée contre de telles manières – enfin, non, pas Cicely. Elle s'était toujours reposée sur son soutien et ses conseils, à la seule exception de ses histoires avec Percy. Leur relation de dépendance avait été…

Ah, peut-être qu'à présent, il oserait admettre que ce fardeau était dur à porter, mais il avait été heureux de prendre soin d'elle. Il l'aimait et elle avait besoin de lui. Il l'avait protégée.

Sauf à la fin.

Il enfonça ses doigts dans son front. Seigneur, il n'oublierait jamais le regard de Cicely lorsqu'on l'avait mise au lit avec le bébé. Ses yeux étaient remplis de souffrance et de peur, le suppliant de l'aider en silence, de tout faire disparaître. Et il en avait été incapable. Il l'avait regardée souffrir, se vider de son sang…

À ce rythme, ses doigts n'allaient pas tarder à atteindre son cerveau.

Il aurait préféré se conduire comme un lâche et suivre les suggestions de l'accoucheur et de la sage-femme. Ils lui avaient demandé de laisser Cicely, d'attendre à l'extérieur comme tout époux qui se respecte. Même sa mère, une fois qu'il était devenu évident qu'il n'y avait plus d'espoir, était partie. Pas Ned.

Il ne pouvait pas la laisser affronter cela toute seule. Il avait été incapable de l'aider, mais au moins, il était resté pour être témoin de sa souffrance et peut-être, du moins l'espérait-il, lui apporter un peu de réconfort.

Mais, bon sang ! Faire de la luge n'avait rien à voir avec un accouchement, comme il l'avait dit à Ellie. Rien ne l'y obligeait. Risquer de se tuer ou de se blesser pour quelque chose d'aussi stupide que de dévaler une pente était pure folie.

Il coupa un morceau de rognon et le porta à ses lèvres.

En effet, il avait fait de la luge à Noël, mais c'était différent. D'abord il avait l'avantage d'être un homme, et en plus il avait le contrôle de l'engin. Si Ellie dévalait la colline, il devrait l'observer, aussi incapable de la sauver que dans son rêve la nuit précédente – aussi inutile qu'avec Cicely et le bébé.

Tout ce qu'il voulait, c'était la savoir en sécurité. Quel mal y avait-il à cela ?

Il reposa le morceau de rognon encore intact et ferma les yeux, se massant entre ses sourcils. Autant se résigner à souffrir d'une migraine constante durant cette réunion infernale.

Bon sang, qu'est-ce qui n'allait pas chez lui ? Il ne se reconnaissait plus depuis son arrivée à cette maudite réception. Peut-être n'était-il pas prêt à se remarier.

— Bonjour Ned. En voilà une belle journée pour patiner et faire de la luge !

Jack se tenait dans l'embrasure de la porte, un sourire jusqu'aux oreilles.

— Voyons, Jack, tu ne vas tout de même pas inciter Ellie à le faire !

Jack se laissa tomber sur une chaise à côté de son frère.

— Ellie est assez grande pour prendre sa décision toute seule. Dis-moi, tu comptes manger cette nourriture ?

— Non. Sers-toi, répondit Ned en poussant l'assiette devant son frère.

— Il ne faudrait pas faire de gâchis, commenta Jack en s'attaquant au boudin avec un enthousiasme révoltant. Tu n'as pas faim ? demanda-t-il entre deux bouchées.

— Non.

— Dommage. Une des choses que j'aime le plus quand je reviens au château, ce sont les repas.

— J'aurais pensé que tu avais plus de choix à Londres.

Jack haussa les épaules.

— Sans doute, mais j'aime la cuisine simple et conviviale de Cook, expliqua-t-il avec un grand sourire. D'autant que c'est toujours copieux.

Jack avait anéanti le boudin noir et avait ouvert une large brèche dans les rognons. Ned se sentait vaguement nauséeux.

— Je vois à quel point la quantité est un argument pour toi…

— Tu avais un bon coup de fourchette, toi aussi, dans le temps. Tu boiras ce café ?

— Non, répondit Ned en lui tendant la tasse. Fais attention, il est chaud.

Jack prit une gorgée.

— Ce n'est pas si mal.

Il focalisa son attention sur le jambon.

Ned aurait voulu être aussi désinvolte que son frère. Il ne savait pas comment procéder pour apaiser son anxiété permanente. Il posa sa serviette là où il avait renversé du café et observa Jack en train de mâcher.

Ellie était-elle amoureuse de lui ? Et, plus important encore, Jack était-il amoureux d'elle ?

En arrivant au château, il avait clamé haut et fort qu'il ne voulait pas se marier, mais peut-être refusait-il seulement d'épouser Miss Wharton. S'il aimait Ellie, il pourrait facilement échapper aux avances de son adoratrice en l'annonçant haut et fort. Ses parents seraient comblés.

D'après ce que Ned en savait – pas qu'il soit un expert non plus – Jack ne semblait pas amoureux le moins du monde ; il avait même fait le pitre à ce sujet en jouant aux charades.

Bon sang, Mr Cox se trompait forcément. Et en parlant de cette crapule…

— Est-ce que Mr Cox et Lady Juliet se connaissent bien, Jack ? Il me semble qu'ils ont tous deux passé du temps à Londres.

Jack enfourna le dernier morceau de jambon dans sa bouche.

— Oh, leur relation remonte à plus loin que Londres. Les propriétés de leurs pères sont voisines, donc ils ont grandi ensemble, expliqua-t-il à Ned. Un peu comme Ellie et toi.

— Et toi, Ash, Jess, Cicely et Percy.

— Oui, en effet, rétorqua son frère, un grand sourire aux lèvres. Mais plus comme toi et Ellie.

Bon sang, Jack s'amusait à ses dépens à présent ! Autant l'ignorer.

— Et Mr Cox et Lady Juliet sont-ils particulièrement, euh… proches ?

Jack se leva pour se resservir à manger.

— Très. D'après ce qu'on raconte, Mr Cox a demandé sa main, mais son père a refusé. Certains disent qu'Extley ne trouvait pas celui-ci assez bien pour sa précieuse petite merveille, mais d'autres prétendent que ce refus est lié à une querelle entre leurs pères à propos des frontières de leurs propriétés.

— C'est regrettable.

Il aurait dû se sentir énervé ou… en tout cas, autre chose que cet intérêt détaché, presque académique.

— Et Mr Cox et Lady Juliet ont accepté cette décision ?

— Lady Juliet, oui, répondit Jack tout en jetant un coup d'œil derrière lui, les sourcils froncés. Elle cherche à devenir ta femme, non ?

— Mais pas Mr Cox ? demanda Ned en regardant son frère droit dans les yeux.

Jack haussa les épaules tout en empilant de la nourriture dans son assiette.

— Il n'a pas tellement le choix, si Lady Juliet n'est pas disposée à défier son père pour lui.

Il s'interrompit.

— Eh... tu as raté la langue de bœuf. Tu le savais ?

— Je l'ai vue. Je n'en suis pas friand.

— Ah non ? Enfin, les goûts et les couleurs, soupira Jack en revenant s'asseoir, avant de recommencer à manger.

Lady Juliet se résignait-elle à la décision de son père ? Ned n'en était pas si sûr. Au-delà de ça, il serait prêt à parier que Mr Cox n'avait pas l'intention d'abandonner. Si ce grossier personnage était toujours épris de Lady Juliet, il ne devrait pas courtiser Ellie.

Ned attrapa une tasse et se resservit du café, prenant une première gorgée prudente cette fois. Il comptait bien garder un œil sur cette canaille de Mr Cox.

Chapitre 11

Rien de tel qu'une nouvelle robe pour retrouver sa bonne humeur.

Préceptes amoureux de Vénus

— Vous jouez à cache-cache, Ellie ?

— Bien sûr que non.

Fichtre ! Quelle situation gênante !

Quelle excuse plausible pourrait-elle bien donner pour expliquer sa présence dans le mur ?

Il n'en existait aucune. Elle n'aurait qu'à sourire et babiller.

— Je viens de me souvenir des portes secrètes et je voulais voir si je pouvais en ouvrir une. Une fois arrivée dans le petit réduit, je me suis retrouvée coincée.

C'était vrai, même si ce qui l'avait piégée, c'était Percy et les deux femmes, et non pas le loquet de la porte. Pourquoi aller dans ce passage et refermer la porte derrière elle ; pourquoi y rester alors qu'il suffisait de crier à l'aide – à peine un hurlement aurait suffi – ou de taper à la porte...

Elle n'eut pas le loisir de se chercher des excuses crédibles.

Il fronça les sourcils, ne tentant pas de dissimuler son incrédulité, mais elle ne se départit pas de son sourire.

— On pourrait penser que vous m'espionnez, finit-il par dire.

Ça, c'était amusant.

— Je vous assure, Percy, que j'ai bien mieux à faire que de me cacher dans les longs murs de la galerie, en espérant que vous passiez par là et disiez quelque chose d'intéressant.

Il n'eut pas l'air de trouver la plaisanterie à son goût.

— Vous avez dû entendre notre conversation. D'après mes souvenirs, le son passe plutôt bien à travers ces portes dérobées.

— Hum.

Bon sang ! Pas un seul mensonge plausible ne lui venait en tête ; quoique en général, aucun de ses mensonges ne l'était particulièrement. D'autant que Percy avait grandi avec elle ; il savait pertinemment qu'elle était une piètre menteuse.

— Je, euh… j'étais distraite, à vrai dire. Je ne me sens pas très bien dans les espaces confinés.

— Ah oui ? Je vous aurais aidée avec plaisir si vous aviez tapé au mur et appelé du secours.

— Eh bien, j'aurais pu, sauf que je ne voulais pas me mettre dans l'embarras, en particulier devant Lady Heldon, que, je dois l'avouer, je n'apprécie pas beaucoup. J'ai en effet reconnu sa voix, je savais qu'elle était parmi vous.

Juste ciel, elle commençait à s'exprimer comme Mr Humphrey. Enfin, si un flot de paroles pouvait la délivrer de Percy, elle en déclencherait des cascades.

— J'ai pensé que vous m'accuseriez d'épier votre conversation, ce qui n'était pas le cas bien sûr, et comme j'étais sûre que vous partiriez d'une seconde à l'autre, j'ai décidé d'attendre – et oui, de prier un peu, aussi – jusqu'à me retrouver seule. Honnêtement, j'étais tout à fait ravie quand vous vous êtes enfin décidés à vous éloigner.

Elle déglutit péniblement.

— Sauf que, de toute évidence, ce n'était pas le cas.

Percy lui jeta un regard dur. Il semblait assez menaçant.

C'était ridicule. Cet homme était sans doute désagréable, mais il n'était pas dangereux, et elle était au château de Greycliffe, pas dans une allée sombre de Londres.

— Eh bien, je suis sûre que j'ai gâché un temps considérable dans cette stupide cachette, et cela doit se voir au premier coup d'œil. Ce réduit est aussi étroit que poussiéreux. J'espère ne pas avoir d'araignées coincées dans les cheveux, dit-elle en frémissant d'une manière théâtrale. Si vous voulez bien m'excuser, je vais aller me remettre…

Percy s'avança soudain et lui arracha des mains le sac à main jaune et vert.

— Qu'est-ce que nous avons là ?

Son cœur s'arrêta. Grands dieux ! Pourquoi n'avait-elle pas abandonné le satané objet lorsqu'elle était piégée dans le noir ?

— Un… un sac à main.

— Ça, je le vois bien.

Il défit les cordons et sortit les maudits dessous en soie. Il émit un lent sifflement.

— C'est à vous ?

— Ne soyez pas ridicule.

Cela n'était pas un mensonge si on considérait qu'il parlait du sac à main.

— Vous savez que Reggie est un vrai chapardeur.

— En général, il confie son butin à Ned.

— Et Ned m'a remis les objets trouvés pour que je puisse les restituer.

Ça aussi, c'était vrai, en un sens.

— Vraiment ? Donc vous savez à qui ils appartiennent ?

— Eh bien… non.

Dieu merci, elle n'avait pas l'air trop coupable. Et elle ignorait l'identité du propriétaire de ce sac à main. Il lui fallait garder cela fermement en tête.

— Hier, la duchesse a déposé le butin de Reggie sur une table dans le salon jaune. Cela a semblé fonctionner à merveille. Pourquoi diable Ned vous aurait-il confié ces objets ?

Elle se força à hausser les épaules.

— Je n'en ai pas la moindre idée – je ne lis pas dans son esprit. Vous devriez lui poser la question.

Ned ne la trahirait pas – c'est du moins ce qu'elle croyait. Surtout pas auprès de Percy. Il aimait son beau-frère encore moins qu'elle, ce qui, à cet instant, tenait de l'exploit.

— Hmm.

Percy regarda la parure, puis sa robe terne à collerette et à manches longues.

— C'est plutôt… stimulant, de vous imaginer les porter sous cette robe déprimante, dit-il en exhibant les dessous.

Son estomac se retourna tant elle était mal à l'aise.

— Ne vous montrez pas insultant.

— Portez-vous les mêmes à cet instant ?

L'excitation alluma une lueur malsaine dans ses yeux lubriques.

— Bien sûr que non.

Même si elle n'avait jamais porté Percy dans son cœur, elle n'avait jamais eu peur de lui non plus. Mais là, elle devait bien admettre qu'elle n'était pas rassurée.

— J'ignore pourquoi vous supposez que ces objets scandaleux sont les miens, s'exclama-t-elle en levant la main. Maintenant rendez-les-moi – ainsi que le sac – je vous prie, que je puisse me retirer.

Percy caressait l'étoffe de ses doigts.

— Non. Je veux bien vous rendre la bourse, mais j'ai la ferme intention de garder le reste.

— Faites comme bon vous semble.

Ellie s'empara du sac à main. Elle espérait lui arracher la lingerie des mains par la même occasion, mais elle avait suffisamment de présence d'esprit pour savoir ce que lui vaudrait ce geste.

— Je ne veux même pas penser à ce que vous comptez en faire, reprit-elle en se forçant à sourire. Je doute fort qu'ils vous aillent.

— Très drôle. Ils m'assurent une forme de sécurité, bien sûr.

— Une sécurité ? Au cas où vous perdriez tous vos sous-vêtements ?

— Non, rétorqua-t-il en grognant presque. Au cas où vous vous souviendriez de la conversation que vous assurez ne pas avoir entendue et envisagiez d'en faire part à qui que ce soit. Je serais sans doute extrêmement malheureux si tel était le cas. Si malheureux que je pourrais me sentir incité à montrer à Mr Cox et Mr Humphrey, voire même à la duchesse en personne, ces charmants dessous rouges… que vous avez laissés dans ma chambre après un interlude romantique.

Dieu merci, elle n'avait pas encore mangé ce matin-là ; son estomac lui jouait manifestement des tours.

— Que j'ai laissés dans votre chambre après un… un…

Elle finit par déglutir.

— Personne ne croirait à une farce aussi grotesque !

Il fit tournoyer le petit linge sous son nez, tout en le maintenant hors de portée.

— Mais j'ai une preuve.

— Je ne sais pas pourquoi vous pensez que qui que ce soit pourrait croire que ceci m'appartient.

Ils sont bien plus susceptibles d'appartenir à Ophélia, lança-t-elle en fronçant les sourcils. Et je pense qu'Ophélia serait très contrariée si vous répandiez une telle rumeur. Ce n'est un secret pour personne qu'elle et vous partagez une relation plutôt… intime.

Il haussa les épaules.

— Ophélia est très compréhensive. Elle pourrait même consentir à raconter qu'elle vous a vue dans mon lit – ou qu'elle y était avec nous. Comme vous dites, tout le monde sait que nous partageons beaucoup de choses.

— C'est dégoûtant.

Et suite à la conversation qu'elle venait d'entendre – celle qu'elle ne pouvait avouer avoir entendue – elle doutait fort qu'Ophélia se montre très compréhensive pour le moment.

— Vous ne devriez pas critiquer avant d'avoir essayé ! la provoqua-t-il, tout sourires.

— Je pense pouvoir me faire une opinion définitive sans participer à une… une orgie !

— Oh, à peine une orgie ! s'esclaffa Percy. J'aimerais vous y voir – je serais prêt à parier que vos yeux rentreraient dans leurs orbites et que vous en tomberiez dans les pommes.

Puis il regarda les dessous de nouveau.

— Mais peut-être que je me trompe.

— Je n'ai rien à faire dans une orgie.

Percy faisait tournoyer les dessous au bout de son doigt. Avait-elle le temps de les attraper et de prendre la fuite ?

— Hmm. En définitive, l'anecdote pourrait faire monter votre cote auprès de Mr Cox, vous savez, mais j'ai bien peur qu'elle ne réduise à néant les espoirs que vous pourriez avoir placés sur Mr Humphrey ou sur notre cher Ned, ajouta-t-il en poussant un grognement.

Ellie s'efforça de faire taire le désespoir dans sa voix.

— Percy, vous savez pertinemment que personne ne croira que cette… chose m'appartient.

Elle s'accrochait à cette pensée autant qu'un naufragé à une bouée de sauvetage.

— À vrai dire, si. En fait, je crois que Ned sait déjà qu'ils sont à vous. Pour quelle autre raison vous les aurait-il remis au lieu de les laisser en bas sur la table avec tout le reste ?

— Il m'a donné le sac à main.

Elle sentait des vagues de panique déferler dans sa tête. Elle s'enfonçait ; elle en avait bien conscience.

— Seriez-vous en train d'insinuer qu'il n'a pas remarqué ce vêtement rouge, des plus affriolants, qui se trouvait à l'intérieur ? Ou alors… juste ciel, auriez-vous folâtré dans son lit ? demanda-t-il, les yeux écarquillés.

— Non !

Les lèvres de Percy se retroussèrent en un sourire mielleux.

— Mon Dieu ! Et dire que je croyais Ned sincère avec ma pauvre sœur défunte.

— Il l'était.

Ellie arrivait à peine à parler. Elle tremblait de rage. Elle voulait gifler Percy – non, elle voulait lui assener un grand coup entre les jambes.

Mais la panique s'emparait d'elle aussi. Ces maudits dessous étaient bien les siens.

Percy hocha la tête, l'air songeur.

— J'imagine que cela explique sa soudaine parcimonie, poursuivit-il en fronçant les sourcils. Je suis sûr qu'il a dû vous raconter qu'il prenait son rôle de beau-frère au sérieux, et m'envoyait des fonds de temps à autre, mais il m'a coupé les vivres pour les fêtes. Ce fut un sacré coup dur – qui m'a profondément enfoncé dans les difficultés, comme vous l'imaginez sans doute. Je n'arrivais pas à comprendre pourquoi ce bon vieux Ned s'était soudain retourné contre moi, ajouta-t-il en la dévisageant des pieds à la tête, mais maintenant je vois quelle en a été la raison.

— Percy !

Crier n'arrangerait rien. Elle déglutit, luttant de toutes ses forces pour garder son sang-froid.

— Allez-vous enfin vous montrer raisonnable ? Il n'y a rien entre Ned et moi.

Percy émit un grognement.

— Bien sûr que si. Par tous les saints, Ellie, pour qui me prenez-vous ? J'ai bien vu vos yeux de merlan frit dès que vous regardiez Ned, pendant toutes ces années.

— Je…

Oh, Seigneur, Jack n'avait donc pas été le seul à le remarquer.

— Vous claquez des dents, ma chère. Ce n'est pas très convaincant.

Ellie ferma la bouche d'un coup sec.

— C'est mieux, commenta Percy avec un sourire suffisant. Il était déjà clair pour tout le monde que vous auriez été prête à laisser Ned vous piétiner – ou vous faire des choses plus intéressantes mettant en jeu d'autres parties de son anatomie…

— Percy !

Qui aurait cru qu'il était possible de mourir d'humiliation et d'exploser de colère en même temps ?

— Mais j'étais presque sûr que Ned aussi était inconscient de votre adoration. Il est un peu… enfin, peut-être devrais-je me montrer charitable et le targuer seulement de manquer de suite dans les idées, ajouta Percy en ricanant. Quelle distraction, de vous voir le convoiter avec tant d'ardeur tandis qu'il pleurait la pauvre Cicely !

Ellie serra les poings.

— Comment pouvez-vous être aussi impitoyable ? Pas à mon sujet ; je n'en ai cure – ce qui n'était pas tout à fait exact, mais dans cet univers de souffrance, la sienne était bien la moindre – mais n'avez-vous jamais ressenti la moindre compassion pour Ned ? N'avez-vous pas vous-même pleuré Cicely ?

Percy la fixa, un nouvel éclair de fureur passant alors dans ses yeux.

— Bien sûr que j'ai pleuré ma sœur… Elle était l'une des deux personnes les plus importantes de mon existence, reprit-il, haletant. Et Ned l'a tuée !

Ellie avait le souffle coupé.

— Ned n'a pas tué Cicely.

— Ah non ? Elle serait toujours en vie si ce gros pervers…

Percy serrait les dents, sa bouche ne formant plus qu'un pli. Il expira profondément, luttant visiblement pour se maîtriser, puis il afficha un sourire des plus déplaisants.

— Enfin, assez de ces vieux griefs. L'histoire qui se trame maintenant m'intéresse nettement plus.

— Il ne se trame rien du tout.

Cette conversation était manifestement stérile, et le comportement de Percy, tout à fait irrationnel.

— Maintenant donnez-moi ce vêtement ridicule, je vous prie. Nous pourrons ainsi aller prendre notre petit déjeuner.

Percy gardait les dessous derrière son dos, hors de portée.

— Oh, non. Comme je viens de le dire, je les conserve pour m'assurer que vous ne soyez pas tentée de répéter tout ce que vous avez entendu ce matin. Mais maintenant que j'y pense, ces dessous représentent peut-être aussi un bon investissement. Je dois juste en savoir un peu plus pour déterminer la valeur de ce que j'ai entre les mains.

Ellie avait un très mauvais pressentiment.

— Vos propos sont très énigmatiques…

— Vraiment ? Alors laissez-moi m'expliquer. Je sais que vous n'avez pas d'argent, mais Ned a les poches bien remplies. Pour le moment, il semble faire la cour à Lady Juliet. Il se pourrait qu'il veuille l'empêcher de découvrir l'existence de ce sous-vêtement très intéressant. Je serais plus que ravi de tenir ma langue… mais mon silence aura un prix. Il se pourrait qu'il se soucie suffisamment de votre réputation et accepte de verser une coquette somme pour la protéger, continua-t-il avec un grand sourire. Et comme j'ai une mémoire lamentable, un seul paiement ne suffira jamais. Il me faudra des rappels à l'ordre réguliers.

— Vous êtes un monstre, Percy !

— Merci, rétorqua-t-il en faisant une courbette. Je le prends comme un compliment.

— Vous ne devriez pas. Et votre plan ne fonctionnera jamais, vous savez. Ned ne vous donnera pas un sou.

Il haussa les épaules.

— J'imagine que nous le saurons bien assez tôt, n'est-ce pas ? Qui ne tente rien n'a rien, comme on dit. Maintenant, si vous voulez bien m'excuser, je pense aller ranger ceci en lieu sûr.

Il se dirigea vers l'escalier.

Bon sang, elle n'avait qu'une envie : le plaquer au sol et lui arracher les dessous, mais il serait stupide de céder à cette impulsion. Il était plus large et plus lourd qu'elle, et sans doute plus rapide. Elle se blesserait, rien d'autre.

Elle s'adossa au mur, écoutant le bruit de ses pas résonner dans l'escalier. Elle ne pouvait pas le laisser faire une telle chose, mais comment l'arrêter ?

Elle ferma les yeux. Elle commencerait par raconter à Ned tout ce qu'elle avait entendu le matin.

Elle avouerait que ces maudits dessous étaient les siens et lui dirait qu'elle était d'accord pour que Percy le crie sur les toits. Ensuite, elle n'aurait qu'à espérer que sa réputation de bonnet de nuit soit suffisante pour étouffer les histoires salaces de Percy.

Hors de question qu'elle fasse de la luge ce jour-là.

Elle tendit l'oreille de nouveau – visiblement, Percy était enfin parti. Parfait. Elle descendrait le sac à main dans le salon jaune puis se retirerait dans sa chambre pour reprendre ses esprits et se réconforter avec une tasse de chocolat chaud.

Malheureusement, la duchesse la débusqua lorsqu'elle arriva à l'étage des chambres.

— Oh, Ellie, commença Son Altesse en lui prenant le bras, j'ai bien peur qu'il y ait eu un léger incident.

— Un *incident* ?

Ellie sentit sa gorge se nouer sous le coup de la panique.

— Qui est blessé ?

— Non, non, pas ce genre d'incident, très chère. Dieu merci, il s'agit seulement d'un accident d'ordre vestimentaire.

— Vestimentaire ?

— Enfin, il s'agit peut-être d'une bénédiction en réalité. Venez, laissez-moi vous montrer, dit-elle en l'entraînant dans le couloir. Je ne sais pas ce qui est passé par la tête de Sir Reginald.

En général, Reggie était très prudent – ou très chanceux. D'après les souvenirs d'Ellie, jamais il n'avait endommagé quoi que ce soit en commettant ses larcins, hormis un accroc éventuel dans un bas de laine.

— Savez-vous à qui appartiennent les objets en question ?

— À vous, répondit la duchesse en souriant.

Elles entrèrent dans la chambre d'Ellie. Reggie était assis sur le sol, en train de se lécher les pattes, à côté du fauteuil en tapisserie rose. Juste à côté de lui, gisait la robe de bal jaune d'Ellie, recouverte d'empreintes sombres, comme si le chat avait marché dans la boue avant de danser sur sa robe.

— Oh.

Ellie ramassa la robe. Non seulement le corset était ruiné, mais le jupon était en lambeaux. Reggie avait dû essayer de faire ses griffes dessus. Elle renifla.

— Vous ne sentez pas une odeur de poisson ?

— Oh, je ne crois pas, répondit la duchesse tout en ouvrant les fenêtres.

L'air frais s'engouffra, faisant entrer un peu de neige au passage.

— Peut-être sentez-vous ce que Reggie a mangé pour le déjeuner.

Il faisait si froid dans la chambre à présent qu'Ellie n'aurait même pas senti un porc de ferme.

— Peut-être bien.

Elle n'avait pourtant jamais repéré la moindre odeur sur Reggie auparavant.

Elle retourna la robe dans ses mains et le désespoir s'abattit sur elle. Aucune chance de pouvoir la nettoyer et la repriser à temps pour le bal du surlendemain.

— Je suis navrée, Ellie, se lamenta Son Altesse en s'approchant pour lui tapoter doucement l'épaule. J'espère que vous n'étiez pas trop attachée à cette robe.

— N-non.

Bien sûr que non. Elle ne l'aimait déjà pas particulièrement lorsqu'elle était neuve, deux – ou peut-être trois – ans plus tôt. Mais c'était la seule robe de bal qu'elle possédait.

— Vous devez me laisser réparer les dommages causés par mon animal de compagnie.

— Oh, non, ce n'est pas grave… Je suis certaine que Reggie n'avait pas l'intention d'abîmer ma robe.

— Sottises. Quelles qu'aient été ses intentions, cette robe est désormais importable. Je suppose que vous n'en avez pas d'autre ?

— Non, mais je vais bricoler quelque chose.

La duchesse venait-elle de frémir ?

Cela n'avait pas vraiment d'importance. Si Percy mettait ses menaces à exécution, elle ne serait sans doute pas la bienvenue au bal.

— J'insiste pour vous faire confectionner une nouvelle robe, déclara la duchesse. Je ne tolérerai aucun refus de votre part. J'ai même du tissu de côté qui devrait vous aller à merveille.

— Mais…

— Ah, voilà Mary. Prenez les mesures d'Ellie, je vous prie.

— Mais…

— Pas de mais, mademoiselle Ellie, intervint Mary. Vous n'pouvez pas porter ces horrib' guenilles – vous auriez ptêt même jamais dû. Ça vous donne le teint malade. Vous d'vez une fière chandelle à ce p'tit chat.

— Mais…

Mary lui jeta un regard sévère.

— Il vous faut une nouvelle robe ; rien d'autre à ajouter. Maintenant, faites c'que j'vous dis, et j'm'en vais vous fabriquer quequ' chose qui donnera envie à ces messieurs de vous faire danser.

— Oui, inutile de protester, Ellie, renchérit la duchesse. Vous perdez votre temps. Mary et moi ne vous laisserons jamais sortir de cette chambre avant d'avoir pris vos mesures.

— Oh, très bien, capitula Ellie, consciente qu'elle avait perdu la bataille.

Elle laissa Mary la tâter sous toutes ses coutures et prendre ses mesures, se prêtant au jeu avec autant de bonne volonté que possible.

— Et voilà, finit par dire Mary. J'ai tout c'qui me faut, vot' grâce. Dois-je emmener c'bout de chiffon avec moi en descendant ?

— Oui, en effet, et vous n'avez qu'à le jeter. Vous pouvez en faire un patron pour ajuster la nouvelle robe.

— Pas d'problème.

En général, le fort accent irlandais de Mary ressortait davantage lorsqu'elle éprouvait des émotions fortes.

— Ça d'vrait faire l'affaire par rapport à une robe qui la fait ressembler à un sac de patates.

Mary emballa la robe en lambeaux et l'emporta avec son nécessaire de couture.

— Je suis impatiente de voir ce que Mary va vous concocter, déclara la duchesse avec un grand sourire. Je sais que vous serez magnifique.

La duchesse quitta la chambre d'un pas dansant.

Ellie baissa les yeux sur Reggie. Il s'attaquait à présent à ce qui ressemblait étrangement à un filet de flétan, juste à l'endroit où se trouvait la robe.

— Tu as une idée de ce qui vient de se passer ?

Reggie ne prit pas la peine de répondre ; il avait la bouche pleine.

— Belle journée, n'est-ce pas, Ned ?

L'intéressé jeta un coup d'œil en coin à Percy. Bon sang ! Son beau-frère avait l'air sacrément content, et c'était toujours de mauvais augure.

— Il fait froid, mais le soleil brille.

Ils étaient en route pour l'étang, suivant le sentier que les domestiques avaient dégagé dans la neige. Ned avait l'intention d'escorter Lady Juliet, mais Ophélia et Lady Heldon l'avaient embarquée avec elles, de toute évidence pour que Percy ait l'occasion de l'accoster.

Ned était déjà d'une humeur massacrante, mais celle-ci se détériora encore.

Il regarda droit devant. En chemin, tout le monde semblait sur les nerfs. La duchesse et son époux menaient la danse, Ash suivait accompagné d'Ellie – au moins elle n'était ni avec Jack, ni avec Mr Cox. Celui-ci marchait non loin de là avec le groupe de Lady Juliet, et, juste derrière eux, Jack déambulait en compagnie de Miss Wharton, Mr Humphrey et Miss Mosely. Jack se sentait peut-être rassuré par le fait qu'ils soient plusieurs – ou se disait que les multiples couches de vêtements épais avaient de quoi décourager les ambitions de Miss Wharton. Pour finir, Ned et Percy fermaient le cortège.

Ned regarda Ellie au loin, en train de rire à une remarque d'Ash.

Elle avait raison, bien entendu. Elle n'avait pas d'ordres à recevoir de lui. Il n'était pas son frère, malgré son désir de l'être.

Il fronça les sourcils. Non, ce n'était pas tout à fait exact. Il ne voulait pas être son frère ; il voulait seulement la savoir en sécurité. Ce qu'il ne pourrait pas faire même s'ils étaient parents, comme elle l'avait fait remarquer.

Il espérait qu'elle renoncerait à faire de la luge. Le duc avait sans doute convaincu sa femme d'y réfléchir à deux fois – quelle idée folle, téméraire, insensée…

— Elle est plutôt belle lorsqu'on connaît son secret, n'est-ce pas ?

Ned dévisagea Percy. De quoi diable était-il en train de parler ? Ah, oui. La femme que Ned était censé courtiser, même si la référence à un secret lui échappait.

— Lady Juliet est tout à fait charmante.

Percy lui jeta un regard suspect.

— Ce n'est pas elle que vous étiez en train d'observer.

Cette fausse jovialité était une facette de Percy à laquelle Ned n'avait encore jamais eu affaire, même si elle semblait tout aussi déplaisante que les autres.

— Je crains de ne pas vous suivre.

— Ellie.

Les sourcils de Percy s'agitaient toujours aussi singulièrement.

— Comment ça, Ellie ?

— Oh, allons, Ned…

Percy lui donna une bourrade. Ned ne sentit pas grand-chose. Ils étaient tous deux bien emmitouflés à cause du froid. Toutefois, il prit la précaution de mettre un peu plus de distance entre eux.

— Je n'ai pas la moindre idée de ce à quoi vous faites allusion.

De toute manière, il aimait autant que Percy reste à distance respectable d'Ellie – même par la pensée.

— Disons simplement que j'ai en ma possession quelque chose qui devrait vous intéresser – voire même qui pourrait vous donner envie de… m'encourager sur le plan financier voyez-vous, pour m'éviter de le mentionner ou de le montrer à qui que ce soit.

Ned s'arrêta net, forçant Percy à faire de même.

— Écoutez-moi bien, Percy. Je n'ai pas la moindre idée de ce dont vous parlez, mais je vous déconseille de dire du mal d'Ellie, ou de suggérer qu'elle soit quoi que ce soit d'autre que la jeune femme respectable et vertueuse qu'elle est.

— Respectable et vertueuse ? répéta Percy en ricanant. Est-ce donc le rôle qu'elle joue lorsqu'elle porte ces dessous en soie rouge pour vous ? Je les ai en ma possession, vous savez. En lieu sûr, cela va sans dire.

Percy jeta un coup d'œil à d'Ellie.

— Je dois avouer qu'il est très… stimulant de penser à ce qu'elle cache sous ses robes hideuses. Mon esprit fourmille désormais de toutes sortes d'images intrigantes. Ses jambes sont-elles longues, Ned, et les enroule-t-elle autour de vous ? demanda-t-il en lui jetant un regard méchant. Ses seins sont-ils rebondis et savoureux ?

— Fermez-la, Percy.

Ned bouillonnait de fureur à tel point qu'il était étonnant que la neige ne fonde pas sous ses pieds.

— Vous voilà hors de vous ? demanda Percy. Sachez que si vous me frappez, comme vous en mourez sans doute d'envie, tout le monde le verra et s'interrogera. J'ai peur d'être contraint de leur révéler pourquoi vous vous êtes laissé aller à ce point. Quel dommage que cela dévoile… l'autre facette d'Ellie ! Mais peut-être que les pauvres Mr Cox et Mr Humphrey devraient être avertis avant de continuer à la couvrir d'attentions.

— Vous ne ternirez pas la réputation d'Ellie.

Ned dut hacher les mots entre ses dents serrées.

— Je suppose que cela pourrait en fait l'améliorer – pas en prévision d'un mariage, bien entendu, mais pour d'autres… activités, ajouta Percy en ricanant. Au moins, Jack n'en parlera plus comme d'un bonnet de nuit.

— Percy…

Ne se rendait-il pas compte qu'il était à deux doigts de la mort ?

— J'avoue que je m'interroge depuis que j'ai trouvé ces charmants dessous. Vous, les frères Valentine, êtes tellement proches. Est-ce que vous partagez vos conquêtes ? Jack a-t-il pu essayer Ellie, lui aussi ? Et Ash… cela expliquerait pourquoi Jess ne lui manque pas, et pourquoi il ne recherche pas la compagnie des filles des environs. Miranda s'est sentie plutôt insultée qu'il ne soit pas réceptif à ses charmes, mais peut-être puis-je maintenant lui assurer – si vous ne faites pas le nécessaire pour me réduire au silence – qu'elle n'a pas perdu son savoir-faire. C'est seulement qu'Ash a déjà une femme qui comble ses besoins. C'est d'une logique implacable. Il est là à longueur d'année, tout comme Ellie.

Ned avait une telle envie de réduire Percy en bouillie qu'il en tremblait presque, mais cela ne ferait que servir les intérêts de cette canaille. Un peu de patience. Il le ferait payer.

— Si vous ne voulez pas mourir sur-le-champ, lâcha Ned, vous feriez mieux de remballer vos immondes calomnies et d'éloigner votre ignoble petite personne de moi… et d'Ellie.

— Très bien, je vais me ranger à vos recommandations… en attendant. Mais réfléchissez à ce que je vous ai dit, mon cher beau-frère. Je suis sûr que nous pouvons convenir d'un arrangement qui m'empêcherait d'en parler à qui que ce soit. Bien sûr, le… cadeau devrait être d'une valeur supérieure à ce que vous aviez l'habitude de m'envoyer par le passé, et vous comprenez que je ne peux abandonner le charmant vêtement rouge que j'ai en ma possession. Mais payez-moi suffisamment et personne n'en saura rien.

— Je ne vous donnerai pas un sou, sale vermine !

— Ah non ?

Percy secoua la tête, feignant une expression de pitié.

— Je pensais qu'Ellie comptait plus que cela à vos yeux, fit-il remarquer en haussant les épaules. Mais je suppose que vous en avez terminé avec elle. Toutefois, je pensais que vous préféreriez épargner à Lady Juliet cette fâcheuse anecdote. Cela pourrait la dissuader de prendre la place de ma sœur dans votre lit maudit.

Percy cracha ces derniers mots.

Ned ne pouvait pas le laisser descendre jusqu'à l'étang et colporter cette histoire révoltante, mais il ne pouvait pas non plus accepter les conditions de Percy. Il n'avait qu'à le rouer de coups. L'amocher suffisamment pour l'empêcher de parler pendant un certain temps.

Il se mit à sourire. Cette idée était très alléchante.

Percy avait dû lire dans ses pensées, car il se mit rapidement hors de portée.

— Très bien. Je vois que vos émotions sont en pleine tourmente en attendant, Ned. Et j'avoue que j'aime bien Ellie ; je ne voudrais pas lui compliquer la vie pour rien. Je vous accorde le reste de la journée pour réfléchir à mon offre.

Percy se mit à agiter la main d'un air dédaigneux.

— Non, je vais même vous laisser dormir dessus, ajouta-t-il sans se départir de son regard oblique, et peut-être sur Ellie, pour que vous puissiez vous rafraîchir la mémoire et vous souvenir de ses charmes. Nous en discuterons demain matin. Je suis convaincu que nous parviendrons à un accord.

Percy s'interrompit, attendant sans doute que Ned surenchérisse, mais constatant que celui-ci se contentait de le dévisager, il haussa les épaules et descendit la colline.

Ned le regarda partir en s'efforçant de reprendre son souffle. L'air froid le piquait, mais contribuait à apaiser la fureur qui le faisait bouillir. Il devait absolument se calmer avant de rejoindre les autres convives à l'étang.

Percy avait dû récupérer les foutus dess… les foutus vêtements d'Ellie dans la galerie le matin même. Comment s'y était-il pris ? Ellie ne les lui aurait jamais donnés volontairement. Ce vaurien avait intérêt à ne pas lui avoir fait de mal.

Percy avait presque atteint l'étang. Les domestiques avaient allumé un feu de joie sur les berges – assez éloigné de la glace par précaution, du moins l'espérait-il – et quelques convives s'étaient regroupés là pour se réchauffer et déguster du cidre. Bon nombre d'entre eux s'étaient déjà aventurés sur la glace pour patiner. Ellie en faisait partie. Ned l'observa glisser gracieusement sur la glace auprès d'Ash.

Bon sang, Percy avait fait plus que de le mettre en colère – il lui avait retourné la tête et y avait fait germer les graines du désir. Jamais il ne se serait attardé sur les jambes ou la poitrine d'Ellie auparavant, mais à présent…

Il avait peu d'expérience avec les femmes. Il s'était marié jeune et était resté fidèle, même si Cicely s'était montrée réticente quant au devoir conjugal – sans grande surprise, vu qu'il était bien plus grand qu'elle – et puis elle était tombée enceinte, et donc malade les premiers temps, puis grosse et mal à l'aise sur la fin.

Après sa mort, il était trop accablé par le chagrin pour saisir les occasions qui s'étaient présentées à lui. Même s'il avait été intéressé par les femmes des environs, l'anonymat n'existait pas à la campagne, et il n'avait aucun moyen de s'assurer qu'il n'engendrerait pas un bâtard. Il ne voulait pas avoir à imposer un jour à sa nouvelle épouse d'anciennes maîtresses et des enfants illégitimes.

Et il devait reconnaître qu'il craignait de voir une autre femme mourir en donnant la vie à son enfant. Il ne prendrait jamais ce risque à la légère.

Mais il n'en demeurait pas moins un homme. Il avait des pulsions – seulement, elles ne devraient pas être tournées vers Ellie.

Il commença à descendre la colline. Il surveillerait le feu de joie, même s'il était trop tard pour le repositionner. Toutefois, si on l'avait allumé trop près de la glace, il pourrait s'assurer que personne ne patine à proximité. Et il serait certain que la zone près de la source, où la glace était toujours plus fine, serait bien délimitée.

Il se trouvait désormais assez près pour distinguer Ellie, les joues rosées, les yeux pétillants, en train de sourire à Ash. Le désir s'empara de lui, aussi violent que son envie de frapper Percy.

Mais d'un coup, bon sang, ils se tournèrent et commencèrent à patiner en direction de la glace fine. Étaient-ils inconscients ?

Ned pressa le pas.

Chapitre 12

La colère est parfois la manifestation d'un désir frustré.

Préceptes amoureux de Vénus

Ellie adorait patiner : elle aimait glisser en donnant de longs coups puissants sur la glace, entendre le crissement de ses patins et sentir l'air froid caresser son visage.

— Alors, heureuse ? demanda Ash.

— Oui, répondit-elle dans un sourire.

Hélas, elle l'aurait été bien davantage auprès de Ned.

Elle regarda autour d'elle. Où était-il ? Elle l'avait aperçu à l'arrière avec Percy lorsqu'ils avaient quitté le château. Elle s'était alors sentie nerveuse, d'autant que Ned n'avait pas immédiatement évité la compagnie de son beau-frère, et qu'ils ne pouvaient aborder qu'un seul sujet de conversation.

Ash et elle patinèrent le long de la berge opposée de l'étang puis se tournèrent vers le feu de joie. Elle leva les yeux.

Sapristi ! Ned et Percy s'étaient arrêtés sur la colline. Percy parlait, tandis que Ned demeurait aussi immobile qu'une statue.

Elle trébucha sur un petit bloc de glace.

Ash la rattrapa.

— Vous allez bien ?

— Oui.

De toute évidence, Percy n'avait pas perdu de temps pour mettre en application son projet d'extorsion de fonds. Elle détestait l'idée de lui avoir donné matière à menacer Ned. En tout cas, elle lui en ferait part le plus tôt possible et lui recommanderait de ne pas accéder aux demandes de Percy, avant d'avouer à tout le monde que ces dessous scandaleux lui appartenaient.

Son estomac se noua. Si seulement elle s'était abstenue de confectionner ces maudits dessous. Elle les mettrait en pièces dès son retour à la maison.

Percy semblait avoir enfin terminé son discours. Il commençait à descendre jusqu'à l'étang, mais Ned resta en retrait.

Il devait être furieux. Ce Percy était décidément une plaie.

D'autres couples les avaient rejoints sur la glace entre-temps – Jack et Lady Juliet, Mr Cox et Ophélia, Mr Humphrey et Miss Wharton, et même le duc et la duchesse – et elle devait encore orienter la conversation pour aborder le sujet dont elle s'était juré de débattre avec Ash.

— Allons par là.

Elle esquissa un geste en direction du bout le plus éloigné du feu de joie, près de la zone délimitée. Cette conversation devait à tout prix rester privée.

Ash sembla surpris, mais la suivit sans rechigner.

— Je suis désolée de ne pas avoir passé autant de temps que d'habitude à parler avec vous durant cette réception, commença-t-elle alors que les bribes des autres discussions s'atténuaient derrière eux.

Ash ébaucha un léger sourire.

— Ne vous excusez pas. Mère est ravie que vous accordiez enfin un peu d'attention aux célibataires qu'elle vous présente.

Ellie fit la moue.

— Hélas, j'aurais préféré parler avec vous qu'avec Mr Cox ou Mr Humphrey.

Il lui jeta un regard en biais.

— Mr Cox et Mr Humphrey ne sont pas les seuls célibataires.

— Non, mais vous ne pensez tout de même pas que je pourrais vouloir épouser Jack ! s'esclaffa-t-elle. Quoi qu'il en soit, gardez-vous de lui répéter mes propos – il en serait horrifié.

— Je ne pensais pas à Jack.

Elle le dévisagea, visiblement mal à l'aise.

— Et pas à Percy non plus.

Cette seule idée était à vomir – et, de toute façon, une fois qu'Ash aurait entendu ce qu'elle avait à dire, il ne resterait pas grand-chose de Percy à épouser.

— Non, pas à Percy non plus ! assura-t-il en ricanant. Je vois pourquoi mère s'est arraché les cheveux avec vous.

Elle s'abstint de surenchérir. Elle voulait lui parler de la perfidie de Percy, pas d'éventuelles demandes en mariage, et elle ne disposait plus de beaucoup de temps pour le faire.

— À vrai dire, c'est justement de lui dont j'aimerais vous parler.

L'expression d'Ash se durcit.

— Je préférerais éviter. Il a tendance à me mettre de mauvaise humeur.

Ash et Percy étaient en conflit depuis toujours. En constatant que Jess prenait toujours parti pour son mari, Percy enrageait davantage.

— Je suis navrée, mais je dois vous faire part de ce que j'ai entendu ce matin.

Elle s'interrompit et se tourna pour s'assurer que personne n'était assez près d'eux pour épier leur conversation.

Percy se tenait toujours près du feu, s'entretenant avec Lady Heldon et Miss Mosely. Quant à Ned – oh, malheur ! –, il avançait à grandes enjambées sur la berge, les patins sur les épaules, sans quitter Ellie du regard. Il allait sans doute chercher à les rejoindre au plus vite pour les inviter à s'éloigner de cet endroit du lac où la glace était trop fine. Mais au moins, il n'y avait personne d'autre. Miss Wharton et Mr Humphrey étaient les seuls patineurs en vue, et ils n'étaient pas encore à portée de voix.

Elle avait peu de temps pour se confier à Ash.

— Il vaudrait mieux que je ne sache rien, déclara-t-il. Les conversations au cours desquelles il est question de Percy sont rarement plaisantes.

— Ash, il a encouragé Lady Heldon à flatter votre mère pour obtenir une invitation à cette réception. Il voulait qu'elle essaie de vous…

Elle se mordit la lèvre. Le visage d'Ash demeurait impassible, comme s'il s'attendait à ce qu'elle allait dire, mais elle n'y parvenait pas.

— … qu'elle essaie de vous faire quelque chose de répréhensible. Quelque chose que Jess n'apprécierait pas.

Elle crut déceler un éclat de douleur dans ses yeux, mais il avait disparu avant qu'elle puisse en être certaine.

— Je doute que Jess se soucie de mes actes.

— Comment pouvez-vous dire une chose pareille ? Bien sûr qu'elle s'en soucie. Elle vous aime.

Ash fronça les sourcils, et son visage se durcit comme du granit. Il avait toujours enfoui ses sentiments plus profondément que Ned ou Jack.

— Ah oui ? Elle vous l'a dit, c'est cela ? Récemment ? demanda-t-il.

Ash avait un ton aimable, mais quelque chose de sombre, presque sauvage, transparaissait dans son visage. Ellie eut du mal à reprendre son souffle. Soudain, elle eut un peu peur de lui.

— N-non.

Ash la contempla un moment, puis son expression se détendit.

— Pardonnez-moi. Je sais que vous êtes armée de bonnes intentions, Ellie, mais…

Il secoua la tête, avant de poursuivre.

— Mieux vaut abandonner… d'accord ?

— Voyons, Ash, je pense que Percy n'est pas pour rien dans le conflit – quel qu'il soit – qui vous oppose à Jess.

— Bien sûr, cela va de soi.

— Quoi ? demanda-t-elle, le souffle court.

— Vous ne croyez pas que j'ai déjà…, commença-t-il, serrant les lèvres, avant de sourire en haussant les épaules. Je vous remercie pour votre sollicitude, Ellie, mais vous ne pouvez rien y faire.

Ellie avait l'impression qu'on lui claquait la porte au nez, mais elle refusait de lâcher prise.

— Peut-être que si vous parliez à Jess…

Ash lui posa un doigt sur les lèvres.

— Je le ferai. Jack m'a fait part des rumeurs qui circulent à Londres. La situation devient incontrôlable à l'approche de mon trentième anniversaire. Il est grand temps de résoudre le problème – j'aurais dû m'en charger il y a bien longtemps déjà. J'envisage de partir à Blackweith dès la fin de la réception.

— Oh. Eh bien, c'est une bonne chose.

Sauf que par « résoudre le problème », Ash entendait mettre fin à son mariage, sur le plan émotionnel, sinon sur le plan légal. Si Ellie n'était pas absolument certaine que Jess aimait Ash, elle serait en revanche prête à parier que lui, en revanche, l'aimait toujours.

Elle regarda au loin, de l'autre côté de l'étang. Ned avait chaussé ses patins à présent, mais se trouvait toujours sur la berge, en vive conversation avec sa mère. Percy était près du feu, et Mr Humphrey et Miss Wharton… Fichtre !

Cette dernière semblait incontrôlable et hurlait en se dirigeant à toute allure vers la partie de la glace la plus fine.

— Ahhhh !

Elle avait vraiment un coffre impressionnant.

Ash était sur le point de se retourner, mais comme Ellie était de face, elle réagit la première. Elle se rua en avant.

— Qu'est-ce qui…

Ash tenta de la rattraper, mais trébucha sur la glace. Elle le dépassa en un éclair.

— Ellie, non !

C'était Ned. Il s'inquiétait encore une fois, mais il n'y avait pas de quoi. Elle allait tenir Miss Wharton à l'écart du danger.

Ce qu'elle fit. Malheureusement, elle trébucha à son tour sur l'un des patins de la rescapée. Elle vacilla, tentant désespérément de retrouver l'équilibre, et tomba lourdement, glissant sous les cordes qui délimitaient la zone à éviter.

On entendit un sinistre craquement et la glace se mit à bouger.

— Ellie !

La voix de Ned résonnait si fort qu'on aurait dit qu'il était à deux pas d'elle. Mais il n'aurait pas pu arriver aussi vite.

Elle releva la tête – et sentit la glace se fissurer davantage.

— Ne faites pas un geste ! hurla-t-il.

Puis il reprit d'une voix plus douce :

— Ne bougez pas, Ellie. Basculez votre tête en arrière et n'essayez surtout pas de vous redresser.

— Oh, mademoiselle Bowman, je suis tellement…

— Reculez, mademoiselle Wharton. Que tout le monde retourne près du feu !

Le ton de Ned était sans appel.

— Mais, Lord Edward, commença Mr Humphrey, je crois pouvoir…

— Oui, Mr Humphrey, le coupa Ash. Nous voulons tous lui venir en aide, et le seul moyen d'y parvenir est de retourner sur la berge comme Ned l'a demandé, pour retirer notre poids de la glace, et ne distraire ni Ned ni Ellie.

— Ah, oui, eh bien, cela semble une sage décision ; cependant, je veux être parfaitement clair sur le fait que j'ai plus qu'envie de faire tout ce qui est en mon pouvoir pour assister Lord Edward dans sa courageuse tentative pour secourir Miss Bowman. Je crois…

La voix de Mr Humphrey se brisa, tandis qu'Ash le traînait de force, Dieu soit loué. Ellie sentait son cœur battre la chamade, mais elle s'efforça de rester aussi immobile que possible.

— N-Ned ?

— Je suis allongé sur la glace ferme, Ellie, dit-il d'une voix rassurante. Je vais attraper vos chevilles et vous tirer jusqu'à moi. N'essayez pas de m'aider. Tant que vous resterez à plat, tout se passera bien.

— O-oui.

Il ne fallait pas paniquer. Ned était là. Il allait la sauver. Ce serait nettement plus facile que lorsqu'il avait secouru Ash. Elle n'était pas tombée dans l'eau… pas encore.

— Très bien.

Ned enroula ses grandes mains autour des chevilles d'Ellie. Un frisson la parcourut ; signe de son attirance démesurée pour lui. Grands dieux ! Elle était là, à deux doigts de plonger dans de l'eau glacée, au risque de se noyer ou de mourir gelée, et la seule chose qui lui venait en tête, c'était à quel point la force de Ned était impressionnante.

Enfin, les pensées vagabondes valaient toujours mieux que la panique.

— Je vais commencer à tirer maintenant, Ellie. Cela va prendre du temps. Il n'est pas évident d'assurer une bonne prise, et j'ignore par ailleurs si votre chute a fragilisé la glace de ce côté aussi. Je ne veux pas risquer de nous faire couler tous les deux. Prenez votre mal en patience et restez immobile.

— J-je comprends.

— Bien. Beau travail !

Elle sentit Ned tirer, et son corps fut traîné d'un centimètre vers la zone sûre. Il tira de nouveau, et elle bougea un peu plus. Malheureusement, il semblait que sa chemise et sa robe ne suivaient pas le mouvement. La traction suivante lui en apporta la confirmation. Une brise glacée mordait ses mollets.

Elle rougit tant qu'elle craignit de faire fondre la fine couche de glace en dessous d'elle.

— N-Ned ?

Il émit un grognement et tira de nouveau. À présent, elle sentait l'air froid dans le creux de ses genoux.

— Ned !

— Quoi ?! s'exclama-t-il, l'air exaspéré.

Ne voyait-il pas le problème ?

— Mes jupons remontent. Cela risque d'être assez… indécent.

Elle se sentit ridicule de soulever le problème, mais elle ne souhaitait pas que Percy, Mr Cox et Mr Humphrey – ni Ash, Jack, ou le duc, pour tout dire – puissent voir ses jambes.

Pour une raison étrange, elle ne trouvait aucun inconvénient à ce que Ned les voie. Après tout, il n'avait pas le choix, s'il devait la sauver. Elle se montrait simplement raisonnable.

À cet instant précis, elle était pourtant tout sauf raisonnable. Elle ressentait même de l'excitation.

— J'ai bien peur de ne pas pouvoir les remettre en place.

La voix de Ned donnait l'impression qu'il était un peu à bout de souffle – sans doute était-il tellement en colère contre elle qu'il avait du mal à parler.

— Je préfère sauver votre vie que votre pudeur, Ellie.

— O-oui. Bien entendu. Je comprends. J'ai juste pensé…

Quelle importance ? Son embarras serait bien moindre à celui qu'elle ressentirait lorsque Percy allait exhiber ses dessous rouges aux convives.

— Peu importe. Je vous en prie, continuez.

Il tira une fois encore. Bientôt ses cuisses seraient exposées. Elle se lamenta aussi discrètement que possible. Au moins, elle portait des sous-vêtements en flanelle ; elle ne se retrouverait pas complètement nue.

Que diable se serait-il passé si elle avait porté ses dessous en soie rouge ?

Oh. Elle se mordit la lèvre.

— Rassurez-vous, Ellie. Apparemment, mère a remarqué le problème et a envoyé tout le monde de l'autre côté du feu, expliqua Ned. Seul Ash guette au cas où j'aurais besoin d'aide.

— Oh.

Bonne nouvelle. Cela n'était pas si grave qu'Ash voie ses jambes. Au moins, il était marié ; même si elle n'avait pas la naïveté de croire que cela faisait une grande différence, d'une certaine façon, cela semblait plus respectable.

— Je crois que le pire est passé, reprit Ned, je vais faire mon possible pour vous déplacer plus rapidement. Tâchez de rester immobile, cependant. Laissez-moi faire. N'essayez pas de vous redresser.

— Oui, je comprends.

Sa taille était désormais à hauteur des cordages. Par chance, en tombant, elle n'avait pas atterri bien loin.

Ned tirait sans discontinuer, et elle glissa peu à peu jusqu'à lui – tout comme ses jupons glissaient peu à peu le long de ses jambes. Ils étaient remontés jusqu'à sa taille : son postérieur entier était exposé aux rayons du soleil. Mais au moins, ses épaules avaient dépassé lesdits cordages.

— Vous voilà hors de danger, Ellie. Mais n'essayez pas de vous relever. Je veux que vous rouliez jusqu'à moi, comme nous le faisions sur la pelouse l'été, lorsque nous étions enfants. Vous pouvez faire ça ?

— Oui, bien sûr.

Il lui fallut un moment pour se lancer, mais ensuite, elle se mit à rouler, encore et encore, comme si elle dévalait la pelouse sur la colline près des jardins, tandis que le duc et la duchesse prenaient un thé et un cognac sur la terrasse.

Elle finit par buter contre Ned.

— Dieu soit loué ! s'exclama-t-il en passant ses bras autour d'elle, la serrant si fort contre lui qu'elle avait du mal à respirer.

Elle enfonça le visage dans son manteau et lui rendit son étreinte. Elle se moquait qu'ils soient tous les deux froids, humides et affalés dans la glace ; elle se moquait même de savoir que ses jambes étaient exposées à la vue de tous. Elle était sauve ; elle était vivante ; et – mieux encore –, elle était dans les bras de Ned.

Il se recula brutalement. Allait-il l'embrasser ?

Non, bien sûr que non. Il allait surtout lui passer un savon.

Il se mit en position assise, puis la tira jusqu'à lui en la soutenant par les épaules.

— Que diable pensiez-vous faire, Ellie ? Avez-vous réfléchi ne serait-ce qu'une seconde avant de vous lancer tête baissée dans cet acte insensé, écervelé, idiot ?

Il l'empoignait fermement ; ses doigts lui auraient sans doute laissé des contusions si elle n'était pas vêtue d'un manteau épais.

— J'essayais de sauver Miss Wharton.

Il y avait peu de chances que Ned l'ait entendue, trop occupé à déclamer sa tirade.

— Oh, non ! Vous n'avez pas réfléchi un seul instant. Ash était juste à côté de vous, pour l'amour du ciel ! C'est lui qui aurait dû intervenir, pas vous. Et je m'apprêtais moi aussi à intercepter Miss Wharton. Mais c'est vous tout craché, n'est-ce pas ? Vous n'avez que faire du protocole, et vous vous fichez éperdument de votre sécurité !

— M-mais…

Si elle laissait libre cours à sa colère, elle risquait de se mettre à pleurer. Elle se mordit la lèvre pour faire refluer les larmes.

— Je ne sais pas ce qui a bien pu vous passer par la tête, Ellie. Vous n'étiez pas comme ça, avant.

Il commença à la secouer – pas fort, mais elle sentait qu'il se retenait.

— Et maintenant, j'imagine que vous allez encore risquer votre vie et dévaler la colline sur la luge de Jack pour finir sur ce maudit étang, et cette fois, vous passerez au travers et vous y resterez.

— N-non. Cela n'arrivera pas.

— Cela n'arrivera pas ? Je vous garantis que si ! Si vous aviez percuté le sol avec plus d'élan ou directement sur la glace fine, vous seriez passée au travers.

— J-je voulais dire, je ne compte pas faire de luge.

— Eh bien, Dieu soit loué. Si…

— Ned.

Ash s'approchait sur ses patins.

— Tu viens de sauver la vie de cette jeune fille, ce n'est pas le moment de l'achever.

Ned dévisagea son frère.

— Je n'ai pas l'intention de la tuer.

Il se dressa sur ses patins puis aida Ellie à en faire autant.

Ash leva les mains.

— Et tu es prié d'épargner ma vie au passage.

— Bon sang, Ash. Tu as vu ce qu'elle a fait !

— Oui ?

Ash sourit à Ellie, qui eut un peu moins envie de pleurer.

— Elle a réagi très vite, s'est comportée avec bravoure, et, je pense, a sauvé la vie de Miss Wharton – ou du moins, lui a épargné un plongeon très désagréable dans l'eau glacée, fit-il remarquer en souriant. Et je suis un expert en la matière.

La veine sur la tempe de Ned palpitait.

— Il n'y a rien de drôle. Ellie aurait pu mourir.

La jeune femme n'aimait pas particulièrement qu'on parle d'elle comme si elle n'était pas là, mais à cet instant précis, elle jugea préférable de se faire oublier. Elle luttait toujours pour retenir ses larmes.

— Mais elle n'est pas morte. Elle est en vie, Ned. Tu l'as sauvée. C'est terminé. Tu peux te détendre. Regarde, tout le monde se réjouit.

C'était vrai. Maintenant qu'elle était saine et sauve – et que ses jupons étaient remis en place – la duchesse avait autorisé tout le monde à revenir sur la berge tout au bout de l'étang. Tous – même Percy – les acclamaient en applaudissant à tout rompre.

— Idiots. Bande d'imbéciles.

Ned poussa Ellie vers Ash ; elle vacilla légèrement et Ash tendit le bras pour la réceptionner.

— Ils t'applaudissent, toi aussi, Ned, reprit-il. Viens boire un peu de cidre pour tourner la page.

— Non, répliqua Ned en secouant la tête. Je ne peux pas. Pas encore. Je suis trop…

Il frissonna.

— Ned ! l'interpella Ellie, qui avait enfin réussi à refouler ses larmes. Je suis désolée.

Il secoua la tête de nouveau et recula d'un pas.

— Et je ne ferai pas de luge. C'est promis.

— Merci.

Ses membres tremblaient légèrement, comme s'il se battait toujours avec sa colère noire.

— Et je suis navré d'avoir perdu mon sang-froid. Je m'inquiète…

Sa bouche se crispa.

— Je sais, le rassura-t-elle en posant la main sur son bras. Merci de vous inquiéter. Je n'ose imaginer ce qui se serait passé si vous n'aviez pas été là pour tout prendre en charge lorsque je suis tombée.

— Allons, Ned, reprit Ash. Éloignons-nous de la glace.

Ned secoua la tête une fois encore.

— Non.

Il regarda les gens sur la berge et recula d'un pas, se dégageant de la main d'Ellie.

— J'ai besoin d'être seul un moment.

Il se retourna et s'éloigna sur l'étang.

Ellie l'observa partir, le cœur lourd. Elle détestait le voir dans cet état.

— Ned a raison. Je n'aurais pas dû faire ce que j'ai fait.

— Balivernes !

Ash la saisit par le bras et commença le trajet jusqu'au reste de l'assemblée.

— Je suis certain que Miss Wharton n'est pas de votre avis, dit-il en baissant les yeux vers elle. Vous venez sans doute d'écourter ma vie de dix ans, et j'en suis chagriné. Ned avait raison – c'est moi qui aurais dû aller porter secours à Miss Wharton, pas vous.

— Non, Ash. J'étais juste en face ; j'ai vu le danger la première.

— Eh bien, je ne compte pas en débattre avec vous ; je préfère garder mes forces pour me mesurer à Ned.

— Vous ne devez pas laisser Ned vous intimider, répliqua Ellie en fronçant les sourcils.

— Oh, Ellie, je n'ai pas peur de mon petit frère ! rétorqua Ash en riant, avant d'afficher un air sérieux. Mais dans cette affaire, je devrai lui donner raison.

— Mais…

— Non, je refuse de me disputer avec vous. Venez maintenant, allons saluer vos admirateurs.

Ned avait envie de se ruer sur la glace comme si tous les démons de l'enfer étaient à ses trousses, mais il avait déjà créé assez d'animation pour la journée. Il força ses jambes à ralentir le mouvement et à s'arrêter ne serait-ce qu'un moment.

Si seulement il avait été plus rapide – si seulement la duchesse n'avait pas insisté pour lui parler – il aurait atteint Miss Wharton à temps, l'aurait rattrapée et l'aurait éloignée du danger avant même qu'Ellie n'ait le temps de s'en approcher. Le drame aurait été évité.

Il ferma brièvement les yeux. Il espérait ne jamais revivre un tel épisode. Le seul souvenir de ce moment l'étourdit. Cela avait presque été aussi terrible que la mort de Cicely. Il avait senti son cœur s'arrêter littéralement lorsqu'il avait vu Ellie trébucher et glisser sous les cordages. Et alors, il avait entendu la glace craqueler…

Haletant, il reprit son souffle.

Lorsqu'il avait entendu ce son, il s'était laissé envahir par la panique.

D'une certaine manière – il ignorait comment – il avait trouvé la force de rester calme. Il avait su qu'il devait bouger lentement et calmement, mais ces quelques minutes où il avait traîné Ellie en lieu sûr lui avaient paru des heures. Non, des années même.

Et ensuite, il s'était défoulé sur elle. Bon sang, elle avait mérité le moindre mot blessant, mais il avait bien vu qu'elle était au bord des larmes.

Il avait l'impression d'être une bête.

Il atteignit la berge et s'assit sur une pierre pour ôter ses patins. De l'autre côté de l'étang, tout le monde était rassemblé autour d'Ellie, louant probablement son acte de bravoure.

Certes, c'était courageux – mais aussi incroyablement stupide.

La duchesse serait la seule à voir les choses de cette façon. Il savait qu'elle s'inquiétait pour lui – même à distance, il était capable de déceler la tension qui se lisait sur son visage. Il ferait mieux de rejoindre le groupe et de la rassurer.

Mais il s'en sentait tout aussi incapable que de se faire pousser des ailes pour s'envoler jusqu'à Linden Hall.

Il se leva et épousseta la neige de son manteau. Si seulement il pouvait s'enfuir à tire-d'aile, jusqu'à sa paisible propriété ! Sa vie était bien plus tranquille là-bas. Personne ne l'importunait. Ses domestiques étaient tous bien rôdés ; ses locataires, comblés. Constatant que tout se déroulait pour le mieux, il n'avait aucun sujet d'inquiétude. Il anticipait les ennuis et y veillait avant qu'ils ne deviennent des problèmes.

À Linden Hall, il connaissait précisément le déroulement de ses journées. Il savait où et quand il devait être à chaque instant. Une fois son travail terminé, il pouvait lire tranquillement dans son bureau, un verre de cognac à portée de main. Il pouvait se promener dans ses jardins ou monter à cheval à travers champs, sans que son cœur ne lui donne jamais l'impression de vouloir bondir hors de sa poitrine. Il n'y avait ni félin chapardeur ; ni mère entremetteuse ; ni beau-frère fourbe ; et, plus important encore, pas de femme têtue, malavisée et exaspérante.

C'était tout ce qu'il aimait : le calme, la tranquillité et l'ordre. Il en avait fini avec les peines de cœur et les bouleversements. Il épouserait une femme douce, bien élevée, comme Lady Juliet, et ferait le nécessaire pour remplir sa nursery.

Il commença à rebrousser chemin jusqu'à la maison. Du coin de l'œil, il vit Jack faire un mouvement dans sa direction, mais Ash, fort heureusement, l'arrêta. Cela lui vaudrait une once de pardon, mais son frère aîné avait beaucoup de choses à expier. À quoi diable avait-il bien pu penser, en laissant Ellie foncer tête baissée vers Miss Wharton ? Ned serra les poings. Peut-être que leur « discussion » se déroulerait en plein air. Il serait ravi de lui refaire le portrait et de voir son sang décorer la neige.

Ses pieds crissaient le long du sentier. Les domestiques avaient eu beau parsemer le sol de cendres, celui-ci commençait déjà à geler. Il faudrait qu'ils en rajoutent pour que personne ne glisse en retournant au château.

Il atteignit l'endroit où il avait eu sa déplaisante conversation avec Percy et un rictus se dessina sur son visage grave. Il avait visiblement du pain sur la planche ; sa confrontation avec son frère lui servirait d'échauffement pour son entrevue avec son beau-frère. Mettre son poing en pleine face de ce fourbe lui procurerait sans doute un immense plaisir.

Ce serait mieux, cependant, s'il parvenait d'abord à récupérer ces satanés dessous. Sans eux, Percy n'aurait plus rien à faire valoir contre Ellie. Toute rumeur au sujet de son comportement prétendument salace serait accueillie avec une incrédulité totale et risquait fort de provoquer le courroux – à l'égard de Percy et non d'Ellie, surtout après son récent acte d'héroïsme, même si celui-ci allait de pair avec un grand fonds de sottise.

Hmm. Peut-être allait-il faire un petit tour dans la chambre de Percy pendant que tout le monde était encore près de l'étang.

Il tendit ses patins au majordome en entrant dans la maison.

— Le chemin devient un peu glissant, Thomas. Vous devriez rajouter des cendres.

— Oui, monsieur. Je vais m'en occuper de ce pas.

Ned gravit quatre à quatre les marches de l'escalier menant aux chambres. Il ralentit l'allure en arrivant devant la porte de Percy. Il inspecta minutieusement le couloir – personne en vue – et se glissa à l'intérieur.

Seigneur, quelle porcherie ! De toute évidence, Percy avait congédié son valet. Des chemises étaient négligemment jetées sur les dossiers des chaises ; des pantalons gisaient en boule sur le tapis ; des cravates sales ornaient les montants du lit ; et des bas enroulés traînaient un peu partout, attendant qu'on les piétine. Comment diable allait-il mettre la main sur de minuscules dessous dans une pagaille pareille ? Au moins, ils étaient voyants.

Il vérifia sa montre. Il se donna une demi-heure. S'il n'avait rien trouvé d'ici là, il les obtiendrait directement de Percy après l'avoir roué de coups. Bon, par où commencer ?

Il ouvrit le placard le plus proche. Pouah ! Il y avait un préservatif usagé en plein milieu de l'étagère. Dieu merci, Reggie avait eu le bon sens de ne pas le voler.

Il passa la pièce en revue aussi minutieusement que possible. Il ouvrit les tiroirs, farfouilla dans les armoires, et inspecta même, avec précaution, le linge sale. Rien. Finalement, le temps qu'il s'était alloué toucha à sa fin ; il dut s'avouer vaincu. Il se retira dans sa chambre, et s'adossa contre la porte qu'il avait refermée.

C'est alors que des images d'Ellie – vêtue en tout et pour tout de ces dessous – traversèrent son imagination.

Nom de Dieu.

Tout cela, c'était la faute de Percy. Il lui avait fait penser aux jambes et à la poitrine d'Ellie, à son corps tout entier. Et ensuite, sur l'étang…

Passer ses mains autour de ses chevilles délicates avait déjà été une torture, mais il avait réussi à se concentrer sur sa mission de sauveteur. Honnêtement, le fait d'être étendu sur la glace avait nettement aidé à contrôler toute réaction inappropriée de son corps. Mais à la vue de ses jupons qui remontaient le long de ses jambes, révélant centimètre par centimètre le contour de ses mollets, de ses cuisses et de ses adorables fesses…

Il se plia en deux. Son satané membre était devenu incontrôlable.

Il garda les yeux bien fermés. Comment avait-il pu éprouver à la fois une telle terreur et une telle excitation ? Une émotion devait en entraîner une autre – c'était la seule explication à une situation aussi ridicule. Après tout, il s'agissait d'Ellie. Cette bonne vieille Ellie. Son amie d'enfance. Presque une sœur…

Son estomac se noua à cette idée.

Enfin, peut-être pas une sœur… Mais tout de même – Ellie. Pas Lady Juliet, la femme qu'il était censé courtiser.

Il se raidit. Tout cela était très déroutant, et il avait déjà eu son lot d'émotions pour la journée. Il sentit la migraine se profiler à l'horizon. Il allait se contenter de s'asperger le visage d'eau, prendre un remède et s'étendre avant le dîner. Il donnerait une correction à Ash et Percy plus tard.

Reggie l'attendait déjà, étendu sur son oreiller, l'air sacrément satisfait.

— Sacrebleu, Reggie, tu ne pourrais pas au moins te limiter au bout du lit ? Je ne veux pas respirer tes poils toute la nuit.

Reggie le regarda avec un air de reproche.

— Oui, je sais, tu es vexé, mais ce territoire est à moi.

Il voulut l'attraper, mais Reggie sauta le premier, semant derrière lui des sous-vêtements en soie rouge.

Chapitre 13

Le chemin qui mène à l'amour véritable est terriblement glissant.

Préceptes amoureux de Vénus

— Je ne vous remercierai jamais assez, mademoiselle Bowman.

En réalité, Miss Wharton y arrivait largement. Une fois ou deux, très bien ; mais neuf fois – n'en était-on pas déjà à la dixième édition ? – en l'espace d'une demi-heure, c'était beaucoup trop.

— Vraiment, c'était la moindre des choses, mademoiselle Wharton. Je vous en prie, oubliez ça, répliqua Ellie, espérant ne pas avoir trop appuyé sur le « je vous en prie », mais redoutant de l'avoir fait quand même.

Vu le petit rire étouffé d'Ashton, cela ne faisait aucun doute.

Ellie, Ash et Miss Wharton buvaient du cidre près du feu avec Mr Humphrey et Miss Mosely. Ellie jeta un regard vers l'étang. Jack patinait avec Lady Heldon ; Percy, avec Ophélia. La duchesse lui lança un coup d'œil compatissant tandis que le duc et elle passaient à proximité. Elle adorerait être avec eux – loin de Miss Wharton. Pourrait-elle convaincre Ash de lui servir de partenaire ?

— Mais si vous n'aviez pas réagi aussi vite, avec tant de courage, je suis sûre que j'aurais traversé la glace, reprit Miss Wharton en frissonnant. Et je ne sais pas nager.

Son incapacité à nager aurait été le cadet des soucis d'Ellie.

— Lord Edward était tout près, lui aussi. Il vous aurait évité de vous tremper.

De tous les couples en train de patiner, Mr Cox et Lady Juliet étaient de loin le plus renversant. Ils se déplaçaient avec une telle grâce, que leurs deux corps semblaient n'en former qu'un seul. Ils avaient dû patiner ensemble souvent.

Ils passèrent suffisamment près d'Ellie pour qu'elle puisse voir l'expression de leurs visages. Oh ! Ils se dévoraient du regard, les traits tendus par une passion et un désir à peine contenus.

Elle rougit et détourna rapidement les yeux. Elle avait l'impression d'avoir surpris un moment d'intimité.

— Et vraiment, mademoiselle Wharton, commença Mr Humphrey, je dois vous présenter mes plus plates excuses. Vous étiez ma partenaire ; votre sécurité relevait de ma responsabilité.

Le choc d'un désastre imminent avait visiblement atteint la grandiloquence de Mr Humphrey.

Sans hésiter, Miss Mosely s'interposa en sa faveur.

— Oh, monsieur, vous n'êtes pas assez indulgent envers vous-même ! Vous devez admettre que Miss Wharton…

Elle s'arrêta soudain dans son élan. Elle rougit.

— Enfin, avec tout le respect que je vous dois, vous avanciez plutôt vite, mademoiselle Wharton.

Cette dernière acquiesça.

— Oh, ça oui ! Encore mon satané enthousiasme… Chez moi, nous faisons souvent des courses en hiver, mais de toute évidence, je ne suis pas à la maison. J'aurais dû me montrer plus prudente, dit-elle en adressant un sourire à Mr Humphrey. Je vous en prie, ne vous blâmez pas, monsieur. Mon père m'a toujours dit que je patinais comme un cheval sauvage. Je suis incontrôlable, ajouta-t-elle en se tournant vers Ellie. C'est la raison pour laquelle je me dois de vous remercier une fois encore, mademoiselle Bowman, et de m'excuser de vous avoir mise en danger.

Ellie mourait d'envie de hurler.

— Oui, bon, c'est terminé – n'en parlons plus.

Peut-être Miss Wharton cesserait-elle d'en faire autant si Ellie faisait remarquer que tout le monde ne la considérait pas comme une héroïne dans cette affaire.

— Je vous avoue que Lord Edward estime que j'ai eu tort de faire preuve de tant d'arrogance.

— Oh, je suis certaine que Ned admire votre audace, Ellie, intervint Ash. Il aurait seulement préféré que ce soit moi ou lui-même qui vole au secours de Miss Wharton.

L'admiration se lut sur le visage de Miss Wharton.

— Lord Edward a été formidable, n'est-ce pas ? Si courageux, si viril…

— Oui, oui, Ned est un homme très bien, trancha Ash d'un ton sec.

Le rire d'Ellie céda la place à une quinte de toux. Miss Wharton était-elle en train de jeter son dévolu sur Ned ? Cette union serait un vrai désastre, même Ned le verrait venir à des kilomètres. L'arrogance de Miss Wharton le conduirait droit à l'asile avant même que Sir Reginald n'ait eu le temps de lui lécher l'oreille.

— Si seulement je pouvais le lui dire moi-même, ajouta Miss Wharton. Où est-il ?

— Je crois qu'il est rentré, intervint Ash avec un sourire diabolique. Mais je suis certain qu'il serait enchanté de discuter avec vous dans le salon, avant de dîner.

Ellie toussa derechef. Enchanté ? Mortifié, plutôt !

— Et vu que tout le monde est sain et sauf, et que Miss Bowman nous a suppliés d'arrêter, je ne crois pas que nous ayons besoin de nous étendre encore sur le sujet, continua Ash, en faisant une révérence à Miss Wharton. Puis-je vous emmener sur la glace ? Je recommande fortement, toutefois, que nous restions à bonne distance des cordages.

Miss Wharton éclata de rire.

— Je pense que vous êtes aussi courageux que votre frère, Lord Ashton. Oui, je serais ravie de faire un tour sur l'étang en votre compagnie.

Mr Humphrey se racla la gorge, tandis qu'Ash et Miss Wharton s'éloignaient.

— Ah, me voilà seul avec deux dames charmantes.

Son nez frétilla tandis qu'il retroussait ses manches et affichait un sourire singulier.

— L'embarras du choix.

— Oh, je vous en prie, ne vous sentez pas obligé de me tenir compagnie ! s'exclama Miss Mosely sur un ton faussement enjoué. Je suis satisfaite de rester ici à vous regarder.

— Vous ne patinez jamais, mademoiselle Mosely ? s'enquit Ellie.

L'intéressée secoua rapidement la tête.

— Oh, non.

Son sourire s'estompa.

— Le père de Miss Wharton prétend qu'elle patine comme un cheval sauvage ; le mien que je ressemble à un escargot terrorisé, poursuivit-elle en baissant les yeux. Enfin, je ne vais jamais sur la glace.

— Vous manquez un peu d'entraînement, voilà tout.

Ellie regarda Mr Humphrey. Il avait été plutôt compétent pour dompter la fougueuse Miss Wharton.

— Et peut-être d'un professeur compréhensif. Pensez-vous être en mesure d'aider Miss Mosely, monsieur ?

— Oui, tout à fait, répondit-il en bombant le torse. Je serais ravi de vous apprendre à patiner, mademoiselle Mosely. Je vais vous dire, si je puis me permettre, sans me vanter – je le précise seulement pour apaiser vos peurs, vous comprenez – on m'a toujours considéré comme un as en la matière. Si vous consentez ne serait-ce qu'à essayer, je vous ferai glisser sur la glace en un rien de temps.

— Oh, je ne sais pas…

De toute évidence, Miss Mosely était partagée entre sa peur du patinage et son désir d'attirer à elle l'attention de Mr Humphrey.

— Nous irons doucement, et si vous tombez, je vous aiderai à vous relever.

Mr Humphrey arbora un grand sourire, le rendant d'un coup nettement plus attirant.

— Et vous tomberez forcément, vous savez. C'est le métier qui rentre. Je suis moi-même tombé de nombreuses fois et, comme vous pouvez le constater, j'ai survécu.

Miss Mosely sourit timidement.

— J'aimerais apprendre, dit-elle en posant la main sur le bras de Mr Humphrey, avant de regarder Ellie. Oh, mais nous ne pouvons pas abandonner Miss Bowman.

Elle retira sa main.

— Bien sûr que si ! rétorqua Ellie. J'ai eu assez d'émotions fortes pour aujourd'hui. J'allais justement prendre congé.

De toute évidence, Mr Humphrey souhaitait se consacrer à Miss Mosely, mais avait de trop bonnes manières pour renoncer aussi facilement à la compagnie d'Ellie.

— En êtes-vous tout à fait sûre ?

— Tout à fait, répondit-elle en leur adressant à tous deux un grand sourire. J'espère qu'au dîner, Miss Mosely nous racontera qu'elle a gagné une course contre Miss Wharton.

— Oh, non ! gémit Miss Mosely, les yeux écarquillés par la panique. Je ne pourrais pas.

— Miss Bowman vous taquine, mademoiselle Mosely, la rassura Mr Humphrey en faisant les gros yeux à Ellie. Elle a beaucoup d'humour. Ne vous en faites pas. Nous irons aussi lentement que nécessaire.

— Oh, merci.

Miss Mosely leva vers lui des yeux qui transpiraient l'adoration.

Ellie attendit qu'elle ait mis avec précaution le pied sur la glace, s'agrippant au bras de Mr Humphrey comme si sa vie en dépendait, pour se mettre en route jusqu'au château. Son Altesse la vit partir, mais se contenta de lui adresser un sourire et un signe de la main, qu'Ellie lui rendit aussitôt.

La duchesse des Cœurs devrait être ravie de cette réception. Miss Mosely et Mr Humphrey formaient un couple parfaitement assorti ; Ellie ne serait pas étonnée s'il faisait sa demande avant la fin du séjour. Et même Mr Cox et Lady Juliet semblaient en passe de franchir les obstacles qui avaient entravé leurs projets de mariage.

Bien sûr, si Lady Juliet épousait Mr Cox, elle renoncerait à Ned, ce qui décevrait Son Altesse. Mais la mère de Ned serait encore plus attristée que son fils épouse une femme qui ne l'aimait pas d'un amour sincère.

Ned méritait le bonheur après sa peine de cœur. Il devrait épouser quelqu'un qui l'aimait éperdument – quelqu'un comme Ellie.

Cette dernière gravit la colline, se sentant d'humeur plus maussade à chaque pas. Ses pieds crissaient contre l'épaisse couche de neige. Le sifflement des patins, des bribes de conversation et des éclats de rire s'élevaient de l'étang.

Elle s'arrêta et regarda en arrière. Miss Mosely avait enfin osé faire quelques pas hésitants – oh Seigneur, elle venait de tomber à la renverse. Mr Humphrey riait tout en l'aidant à se relever, et apparemment, Miss Mosely aussi. Ash et Miss Wharton patinaient à côté d'elle pour l'encourager.

Mais, jusqu'à preuve du contraire, l'amour ne garantissait pas le bonheur. Ash en était le parfait exemple. Elle était certaine que Jess et lui s'aimaient, pourtant Ash était malheureux. Son regard passa au duc et à la duchesse qui patinaient tranquillement en formant des huit. C'était exactement ce qu'elle voulait – l'amour que partageaient les parents de Ned et celui qui unissait ses propres parents. Un amour qui durait.

Des larmes se formèrent au coin de ses yeux. Bon sang, elle en avait tellement assez d'être seule. Elle s'était résolue à trouver un époux cette année. Elle avait essayé de faire ce qu'on attendait d'elle. Elle n'avait pas passé tout son temps avec Ash ; elle avait discuté avec Mr Cox et Mr Humphrey. Elle avait même tenté de surmonter son penchant pour Ned. Rien n'avait fonctionné.

Qu'allait-elle bien pouvoir faire ? L'année suivante, elle aurait vingt-sept ans.

Elle continua à grimper la colline. Elle ne pouvait pas attendre une année de plus ; elle devrait fouiller les environs pour trouver un mari. Elle finirait bien par dénicher un homme qui ne soit ni atteint de la petite vérole, ni une antiquité.

Un geai poussa un cri au-dessus de sa tête ; elle leva les yeux pour voir si elle pouvait le repérer dans les branches des arbres.

Bien entendu, le problème n'avait jamais été de mettre la main sur un parti convenable, mais plutôt son entêtement à trouver que hormis Ned, aucun parti n'était convenable.

Depuis la mort de Cicely, c'était la première année que Ned avait manifesté un intérêt pour des femmes que la duchesse avait invitées. Il n'avait pas fait complètement la sourde oreille aux choix de sa mère – il était trop bien élevé pour ça – mais il n'avait jamais passé plus de temps avec une femme en particulier. Il s'était montré toujours poli et résolument distant. Mais cette année, il avait regardé Lady Juliet. Était-il enfin prêt à se remarier ?

Ah, voilà le geai.

Il voletait dans les branches, faisant tomber la neige en cascade sur le sol.

Dans le donjon, Jack lui avait dit qu'elle devrait faire preuve de détermination…

Ah ! Elle avait besoin de nettement plus que de la détermination – il lui fallait un miracle. Ned était furieux contre elle ; Percy allait colporter d'horribles rumeurs à son propos ; et la seule robe de bal qu'elle possédait était hors d'usage.

Elle poussa un grognement. Et là, elle sut qu'elle avait atteint le comble du désespoir – elle s'inquiétait de la mode. Ridicule !

Thomas lui ouvrit la porte lorsqu'elle atteignit le château.

— Le chemin est praticable, mademoiselle Ellie ? Devrais-je rajouter des cendres ?

— Parfaitement, Thomas. Je n'ai eu aucun problème.

Thomas jeta un coup d'œil par la fenêtre.

— Les autres invités rentrent-ils bientôt ?

— Je ne pense pas. Tout le monde patinait encore lorsque je suis partie.

Thomas acquiesça, puis lui adressa un regard en coin.

— Je crois que Lord Edward est dans sa chambre, madame.

Pourquoi Thomas lui faisait-il part de cette information ? Il ne croyait tout de même pas qu'elle cherchait Ned, si ?

— Euh… oui, eh bien… merci. Pour l'heure, il me faut ôter mon manteau et me rendre présentable.

Elle gravit l'escalier et longea le couloir jusqu'à sa chambre.

Elle avait besoin de confier à Ned sa mésaventure avec Percy pour s'assurer qu'il ne donne pas un sou à cette canaille. Mais Ned pourrait se sentir obligé de faire quelque chose pour la protéger. Il s'inquiéterait. Ce serait plus facile si elle pouvait simplement se débarrasser du problème.

Elle s'arrêta devant la chambre de Percy. Si elle récupérait les dessous, Percy n'aurait plus rien contre elle.

Le couloir était désert. Elle pourrait s'introduire dans sa chambre tout de suite ; si elle mettait la main sur le maudit vêtement, elle serait libre.

Elle scruta la poignée de la porte, se mordillant la lèvre. Mais si quelqu'un la trouvait dans la chambre de Percy, le scandale serait énorme. Et donnerait de la crédibilité à ses mensonges.

Personne ne la verrait. Tout le monde était encore à l'étang et y resterait encore un moment. Miss Mosely venait d'entamer sa première leçon, après tout. Même les domestiques avaient déserté cet étage. Et Percy lui avait volé un objet qui lui appartenait. Elle ne ferait que le récupérer.

Elle approcha la main de la poignée.

— Croyez-moi, vous n'avez aucune envie d'entrer là-dedans.

— Ahh !

Elle sursauta et se tourna d'un bond. Ned était adossé au mur.

— J'ai failli mourir de peur.

— Pardon ! Je pensais avoir fait beaucoup de bruit en venant de ma chambre, mais vous sembliez perdue dans vos pensées.

Elle se sentit rougir.

— Percy a quelque chose à moi.

Ned arbora un grand sourire.

— Plus maintenant.

Elle fut submergée par un sentiment de soulagement si intense que ses jambes manquèrent de se dérober. Quelle merveilleuse nouvelle – si seulement c'était vrai.

— Qu'entendez-vous par là ? Vous ne pouvez pas savoir à quoi je fais allusion.

— Eh bien, j'imagine que vous faisiez référence à ceci.

Il exhiba les satanés dessous.

Dieu soit loué ! Elle les lui arracha des mains.

— Comment les avez-vous retrouvés ?

— Reggie, bien sûr. Percy n'a aucune chance contre l'animal de compagnie de mère.

— Je n'aurais jamais cru me réjouir autant que ce chat soit un voleur si accompli.

Elle roula en boule les dessous dans sa main.

— Je vais les cacher immédiatement.

Ned ricana.

— Je pense que la seule façon de les garder en sécurité est de les porter.

Elle lui rendit son sourire.

— Vous avez sans doute raison. Je vais devoir…

Elle n'était tout de même pas en train d'envisager de porter ces dessous en soie rouge avec Ned, si ?

Elle sentit ses joues devenir aussi écarlates que le petit morceau d'étoffe – et que le visage de Ned à présent.

— M-merci – et veuillez remercier Reggie de ma part, ajouta-t-elle en reculant de quelques pas. Je vais les mettre de côté. Si vous voulez bien m'excuser…

Elle se tourna et se précipita dans sa chambre.

— Avez-vous apprécié de patiner cet après-midi, Lady Juliet ?

Ned lui tendit une tasse de thé et s'assit près d'elle sur le canapé. Ils étaient dans le salon, attendant que la duchesse leur révèle quelle séance de torture elle leur avait concoctée en guise de divertissement ce soir-là.

Toutefois, mère ne montrait encore aucun signe indiquant qu'elle comptait les rappeler à l'ordre ; elle discutait près de la cheminée avec Jack, Miss Wharton – qui avait piégé celui-ci pendant vingt bonnes minutes avant le dîner, se répandant en remerciements pour son rôle dans le sauvetage de l'après-midi – Miss Mosely, Mr Humphrey et le duc. Ellie et Mr Cox étaient assis un peu plus loin du groupe, en compagnie d'Ash et de Lady Heldon.

Ellie avait retrouvé son sang-froid habituel. Elle portait une robe grise, à col haut et à manches longues, que Ned était sûr d'avoir déjà vue à la réception de l'année passée, voire même à celle de l'année d'avant. Qui aurait pu deviner qu'elle portait de la soie rouge en dessous ?

Il tourna les yeux vers Ash. Son pauvre frère avait commis une grossière erreur tactique en négligeant de s'installer sur l'un des deux fauteuils disponibles, et s'était ainsi retrouvé coincé sur le sofa à côté de Lady Heldon. En vérité, il était presque assis sur l'accoudoir ; centimètre par centimètre, la mégère se rapprochait de lui, et centimètre par centimètre, Ash se décalait.

Tandis que Ned observait la scène, Lady Heldon posa la main sur la cuisse d'Ash qui se leva d'un bond, se renversant du cognac dessus au passage.

— C'était très agréable, monsieur.

— Quoi ? demanda Ned en regardant de nouveau Lady Juliet qui lui adressait un petit sourire, la tête légèrement penchée sur le côté.

Ah oui, le patinage.

— Même si c'eût été nettement plus plaisant si vous étiez resté, ajouta-t-elle.

— Je vous présente mes excuses, dit-il dans un sourire.

Il était temps de reprendre sa cour, et sa réaction avec Ellie l'après-midi même en était l'éloquente illustration. De toute évidence, son corps lui rappelait qu'il avait besoin d'exercice.

— Je crains d'avoir trop souffert du froid et de l'humidité après m'être allongé sur la glace.

Les mots « froid » et « humidité » ne correspondaient pas exactement au malaise qu'il avait éprouvé. Il avait ressenti une colère et une excitation telles qu'il était miraculeux que la glace n'ait pas fondu sous son corps.

— J'espère que vous n'avez pas pris froid, monsieur, minauda-t-elle.

— Oh, n'ayez crainte ! Je me sens parfaitement bien maintenant.

Son humeur – à défaut de sa température – s'était nettement réchauffée dès qu'il avait trouvé les dessous d'Ellie dans sa chambre.

Mieux valait ne pas y penser.

— En êtes-vous sûr ? insista Lady Juliet, ses sourcils délicats froncés par l'inquiétude. Vous semblez rougir, d'un seul coup.

— Sans doute la chaleur de l'âtre.

Elle lui adressa un clin d'œil. Ils occupaient les sièges les plus éloignés du feu ; en respirant, Ned avait même exhalé de la fumée à une ou deux reprises. Lady Juliet frissonna, resserrant son châle de Norwich autour de ses épaules, et laissa son regard s'attarder longuement sur le foyer.

— Pauvre Percy ! lança-t-elle. J'étais profondément choquée lorsque sa grâce a annoncé qu'il était tombé dans l'escalier. Au moins, ses blessures n'étaient pas assez graves pour requérir l'attention d'un docteur, ajouta-t-elle avant d'afficher un sourire malicieux. Et Ophélia a fait preuve d'une telle bonté en proposant de lui tenir compagnie au cas où il aurait besoin de soins.

— Euh, oui… quelle générosité !

— Savez-vous comment c'est arrivé ?

— J'imagine qu'il a manqué une marche.

Après que Ned avait quitté Ellie, il avait suffisamment retrouvé ses esprits pour reconnaître qu'Ash ne méritait pas la raclée qu'il lui réservait. Il avait donc économisé son énergie pour Percy, traînant son beau-frère dehors dès qu'il avait remis le pied dans la maison.

Percy s'en serait tiré bien plus mal s'il s'était lancé dans la bagarre, mais il avait laissé Ned le frapper autant de fois qu'il le désirait. Ensuite, épongeant le sang avec sa cravate, il lui avait demandé de présenter ses excuses à Ellie pour l'avoir menacée. Apparemment, la tentative de cette dernière pour secourir Miss Wharton l'avait fortement affecté.

— J'espère qu'il sera remis sur pied pour le bal.

— Oui.

Il y avait peu de chances. Ned était presque sûr de ne lui avoir infligé aucun dommage permanent – il ne lui avait même pas cassé le nez – mais Percy avait deux yeux au beurre noir, la lèvre boursouflée, et toute une ribambelle de coupures et de contusions encore à venir.

Il se creusa la cervelle pour trouver un autre sujet de conversation. Faire la cour lui semblait une affaire bien délicate; il n'en avait pas eu besoin avec Cicely. Elle l'avait toujours idolâtré.

Lady Juliet se contentait de le fixer poliment.

En dehors du fait qu'elle était très jolie et fille du duc d'Extley, que savait-il de cette femme? Qu'elle était calme et reposante… sauf en cherchant des cœurs dans le donjon. Qu'elle ressemblait à Cicely – mais ne l'était pas pour autant.

Aimait-elle la soupe de tortue ? La couleur bleue ? Il n'en avait aucune idée. Mais surtout, qu'éprouvait-elle pour Mr Cox ?

— Lord Edward, je souhaitais vous féliciter pour votre réactivité cet après-midi, lança justement Mr Cox.

Fichtre, quand on pensait au loup, on en voyait la queue. Ellie était à son bras. Il semblait que son moment privilégié avec Lady Juliet touchait à sa fin. Pas plus mal. Ses talents de séducteur avaient besoin d'être affûtés.

— Je vous remercie, répondit-il tout en se levant pour saluer Ellie.

D'après les regards insistants que lui avait jetés Mr Cox pendant le dîner, il avait surtout imaginé sa déception de ne pas l'avoir vu traverser la glace, et ne s'attendait certainement pas à des compliments.

— J'étais si soulagé que personne ne soit blessé…

— Miss Bowman a fait preuve d'un courage exemplaire, n'est-ce pas ?

Mr Cox s'adressait à Ned, mais avait les yeux rivés sur Lady Juliet. Celle-ci lui jeta un regard méprisant.

— Oui, en effet, répondit Ned.

Mr Cox semblait manquer de retenue ce soir-là. Avait-il abusé du vin pendant le dîner ?

Ellie se mit à rire.

— Oh, ne vous parjurez pas, Lord Edward. À vos yeux, mon courage a été détrôné par mon inconséquence, et je vous donne raison. J'aurais dû attendre que vous secouriez Miss Wharton.

— Non.

Il lui avait peut-être donné cette impression – bon d'accord, c'était probablement ce qu'il avait pensé – mais maintenant qu'il avait dépassé la terreur de la voir sur la fine couche de glace fissurée, il admettait qu'il était fier d'elle.

— J'aurais préféré que vous me laissiez aider Miss Wharton, c'est vrai, mais vous avez fait preuve d'un grand courage en vous précipitant aussi vite à son secours.

Ellie sourit et lui adressa un sourire hésitant, curieusement plein d'espoir.

— Eh bien, moi je vous aurais laissé sauver Miss Wharton, Lord Edward, intervint Lady Juliet.

Elle leva les yeux vers lui, son regard transpirant une adoration qui l'avait pourtant déserté depuis un certain temps.

Il s'écarta légèrement. Peut-être était-ce dû à l'inclinaison de sa bouche, ou au regard insistant qu'elle jetait à Mr Cox, mais Ned aurait juré que quelque chose sonnait faux dans l'expression de Lady Juliet. Et même si elle était sincère, avait-il envie d'être adulé ? Cicely l'avait certainement fait, et cela lui avait donné le sentiment d'être fort et invincible lorsqu'il avait vingt ans, mais il en avait presque vingt-huit à présent. Il savait pertinemment qu'il avait des failles.

Il ne voulait plus être perçu comme le héros de l'histoire d'un autre. Il avait déjà échoué lamentablement dans ce rôle.

— Vous avez pris les choses en charge d'une main de maître, ajouta Lady Juliet. J'en ai eu des frissons.

Mr Cox émit un grognement.

— Le vent froid, sans doute.

— Oh, non ! Je vous assure que c'était le seul fait de voir un homme, un vrai, passer à l'action, renchérit-elle en le regardant droit dans les yeux.

— Oh ?! Devrais-je donc passer à l'action, moi aussi ?

Le ton de Mr Cox était cassant. Lady Juliet et lui allaient-ils se battre au milieu du salon de la duchesse ?

— Peut-être devrions-nous nous asseoir. Mademoiselle Bowman ?

Ned indiqua le siège libre à côté de lui. Mr Cox prit place à côté de Lady Juliet. Un très mauvais choix.

— Comment comptez-vous vous y prendre, monsieur Cox ?

Lady Juliet se tourna vers Mr Cox en minaudant. Peut-être qu'elle s'était laissée emporter par ses émotions, elle aussi.

Le regard de Mr Cox tomba sur la poitrine de Lady Juliet.

Celui de Ned glissa sur le corset d'Ellie. Il remontait jusqu'à son menton, mais arborait une courbe délicieuse…

Bon sang, il aurait dû frapper Percy plus fort encore – c'était sa faute si ses pensées prenaient un tour aussi inapproprié.

Ned se força à tourner les yeux vers Mr Cox.

— Je libérerais la princesse de sa prison, affirma ce dernier.

Comment ? Parlaient-ils de contes de fées à présent ?

— Comme c'est amusant ! Et qu'advient-il si la princesse nie le fait d'être en prison ?

— Toute forme de déni est une prison.

Lady Juliet se mit à rire sans conviction.

— Très jolie formule, mais c'est vous qui êtes en plein déni. Vous prenez vos rêves stupides pour la réalité.

Outre son caractère obscur, la conversation prenait un tour assez personnel. Ned devait dire quelque chose, ne serait-ce que pour rappeler à ces deux-là qu'ils avaient un public.

— Ah, je pense que vous aimeriez sans doute…

Mr Cox l'ignora.

— Ah vraiment ? Peut-être, mais au moins, j'ai le courage de rêver du bonheur.

L'homme avait définitivement trop bu.

— Du bonheur ? répéta Lady Juliet, la voix si basse qu'elle n'était plus qu'un murmure, rappelant le son d'un serpent en colère. Pensez-vous que je puisse être comblée en épousant un satané pasteur ?

Ned aurait juré entendre la mâchoire d'Ellie tomber. Il était convaincu que jamais elle n'avait entendu l'adjectif « satané » précéder le mot « pasteur ».

— Mais vous savez que je ne compte pas entrer dans les ordres, Jule. Je vous l'ai dit.

Lady Juliet leva les yeux au ciel.

— Oh, non ! Vous comptez investir dans des locomotives à vapeur, ou je ne sais quelle autre chose absurde. Si j'entends parler du modèle de Mr Trevithick une fois de plus…

Elle s'interrompit, et Ned arrivait presque à entendre ses dents grincer.

— On devrait abattre votre père pour vous avoir laissé voir une telle chose lorsque vous étiez enfant, ajouta-t-elle.

Cox se pencha en avant, sa voix semblant parfaitement sobre à présent.

— C'est l'avenir, Jule.

— L'avenir ? répéta-t-elle sur un ton méprisant. Qui préférerait des machines puantes et bruyantes à des chevaux ?

— Certaines mines les utilisent déjà. Je vous l'ai dit. Dès qu'ils auront réglé le problème avec les rails…

— Oh, pour l'amour du ciel, Harry, rétorqua Lady Juliet qui avait visiblement envie de lui tirer les oreilles. Cela reste une basse affaire de commerce. Vous êtes en train de vous salir les mains.

Mr Cox recula.

— C'est l'avenir, ça aussi, Jule.

Il avait la mâchoire tendue, le regard mauvais.

— Je ne m'attends pas à ce que votre père le comprenne, mais vous…, siffla-t-il les dents serrées. Vous n'êtes pas stupide, même si vous aimez prétendre le contraire.

Lady Juliet affichait le même air furieux.

— Je ne compte renier ni ma personne ni ma naissance.

Mr Cox leva soudain les mains, tout en bondissant de sa chaise.

— Très bien, Jule, continuez ainsi. Jouez à vos petits jeux. Dégottez-vous un brave type, riche et de bonne famille, avec une propriété à la campagne, commença-t-il en jetant un regard dégoûté à Ned, et servez de décoration dans sa maison et son lit. J'en ai fini avec vous.

— Harry, non ! gémit Lady Juliet en lui prenant la main. Nous pouvons…

Il dégagea sa main.

— Non, hors de question. Je vous l'ai dit, je ne partage pas – et je doute que Lord Edward en ait envie, lui non plus.

Ned entendit Ellie haleter.

Mr Cox hurlait presque à présent. Il pencha la tête vers Ned.

— Mais pourquoi ne lui posez-vous pas la question ?

À ces mots, il tourna les talons et sortit en trombe de la pièce.

— Ah.

Le visage de Lady Juliet se figea, comme si elle venait de se souvenir que Ned se tenait juste à côté d'elle. Elle tourna lentement la tête vers lui.

— Ah, répéta-t-elle en affichant un sourire peu convaincant.

Ned aurait dû se sentir furieux ou du moins insulté, mais il éprouva surtout du soulagement – et un amusement certain.

— Mr Cox a raison, vous savez, lança-t-il. Les locomotives à vapeur sont probablement la clé de l'avenir.

— Ah, articula-t-elle de nouveau, le visage blême.

Il se mit à sourire.

— Et je ne partage pas.

Chapitre 14

La déception cache parfois une bénédiction.

Préceptes amoureux de Vénus

— Et moi qui pensais que Reggie serait la seule source de distraction au cours de cette réception !

Le duc offrit à la duchesse un verre de cognac avant de s'asseoir près d'elle sur le canapé moelleux de leur salon, passant son bras autour de ses épaules.

— Les événements d'aujourd'hui ont été pour le moins éreintants, entre le sauvetage d'Ellie, le… l'accident de Percy et les étincelles dans le salon après le dîner.

Vénus afficha un grand sourire.

— Oui, les choses avancent plutôt bien, en effet.

Drew écarquilla les yeux.

— Je doute que nos invités partagent cette vision des choses, ma chère.

— Fi donc ! Peut-être pas pour le moment, mais ils y viendront en temps voulu.

Elle sirota une gorgée de cognac et appuya sa tête sur l'épaule de Drew. Elle aimait être assise près de lui, à reparler de leur journée.

— Même si ce pauvre Percy est dans un sale état. L'œuvre de Ned, j'imagine ? demanda-t-elle.

— Je pense que oui, vu qu'ils avaient eu une discussion houleuse sur la colline, plus tôt dans la journée. Mais ni Percy, ni Ned n'ont confirmé cette version. Au moins, il n'a rien de cassé.

— Eh bien, tant mieux. Je me demande bien de quoi il était question…

— En général, il vaut mieux rester dans l'ignorance, fit remarquer le duc.

— Tu as sans doute raison, soupira Vénus. Ce garçon semble animé par la noirceur et la colère.

— Ce n'est pas surprenant. Ses parents étaient assez méchants, rétorqua le duc.

— C'est le moins qu'on puisse dire.

Elle avait souvent été extrêmement agacée par Percy lorsqu'il était jeune, mais elle se rappelait continuellement ce qu'il devait endurer de retour chez lui. Elle pouvait éviter le vieux baron et sa femme – quoique, jamais suffisamment à son goût lorsqu'ils étaient à la campagne – mais Percy dut attendre d'être suffisamment âgé pour partir à Londres. Cela aurait été une vraie bénédiction pour lui, s'ils avaient décidé de l'envoyer en pension quelque part, mais ce ne fut pas le cas.

Elle fronça les sourcils, les yeux baissés sur son cognac. Elle ne comprendrait jamais pourquoi Cicely avait insisté pour se rapprocher de sa mère et revenir à Greycliffe en prévision de l'accouchement. À sa place,

Vénus se serait éloignée de Lady Headley, aussi loin et aussi vite que possible.

Non, ce n'était pas juste. Elle était bien placée pour savoir que l'amour entre une mère et sa fille était complexe – et que certaines relations sont plus compliquées que d'autres.

— Je dois dire, Vénus, commença Drew, ramenant ainsi son épouse à la réalité, que je m'attendais à ce que tu sois de mauvaise humeur. Nous voilà à mi-chemin de cette réception, et il semble que tes efforts soient voués à l'échec, à l'exception peut-être de Mr Humphrey et Miss Mosely.

— Oh, Drew, comment peux-tu affirmer une chose pareille ?! s'exclama Vénus en redressant la tête. C'est pour cette raison que je suis la seule à te surnommer le duc des Cœurs. Tu ferais un piètre entremetteur…

Drew écarquilla les yeux et son teint sembla virer au verdâtre.

— Allons bon ! Moi, un entremetteur ? Quelle idée atroce !

— Eh bien peut-être que tu devrais essayer. Tu serais le premier homme à ma connaissance à jouer ce rôle.

— Pour une bonne raison.

— Il existe des proxénètes, bien entendu, mais ce n'est pas la même chose…

— Absolument pas. Tu me fais rougir, ma chère duchesse.

Vénus se mit à rire de plus belle.

— Et tu racontes des mensonges éhontés, mon cher duc.

— Pas du tout, rétorqua-t-il tout en se levant et lui prenant son verre. Encore un peu de cognac ?

— S'il te plaît.

Il se dirigea vers le placard. Il portait encore ses hauts-de-chausses, mais s'était débarrassé de son manteau et de son gilet. Vénus admira ses épaules, mises en valeur par sa chemise. En tout cas, il était le duc de son cœur. Elle avait eu tant de sagesse lorsqu'elle avait décidé de l'épouser, bien des années auparavant.

Elle poussa un grognement. Ou de la chance. Elle était à l'époque une fille de la campagne naïve d'à peine dix-neuf ans, mais avait toutefois su dès leur première rencontre que Drew et elle étaient faits l'un pour l'autre.

— Bon, explique-moi donc pourquoi tu n'es pas désespérée, reprit le duc.

Drew remplit son verre puis apporta la bouteille pour la garder à portée de main. Cette fois, il s'installa contre l'accoudoir du canapé pour la regarder dans les yeux.

— Parce que les choses se présentent à merveille ! Bien mieux que je ne l'espérais – même dans mes rêves les plus fous.

Drew manqua de s'étouffer avec son cognac.

— Le violent éclat en public entre Mr Cox et Lady Juliet est donc une bonne chose ? Mr Cox est sorti en trombe de la pièce, comme si les démons de l'enfer étaient à sa poursuite, et cinq minutes plus tard, Lady Juliet a filé en sanglotant.

— Oui, en effet.

Vénus parvenait à peine à contenir sa joie. Elle sautillait légèrement.

Drew fronça les sourcils.

— Dois-je te rappeler que ce spectacle était si contrariant que tu as dû changer tes projets pour l'activité de ce soir ?

— Balivernes ! Ce n'est pas pour cette raison que j'ai changé d'avis. Avec quatre convives en moins, une partie de cache-cache aurait été tristement terne, et franchement, je n'avais pas confiance en Lady Heldon. As-tu remarqué comme elle buvait les paroles d'Ash ?

— Je vois mal comment cela aurait pu m'échapper, commenta Drew en appuyant son verre contre son genou. Je pensais que tu serais plus inquiète au sujet de Miss Wharton et Jack.

Vénus haussa les épaules.

— J'en suis venue à me dire que Miss Wharton n'incarne pas un bien grand danger. Elle est trop enthousiaste, mais cela tient plus de sa maladresse que d'un quelconque instinct de prédateur. Je pense qu'elle ferait une bonne épouse pour Percy.

Malheureusement, Drew venait de prendre une bonne rasade de cognac.

— Je suis navrée, s'excusa Vénus, en lui tendant un mouchoir. Tu as avalé de travers ?

— Oui, c'est descendu par le mauvais chemin avant de remonter, répondit le duc avant de se moucher. Préviens-moi la prochaine fois que tu as l'intention de dire quelque chose d'aussi choquant.

— Mais il n'y a rien de choquant à envisager Miss Wharton pour Percy.

Drew la gratifia d'un clin d'œil au-dessus de son mouchoir, avant de se moucher de nouveau.

— Il se pourrait qu'Ophélia ne partage pas ton avis.

Vénus soupira. Elle avait toujours détesté voir un couple se séparer, mais parfois, il n'y avait rien à faire pour l'empêcher.

— Non, je crois qu'Ophélia commence à perdre patience avec lui.

Drew fourra son mouchoir dans sa poche et lui adressa un regard perplexe, comme s'il cherchait à évaluer les chances que sa prochaine phrase puisse de nouveau envoyer du cognac dans ses narines, avant d'avaler prudemment une autre gorgée.

— Comment peux-tu dire cela ? Elle s'est proposée de prendre soin de lui.

— Oui mais elle semblait contrariée à cette idée.

Vénus repensa à la conversation qu'elle avait eue avec Ophélia avant le dîner.

— Quelque chose a changé, expliqua-t-elle. Elle a toujours suivi Percy comme un mouton – ce qui est triste, parce qu'elle est bien trop vieille pour ça et le connaît depuis bien trop longtemps pour fermer les yeux sur ses défauts – mais aujourd'hui, j'ai senti qu'elle avait perdu tout espoir d'en faire son mari. Elle se comporte comme si elle aidait à contrecœur un vieil ami, pas un amant.

— Grand bien lui fasse ! s'exclama Drew. Percy épuiserait la patience d'un ange, et Ophélia n'en est clairement pas un.

Il adressa à sa femme un regard lourd de sous-entendus.

— Miss Wharton non plus d'ailleurs, renchérit-il. J'hésite à tenter de comprendre tes stratagèmes, mon amour – je sais que mon intelligence masculine ne peut percer à jour leurs mystères – mais je ne vois pas ce qui te laisse penser que Miss Wharton ferait un bon parti pour Percy. Cela ne reviendrait-il pas à jeter un chiot dans la fosse aux lions ?

Vénus éclata de rire.

— Non, je ne pense pas, même si je t'accorde que je n'en mettrais pas ma main à couper en attendant, dit-elle dans un sourire. N'as-tu pas remarqué que Percy se montrait protecteur avec elle dans le donjon hier ?

Drew la dévisagea comme si elle sortait d'un asile d'aliénés.

— Pas du tout. J'étais trop occupé à accomplir la tâche que tu m'as confiée – m'assurer que Miss Wharton ne mette pas Jack dans une posture inconfortable ou amasse tant de cœurs qu'elle puisse mettre en application son plan diabolique dans le traîneau demain, avec notre pauvre garçon.

—Alors tu as sans doute vu à quel point Percy s'est inquiété pour elle aujourd'hui, lorsqu'elle est tombée sur la glace ?

—Non plus.

Vénus fronça les sourcils.

—Tu n'as vraiment rien remarqué ? C'était pourtant évident.

—Peut-être à tes yeux, mais pas aux miens, répondit-il en ponctuant son discours d'un haussement d'épaules. Nous avons déjà établi que je ne suis pas le duc de Cœurs.

—Oui, et pour cause !

Elle était souvent étonnée qu'un homme aussi perspicace que Drew puisse être si aveugle en matière de sentiments – et malheureusement, ses fils semblaient avoir hérité de ce fardeau.

—Enfin, je ne ferai rien pour les pousser dans les bras l'un de l'autre tant que je n'ai pas de certitude – je ne suis pas devenue la duchesse des Cœurs en agissant à la hâte. Miss Wharton fera partie de mes projets pour la Saison prochaine.

—Petite veinarde ! commenta Drew d'un ton sec. C'est donc cette perspective qui te met en joie ?

—Bien sûr que non, même si l'option reste plaisante à envisager. Mais non, j'ai trois unions solides que j'espère voir aboutir cette année.

L'excitation la faisait gigoter de nouveau ; elle avait l'impression d'être au bord de l'explosion.

Drew la dévisageait toujours, tout aussi interloqué.

— Très bien, je peux deviner pour Mr Humphrey et Miss Mosely, mais je n'arrive pas à voir qui d'autre tu penses faire tomber dans le piège du mariage.

— Mr Cox et Lady Juliet, bien entendu.

Drew la regarda fixement.

— Comment diable, après la scène à laquelle nous avons assisté ce soir, peux-tu croire un seul instant que ces deux-là vont se marier ?

— Parce qu'ils sont éperdument amoureux l'un de l'autre, de toute évidence.

— Insiste bien sur « éperdument ».

— Oh, Drew, ils souffrent tant ! Ils veulent être ensemble, mais quelque chose s'interpose entre eux, comme une écharde glissée sous la peau. Ils doivent la retirer, ils se sentiront nettement mieux après.

— J'avais l'impression que ce fameux « quelque chose » était plutôt le duc d'Extley.

— Oh, non, je suis sûre qu'Extley n'est qu'une excuse. Le problème vient surtout de Lady Juliet – elle a peur de suivre son cœur. Et Mr Cox n'a pas su apaiser ses craintes. Il est bien trop pragmatique, même s'il était assez poétique ce soir, tu ne trouves pas ?

— Avec son discours ridicule sur les princesses et les prisons ? J'ai bien peur qu'il n'ait abusé du cognac, objecta Drew en marquant sa désapprobation d'un mouvement de tête.

— Oh, sottises ! Tu sais toi-même te montrer très prosaïque. Il n'a pas l'habitude de faire de belles phrases, voilà tout.

Drew émit un grognement.

— Si la moitié des rumeurs qui courent en ville s'avèrent exactes, Mr Cox sait parfaitement manier le langage, suffisamment pour se faire inviter dans les « boudoirs » de ces dames.

— Oui, ce n'est toutefois pas son cœur qu'il a engagé dans ces rencontres, mais seulement un autre organe dédié à l'amour.

— Vénus ! Tu vas encore me faire rougir.

Elle ignora cette remarque ridicule.

— Non, je crois que ce soir, Lady Juliet a compris qu'elle ne pouvait plus considérer comme acquises les marques d'affection de Mr Cox. Sa peur de le perdre pourrait enfin la pousser à dépasser ses craintes quant à l'avenir qu'elle connaîtra avec lui.

Vénus avait espéré que les choses avancent dans ce sens – en particulier après avoir observé ces deux-là manquer de faire fondre la glace lorsqu'ils patinaient ensemble l'après-midi même – mais encourager deux jeunes gens à suivre leurs sentiments était presque aussi difficile que d'obtenir l'obéissance de Reggie.

— En tout cas, elle doit bien se rendre compte qu'elle a ruiné ses chances avec Ned.

— Dieu soit loué ! commenta Drew en fronçant les sourcils. Mais ensuite, quelle est donc cette troisième union ? Il ne reste que Ned et Ellie.

— Précisément ! s'écria-t-elle en souriant tellement qu'elle en avait des crampes. N'est-ce pas merveilleux ?

Elle avait cru déceler une pointe d'espoir dans les yeux de son mari, mais bien sûr, Drew ne l'admettrait jamais.

— Si, si ça se produit réellement.

— Oh, c'est une certitude ! Je le sais. J'en suis persuadée.

— Je ne sais pas ce qui te fait dire cela. Ellie est présente chaque année et Ned n'a encore jamais manifesté ce genre d'intérêt à son égard.

— Mais c'est différent cette fois. Ils sont prêts tous les deux. Tu dois admettre que Ned n'a jamais courtisé une femme comme il l'a fait avec Lady Juliet.

— Ah oui ? Je ne saurais le dire.

Il était sidérant de constater à quel point les hommes manquaient de suite dans les idées.

— Il lui a fait la cour avec détermination, Drew, pas avec plaisir. Presque à contrecœur. Comme il s'y prendrait pour engager un nouveau majordome ou un gestionnaire, dit-elle en s'approchant pour lui mettre la main sur le genou. Et as-tu remarqué à quel point il était furieux contre Ellie aujourd'hui, quand elle a secouru Miss Wharton ?

Drew lui prit la main.

— Vénus, ignores-tu donc que le courroux et l'amour sont deux choses différentes ?

Elle repoussa sa main.

— Bien sûr que non. Me prendrais-tu pour une imbécile ?

Drew pouvait parfois se montrer blessant.

— Loin de moi cette idée, ma chère duchesse, mais tu viens d'interpréter la remarquable dispute entre Mr Cox et Lady Juliet comme la preuve de sentiments amoureux, et maintenant tu sembles appliquer la même logique en ce qui concerne Ned et Ellie. Tu as toujours eu le don de trouver particulièrement séduisants les mots injurieux.

— La colère n'a rien de séduisant en soi, bien sûr. C'est seulement symptomatique de sentiments forts. Réfléchis, Drew. Que serait-il arrivé si j'avais moi-même volé au secours de Miss Wharton ? Qu'aurais-tu ressenti ?

Il fronça les sourcils.

— J'aurais été terrorisé, bien sûr. Et probablement furieux.

— Exactement. Et je serais prête à parier que tu n'aurais pas éprouvé la même chose si Percy l'avait secourue.

Drew haussa les épaules et détourna le regard.

— Peut-être pas.

— Bien sûr que non. Et je peux aussi t'assurer qu'une fois en sécurité, tu m'aurais blâmée tout autant que Ned l'a fait avec Ellie.

— Je serais contrarié que qui que ce soit prenne un risque aussi inconsidéré.

— Oui, contrarié – mais pas furieux. Ned était si énervé qu'il est rentré tout seul jusqu'à la maison.

— Mais il était sans doute furieux contre Ellie. Je ne vois pas pourquoi tu te préoccupes tant d'une petite saute d'humeur.

— Il ne s'agissait pas d'une petite saute d'humeur, mais d'une rage folle.

Drew cherchait la petite bête parce qu'il espérait qu'elle voie juste, bien entendu.

— Je te l'ai pourtant déjà dit, ajouta-t-elle. C'est différent cette année parce qu'ils sont tous les deux prêts à écouter leurs cœurs.

Vénus se mit à ricaner.

— Surtout Ned. J'ai hâte de voir quelle tête il fera en découvrant la nouvelle de robe de bal que Mary a confectionnée pour Ellie.

La toute première chose que fit Ellie lorsqu'elle remonta dans sa chambre ce soir-là, fut de pousser la chaise de bureau contre la grande armoire en acajou, de grimper dessus, de se mettre sur la pointe des pieds et de tâter de la main à la recherche de…

— Ahhh !

Elle hurla et fit un bond en arrière lorsque ses doigts effleurèrent de la fourrure à la place de l'étoffe soyeuse.

Elle était sur le point de s'écrouler sur le sol. Elle chancela sur la chaise, tentant désespérément de retrouver l'équilibre, sans succès. Heureusement, le lit n'était pas loin derrière elle ; il amortit sa chute, mais elle atterrit toutefois avec fracas sur le tapis. Son postérieur allait terriblement la faire souffrir le lendemain matin.

— Reggie !

Le chat l'observait depuis l'armoire, ses dessous rouges dans la gueule.

— Nom de Dieu, comment as-tu su que je les avais cachés là-haut ?

Reggie resta muet. Il sauta d'un pas léger sur le bureau, puis sur le sol. Ensuite, il s'approcha d'elle pour déposer les dessous sur ses genoux.

Il se frotta contre Ellie, et elle lui caressa le dos.

— Tu me rends folle, tu sais, mais j'imagine que je dois te remercier d'avoir repris ces sous-vêtements à Percy…

Reggie l'autorisa gracieusement à lui gratter les oreilles.

Ellie se déplaça pour s'appuyer contre le lit.

— En quelle mascarade es-tu en train de transformer cette réception, Reggie ? C'est certainement plus… enfin, je ne dirais pas excitant non plus. Intéressant, peut-être.

Reggie ne chercha pas à la contredire.

— Je ne savais pas où donner de la tête pendant le dîner de ce soir. Mr Cox a passé le repas les yeux rivés sur Ned et Lady Juliet.

Elle s'interrompit, se remémorant la scène.

— Si tu veux tout savoir, je crois que Mr Cox était ivre. Il a dû boire cinq verres de vin au dîner, et avait déjà pris un ou deux verres de Madère dans le salon – voire même du cognac avant de descendre.

Reggie se retourna pour qu'elle lui frictionne le ventre. Visiblement, il se moquait éperdument de l'intempérance de Mr Cox.

Ellie parcourut son doux pelage de long en large. Le dîner avait déjà été pénible, mais après, dans le salon, lorsque Lady Juliet avait…

— Miaaaou !

La queue de Reggie se hérissa et il griffa Ellic.

— Aïe !

Elle retira sa main d'un coup sec. Qu'est-ce qui ne tournait pas rond chez ce maudit chat ? Tout ce qu'elle avait fait, c'était…

Ah, oui. Peut-être qu'elle y était allée un peu fort.

— Pardon, Reggie.

Elle caressa son pelage plus doucement.

— C'est seulement que Lady Juliet m'a mise hors de moi. Elle a admis qu'elle envisageait de tromper Ned avec Mr Cox. Tu te rends compte ?

Reggie bâilla.

Après tout, ce n'était qu'un matou. Peut-être que le concept était moins choquant à ses yeux. Mais pas pour Ellie, et elle aurait dû le faire savoir sur le moment. Que le choc l'ait laissée sans voix n'était pas une excuse ; elle aurait dû se reprendre et dire à Lady Juliet sa façon de penser. Elle aurait certainement dû manifester son indignation à Ned lorsque la femme s'était enfuie en courant.

Mais elle ne l'avait pas fait. Elle était restée sans voix, une demoiselle muette et insipide – fidèle à la femme qu'elle était devenue quand Ned avait épousé Cicely.

Reggie émit un grognement en guise d'avertissement ; et elle radoucit ses caresses.

— J'en ai assez d'être cette vieille fille docile, Reggie. Je veux être forte et déterminée, comme je l'ai été sur l'étang cet après-midi.

Enfin, elle était passée à l'acte au lieu d'attendre en se tournant les pouces que quelqu'un d'autre agisse.

Elle caressa les oreilles de Reggie. Visiblement, ce n'était pas la chose la plus intelligente qu'elle ait faite de sa vie. Elle aurait pu finir frigorifiée et trempée – voire pire. Elle avait eu beaucoup de chance que Ned soit à proximité pour lui porter secours.

Mais elle n'en était pas moins fière d'elle-même. Et si, de la même façon, elle devait arrêter de faire semblant d'être une autre pour arriver au même résultat en société, elle était prête à courir le risque.

Elle caressa Reggie sur le flanc et l'entendit ronronner de plaisir. La vie était tellement plus simple pour un chat.

Il lui restait deux jours avant que la réception ne prenne fin et que Ned reparte pour Linden Hall. Il ne pouvait décemment pas épouser Lady Juliet – il devait voir que ce serait une terrible erreur – mais s'il avait décidé qu'il était temps de se remarier, il serait en quête d'une autre candidate. À quoi bon attendre l'année suivante ; d'ici là, il pourrait déjà être marié, voire père. Il devait y avoir des femmes convenables près de Linden Hall. Il pourrait peut-être même se rendre à Londres et convenir d'un mariage arrangé.

Si elle le voulait, elle devrait attirer son attention et le convaincre de prendre en considération ses arguments... quels qu'ils soient.

Reggie se leva et s'étira. Il louchait sur ses dessous.

— Oh, non ! N'y pense même pas !

Elle les cacha derrière son dos – puis s'assit dessus par précaution.

— Tu ne vas pas encore les amener à Ned.

Reggie poussa un léger grognement et gratta vers son derrière, mais elle resta ferme – ou, plutôt, assise fermement.

— Je ne plaisante pas, Reggie. Allez, insista-t-elle en le poussant délicatement. Tu n'obtiendras rien de moi.

Reggie souffla.

— Ce comportement n'est pas digne d'un gentleman, monsieur.

Elle le poussa de nouveau.

— Tu es le chat de la duchesse des Cœurs. Tu dois être à la hauteur des attentes de Son Altesse.

Même si, sans nul doute, la mère de Ned attendait seulement de Reggie qu'il fasse acte de présence ; rôle qu'il remplissait à la perfection.

Les yeux rivés sur le séant d'Ellie, le matou sautillait d'avant en arrière ; elle croisa les bras et soutint son regard. Il finit par abandonner et courut se réfugier derrière l'armoire.

— Hors de question que tu restes planqué là, Reggie et que tu dérobes mes dessous dès que j'aurai le dos tourné ! s'exclama-t-elle en gardant farouchement ses dessous plaqués sur le sol.

Le chat ne pipa mot.

— Reggie !

Toujours pas la moindre réponse.

— Approche, je vais te faire sortir.

Elle attrapa les sous-vêtements rouges et se mit sur pied, grimaçant un peu en se redressant. Son pauvre derrière. Elle espérait qu'il ne soit pas couvert d'hématomes le lendemain, même si personne ne le remarquerait. Elle, elle le sentirait.

Elle se dirigea vers la porte et l'ouvrit suffisamment pour que le chat puisse sortir.

— Allez, Reggie.

Aucune réaction.

— Reggie !

Elle jeta un coup dans le couloir. Heureusement, personne ne traînait là pour l'écouter se disputer avec le chat de la duchesse.

— Vas-tu venir, à la fin ?

Bon sang, autant causer à un mur !

Elle laissa la porte entrouverte et retourna en boitillant près de l'armoire. Au moins, le mouvement semblait favoriser la guérison de son postérieur.

— Reggie, je vais te traîner dehors si tu ne viens pas immédiatement.

Rien, pas même un sifflement revêche à l'idée de se faire parler d'une manière aussi grossière. Oh, très bien. Elle entendrait suffisamment de sifflements et de plaintes lorsqu'elle l'extirperait de derrière l'armoire, en supposant qu'elle puisse l'atteindre, bien entendu.

Elle fourra les dessous en soie dans son corset ; elle ne prendrait pas le risque que Reggie ne la distraie avec une bagarre et ne détale ensuite avec ses sous-vêtements dans la gueule. Hmm… ne serait-il pas plus sage de mettre des gants ? Non. Reggie serait peut-être agacé qu'elle le mette à la porte, mais elle était certaine qu'il n'irait jamais jusqu'à la blesser.

Munie d'un chandelier, elle prit une profonde inspiration pour se préparer à la bataille.

— Très bien, Reggie. Je t'aurai prévenu.

Elle regarda derrière l'armoire, tenant le chandelier en l'air pour éclairer l'espace sombre.

Rien.

Elle se frotta les yeux et regarda de nouveau – toujours rien.

— Reggie, où es-tu passé ?

Elle s'approcha encore. Il y avait à peine l'espace pour un chat entre l'arrière du meuble et le mur, et Reggie n'y était pas. Il s'était volatilisé. *Bon sang !* Il avait dû filer de l'autre côté pendant qu'elle ouvrait la porte.

Elle vérifia sous le lit et derrière tous les autres meubles. Puis elle retourna derrière l'armoire et coinça le chandelier dans l'espace, raclant de bas en haut.

Ah ! Juste là, près du sol, un trou de la taille d'un chat dans le mur.

Elle recula d'un bond, manquant d'éteindre le chandelier au passage. Cette brèche dans le mur pouvait-elle être le fait des rats ? Elle n'avait pourtant jamais vu un seul rat dans le château.

Elle passa prudemment les doigts sur les bords du trou. La surface était lisse. Visiblement, c'était l'œuvre d'un homme, pas d'un animal. Y avait-il un réseau de passages secrets pour chat dans les murs du château ? Elle balaya la pièce du regard. *Fichtre.* Cela expliquait l'aisance avec laquelle Reggie parvenait à se déplacer dans la maison.

Comment allait-elle bien pouvoir protéger ses dessous rouges de ce petit être têtu ?

Ned lui avait suggéré la seule solution possible. Elle passa sa chemise de nuit et enfila l'étoffe rouge en dessous avant de se mettre au lit.

Ned retourna dans sa chambre très tard et complètement ivre, une bouteille de cognac à la main.

— Oups.

Il se cogna contre la table, envoyant valser sur le sol l'exemplaire de *Quelques conseils en matière de gestion d'une propriété* qu'il était en train de lire. Le volume était imposant, tout comme le bruit qu'il fit en percutant le sol.

— Miiiaaaou !

— D-désolé, Reggie. J-j'ai perturbé ton sommeil ?

Fermant un œil après l'autre, il voyait deux chats au lieu d'un, à force de loucher.

— T'as invité une amie à la maison ? J'espère que j'ai pas interrompu un rendez-vous galant.

Les deux chats restèrent cois.

— Oh, d'accord ! dit-il en posant délicatement la bouteille sur son bureau. Je suis terriblement ivre, tu sais.

En général, il n'abusait pas de l'alcool, mais il avait fait une exception ce soir-là. Il lui semblait l'avoir bien mérité. Il avait gardé le sourire après la consternante mise en scène de Mr Cox et Lady Juliet dans le salon ;

il avait gardé le sourire à chaque nouvelle manche de whist, alors même que Miss Mosely, sa partenaire, ratait immanquablement la moindre combine ; il avait gardé le sourire tandis que Jack faisait des plaisanteries stupides sur son manque de chance et que Miss Wharton, avec laquelle il faisait équipe, exultait à la moindre victoire. Il ne s'était pas défait de son sourire alors même qu'il savait pertinemment que sa mère ne cessait de l'épier.

— Tu sais, Reggie, lança-t-il en écoulant la dernière goutte de cognac dans son verre, j'en ai ras le bol de sourire.

Reggie bâilla en guise de réponse.

Au moins, quand il s'était retiré dans le bureau d'Ash, il avait pu arrêter de prétendre. Ash et Jack n'attendaient pas de lui qu'il fasse bonne figure. Ils n'avaient même pas attendu de lui qu'il parle. Ils avaient simplement fait en sorte que son verre soit toujours plein.

— J'ai les meilleurs des frères, Reggie ! s'exclama-t-il, en débouchant la carafe à décanter.

Son verre était peut-être vide, mais pas sa bouteille.

— Rappelle-le-moi la prochaine fois que je fulminerai contre eux, d'accord ?

Reggie commença à se nettoyer minutieusement la patte arrière.

Ned, lui, s'occupait du cognac. Verser le liquide dans le verre ne fut pas une mince affaire, mais il y parvint sans en mettre trop à côté. Ensuite, il enfourcha la chaise de bureau, croisa les bras sur le dossier et soupira.

— Tu dois avoir autant la poisse en amour que moi, Reggie. Je vois que ta copine est partie.

Reggie l'ignora.

— Tu sais que Lady Juliet préfère cette f-fripouille de Mr Cox à moi, non ?

Dans le mille. Reggie interrompit ses ablutions suffisamment longtemps pour adresser un regard à Ned – empreint de compassion ou de moquerie, impossible de trancher.

— À vrai dire, je m'en moque. Oh, j'avoue que ça m'a mis une claque. Je c-crois que j'ai toujours pensé que le jour où je consentirais à prendre une femme, elle tomberait à mes pieds.

Il prit une autre gorgée de cognac.

— Ça t'arrive à toi aussi ?

Reggie s'attaqua à son autre patte arrière.

— Enfin, tu es un chat, bien sûr. J'imagine que c'est d-différent pour toi. Le mariage est un vrai piège à souris, mais tu ne risques pas de t'y fourrer.

L'oreille de Reggie frémit en entendant le mot « souris ».

— Mais j'ai besoin d'une femme si je veux un héritier. Et j'en veux un, Reggie. Je veux un héritier, un autre fils et quelques f-filles, aussi, si je peux en avoir.

Il renifla. Le cognac le rendait sentimental.

— Flûte, c'est peut-être aussi bien comme ça. Lady Juliet est aussi petite que l'était Cicely. Peut-être aurait-elle eu des difficultés à mettre un enfant au monde, elle aussi.

Il sortit de sa poche le portrait de Cicely et le regarda. Bon sang, il n'y voyait pas clair ! Il se pencha dessus pour le rapprocher de la bougie.

Cicely avait l'air si jeune…

Tout comme lui n'était encore qu'un grand adolescent à l'époque.

Elle était morte depuis quatre ans, mais, sous l'effet du cognac, il avait l'impression que cette immense tragédie avait frappé un autre que lui.

— Je ne veux pas l'oublier, Reggie, reprit-il, sentant une douleur sourdre dans sa poitrine, mais son souvenir m'échappe et je dois le laisser filer. Je sais qu'il faut que j'avance, bon sang.

Il posa le portrait sur le bureau. Il devait se rappeler qu'il n'y avait pas d'urgence pour se marier. Il n'avait que vingt-huit ans – ou les aurait le surlendemain. Maintenant qu'il avait décidé de se remarier, il commencerait à regarder autour de lui. Peut-être qu'Ellie aurait des idées.

Sottises ! Ellie n'avait personne à lui présenter. Elle n'était jamais sortie de Greycliffe.

Ellie…

Il prit une autre gorgée de cognac et la garda sur sa langue, laissant ses arômes infuser dans sa bouche et lui chatouiller les narines.

Ellie, avec ses robes hideuses et ses scandaleux dessous rouges.

Elle aussi, elle avait dû être déçue ce soir-là. Mr Cox était l'un de ses soupirants. Et apparemment, elle avait aussi perdu Mr Humphrey. Cette cervelle d'oiseau allait sans doute faire sa demande à Miss Mosely avant la fin de la réception. Eh bien, Ellie l'avait échappé belle. La grandiloquence incessante de ce type l'aurait très vite rendue folle.

— Ellie n'avait pas l'air déçue, Reggie. Elle a écouté toute la dispute entre Mr Cox et Lady Juliet sans dire un mot.

Elle avait toujours eu la tête sur les épaules, et lui avait été d'un grand réconfort après la mort de Cicely. Il discuterait avec elle le lendemain.

Est-ce qu'elle porterait ses dessous rouges sous sa robe informe ?

Il croisa le regard de Reggie.

— Tu n'as pas encore volé les dessous d'Ellie, si ?

Reggie se nettoya les pattes, comme pour signifier qu'il avait les mains propres – ou pour tenter de laver sa culpabilité.

— Je vérifierai, tu sais.

Il inclina la bouteille pour reprendre du cognac, mais rien n'en sortit. *Fichtre !* Il la reposa sur le bureau.

— Très bien, Reggie, voyons ce que tu as volé aujourd'hui.

Ned se leva – mauvaise idée. La pièce commença à tourner et son estomac…

Il plongea sous le lit. Il se fichait éperdument de ce que Reggie avait pu mettre là. Il ne cherchait qu'une seule chose. Désespérément.

Il attrapa le pot de chambre juste à temps.

Chapitre 15

Que l'amour soit toujours votre dessein.
Préceptes amoureux de Vénus

Le lendemain matin, ses dessous de soie rouge procurèrent une sensation des plus étranges à Ellie, tandis qu'elle descendait l'escalier. La partie la plus intime de son anatomie qu'ils dissimulaient était parcourue de fourmillements pour le moins gênants.

Elle s'empourpra. Peut-être aurait-elle dû s'abstenir d'écouter Ned lorsqu'il lui avait conseillé de les porter pour les mettre à l'abri de Reggie ?

— Bonjour, Ellie.

Elle faillit manquer la dernière marche, mais s'agrippa à la balustrade dans un élan désespéré.

— Bonjour, Votre Grâce, répondit-elle dès qu'elle réussit à calmer les battements de son cœur et sa respiration haletante. Étiez-vous à ma recherche ?

Plutôt deux fois qu'une – elle aurait juré que la duchesse, tapie derrière la cage d'escaliers, s'était jetée sur elle.

Sa grâce lui décocha un grand sourire.

— Non, qu'est-ce qui vous fait penser cela ?

Elle prit Ellie par le bras et se dirigea vers la salle à manger.

— Mais je suis ravie de vous voir, bien évidemment. Comptiez-vous aller manger quelque chose ?

— O-oui.

Même si à présent, Ellie doutait fort que son estomac accepte quoi que ce soit de plus ambitieux qu'une malheureuse bouchée de toast.

— Splendide ! Je rêve d'avoir une petite conversation avec vous depuis que la réception a commencé. Espérons que tous les autres convives préfèrent prendre leur petit déjeuner dans leur chambre.

— Oh.

Oh pitié, pas encore une de ces « petites » conversations. Voilà, impossible d'avaler quoi que ce soit à présent. Tout ce qu'elle pouvait espérer, c'était les autres invités descendent au rez-de-chaussée. Mr Humphrey chercherait probablement une collation plus consistante que le thé et les toasts auxquels il avait droit dans sa chambre.

— Saviez-vous que Percy et Ophélia sont partis ce matin ?

La duchesse marqua une pause afin d'inspecter le portrait du quatrième duc – celui à l'air lubrique – dans le hall d'entrée.

— Non, répondit Ellie en fronçant les sourcils. Je pensais que Percy se sentirait mieux aujourd'hui. Il aurait sans doute été préférable d'appeler le docteur.

— Oh non, je ne pense pas que cela aurait été nécessaire, répliqua la duchesse avec un haussement d'épaules. Percy pense probablement qu'il se remettra plus vite dans l'environnement confortable et familier de sa propre demeure.

C'était un mensonge éhonté. La propriété de Percy était si délabrée et manquait tant de domestiques que même une tique s'y serait sentie mal à l'aise – alors un convalescent…

— Dans quel escalier est-il tombé ?

— Franchement, je n'en sais rien, assura sa grâce en s'arrachant à la contemplation du duc lascif tout en reprenant sa progression vers la salle à manger. Avez-vous la moindre idée de ce qui a provoqué cette querelle entre lui et Ned sur le chemin de l'étang ?

— Non.

Ellie avait bien sûr son avis sur la question, mais n'allait pas évoquer ses sous-vêtements rouges en face de la mère de Ned.

— Hmmm…

La duchesse jeta à Ellie un regard inquisiteur.

Cette dernière se détourna rapidement pour examiner le tableau qui représentait l'épouse du quatrième duc. La pauvre femme avait les traits tirés, empreints de tristesse – ce qui était tout à fait compréhensible si la moitié des rumeurs qui circulaient au sujet de la canaille qui lui servait de mari étaient fondées.

— Comment pourrais-je le savoir, Votre Grâce ? Vous devriez le demander à Ned.

— Certes, mais je suis persuadée qu'il ne m'en dirait rien. Cela ressemblait fort à l'une de ces altercations entre mâles, suggéra-t-elle en haussant un sourcil. Peut-être une histoire de cœur…

Ellie se retrouva bouche bée et eut l'impression que ses yeux allaient littéralement bondir hors de leurs orbites.

— Insinuez-vous que Ned éprouverait quelque inclination pour Ophélia ?

Ce fut au tour de la duchesse de se retrouver sans voix ; puis sa grâce s'esclaffa.

— Diantre, certainement pas ! Jamais de la vie…

— C'est donc Percy qui s'intéresse à Lady Juliet, d'après vous ?

Ellie ne comprenait plus rien à cette discussion.

— Pas du tout, répliqua la duchesse tandis que ses lèvres ébauchaient un léger sourire. Qu'avez-vous pensé de ce différend entre Mr Cox et Lady Juliet, hier soir ?

Ellie sauta sur cette occasion d'exprimer ce qu'elle aurait dû dire la veille.

— C'était consternant. Je ne peux pas condamner Mr Cox, puisqu'il semble particulièrement émotif – et franchement, j'imagine que la querelle d'hier en est l'illustration parfaite. Mais Lady Juliet…, souffla Ellie en serrant les dents.

Si la mère de Ned n'avait pas conscience des abîmes de perfidie dans lesquels se vautrait cette intrigante, autant ne pas l'en informer.

— Elle a fait preuve d'un mépris tout à fait déplacé vis-à-vis des sentiments de Ned, reprit-elle.

— Balivernes ! rétorqua la duchesse en donnant une chiquenaude à Ellie, Ned mérite que l'on méprise ses sentiments s'il s'obstine à se comporter comme un imbécile.

Décidément, cette matinée ne manquait pas de surprises.

— Mais je croyais que vous aviez invité Lady Juliet avec la ferme intention de la mettre en couple avec Ned.

— Je ne mets pas mes convives en couple, rectifia la duchesse en secouant la tête. Je me contente de réunir un groupe prometteur et laisse les couples se former d'eux-mêmes, si cela doit se faire. Enfin ! s'esclaffa-t-elle, certaines personnes ont besoin d'un coup de pouce, mais je vous assure que ma participation se limite à quelques encouragements. Bien qu'il me prenne parfois l'envie, continua-t-elle en affichant un regard plus insistant, d'en saisir certains par les épaules pour les secouer un peu.

Ce dernier commentaire n'était tout de même pas adressé à Ellie, si ? Mais pourquoi ? On ne pouvait pas dire qu'elle avait rechigné à essayer de se trouver un époux cette année.

— Alors vous n'êtes pas déçue ? insista Ellie.

— Oh, non ! Figurez-vous que je suis aux anges – enfin, autant que la prudence l'autorise ! Je ne suis toujours pas convaincue que Lady Juliet aura le bon sens de jeter son dévolu sur Mr Cox, mais à n'en pas douter, la soirée d'hier était déjà un bon début. Et si, comme je le subodore, elle est retournée chercher

Mr Cox en sortant du salon, il pourrait même s'agir d'un excellent début, ajouta sa grâce avec un clin d'œil. Mr Cox m'est apparu comme un homme qui, une fois au pied du mur, pourrait mettre de côté ses notions de bienséance assez longtemps pour convaincre une femme que l'épouser est une excellente décision. Mais l'avenir nous le dira.

Elles arrivèrent enfin dans la salle à manger. Ellie éprouva un soulagement intense d'y voir Miss Wharton, Miss Mosely, Lady Heldon et Mr Humphrey.

— Bonjour à vous ! lança la duchesse en pénétrant dans la pièce. Quel plaisir de vous trouver si nombreux. Mesdemoiselles, j'ai pensé que vous préféreriez prendre un chocolat chaud dans votre chambre.

— Oh, mais j'étais bien trop excitée pour rester à flâner au lit, Votre Grâce ! répliqua Miss Wharton. Même si je n'ai pas gagné la chasse au trésor, je suis impatiente de profiter de cette balade en traîneau.

— Une activité délectable, n'est-ce pas ?

La duchesse prit place à table pendant que Thomas lui apportait son petit déjeuner habituel sur un plateau : des œufs, du jambon, des toasts à la marmelade ainsi que du thé.

Miss Wharton hocha la tête avec enthousiasme.

— C'est une de mes distractions préférées en hiver.

— Et la journée s'annonce magnifique ! ajouta Miss Mosely, détachant un instant le regard de Mr Humphrey. Le ciel est d'un bleu si intense…

— En effet, renchérit Mr Humphrey qui, bien évidemment, ne pouvait tenir sa langue. Une journée idéale pour sortir, Votre Grâce, comme je le disais justement à Miss Mosely. Non pas que celle d'hier ait été désagréable, mais lorsque j'ai regardé par la fenêtre de ma chambre ce matin – avec une vue somptueuse sur les pelouses de l'entrée pour laquelle je tenais à vous féliciter, Votre Grâce, et je vous présente d'ailleurs mes excuses pour avoir négligé de le faire plus tôt – or donc, alors que j'observais par la fenêtre la neige, les cerfs et les oiseaux, je n'ai pu m'empêcher de penser : quelle journée fantastique pour une promenade en traîneau !

— C'est vrai, rétorqua la duchesse, mais le fond de l'air est frais, je ne saurais trop vous recommander de vous habiller chaudement.

Ellie s'installa à côté de Lady Heldon ; heureusement, son séant malmené s'était remis de sa chute de la veille et lui laissait le loisir de s'asseoir sans grimacer de douleur. Elle aurait préféré une autre place, mais elle ne voulait pas donner l'impression d'éviter sa voisine de table.

— Seigneur ! marmonna Lady Heldon. Un tel enthousiasme pour une malheureuse promenade en traîneau...

En privé, Ellie aurait approuvé, mais elle n'apprécia guère le ton de Lady Heldon.

— Soyez indulgente avec nous et nos plaisirs simples de campagnards.

Lady Heldon gratifia Ellie d'un regard glacial.

— J'ai une nette préférence pour d'autres formes de plaisirs simples – mais je dois dire que je n'en ai pris aucun jusqu'ici.

Ellie espérait sincèrement, même si elle peinait à s'en convaincre, avoir mal compris l'insinuation de Lady Heldon.

— Quelles trouvailles Sir Reginald a-t-il ramenées ce matin, Votre Grâce ? s'enquit Miss Wharton. C'est toujours si amusant de voir ce qu'il récupère. L'autre jour, il m'a chapardé l'un de mes bas, gloussa-t-elle.

— Je l'ignore, mademoiselle Wharton, répondit la duchesse avant de siroter une petite gorgée de thé. Comme vous le savez, Reggie apporte tous ses trésors à Lord Edward, et je n'ai pas encore vu mon fils ce matin. Mais je suis sûre qu'il nous rejoindra incessamment sous peu.

L'estomac d'Ellie se noua. Ned…

Non. Elle se reprit. Elle avait juré de se battre pour ce qu'elle désirait – pour Ned – alors elle allait devoir le faire pour de bon. Dès qu'elle le verrait. Probablement d'ici quelques minutes.

— Où pensez-vous que soit Lord Ashton ? demanda discrètement Lady Heldon à Ellie.

Cette dernière lui répondit à voix basse, même si elle ne comprenait pas pourquoi Lady Heldon lui murmurait la question au lieu de la poser directement à la duchesse.

— Il a sûrement pris son petit déjeuner il y a des heures, et doit certainement s'occuper de ses affaires dans son bureau.

Pensive, Lady Heldon mâchait son jambon.

— Si je comprends bien, vous êtes… de bons amis ? demanda-t-elle après une hésitation lourde de sous-entendus.

Fichtre, était-elle en train d'insinuer ce à quoi pensait Ellie ?

— Eh bien, nous nous connaissons depuis l'enfance, donc oui, bien sûr, nous sommes amis, répliqua Ellie avec un sourire forcé tout en essayant de donner un autre tour à la conversation. Cela dit, il est mon aîné de quatre ans, et je crois bien qu'il m'a toujours considérée comme un élément perturbateur.

— Eh bien, enchaîna Lady Heldon en émettant un grognement, à l'évidence, vous ne le perturbez plus le moins du monde. Bien au contraire, hmmm ?

— Je vous demande pardon ?

— Allons, mademoiselle Bowman, j'ai entendu les rumeurs.

— Quelles rumeurs ?

Oh, mon Dieu ! Le mot était tombé avec des accents de culpabilité, ce qui était d'autant plus irritant qu'elle n'avait rien à se reprocher par rapport à Ash. Elle s'éclaircit la voix et reprit, la mine renfrognée :

— Que voulez-vous dire ?

— Vous savez forcément que la situation maritale singulière de Lord Ashton fait jaser à Londres. Des rumeurs de toutes sortes circulent, et selon l'une d'entre elles, vous seriez une… une amie particulière.

Ellie sentit la colère exploser dans sa poitrine.

— Il n'en est rien. Pourquoi les gens entretiendraient-ils ce genre de balivernes malveillantes ?

— Peut-être parce que vous étiez inséparables durant la plupart des fêtes données par la duchesse, même si vous vous êtes montrée plus discrète cette année. Sa grâce serait-elle parvenue à vous serrer la bride ?

Ellie aurait voulu que son assiette soit remplie d'œufs, de harengs et de marmelade afin de pouvoir lui en déverser le contenu sur le giron, pour un résultat des plus satisfaisants.

— Lady Heldon, n'écoutez pas ces cancans ridicules.

— Il n'y a pas de fumée sans feu, souffla la mégère.

— En l'occurrence, si.

Ellie essayait de garder une voix calme. Elle allait gérer la situation à la manière de Ned.

— Je vous assure que Lord Ashton me considère comme sa petite sœur, affirma-t-elle.

— Vraiment ? Soit. Je dois dire que lorsque je vous ai vue, continua Lady Heldon en hochant la tête pour souligner ses propos, j'ai eu un doute sur ces rumeurs. Enfin, soyons raisonnables. Qu'est-ce qu'un homme comme Lord Ashton pourrait bien trouver à une femme comme vous ?

Heureusement, la colère avait tellement crispé la mâchoire d'Ellie qu'elle ne resta pas bouche bée devant la grossièreté décomplexée de Lady Heldon.

— Pardon ?

— Mais vous devez bien vous rendre compte que Lord Ashton est un homme d'une beauté éblouissante, ainsi que l'héritier du duché, alors que vous n'êtes que…

Lady Heldon termina sa phrase par un haussement d'épaules éloquent.

— La fille d'un pasteur de campagne ?

Ellie était fière que le tremblement de sa voix soit à peine perceptible. Il était impensable qu'elle se mette à hurler à la table de la duchesse. D'autant qu'elle sentait son regard posé sur elle.

— C'est vrai aussi.

Lady Heldon reprit un morceau de jambon qu'elle mastiqua, sans prêter la moindre attention à Ellie ni à son visage ivre de rage, avant de le faire passer avec une gorgée de thé.

Ellie savait qu'elle n'était ni la plus belle ni la plus élégante des femmes, mais elle n'était tout de même pas une vaste farce… Si ?

— Non, reprit Lady Heldon, apparemment à sa propre intention, ma théorie initiale doit être la bonne.

Elle se retourna vers Ellie, se pencha vers elle et lui murmura :

— Et je suppose que Lord Ashton a beaucoup de… d'amis de sexe masculin ?

Ellie se renfonça dans son fauteuil et la dévisagea froidement.

— Je suis sûre que tout le monde adore discuter avec un homme aussi fin et intelligent que Lord Ashton.

— Je ne parle pas de conversation, l'interrompit une Lady Heldon aux sourcils frémissants, à moins que vous ne pensiez à une manière dépravée de faire la discussion.

Ellie espérait, probablement en vain, que la duchesse n'avait pas remarqué ses joues empourprées. Elle était à la fois furieuse et mortifiée. Cependant, si elle n'avait pas entendu la conversation de Lady Heldon, Ophélia et Percy lorsqu'ils montaient les escaliers menant à la longue galerie, elle n'aurait pas eu la moindre idée de ce que cette femme était en train d'insinuer.

— Je peux vous garantir que Lord Ashton est fidèle à son épouse.

— Et comment pouvez-vous le savoir ? cracha Lady Heldon.

— Je le sais, voilà tout.

Elle se rendit aussitôt compte de l'ineptie et de la puérilité de cette repartie.

Lady Heldon leva les yeux au ciel.

— Oh, mademoiselle Bowman, je vous en prie. Aucune femme de votre âge ne peut être aussi naïve.

— Qu'est-ce que c'est que ces messes basses, vous deux ? finit par demander la duchesse.

Ellie inspira profondément. Elle n'avait aucune envie de répondre ; sa grâce n'apprécierait probablement pas le fait qu'elles parlent de Lord Ashton, même si Ellie n'avait rien révélé de personnel. Comme si elle savait quoi que ce soit de personnel à son propos.

Lady Heldon répondit posément, montrant bien qu'elle n'avait pas honte que son intérêt pour Ash soit exposé au grand jour. Elle affichait toujours un teint uniforme – Ellie y regarda de plus près – aussi normal que le lui permettait son maquillage.

— Je posais quelques questions à Miss Bowman concernant ses amis. Comme vous devez le savoir, tout Londres s'interroge à son sujet et celui de sa femme absente.

Un silence épais, stupéfait, que même Mr Humphrey n'osa briser, s'abattit sur la scène. La duchesse contempla Lady Heldon comme s'il s'agissait d'une espèce particulièrement exotique – et déplaisante – d'insecte.

Cette fois-ci, Lady Heldon rougit.

— Vous savez, Votre Grâce, que je ne fais que dire tout haut ce que tout le monde pense tout bas.

La mère de Ned haussa les sourcils. Tout à coup, elle était redevenue la véritable duchesse de Greycliffe, dans toute sa fierté et sa superbe.

— C'est possible, Lady Heldon, mais tous les autres ont la correction de faire taire leur curiosité malsaine.

Lady Heldon prit une inspiration brusque, et leva le menton. À l'évidence, elle avait les nerfs solides – ou un attrait particulier pour le suicide social.

— Tant que le marquis d'Ashton n'aura pas résolu sa situation maritale aberrante, la curiosité – dénuée de toute politesse et de tous égards – continuera de se répandre comme une traînée de poudre, que vous ou qui que ce soit d'autre le veuille ou non… Votre grâce.

Les narines de la duchesse se dilatèrent. Ellie ne l'avait jamais vue si échauffée. Elle retint son souffle, comme tout le monde autour de la table, à l'exception peut-être de Lady Heldon.

La mère de Ned ouvrit la bouche…

— Les traîneaux sont apprêtés, lança Jack depuis l'embrasure de la porte. Père propose que tout le monde se retrouve au salon. Dites, ajouta-t-il après une brève hésitation, je ne vous interromps pas au mauvais moment ?

— Pas du tout ! répondit la duchesse en se forçant à sourire tout en jetant un regard circulaire à ses convives. Si vous voulez bien suivre Jack…

Tous se levèrent d'un bond.

— Pas vous, Lady Heldon, susurra sa grâce d'une voix glaciale. Si vous aviez l'obligeance d'attendre un moment, j'aimerais m'entretenir brièvement avec vous.

— Les promenades en traîneau sont un vrai régal, n'est-ce pas, Lord Edward ?

Miss Wharton laissa Ned l'aider à grimper dans le traîneau.

— En effet, c'est très plaisant.

Ned fit le tour du véhicule, monta à son tour et étendit une couverture sur leurs genoux. Il aurait largement préféré rester au château. Il se sentait nauséeux, comme si tous les démons de l'enfer agitaient leurs fléaux derrière son front, et les reflets flamboyants du soleil sur l'étendue de neige immaculée lui donnaient l'impression qu'on lui enfonçait des tessons de verre dans les yeux. Au moins, le monde avait cessé de tournoyer autour de lui.

Il ne boirait plus jamais de cognac jusqu'à son dernier souffle, qu'il rendrait très probablement dans les cinq prochaines minutes.

Il se saisit des rênes et les chevaux commencèrent à se mouvoir avec maladresse. Il espérait sincèrement que Miss Wharton se contenterait d'une promenade au pas, même s'il doutait d'avoir cette chance, connaissant son approche passablement frénétique de l'existence.

Il avait raison.

— Pensez-vous que nous pourrions accélérer quelque peu, Lord Edward ? Lord Jack et Miss Bowman sont en train de nous semer. Qui plus est, ajouta-t-elle en lui souriant, j'adore sentir le vent sur mon visage.

Il jeta un regard au traîneau rouge et or qui les précédait. Jack et Ellie avaient quasiment atteint la forêt. Ils riaient, sans doute à propos de quelque niaiserie. Ellie paraissait plus jeune et plus jolie lorsqu'elle riait.

Puis ils disparurent derrière les arbres.

Son estomac se retourna ; maudite nausée – quoique cette fois, le cognac n'était sans doute pas le seul responsable.

Il reprit sa contemplation de la croupe de son cheval meneur. Ils n'avaient qu'un tour du parc à faire – cela ne prendrait pas plus d'une demi-heure, peut-être moins. Il pourrait tenir le coup.

— Bien sûr, nous pouvons presser le pas.

Il serra les dents et encouragea ses bêtes à prendre de la vitesse. Son crâne et ses entrailles protestèrent, mais s'il se concentrait sur la croupe du cheval de tête, en face de lui, sans regarder le paysage défiler, peut-être pourrait-il éviter le déshonneur le plus total. Il n'y avait, pour ainsi dire, rien que son estomac puisse expulser, mais même une simple régurgitation de bile était à éviter, si possible.

— Nous sommes de moins en moins nombreux, fit remarquer Miss Wharton.

— Oui.

Ned aurait souhaité qu'ils le fussent encore moins – à sa compagne de traîneau près, par exemple.

Ils heurtèrent une bosse, et il dut déglutir avec détermination.

S'il l'avait pu, il se serait soustrait à cette corvée, mais c'était le seul homme disponible. Évidemment, Jack avait choisi de prendre Ellie dans son traîneau – même Ned comprenait le refus de son frère de partager ce moment avec Miss Wharton, la femme dont il avait évité tant bien que mal la compagnie exclusive toute la semaine. Ash était trop occupé à planifier la construction de son château de neige pour seulement se rendre compte du problème, et Humphrey était en pleine conversation avec Miss Mosely. Mr Cox avait tout bonnement disparu.

— J'ai cru comprendre que Lady Ophélia et Mr Percy étaient partis, intervint Miss Wharton, ce qui est assez compréhensible au vu des blessures de Mr Percy, le pauvre.

— Oui.

Ned ne ressentait pas une seule once de remords. Il rosserait Percy de nouveau sans la moindre hésitation – mais pas aujourd'hui. Il n'était vraiment pas en grande forme.

Ils atteignirent la bordure des bois et se glissèrent dans la pénombre. Dieu merci. La lumière tamisée lui apaisa les yeux, la tête et l'estomac. Quelques bouffées de cet air frais, chargé du doux parfum des pins, et Ned commença à se sentir un peu moins mal.

— Et je n'ai vu ni Lady Juliet ni Mr Cox ce matin, fit remarquer Miss Wharton. Peut-être ont-ils décidé de prendre leur petit déjeuner dans leurs chambres respectives, embarrassés par la tournure des événements de la soirée d'hier, même s'ils ne peuvent sérieusement espérer s'y cacher toute la journée.

— J'imagine qu'on finira par les voir.

Il pouvait se tromper, mais puisqu'ils étaient tous deux introuvables, il les soupçonnait de se « cacher » dans une seule chambre, et probablement dans le même lit.

Diable, le revoilà en train d'imaginer ces maudits dessous rouges. C'était évident, il lui fallait se remarier au plus vite – son corps le lui réclamait.

— Mais Lady Heldon était présente au petit déjeuner, continua Miss Wharton, en posant son regard sur Ned. Je me demande ce qui lui est arrivé. Elle a évoqué le mariage de Lord Ashton, et la duchesse n'en était guère enchantée. Croyez-vous qu'elle a envoyé Lady Heldon rassembler ses affaires ?

— C'est probable. Ma mère n'apprécie pas que l'on parle du mariage de mon frère.

— C'était très clair, approuva-t-elle en lançant à Ned une nouvelle œillade à la dérobée. Avez-vous envie d'en parler ?

— Non.

— Je m'en doutais. Après tout, le fait de discuter de sa situation reviendrait à trahir la confiance de votre frère, n'est-ce pas ? Vous avez bien raison de vous abstenir.

Elle voyait juste. Cependant, Ash ne lui ayant pas confié la moindre information, il n'avait donc rien à dissimuler. C'était tout aussi bien. Il n'éprouvait pas le moindre désir de connaître les détails des tourments conjugaux de son frère, mais s'il y avait quoi que ce soit qu'il puisse faire pour l'aider, il n'hésiterait pas. Ash le savait.

Il guidait ses chevaux le long du chemin sinueux. Pourquoi diable le sombre duc qui avait défini son tracé ne l'avait-il pas fait droit ? Il espéra que Jack était prudent. En dépit de son talent indéniable en matière de conduite, il avait aussi un côté casse-cou. Après tout, il avait eu un accident de calèche en conduisant à toute allure sur la glace, à peine deux semaines plus tôt.

Ned serra les dents. Et cette fois, Jack avait un passager. Mieux valait pour lui qu'il évite de prendre un virage trop vite et de s'encastrer dans un arbre, ou de blesser Ellie de quelque manière que ce soit. Ned tendit l'oreille, à l'affût de hennissements et de craquements de bois, en essayant de faire abstraction des tintements du harnais de son traîneau et du bruit de ses patins sur la neige. Il ne parvint qu'à distinguer les éclats de rire d'Ellie et Jack.

— Je tiens à vous dire, reprit Miss Wharton, la voix hésitante, que Lady Heldon avait au moins raison sur un point – tout le monde y va de son ragot concernant Lord Ashton. Et la plupart des rumeurs sont loin d'être amicales.

— Ah ?

Il essayait d'avoir l'air autoritaire mais étant donné l'instabilité de son estomac, il craignait de ne pas être très efficace. Miss Wharton poursuivit.

— Oui. Lorsqu'on a su que j'avais été invitée à cette fête, des gens aux yeux de qui je suis insignifiante sont venus m'encourager à en découvrir le plus possible sur Lord Ashton pendant mon séjour ici – et à leur faire un rapport dès mon retour. Vous savez, Lord Edward, soupira-t-elle, Londres n'est pas un endroit très agréable.

— C'est pourquoi je n'y vais jamais.

Bon sang, Jack avait raison. Il était vraiment temps qu'Ash règle ses problèmes avec Jess.

— Oh, j'adorerais pouvoir rester à la campagne, moi aussi, enchaîna Miss Wharton dans un élan passionné, mais mes parents sont déterminés à me marier, et il me faut donc passer le plus clair de mon temps à Londres jusqu'à ce qu'ils aient accompli leur dessein.

Ned détourna aussitôt le regard de la croupe de son cheval. Voilà qui était surprenant.

— Vous ne souhaitez donc pas vous marier ?

Elle fit un sourire triste et baissa les yeux sur son manchon.

— Bien sûr que si, mais vous avez sans doute remarqué que je risque de ne pas faire l'affaire sur le marché du mariage. Je suis trop bruyante, trop maladroite, et j'ai le don de commettre les pires bourdes, gémit-elle en haussant les épaules. Ma mère dit qu'il faut que j'apprenne les bonnes manières : la discrétion, la réserve, peut-être un soupçon de nonchalance... Mais je n'y arrive pas.

La mère de Miss Wharton partageait manifestement les vues de celle de Ned concernant l'épouse idéale – dont la description manquait étrangement d'attrait, une fois couchée sur le papier.

— J'hésite à contredire votre maman, mademoiselle Wharton, mais je vous conseille de ne pas changer de comportement. Imaginez à quel point il serait épuisant de faire semblant d'être quelqu'un d'autre pour le restant de vos jours.

— Oh ! s'esclaffa Miss Wharton. Maman ne s'attend pas vraiment à ce que je change. Elle veut simplement que je me comporte en demoiselle modèle en société le temps de mettre le grappin sur un époux ; une fois mariée, elle affirme que je pourrai me laisser aller, car il sera trop tard pour que le pauvre homme récupère sa liberté. Je la soupçonne d'avoir amené Papa devant l'autel de cette manière, souffla-t-elle d'une voix à peine plus forte qu'un murmure.

Il n'avait rencontré ni la mère ni le père de Miss Wharton, et honnêtement, à présent il espérait ne jamais avoir ce plaisir discutable.

— Ah. Et vos parents sont-ils heureux ensemble ?

— Comme la plupart des couples de notre classe sociale, j'imagine – c'est-à-dire que non, ils ne sont pas heureux du tout, précisa-t-elle en esquissant un bref sourire. Vos parents sont l'exception à la règle, Lord Edward.

Il savait à quel point le mariage de ses parents était singulier, mais le bonheur conjugal – ou au moins le contentement – devait bien valoir la peine qu'on lutte pour l'atteindre.

— Qu'en dit votre père ?

— Oh, lui aussi veut que je me marie ! Comme ça, je serai le problème d'un autre homme. Il a déjà réussi à se débarrasser de Becky et Lucy, mes sœurs, et je crois qu'il a peur de m'avoir sur les bras toute la vie...

Sa voix se brisa à la fin de sa phrase, et elle émit un petit rire nerveux, avant d'ajouter :

— Et me voilà encore à me comporter de manière indécente.

Ned leva les yeux et aperçut un éclair rouge au travers des arbres. Au moins, Jack n'avait pas encore accidenté le traîneau.

Les parents d'Ellie ressentaient-ils la même chose que ceux de Miss Wharton ?

— Non, assura-t-il, il doit être content que vous souteniez votre mère.

— Pas vraiment, renâcla-t-elle. Je suis une épine dans le pied de mère, qui ne cesse de lui rappeler son incapacité à me fourrer dans les bras du mâle adéquat. Père prétend que je détraque le caractère de mère, même s'il ne l'a jamais vraiment apprécié en soi.

Il n'avait jamais pensé aux difficultés que rencontrent les femmes en âge de se marier. Ellie avait toujours semblé s'accommoder de sa situation – sauf peut-être cette année.

Maintenant qu'il y pensait, il se rappelait mère évoquant à Noël les inquiétudes qu'entretenait Mrs Bowman à propos de l'avenir de sa fille.

Hmmm. Il était à la recherche d'une épouse, et Ellie d'un époux. Peut-être pouvaient-ils régler leurs problèmes respectifs. Ils étaient amis, malgré les quelques perturbations récentes dans leur relation. Et il y avait ces dessous rouges si singuliers…

Quelque chose se retourna à l'intérieur de lui – probablement son estomac.

— Quoi qu'il en soit, mademoiselle Wharton, je reste convaincu qu'il serait une erreur de vous faire passer pour une autre.

N'était-ce pas précisément ce qu'Ellie avait affirmé vouloir faire ?

— Il doit bien y avoir un homme en Angleterre qui saura apprécier votre vraie nature, ajouta Ned.

— Oh ! souffla-t-elle en se retournant vers lui. Peut-être vous, Lord Edward ? glissa-t-elle avec un sourire gourmand. Je serais ravie de vous épouser. Je crois même que je pourrais vous aimer, si vous me pardonnez l'audace de ces propos. Ce que vous avez fait à l'étang hier était tout à fait héroïque, et vous vous montrez très gentil avec moi depuis tout à l'heure.

Son estomac se noua, et malgré l'air glacial qui lui picotait les joues, des gouttes de sueur perlèrent sur son front.

— Eh bien…

Elle émit un gloussement nerveux.

— Je vous ai mis dans une position pour le moins embarrassante, n'est-ce pas ? Je vous présente mes excuses.

Mais l'espoir ne quittait pas son regard pour autant.

— Ah.

Il prit une profonde inspiration. L'air frais lui brûla les poumons et vida son cerveau de toute forme de panique.

Il lui fallait une femme, et Lady Juliet n'était plus une candidate viable. Peut-être Miss Wharton l'était-elle ? Il était plus âgé à présent, et n'avait plus besoin, ni vraiment envie, de retrouver le désir irrépressible qu'il avait ressenti pour Cicely. Qui plus est, cette ardeur n'avait pas survécu à leur nuit de noces.

Mais il lui fallait d'abord savoir si Ellie avait besoin de son aide.

— Nous venons de nous rencontrer, mademoiselle Wharton. Je pense qu'il ne serait guère raisonnable de s'engager de manière si définitive, aussi tôt dans notre relation.

— Mais il faut que je me marie, Lord Edward. Je n'ai plus beaucoup de temps.

Le désespoir qui se reflétait dans ses yeux était pour le moins inquiétant.

— Que voulez-vous dire ?

— Avant mon départ pour Greycliffe, mère m'a dit que si je ne me mariais pas durant cette Saison, elle céderait ma main, avec le consentement de mon père, au vieux Mr Wattles pour que je devienne sa quatrième épouse, expliqua-t-elle d'une voix tendue, la panique se lisant sur son visage. Il a plus de soixante ans, et toujours pas d'héritier.

Voilà pourquoi Miss Wharton était si déterminée à trouver un époux.

— Je vois. Vous pouvez toujours refuser de l'épouser, vous savez. L'époque où les parents poussaient leurs filles de force devant l'autel est depuis longtemps révolue.

Miss Wharton le dévisagea comme s'il s'agissait d'un flétan sur pattes.

— Voilà bien les propos d'un homme. Vous n'avez pas la moindre idée de la pression à laquelle nous sommes soumises dès qu'il est question de mariage, déclara-t-elle, le regard lointain. Si je ne suis pas mariée à la fin de cette Saison, et que je refuse de prendre Mr Wattles pour époux, ma vie sera un enfer plus terrible encore que celui que je traverse aujourd'hui. Je refuse de forcer mon père à me jeter à la rue.

À l'évidence, elle exagérait, mais elle semblait convaincue de chaque mot qu'elle avait prononcé. Il voulait faire quelque chose pour l'aider.

Après tout, peut-être devrait-il lui faire sa demande. Il ouvrit la bouche pour le lui suggérer, mais soudain ils quittèrent le couvert des arbres et il entraperçut Ellie et Jack de nouveau.

Il lui fallait s'entretenir avec Ellie avant de proposer quoi que ce soit à Miss Wharton. La conversation promettait d'être délicate, mais il avait toujours eu des facilités à lui parler. Il verrait bien si elle avait besoin d'un mari rapidement. Si tel était le cas, il lui offrirait ses services. Sinon, il pourrait faire ses avances à Miss Wharton. Dans tous les cas, nul besoin de se précipiter pour faire sa proposition à cette dernière – elle avait tout de même un peu de temps devant elle.

— Je vous suggère d'attendre de voir la tournure que prendront les événements pendant cette Saison.

— Je ne vois pas en quoi cette Saison pourrait s'avérer différente des sept précédentes.

Il lui sourit. Entre le froid piquant et la conversation qu'il venait d'avoir avec elle, il se sentait de nouveau presque humain.

— Eh bien, je soupçonne la duchesse des Cœurs d'avoir l'intention de vous trouver un mari.

— Vous le pensez vraiment ?

L'expression de Miss Wharton s'éclaircit et elle se mit à sourire.

— J'en suis certain. Pour tout vous dire, j'ai prévu d'évoquer le sujet avec elle, ajouta-t-il avec un large sourire. Bon, êtes-vous prête à essayer de rattraper mon frère ?

Chapitre 16

Si une occasion se présente à votre porte, hâtez-vous de lui ouvrir et saisissez-la.

Préceptes amoureux de Vénus

Ellie prit la main de Jack qui l'aidait à descendre du traîneau. Les dessous rouges recouverts de nombreuses couches de vêtements glissèrent contre sa peau, et elle frissonna.

— Avez-vous froid ? demanda Jack, l'inquiétude adoucissant son regard.

Elle s'empourpra.

— Non.

Les sous-vêtements n'étaient nullement chauds, mais ils semblaient toutefois générer une chaleur tout à fait singulière.

Elle jeta un regard derrière elle, vers l'autre traîneau. Miss Wharton souriait à Ned comme s'ils étaient devenus les meilleurs amis du monde – voire même plus proches encore. *Bon sang !*

Son estomac se noua. Elle avait bien essayé de les observer pendant la promenade, mais cela avait été difficile étant donné que leur traîneau, à elle et Jack, était en tête, et qu'elle ne voulait surtout pas que son partenaire s'en aperçoive – elle n'était pas d'humeur à se faire taquiner sur le sujet. Les rares fois où elle était parvenue à les voir, ils étaient en grande conversation. Mais de quoi avaient-ils bien pu parler ?

— Tu n'as aucune raison d'être jalouse de Miss Wharton, lui glissa Jack à l'oreille.

— Je ne suis pas jalouse, répliqua-t-elle en lui jetant un regard assassin.

Il haussa un sourcil amusé. Fichtre ! Il avait dû la voir se retourner. Ses doigts la démangeaient : elle lui aurait volontiers jeté une boule de neige en pleine face.

— Évidemment. Je ne vois vraiment pas ce qui a pu me donner cette impression.

— Moi non plus.

Elle s'éloigna d'un pas vif et tomba nez à nez avec Mr Cox, qui venait prendre le relais sur le traîneau.

— Oh ! Excusez-moi, monsieur.

— C'est moi qui vous présente mes excuses, répliqua-t-il en la rattrapant par le coude pour lui éviter de perdre l'équilibre.

— Non, non, c'est entièrement ma faute. Je… j'avais la tête ailleurs.

Elle recula d'un pas en espérant ne pas le dévisager trop ouvertement. L'expression de Mr Cox lui coupa le souffle : il souriait de toutes ses dents, rayonnant de bonheur. Elle jeta un coup d'œil en direction de Lady Juliet, plus jolie encore qu'à son habitude, qui se mit à rougir. Ces deux-là avaient manifestement réglé leurs différends.

L'envie lui serra le cœur, tandis qu'elle les observait grimper dans le traîneau avant de s'éloigner, suivis de près par Mr Humphrey et Miss Mosely. Tout le monde trouvait chaussure à son pied – sauf elle.

Elle se détourna et partit en trombe, ses fichus dessous la titillant à chaque pas. Elle les ôterait à la première occasion. Si elle les fourrait sous son matelas, Reggie serait incapable de les dénicher – ou, s'il y parvenait, il lui faudrait les déchirer pour les déloger, et Ellie n'y voyait aucun inconvénient.

— Est-ce que vous me fuyez, Ellie ? s'enquit Jack en lui prenant la main et en la posant sur son bras.

— Non, dit-elle en essayant de se dégager en vain. Lâchez-moi.

— Vous ne voudriez pas qu'on pense que nous nous sommes disputés, si ?

— Et pourquoi penserait-on une telle chose ?

— Oh, je ne sais pas. Peut-être parce que vous me foudroyez du regard.

Ellie émit un grognement agacé tout en essayant encore de s'éloigner.

— Ou parce que vous vous débattez comme si vous craigniez que je vous enlève. Je veux simplement vous éviter de glisser et de tomber dans la neige.

Elle tenta encore de se libérer.

— Personne ne fait attention à nous.

Jack leva les yeux au ciel, comme si cela suffisait à convaincre le Tout-Puissant de lui faire entendre raison.

— Depuis combien de temps connaissez-vous mère ?

— Comment ça ?

Ellie fut prise d'un sentiment de malaise.

— Elle nous observe telle un faucon – ou pire, telle la duchesse des Cœurs absorbée dans ses réflexions d'entremetteuse.

Ellie leva la tête vers la terrasse – fichtre, la duchesse avait bel et bien le regard rivé sur eux. Elle fit une grimace supposée passer pour un sourire aux yeux de la duchesse qui se tenait à bonne distance.

— Très bien, je vous autorise à m'accompagner, si vous insistez.

— Merci.

Jack les emmena à la rencontre d'Ash et de son château de neige. Ned et Miss Wharton les y avaient précédés.

Jack se déplaçait bien plus lentement que nécessaire, manifestement décidé à lui faire part de ses pensées avant de rejoindre les autres.

— Je dois avouer que je ne comprends pas pourquoi vous me faites payer votre mauvaise humeur, annonça-t-il en la regardant droit dans les yeux, ce qui eut le don de la mettre mal à l'aise. Si vous vous souvenez bien, c'est moi qui vous ai conseillé de séduire Ned. Et puisque vous n'avez toujours rien tenté dans ce sens, je commence à me dire qu'il ne vous intéresse pas.

— Quoi ? Vous…

Il resserra son étreinte sur les doigts d'Ellie pour étouffer ses protestations.

— Et si tel est le cas, Ellie, arrêtez de jouer les trouble-fêtes. Ned a besoin d'une nouvelle épouse ; si Miss Wharton est intéressée, ils pourraient former un bon couple. Qui plus est, ajouta-t-il, tout sourires, cela me soulagerait d'un poids.

La colère empêchait Ellie de s'exprimer. Jack était de loin l'homme le plus agaçant qu'elle connaissait... À part bien sûr, le plus jeune de ses frères aînés.

Il se rapprocha.

— Si, en revanche, vous le voulez vraiment, faites quelque chose, bon sang, parce que sinon, Miss Wharton s'en chargera à votre place et vous vous retrouverez exactement dans la même posture que lorsqu'il a épousé Cicely : une observatrice extérieure dépitée.

Elle finit par retrouver suffisamment de souffle pour rétorquer.

— J'avais décidé d'agir, imbécile, mais vous m'en avez empêchée en me forçant à monter dans votre traîneau ! siffla-t-elle.

— Ah, fit Jack, l'air contrit. Mais je ne pouvais décemment pas choisir Miss Wharton ; autant me trancher la gorge directement.

— Vous auriez pu inviter Miss Mosely.

— Certes, mais je ne voulais pas en priver Mr Humphrey. Et, continua-t-il en grimaçant, mon estomac n'aurait pas toléré une demi-heure en sa compagnie.

— Je vous aurais cru prêt à consentir quelques sacrifices pour le bien de Ned.

— Oui, mais seulement des petits. Une demi-heure avec Miss Mosely, c'est déjà beaucoup trop. Admettez-le,

Ellie, j'aurais pu m'endormir et avoir un accident, et où serais-je à présent ?

— Dans une congère, exactement à votre place, en train de vous geler les…

Elle se retint juste à temps.

— Allons, allons, du calme, dit-il en lui agitant l'index sous le nez. Je suis désolé, mais l'instinct de survie aura presque toujours le dessus sur l'amour fraternel. Mais je vais me faire pardonner.

— Je ne compterais pas trop dessus.

Elle détourna les yeux de Jack et vit que Ned la fusillait du regard. Qu'est-ce qui avait bien pu l'énerver ? Elle releva le menton alors qu'ils arrivaient à son niveau.

Non, elle voulait attirer cet homme, pas le combattre.

— Comment s'est passée votre balade en traîneau, Lord Edward ?

Et comment diable était-elle censée le charmer ? Elle tenta quelques battements de cils.

— Vous avez une poussière dans l'œil ? lui chuchota Jack.

— Non, siffla-t-elle en s'efforçant de sourire de la façon la plus convaincante possible.

Au moins Ned n'avait plus l'air furieux, seulement confus.

— C'était très agréable, répondit-il.

— Oh oui ! acquiesça Miss Wharton avec enthousiasme. C'était fantastique. Lord Edward est très doué avec les rênes – presque autant que vous, Lord Jack.

— Ne dites pas cela ! Autrement, je vais devoir le défier à la course et démontrer ma supériorité.

Ned émit un reniflement méprisant.

— Tu ne prouverais que ta témérité imbécile. Hors de question que je fasse la course avec toi.

— Voyons, monsieur Inquiet, n'as-tu pas envie d'impressionner ces charmantes dames et de les voir tomber en pâmoison dans la neige ?

On allait bien retrouver des corps dans la neige, mais vu les poings serrés de Ned, il s'agirait du sien et de celui de son frère. Pourquoi ce crétin s'obstinait-il à saisir la moindre occasion de l'asticoter ?

Ellie fourra les doigts dans la manche de Jack, espérant l'encourager à arrêter de railler Ned.

— Il fait bien trop froid pour se pâmer ; je ne voudrais pas me retrouver couverte de neige, lança-t-elle.

Elle se tourna vers Ash, qui avait déjà bâti un mur lui arrivant au niveau des épaules, et qui s'attelait à construire une tourelle.

— Vous vous en sortez admirablement, fit-elle remarquer.

— Oui, Lord Ashton, renchérit Miss Wharton. C'est extraordinaire. Je n'ai jamais vu de château de neige aussi splendide.

Il était vraiment impressionnant, comme tout ce que bâtissait Ash, d'ailleurs. Un jour, alors qu'ils étaient encore enfants, il avait construit un palais de contes de fées dans lequel Ellie, Jess et Cicely avaient joué pendant des heures – jusqu'à ce que les garçons décident de se transformer en soldats français et de lancer l'assaut. Percy avait mené la charge et abattu un mur à coups de pied, et Ash, furieux, lui avait sauté dessus par-derrière. Tous deux s'étaient alors roulés par terre en se rouant de coups, détruisant ce qu'il restait du bâtiment au passage.

Cicely avait pleuré des heures durant, malgré les tentatives de Ned et, contre toute attente, de Percy pour la consoler, et même Ellie était très peinée, mais Jess… Jess avait ri.

Ellie avait toujours été incapable de déchiffrer ses sentiments – sauf en ce qui concernait Ash.

— Ce n'est pas très difficile à bâtir, affirma Ash en ajoutant une poignée de neige à sa tourelle. Ce matériau a une consistance parfaite.

— Oh, je serais bien incapable d'en faire autant ! s'exclama Miss Wharton. Quelle que soit la qualité de la neige.

— C'est évident, confirma Ned. Ne laissez pas mon frère vous abuser, il serait capable de construire un château avec de la purée.

Jack s'esclaffa.

— Je l'ai déjà vu faire. Avoue-le, Ash : tu aurais préféré être architecte plutôt que duc.

— Oh non, se défendit Ash en lissant les parois de la tourelle. Ce n'est qu'un passe-temps. J'ai besoin d'une occupation pour rester actif ; tu sais que père ne réclame pas vraiment mon aide pour entretenir ses propriétés.

Ned et Jack échangèrent un regard sans rien dire. Le duc voulait qu'Ash prenne possession d'une propriété en particulier – Blackweith, où Jess résidait et où il ne mettait jamais les pieds.

— La consistance de la neige nous permettrait-elle d'en faire des boules, Lord Ashton ? demanda Miss Wharton.

— Tout à fait. Vous pourriez commencer à en façonner quelques-unes, même si je pensais que nous attendrions que tout le monde soit rentré afin de faire des bonshommes de neige pour s'entraîner à viser.

— Comment ? Pas même une vraie bataille de neige ? s'offusqua Jack. Si je ne peux pas faire la course avec Ned, j'aimerais au moins lui tirer sur le chapeau.

— Essaie toujours, rétorqua Ned, surtout avec ton bras en écharpe – ou peut-être t'es-tu suffisamment remis pour te servir de tes deux mains ? lança-t-il d'une voix teintée de sarcasme.

— Je suis parfaitement capable de tirer avec une seule main, mais je sens en effet que mon autre bras va beaucoup mieux. Merci de t'en préoccuper.

Ned fit la grimace, exaspéré.

— Je ne suis pas convaincu que ces dames apprécieraient de vous voir vous bombarder mutuellement de boules de neige, intervint Ash.

— Oh, vous savez…

Ellie aurait adoré ; elle aurait même été tentée de leur en envoyer quelques-unes bien placées.

— Mademoiselle Bowman, j'espère que vous plaisantez ! s'exclama Miss Wharton, l'air effrayé. Je n'ai que des sœurs, comme vous le savez peut-être, nous ne nous sommes ainsi jamais adonnées à la moindre bataille de boules de neige, mais un hiver, lorsque mes cousins sont venus nous rendre visite après une tempête, j'ai été particulièrement choquée. Ils se poursuivaient les uns les autres, se plaquaient au sol, se lançaient des poignées de neige au visage ou se les fourraient dans le dos. La violence semblait leur procurer du plaisir.

Elle frissonna.

Ellie admettait volontiers que si la perspective d'envoyer une boule de neige à Ned ou à Jack était tout à fait attrayante, celle d'en recevoir s'annonçait seulement douloureuse.

— Vous avez probablement raison, mademoiselle Wharton, dit-elle, puis elle se tourna vers Ash. Où voulez-vous que nous placions l'armée d'envahisseurs, Lord Ashton ?

— Là-bas, répondit-il en désignant une clairière à une vingtaine de mètres. Et regardez, voilà les autres qui arrivent.

En effet, les traîneaux se rapprochaient, chargés de leurs couples hilares et ébouriffés. Le duc et la duchesse étaient descendus du perron pour les accueillir. Ellie observa les parents de Ned s'arrêter pour s'entretenir avec chacun des couples, puis le duc fit monter son épouse dans le premier véhicule, prit les rênes à Mr Cox, et le couple ducal s'en alla profiter à son tour d'une promenade autour du parc.

La duchesse des Cœurs devait être ravie. C'était sans doute sa réception la plus réussie jusque-là.

Dès que les autres eurent rejoint les trois frères et les demoiselles, le groupe se dirigea vers le champ de bataille factice. Ellie regarda Miss Wharton marcher aux côtés de Ned, la tête appuyée contre son épaule.

Cela devrait être la tête d'Ellie, mais non – elle était coincée avec Jack.

— Vous pouvez toujours envoyer une ou deux boules aux bonshommes de neige, et vous convaincre que c'est Ned que vous décapitez, proposa Jack.

— Ou vous.

Il poussa un soupir théâtral.

— Oh, jeune femme de peu de foi. Je vous ai dit que j'allais me rattraper, pas vrai ? Vous pouvez me faire confiance.

Elle ne put contenir un léger accès d'espoir.

— Comment comptez-vous vous y prendre ?

— Je ne sais pas encore. J'improviserai sur le moment.

— Je vois.

Ce qu'elle voyait, c'est qu'elle ne pouvait pas compter sur Jack. N'avait-elle pas décidé la veille de s'en remettre à elle-même si elle voulait épouser Ned ? L'époque où elle était l'amie de longue date discrète sur qui on pouvait compter, espérant que Ned finirait par la voir autrement, était révolue depuis longtemps.

Mais comment faire ? Elle ne pouvait décemment pas le mettre à terre et s'asseoir sur lui jusqu'à ce qu'il accepte de l'épouser, même si ce plan lui parut très alléchant.

— Ellie, voulez-vous vous occuper de la tête du bonhomme de neige pendant que je travaille sur le corps ? lui proposa Jack.

— Soit.

En quelques instants, elle transforma une poignée de neige en une boule de taille acceptable. Elle appréciait l'effort que cette activité impliquait – peut-être même allait-elle finir par en faire un torse.

Elle se baissa et poussa aussi fort que possible, faisant rouler le bloc de plus en plus loin, jusqu'à ce qu'elle bute sur une botte délicate.

— Oh ! laissa-t-elle échapper lorsqu'elle reconnut le visage de Lady Juliet ; assise sur ce qui aurait pu être la base d'un bonhomme de neige, mais transformé en fauteuil. Mr Cox, occupé à faire leur bonhomme tout seul, se tenait à trois ou quatre mètres de là.

Lady Juliet montra du doigt l'endroit d'où Ellie était arrivée.

— Il me semble que vous vous êtes égarée hors de votre territoire, mademoiselle Bowman.

— Euh… oui.

Ellie jeta un regard par-dessus son épaule. Effectivement, elle s'était éloignée de Jack. Elle se retourna vers Lady Juliet.

— Pourquoi n'êtes-vous pas en train d'aider Mr Cox ?

Lady Juliet émit un bâillement sonore.

— Je suis bien trop épuisée pour faire quoi que ce soit.

— Mais votre seule activité de la journée a été la balade autour du parc en traîneau.

Les lèvres de Lady Juliet se retroussèrent en un petit sourire satisfait ; elle ressemblait étonnamment à Sir Reginald lorsqu'il avait terminé une grande soucoupe de crème.

— Je n'ai pas beaucoup dormi la nuit dernière.

— Pourquoi – oh.

La prise de conscience atteignit Ellie comme un direct à l'estomac. Lady Juliet avait passé la nuit avec Mr Cox.

Non, c'était inconcevable. Le simple fait d'y penser était trop révoltant – pourtant, Ellie était persuadée d'avoir raison.

Lady Juliet lui décocha son plus large sourire, dépourvu de la moindre trace de gêne.

— Eh bien, je vais me remettre au travail, reprit Ellie.

Elle était horrifiée – et terriblement envieuse. Pas par rapport à Mr Cox, bien sûr, mais Ned…

Elle entreprit de pousser sa boule de neige jusqu'à son point de départ le plus vite possible.

— C'est beaucoup trop gros pour une tête, Ellie, fit remarquer Jack dès qu'elle l'eut rejoint.

— Alors faites-en un autre usage.

Elle-même perçut l'irritation qui pointait dans sa voix.

Les yeux écarquillés, Jack s'abstint de répondre. Ned, affairé à soulever une boule de neige aux proportions impressionnantes à quelques mètres de là, le héla :

— Dis, Jack, tu veux bien me donner un coup de main ? Miss Wharton a fait preuve d'un excès de zèle – elle aurait pu se cantonner à une boule deux fois plus petite.

— Bien sûr, j'arrive, répondit Jack avec un grand sourire. On dirait que vous avez inspiré Miss Wharton en termes de bonshommes de neige, hein ?

Ellie repoussa une mèche de cheveux qui lui tombait sur le visage. Elle avait les nerfs à vif, et elle avait résolument besoin de s'occuper.

— Cessez vos taquineries. Je peux vous aider ?

— Peut-être bien, acquiesça Jack, espiègle.

— Jack, insista Ned, ce bloc est toujours aussi lourd.

— D'accord.

Mais Ellie était déjà en chemin – une idée stupide, elle en était consciente : elle était loin d'avoir la force nécessaire. Jack la talonnait. Elle devrait simplement le laisser passer.

Alors qu'elle esquissait un pas de côté, elle entendit Jack lui susurrer :

— Je suis désolé.

Puis elle sentit la main du frère de Ned la propulser en avant.

Catapultée directement sur Ned.

Pourquoi diable Jack mettait-il aussi longtemps ?

Ned entendit une sorte de cri indigné et se retourna juste à temps pour voir Ellie fondre sur lui.

Il émit un grognement sourd, lâcha son bloc de neige et rattrapa Ellie, mais sans espoir de conserver l'équilibre. Ils tombèrent en arrière comme un arbre abattu en pleine tempête.

Au moins, la neige amortit un peu leur atterrissage. Cependant Ned ne parvenait encore à respirer que s'il se contentait de halètements saccadés.

— Rien de cassé ?

Ellie, pantelante, le rassura. La chute lui avait probablement coupé le souffle à elle aussi.

Il fit l'inventaire : ses orteils remuaient, ses épaules roulaient. Il était intact, *a priori*. Il avait mal au séant, ce qui n'irait probablement pas en s'améliorant, mais son dos semblait indemne.

Il ferma brièvement les yeux tandis qu'une avalanche de désir, enfin libéré du choc dû à ce soudain changement d'altitude, déferla en lui. Ellie pouvait être recouverte d'autant de couches de tissu qu'elle le voulait, il n'en sentait pas moins ses seins pressés contre son torse et ses hanches douces et généreuses juste au-dessus de… Ils étaient tombés de telle manière que les jambes d'Ellie enserraient les siennes, et…

Oh, diantre. Avec un peu de chance, elle se dirait que la raideur plaquée contre son sanctuaire féminin était en fait le pli de l'un de leurs manteaux. Elle était immobile, la tête posée contre son buste, probablement en train d'essayer de reprendre son souffle.

Et puis tous les autres apparurent au-dessus d'eux, surpris ou inquiets.

Voire amusés. Bigre ! À quoi s'attendre d'autre de la part de Jack ?

— Besoin d'aide ? lança Jack, la main tendue.

En entendant sa voix, Ellie se raidit et remua pour tenter de se relever. Fichtre ! Ned agrippa ses hanches et les colla contre les siennes dans l'espoir de préserver sa capacité à enfanter.

Elle releva la tête, se rapprochant ainsi, de manière assez gênante, du membre de Ned. Elle lui adressa un regard féroce.

— Navré, bafouilla-t-il, mais votre genou a failli me broyer les… une partie très sensible de mon anatomie, se reprit-il.

— Oh.

Ellie vira à l'écarlate.

Splendide. Leur public devait apprécier le spectacle. Il aurait juré entendre quelqu'un – sûrement Jack – ricaner.

— Laissez-moi simplement me dégager, dit-il en la soulevant.

Puis il se releva et l'aida à en faire autant. Il jeta un regard noir à Jack.

— As-tu quoi que ce soit à voir avec ce qui vient de se passer ?

— Mais oui, enchaîna Ellie, pourquoi avez-vous…

— Manqué de vous rattraper lorsque vous avez glissé ? l'interrompit Jack. J'en suis navré.

— Est-ce que vous allez bien, tous les deux ? s'enquit Ash, sincèrement préoccupé.

— Oui, répondit Ned.

Il songea alors qu'il ne devrait peut-être pas se prononcer pour Ellie.

— Comment allez-vous, Ellie ? s'enquit-il aussitôt.

Elle hocha la tête mais fusillait Jack du regard, qui lui répondit par une expression d'innocence angélique. Ned s'interrogea. Il avait déjà vu cette expression un nombre incalculable de fois dans son enfance. Jack, à n'en pas douter, était coupable de quelque chose.

— Vous ne devriez pas rester ainsi, immobiles et à la merci du froid, fit remarquer Jack apparemment plein de bonnes intentions. Vous êtes tous les deux recouverts de neige, et vous n'allez pas tarder à être complètement trempés. Vous ne voudriez pas attraper la mort, ajouta-t-il, souriant, surtout pas avant le bal prévu pour demain.

Ned n'avait cure de ce maudit bal, mais il ne voulait pas qu'Ellie tombe malade.

— Lord Jack a bien raison, intervint Mr Humphrey. On n'est jamais trop prudent. Tenez, l'hiver dernier, je suis sorti sous la neige et j'ai attrapé un vilain rhume qui m'est descendu jusque dans les bronches et aurait très bien pu m'emporter, d'après le docteur, si je n'avais été jeune et d'une constitution d'acier. Et bien sûr, nous autres, les hommes, bien plus robustes et savants que les membres du sexe faible comme Miss Bowman, nous devons de prendre soin des femmes, c'est pourquoi je ne saurais trop vous conseiller de penser à sa sécurité, dit-il avec une courbette, même si je serais heureux de l'escorter moi-même au château, où l'on pourra lui procurer des vêtements secs et une tasse de thé revigorante devant la cheminée.

Ned sentit qu'Ellie s'était crispée. La constitution d'acier de Mr Humphrey pourrait très bien être mise en péril si elle s'approchait de lui à cet instant.

— Comme vous avez raison, monsieur Humphrey, en ce qui concerne les dangers du froid et de l'humidité, acquiesça-t-il en ignorant le regard courroucé qu'Ellie lui lançait à présent. Des vêtements secs s'imposent. Je présume que vous vous en sortirez sans nous ?

— Sans aucun doute, affirma Jack. De plus, mère et père pourront nous prêter main-forte lorsqu'ils auront fini leur promenade.

Ash éclata de rire.

— Oui, allez-y. Vous êtes complètement débraillés, et je crois bien que je viens de voir Ellie frissonner.

— Je vais b-bien, tenta Ellie en claquant des dents.

— Oh, mademoiselle Bowman ! s'exclama Miss Mosely, dépêchez-vous de rentrer. Je suis très inquiète pour vous.

Ned agrippa le coude d'Ellie et la tira, sans trop insister. Elle regardait toujours Mr Humphrey d'un air haineux – une perte de temps, puisque ce dernier était à mille lieues de se rendre compte qu'elle pouvait être offensée. À vrai dire, il cherchait à déterminer avec l'aide de Miss Mosely quel était le remède le plus efficace contre la fièvre.

— Eh bien, nous voilà partis, annonça Ned, tirant une fois de plus sur le bras d'Ellie qui, cette fois, le suivit.

— Mr Humphrey est très agaçant, murmura-t-elle tandis qu'ils s'éloignaient du groupe.

— C'est vrai, mais pour une fois, il a raison. Nous avons vraiment besoin de vêtements secs.

— Tout ça parce que J-Jack m'a poussée vers vous.

— Comment ? hoqueta-t-il en stoppant net leur progression. Que voulez-vous dire ? Jack est peut-être imprudent, mais il n'est pas fou. Jamais il ne ferait une chose pareille.

Elle releva le menton. Elle avait les joues et le nez rougis par le froid.

— C'est p-pourtant ce qu'il a fait.

Elle écarta prestement une mèche qui lui tombait sur le visage et fut parcourue d'un frisson.

Ned mériterait d'être fusillé pour la faire rester dehors, dans le froid. Il reprit son bras, ainsi que leur progression.

— Nous pourrons en discuter plus tard ; il faut que vous rentriez à présent.

— Je ne suis pas une petite chose f-fragile, grommela-t-elle en le suivant malgré tout.

Maintenant qu'il y pensait, c'était un heureux concours de circonstances. Tout le monde allait rester dehors encore un moment, ce qui lui laisserait du temps à passer seul avec Ellie – l'occasion rêvée de découvrir si elle était en quête d'un époux.

Il s'écarta pour la laisser pénétrer dans la demeure.

— Attention, le sol est peut-être glissant.

— Je sais – aaah !

Il la rattrapa tandis que ses pieds se dérobaient sous elle, et elle s'accrocha à lui l'espace d'un instant. Il trouva assez agréable de l'avoir dans ses bras.

— Oh ! Je suis navrée.

Son visage se teinta d'un rouge plus intense encore que celui provoqué par le froid et elle se dégagea promptement.

— Ce n'est rien, Ellie, dit-il en lui tendant le bras. Mais accrochez-vous à moi. Le marbre est bien moins accueillant qu'une couche de neige en cas de chute.

Ils traversèrent l'entrée et montèrent l'escalier qui menait à l'étage des chambres sans incident. Il s'arrêta devant la chambre d'Ellie.

— Venez me rejoindre à la bibliothèque lorsque vous vous serez changée. J'aimerais m'entretenir avec vous.

Elle l'observa, méfiante, puis acquiesça.

— Très bien.

Lorsqu'il entra dans sa propre chambre, il y trouva Reggie étalé sur son lit, profitant d'un rayon de soleil. Le chat de mère n'aimait guère qu'on le dérange ; il fixa Ned d'un regard courroucé avant de décamper, laissant derrière lui un couvre-lit froissé, mais inoccupé.

— Pas de dessous rouges pour moi aujourd'hui ?

La question s'adressait à la queue de Reggie, qui disparut sans se préoccuper de Ned.

Ce dernier enleva sa chemise mouillée. Peut-être Ellie avait-elle suivi son conseil et porté le sous-vêtement indécent sous ses jupes. Il ne comprenait toujours pas comment elle était entrée en leur possession. Il fit glisser son caleçon trempé. C'était le genre de lingerie qui siérait à une femme comme Lady Heldon. Scandaleuse et…

Apparemment stimulante. Il fronça les sourcils tout en considérant son sexe proéminent. De toute évidence, il était grand temps qu'il se remarie.

Il préférerait épouser Ellie plutôt que Miss Wharton, maintenant qu'il pouvait envisager la chose sans le récit certes poignant de cette dernière qui lui emplissait les oreilles. Ellie et lui avaient un passé en commun, il se sentait à l'aise avec elle…

Il se renfrogna tout en reboutonnant ses sous-vêtements secs au-dessus de son sexe devenu incontrôlable. Par le passé, il s'était senti à l'aise avec elle, mais cela pouvait revenir, sans aucun doute. S'il ne s'agissait que d'humeurs mensuelles récurrentes, cela lui passerait, même s'il avait tant fréquenté Ellie au fil des ans qu'il aurait probablement remarqué si elle souffrait de telles fantaisies régulièrement.

Haussant les épaules, il passa une chemise propre. Son mariage avec Cicely lui avait appris qu'il ne comprendrait probablement jamais les émotions des femmes.

Il attrapa sa cravate. Ellie adorerait Linden Hall. Ce n'était pas très loin de Greycliffe – elle pourrait voir sa famille quand bon lui semblerait. De plus, elle appréciait la duchesse. Et c'était réciproque – la mère de Ned la considérait déjà presque comme sa propre fille. En fait, ses deux parents seraient ravis, même si Ellie n'était pas le premier choix de mère pour lui.

Il renifla. Impossible que la duchesse des Cœurs ait l'intention de l'unir à Lady Juliet, maintenant qu'elle était de toute évidence éprise de Cox – d'autant plus si elle et Cox avaient fait ce qu'il subodorait la nuit dernière.

Il marqua une pause, sa cravate à demi nouée. Pourquoi mère n'avait-elle jamais envisagé Ellie comme épouse pour lui ?

Qu'importe. Elle avait sûrement pensé, à juste titre, qu'il la voyait comme une sœur de substitution.

Il saisit le portrait miniature de Cicely sur son bureau et observa la jeune femme. Elle approuverait probablement. Ellie était son amie la plus proche.

Il esquissa un geste pour mettre l'objet dans sa poche, mais s'interrompit. Même s'il était persuadé du consentement de Cicely, ce n'était probablement pas le genre de détails à évoquer lors de sa demande à Ellie.

Il rangea le portrait dans le tiroir de son bureau et se dirigea vers la porte de sa chambre à grandes enjambées. Mais il s'arrêta, la main sur la poignée. Une petite minute… Où diable était passé Reggie ? Il balaya la pièce du regard ; pas de chat en vue.

Tant pis, il avait des sujets de préoccupation plus importants que les déambulations de l'animal de compagnie de mère. Ouvrant la porte à la volée, il se précipita vers le rez-de-chaussée. Il fallait faire préparer du thé pour Ellie – et un cognac pour lui.

Chapitre 17

Les hommes sont capables d'une idiotie sans nom.
Préceptes amoureux de Vénus

Ellie se renfrogna en apercevant son reflet dans le miroir de la chambre. Pourquoi diable Jack l'avait-il poussée ? Il n'était pas en colère ; non, il était apparemment persuadé de lui donner un coup de pouce en la faisant basculer sur Ned qu'elle avait recouvert comme une couverture.

Son visage se teinta d'un rouge plus vif que celui de ses dessous de soie, et elle ferma les yeux. Sa honte était si profonde qu'elle redouta une réaction de combustion spontanée.

C'est là-bas, sur la neige, qu'elle aurait dû se sentir embarrassée, mais il n'en avait rien été. Oh non, l'embarras était le cadet de ses soucis ; elle était bien trop grisée par cette proximité inattendue avec Ned.

C'était une sensation merveilleuse, encore plus intense que lorsqu'elle était tombée contre lui dans sa chambre, le premier jour de la réception. Il était si robuste, si ferme, si bien charpenté, tellement… mâle. Elle aurait voulu se blottir dans son manteau – entre ses bras – et y rester pour l'éternité. Elle avait totalement oublié la présence des autres convives.

Dieu merci, Ophélia et Percy n'avaient pas assisté à la scène. S'ils avaient été là, l'histoire ferait déjà le tour de tout le voisinage. Bien sûr, la rumeur pouvait toujours se répandre…

Elle se mordilla la lèvre en essayant de ravaler son accès de panique. Personne n'avait pu comprendre qu'elle aurait aimé rester enveloppée autour de Ned… Bien sûr, elle aurait dû se relever immédiatement, mais… mais…

Elle se força à inspirer profondément.

Tout le monde avait dû se dire qu'elle avait eu le souffle coupé. Voilà tout. Ou peut-être que le choc l'avait tétanisée. Cette idée ne lui déplaisait pas. La vieille fille paralysée au contact d'un corps d'homme.

Ou peut-être que cela n'avait pas duré aussi longtemps qu'elle le croyait. Peut-être son esprit avait-il dilaté l'instant, comme l'instant qui sépare le moment où l'on se rend compte que l'on va chuter durement et celui où l'on touche le sol. Il semble durer une éternité, mais passe en un rien de temps.

Elle se força à sourire. Elle se comporterait comme si de rien n'était. Si elle agissait avec naturel, même les plus suspicieux parviendraient à la conclusion qu'ils imaginaient des choses. Ils…

Son sourire se figea. *Bon sang!* Ned s'était-il lui aussi rendu compte de son émoi ? Et lorsqu'elle avait glissé, quelques instants plus tôt, avait-il remarqué avec quelle force elle s'était agrippée à lui ?

Peut-être était-ce de cela dont il voulait discuter dans la bibliothèque.

Oh, Seigneur!

Elle allait rester dans sa chambre. Il ne pourrait pas la forcer à descendre. Elle lui dirait simplement, lorsqu'elle le croiserait dans le salon un peu plus tard, qu'elle était transie de froid ou encore épuisée par…

Non. Elle allait arrêter de se cacher. S'il avait remarqué quoi que ce soit, elle avouerait. N'avait-elle pas décidé de se montrer forte et déterminée, et de convaincre Ned de l'épouser ? Peut-être même essaierait-elle encore de le charmer.

Hmmm, c'était sans doute une mauvaise idée. Sa piètre tentative à l'extérieur l'avait menée à la conclusion que ce n'était pas son domaine de prédilection. Sa maladresse pourrait amener Ned à penser qu'elle était tombée malade et lui faire mander un docteur. Il lui fallait donc prendre son courage à deux mains et lui dire ce qu'elle ressentait.

Argh ! Cette seule perspective provoqua dans son estomac des velléités de soulèvement.

Elle jeta un regard réprobateur à son buste à travers le miroir. Son petit cœur allait devoir prendre sur lui. Elle allait garder son sang-froid. Elle pouvait y arriver.

Peut-être.

Non, pas de « peut-être ». Elle allait y arriver.

S'inspectant de nouveau, elle fit la grimace. Il lui serait moins difficile de prendre son courage à deux mains si seulement elle avait une tenue plus affriolante ! Sa robe couleur de boue, loin de mettre ses yeux et ses cheveux en valeur comme elle l'avait cru, lui donnait l'allure d'un tas de fange. D'ailleurs, la ressemblance frappante entre cet accoutrement et un sac à patates ne lui avait jamais sauté aux yeux. Au moins, ce sac à patates-là tenait chaud.

Elle ne pouvait même pas porter ses dessous rouges pour se sentir plus audacieuse : ils étaient tellement humides qu'elle les avait étendus sur un fauteuil non loin du feu. Ils devraient être en sécurité. Elle avait demandé à Thomas et à un autre valet de pousser la penderie contre un mur, si bien que Reggie aurait besoin d'un bon régime s'il voulait atteindre sa chambre par le trou. Dès son retour, elle fourrerait les sous-vêtements sous son matelas, en sûreté.

Elle descendit jusqu'à la bibliothèque, s'arrêta le temps de prendre une bouffée d'air salvatrice, et frappa à la porte.

— Entrez, lança Ned.

Elle s'exécuta et ferma la porte derrière elle. Il était relativement scandaleux pour un homme et une femme qui n'étaient pas mariés de se retrouver seuls dans une pièce fermée, mais elle était certaine que personne ici n'en aurait cure. Ce n'était que Ned et Ellie, aucune raison de s'inquiéter.

Elle inspira de nouveau. Elle devait pourtant en faire un sujet d'inquiétude. Elle devait être scandaleuse, ou du moins désirable.

Ou peut-être simplement directe. Oui, lui dire ce qu'elle voulait de but en blanc. C'était l'occasion ou jamais.

Ned se tenait près de l'âtre et de deux fauteuils en cuir. Il l'accueillit avec un sourire.

— Parfait, j'allais vous demander de fermer la porte. J'ai une proposition à vous soumettre qui doit rester entre nous. Venez, installez-vous.

— Ah.

Un éclat de rire étrange, désespéré et quelque peu hystérique commença à lui remonter dans la gorge, mais elle le ravala. Un autre homme, une autre femme et une proposition auraient pu déboucher sur un rendez-vous galant et un baiser volé ; malheureusement, elle ne pouvait se convaincre ne serait-ce qu'un instant que ce genre de pensées aient pu traverser l'esprit de Ned. Non, il voulait sans doute lui proposer de réviser avec lui ses projets de plantations printanières.

Elle se joignit à lui et posa un bout de séant sur un coin de fauteuil. Il s'installa dans l'autre, croisa les jambes et commença à marteler le sol de son talon.

Hmmm. Lui aussi était nerveux.

— J'ai demandé à Dalton de nous apporter à boire, reprit-il en désignant le chariot à thé d'un geste ample. En voulez-vous une tasse ?

Ned, lui, n'était pas en train de boire du thé. Elle se racla la gorge, les mains entrelacées.

— J'ai vu votre carafe à décanter. Pourrais-je plutôt avoir un verre de cognac ?

Il la dévisagea, perplexe.

— En avez-vous déjà bu ?

Boire du cognac semblait bien trop audacieux pour une vieille fille ennuyeuse comme Eleanor Bowman.

— Il y a une première fois à tout.

— En réalité, non, pas toujours. Je suis persuadé que bien des femmes expirent sans jamais y avoir goûté.

Elle n'allait pas renoncer aussi facilement.

— Mais je suis frigorifiée. J'ai toujours entendu dire que le cognac réchauffait.

Et que ce soit dû au froid ou à l'appréhension, son estomac était bel et bien parcouru de frissons.

— Le thé aussi.

— Mais pas autant que le cognac, n'est-ce pas ?

Diantre, Ned affichait toujours cette expression dubitative. Elle se força à y répondre par un regard calme et déterminé. S'il refusait de lui en offrir un verre, elle se saisirait de la fichue carafe et se servirait elle-même – tant pis s'il lui fallait utiliser une tasse à thé. Elle avait besoin d'une bonne rasade de courage pour que ce rendez-vous se passe comme elle le voulait.

— Bon. J'imagine qu'un verre ne peut pas vous faire de mal. De plus, ajouta-t-il tout sourires, peut-être cela vous aidera-t-il à vous détendre. Vous semblez un peu crispée.

— C'est que je dois l'être.

Un peu tendue ? Allons bon, c'était comme dire qu'ils avaient seulement eu droit à un peu de neige.

Il versa le liquide ambré dans un petit verre jusqu'à la moitié, puis le lui tendit.

— Soyez prudente. Un petit verre peut avoir des effets redoutables.

— Je n'en doute pas.

La prenait-il pour une idiote ? C'était son premier cognac, mais elle avait déjà bu du ratafia et du vin de Madère. Elle prit une gorgée.

Et crut qu'elle allait succomber. L'alcool lui brûla la langue et la bouche avant de tracer une ligne de flammes le long de sa gorge.

— Ah, fit-elle en déglutissant de nouveau. Ah, ah.

Ned se leva pour lui reprendre son verre.

— Je vous avais bien dit que le thé serait un choix plus judicieux.

Elle recula, une main levée pour le repousser tandis qu'elle serrait le récipient contre sa poitrine.

— Non, tout va bien. Je me suis simplement laissée… surprendre.

Il se rassit, l'inquiétude lui barrant le front.

— Vous n'êtes pas obligée de le finir, vous savez.

— Je sais. Mais j'aime ça.

Ned haussa un sourcil.

— Non, vraiment, insista-t-elle.

À présent que le cognac avait atteint son estomac, elle se sentait réchauffée, presque heureuse. Ses nerfs commencèrent à se dénouer. Elle prit une nouvelle gorgée avec plus de précautions et fut soulagée de sentir le liquide descendre bien plus délicatement cette fois.

— Vous voyez ? Il suffit de s'habituer.

— Eh bien, ne vous y habituez pas trop. Je ne voudrais pas me retrouver à vous porter jusqu'à votre chambre parce que vous êtes trop éméchée pour y retourner seule.

L'idée que Ned puisse la porter était plutôt alléchante.

— De quelle proposition vouliez-vous donc m'entretenir ?

— Ah, oui, dit Ned avant de boire une rasade de cognac à son tour. J'ai eu une conversation très instructive avec Miss Wharton lors de notre balade en traîneau.

Fichtre, peut-être n'avait-elle pas envie d'entendre cela, après tout. Elle prit une autre gorgée.

— Ah oui ?

— Oui. Apparemment, ses parents lui ont donné jusqu'à la fin de la Saison pour se trouver un époux ; si elle échoue, ils la marieront à un voisin décrépit.

— Oh la la…

Son cœur se serra, et elle avala encore du cognac. Ned n'avait tout de même pas l'intention de sauver Miss Wharton de ce funeste destin ?

— J'ai été choqué d'apprendre que des parents puissent se montrer aussi insensibles, avoua-t-il tout en étudiant le visage d'Ellie. Les vôtres ne vous forcent pas à trouver un époux ?

Elle but encore.

— N-non. Mais je compatis avec Miss Wharton. Je pense que mon père se fiche que je me marie un jour, mais ma mère insiste de plus en plus souvent sur le fait que si je m'obstine à rester célibataire, je devrai m'en remettre à la générosité de mes sœurs lorsqu'elle-même et père nous auront quittés. C'est très déprimant.

Le cognac avait apporté la paix à ses entrailles. Il commençait même à dissoudre son angoisse concernant Ned et Miss Wharton. Elle se sentait étonnamment détachée, presque en état de lévitation.

— Ainsi, vous avez changé d'avis à propos du célibat ?

Elle toisa Ned du regard. Pour un aussi bel homme, il était long à la détente.

— Je n'ai pas choisi d'être célibataire. C'est arrivé, voilà tout, expliqua-t-elle en soulignant ses propos d'une rasade de cognac. Ou plutôt, le mariage n'est jamais arrivé. Nous autres les femmes n'avons pas tellement le choix dans ce domaine, en fin de compte.

Ce n'était pas tout à fait exact, mais elle n'était pas encore prête à lui dire que lorsqu'il s'était marié avec Cicely, elle n'avait jamais voulu épouser personne d'autre.

Peut-être ne le lui avouerait-elle jamais – trop de franchise peut nuire au résultat. Elle devrait se contenter de dire qu'elle désirait mettre un terme à son célibat avec lui.

Mais elle n'avait pas encore ingurgité assez de cognac pour en arriver là.

Ned hocha la tête.

— Je suppose que vous avez raison, mais je dois admettre que cela ne m'était jamais apparu avant ma discussion avec Miss Wharton. Je comprends maintenant pourquoi la pauvresse s'est attelée à presser Jack avec autant d'assiduité.

— En effet.

Diantre, il allait vraiment demander sa main à Miss Wharton. Elle ne pouvait pas le laisser faire sans au moins essayer de défendre son propre dossier. Ce n'était pas comme s'il était amoureux de cette fille, et son impétuosité allait le rendre fou en un rien de temps.

Il avait besoin d'une amie – d'Ellie – pour lui faire comprendre que la demander en mariage serait une grave erreur.

— Mais vous… je… (*Allons, parle, sombre idiote !*) J-je veux…

Ned se pencha, empreint de sollicitude, mais clairement ignorant des sentiments qu'elle éprouvait à son égard.

— Oui ? Que voulez-vous, Ellie ?

Vous. Mais ses lèvres étaient tout bonnement incapables de prononcer le mot. Elle tendit son verre.

— Plus de cognac.

Son visage se plissa comme si elle lui présentait un pot de chambre usagé.

— Ce n'est pas une bonne idée.

Il avait sûrement raison, mais elle était désespérée. Encore un verre – une gorgée, peut-être – et elle pourrait rassembler le courage nécessaire pour lui avouer ses sentiments. L'heure n'était plus à la prudence.

— S'il vous plaît ?

Ses traits se creusèrent.

— Vous allez vous rendre malade.

— Bien sûr que non.

Et même si c'était le cas, cela en valait la peine. Elle lorgnait sur la carafe à décanter.

— Juste un petit peu ? insista-t-elle.

— Oh, comme vous voudrez ! Mais mère sera extrêmement fâchée contre moi si elle apprend que je vous ai rendue malade, dit-il en lui servant une larme de cognac. Et allez-y plus doucement. Vous buvez bien trop vite.

— Hum, marmonna-t-elle en prenant une nouvelle gorgée. Alors, cette… proposition dont vous m'avez parlé ? s'enquit-elle tout en se rendant compte qu'elle pouvait aborder le sujet avec une approche différente, moins directe. Je ne suis pas sûre d'avoir compris de quoi il s'agissait. Est-ce que cela a un rapport avec Miss Wharton ? demanda-t-elle avant d'inhaler une bouffée d'air salvatrice. Et si tel est le cas, pourquoi n'en parlez-vous pas directement avec elle ?

— Non. Enfin, pas encore, précisa Ned tout en se resservant du cognac à son tour. Si vous décidez d'accepter ma proposition, je n'aurai nul besoin de m'entretenir avec Miss Wharton.

— Quelle proposition ?

Le cognac lui était monté à la tête. Elle avait les oreilles qui bourdonnaient. Son cœur tanguait au rythme de battements puissants et espacés, et ses poumons s'obstinaient à lui refuser la moindre goulée d'oxygène.

Respire, idiote. Il n'a pas parlé de demande en mariage.

— Quelle demande ?

Le regard de Ned s'abîma au fond de son verre. Ses épaules se raidirent, lui effleurant presque les oreilles, et son talon tambourina de plus belle. Il était extrêmement nerveux.

— Nous sommes de vieux amis, n'est-ce pas, Ellie ?

— O-oui.

Elle but une nouvelle goulée de cognac. Où donc allait les mener cette conversation ?

Il lui adressa un sourire fugace.

— Je ne sais plus si je vous en ai déjà reparlé, mais j'ai été très touché par votre présence et votre soutien après le décès de Cicely et du bébé.

— J'étais heureuse de pouvoir être là pour vous, dit-elle en se rapprochant de lui et en lui mettant la main sur le genou.

Il acquiesça, et Ellie sentit sa main recouvrir la sienne ; son pouls s'emballa. Elle aimait le contact de sa peau.

— Oui, reprit-il. J'ai mis beaucoup de temps à m'en remettre, et je crois… enfin, je suppose que je ne m'en remettrai jamais totalement. Mais j'ai décidé qu'il était temps de me remarier.

Le cœur d'Ellie bondit jusqu'à sa glotte, et il commençait à battre si fort qu'elle redouta son explosion.

Ned était en train de dire quelque chose, mais elle était incapable de l'entendre. Elle secoua la tête pour se remettre les idées en place.

— Non ?

Il semblait surpris, voire désappointé.

— Non, enfin je veux dire, je n'ai pas compris ce que vous disiez. Je suis navrée.

Elle retira sa main et observa son verre de cognac, mais décida qu'il valait mieux remettre son esprit au pas que de boire plus avant.

— Cela avait-il quelque chose à voir avec un… remariage ? demanda-t-elle, haletante.

— C'est cela.

Il la regardait dans les yeux à présent, sincère et résolu.

— Je veux des enfants, Ellie. Un héritier, et aussi d'autres fils et filles.

— Ah.

Elle aussi en désirait, si ardemment que l'envie la consumait presque.

— Et j'ai pensé… poursuivit-il en détournant brièvement les yeux avant de revenir vers Ellie. Pardonnez-moi si j'ai mal interprété la situation, mais j'ai cru comprendre que cette année, vous pourriez être ouverte à l'idée d'un mariage.

— Ah.

Ellie était pourtant très éloquente, mais tous ses efforts étaient tournés vers le bon fonctionnement de son cœur, de ses poumons et de ses oreilles. Peut-être Ned allait-il bel et bien la demander en mariage.

Allait-il lui avouer son dévouement éternel ? Ou même… l'embrasser ?

— Cette année, vous n'avez pas passé tout votre temps avec Ash comme par le passé, et vous avez fait preuve d'un minimum d'intérêt envers les hommes que mère vous a présentés. Même si vous avez dû remarquer que Mr Cox et Mr Humphrey ont tous deux choisi d'autres femmes, se renfrogna-t-il.

Ellie acquiesça.

— Il aurait été difficile de l'ignorer.

Mais quelle importance ? Ils ne l'intéressaient pas ; Ned était le seul qui comptait, et elle aurait juré qu'il était sur le point de lui déclarer sa flamme. Tous ses rêves allaient se réaliser.

Il sourit.

— J'ai donc pensé, puisque je veux une femme et comme vous semblez encline à trouver un époux, qu'il serait raisonnable et pratique que nous nous mariions.

— *P-pratique ?*

Où donc étaient les mots d'amour, le genou posé à terre, le : « Faites de moi le plus heureux des hommes » ?

— *R-raisonnable ?*

— Oui. J'ai bien pensé à le proposer à Miss Wharton, puisqu'elle semble avoir désespérément besoin d'un compagnon, mais je suspecte ma mère d'avoir l'intention de s'occuper de son cas dès cette Saison. Je ne me fais pas trop de mauvais sang, je doute qu'elle se retrouve à épouser un vieillard.

— V-vous avez sans doute raison.

Il allait bien finir par mentionner l'amour. Elle se hâta de boire une petite gorgée de cognac.

— J'en suis convaincu, dit-il en lui souriant de nouveau. Et il y a tellement d'avantages à me marier avec vous. Même si elle m'a confié qu'elle appréciait la campagne, je pense que vous serez plus heureuse à Linden Hall que ne le serait Miss Wharton : c'est bien plus loin de chez elle que de chez vous. Cela vous permettra de rendre visite à votre famille aussi souvent que vous le voudrez. Et mère vous aime déjà comme sa propre fille.

— Ah.

Il l'entretenait du presbytère et de sa mère. Impossible. Son rêve était en train de virer au cauchemar.

Sois raisonnable, lui disait une petite voix dans sa tête. *Voilà enfin l'occasion d'épouser Ned, après toutes ces longues années.*

Lord Edward était toujours souriant.

— Nous nous connaissons depuis toujours ; je pense que nous pouvons nous entendre à merveille. Et en ce qui concerne vos devoirs conjugaux…, continua-t-il, l'air visiblement embarrassé, j'espère que vous ne les trouverez pas trop pénibles. Une fois que vous porterez notre premier enfant, je vous promets de vous laisser en paix jusqu'à ce qu'il soit temps d'essayer de nouveau.

C'était bien cela, un véritable cauchemar. Elle allait se réveiller d'un moment à l'autre.

— Alors, Ellie, qu'en dites-vous ?

Oui ! s'exclama la petite voix tapie à l'arrière de son crâne. *Dis oui ! Épouse-le ! Le bonheur jusqu'à la fin de tes jours, c'est ce que tu as toujours voulu !*

Mais il ne m'aime pas, songea Ellie.

Il t'aimera, reprit la voix intérieure avant d'ajouter, sur un ton plus cassant : *Ce n'est pas comme si les prétendants se bousculaient à ta porte. Tu veux des enfants ? C'est peut-être ta seule et unique chance.*

— Ellie ? Voulez-vous être ma femme ?

Une force fondamentale, complètement irrationnelle, jaillit alors en elle. La petite voix émit un cri horrifié, mais ne put l'arrêter. Elle se leva d'un bond.

— Pas même si vous étiez le dernier homme sur Terre.

Et au cas où il aurait mal compris, elle lui jeta au visage le fond de son verre de cognac.

Ned passait la serpillière lorsque Ash et Jack pénétrèrent dans la bibliothèque.

— Qu'est-ce que tu as fait à Ellie ? demanda Jack d'un ton sec. Nous venons de la croiser dans le couloir.

— Elle avait la tête baissée et semblait sur le point de fondre en larmes.

Ash semblait aussi énervé que son autre frère, et tous deux le fusillaient du regard, fichtre !

— Quand nous avons essayé de l'arrêter pour comprendre quel était le problème, elle nous a évités ; pour ainsi dire, elle s'est enfuie en courant. Cela ne lui ressemble pas.

Dieu Tout-Puissant, pensaient-ils qu'il l'avait battue ?

— Je ne sais pas ce qui lui a pris. Je n'ai fait que lui suggérer de se marier avec moi.

Il essaya d'éponger le cognac qui souillait sa cravate, mais en vain. Rien ne saurait la débarrasser de cette tache, il allait devoir s'en séparer.

— Et elle m'a répondu en me jetant son cognac au visage.

Les sourcils de Jack firent un bond.

— Peut-être qu'elle était ivre.

— Je ne vois pas comment, elle en a seulement pris un verre.

Enfin, à quelques gorgées près, mais trop peu pour que cela ait pu avoir le moindre effet.

— Mais qu'est-ce qui t'a pris de lui servir du cognac ? lui demanda Ash tout en se dirigeant vers la carafe à décanter pour se servir un verre.

— Je n'essayais pas de la soûler, si c'est ce que tu insinues. Elle m'en a demandé. J'ai bien essayé de l'en dissuader, mais elle m'a dit qu'elle était frigorifiée suite à notre chute dans la neige, se justifia Ned tout en assenant un coup d'œil acerbe à Jack. D'ailleurs, je ne comprends toujours pas comment elle a pu me faire tomber à la renverse. Elle soutient que tu l'as poussée.

Jack s'empara du verre d'Ash et se laissa choir dans le fauteuil qu'Ellie venait de libérer.

— Elle a glissé.

Il aurait pu tout aussi bien être en train de soutenir que la lune était en réalité une grosse meule de fromage.

— Bien sûr.

Jack chassa le scepticisme manifeste de Ned d'un revers de la main.

— Je ne comprends pas pourquoi Ellie aurait refusé ta demande en mariage. Elle est follement amoureuse de toi.

Ned secoua la tête alors qu'une flamme singulière s'éveillait au fond de ses entrailles. Ellie l'aimait ? Allons bon, l'idée était ridicule.

— Eh bien, elle a une manière très singulière de le montrer.

Ash intervint tout en faisant tourner le cognac dans son verre.

— Jack a raison, dit-il en se déplaçant vers la tablette de cheminée à côté de Jack, à laquelle il s'adossa de telle manière qu'ils se retrouvèrent tous deux face à Ned. Ellie est désespérément amoureuse de toi depuis notre enfance. Tout le monde le sait, sauf toi.

Les yeux de Ned passaient de Jack à Ash. Ni l'un ni l'autre n'avaient l'air de plaisanter.

— Vous êtes déments. Ellie est une amie.

Il roula en boule son mouchoir souillé, qui allait également rejoindre le tas de cendre.

— C'est du moins ce que je croyais…

Jack leva les yeux au ciel.

— Elle ressent bien plus que de l'amitié pour toi, imbécile ! Pourquoi crois-tu qu'elle ait rejeté tous les hommes choisis par mère et décidé de se cramponner à notre frère marié ici présent ? insista Jack en adressant un sourire taquin à Ash. Non que tu ne sois de très bonne compagnie.

Ash inclina la tête.

— Évidemment, fit-il avant que son regard ne se pose de nouveau sur Ned. J'ai passé des heures à discuter avec Ellie pendant ces satanées réceptions, et j'ai vu la manière dont elle te regardait ; ce n'est pas simplement de l'amitié que j'ai décelée au fond de ses yeux.

Par tous les diables, ils devaient se méprendre. Ellie n'était pas amoureuse de lui… Si ?

Il avait la sensation que la pièce tournait autour de lui, et cette fois, le cognac n'y était pour rien.

Mais non – elle lui avait dit qu'elle ne l'épouserait pas même s'il était le dernier homme sur Terre.

— Peut-être que la question la plus importante, avait repris Ash, est de savoir ce que toi, tu ressens pour Ellie ? L'aimes-tu, Ned, ou la considères-tu simplement comme une amie ?

Ned lui jeta un regard noir.

— Il n'y a pas de « simplement comme une amie » qui tienne. J'ai toujours considéré que cette amitié avait beaucoup d'importance.

Il avait peu d'amis, voire aucun, à l'exception de ses frères et d'Ellie. C'était un être solitaire – et sa vie, quoique confortable, l'était tout autant.

Et cela lui convenait parfaitement bien. Tout dans son existence était prévu d'avance, ordonné – comme le serait son mariage. Il n'appréciait guère les mauvaises surprises. Pas d'émotions aussi erratiques que l'amour pour lui broyer le cœur et faire éclater sa bulle de paix.

— Attends une minute, lança Jack en secouant la tête. Tu dis que tu lui as « suggéré » de t'épouser. Tu n'as pas vraiment présenté les choses comme cela, si ?

— Bien sûr que si. C'est un arrangement qui serait à notre avantage à tous les deux.

Son kaléidoscope d'émotions finit par s'arrêter dans les tons sulfureux de la colère. Sa poitrine se serra.

— Je ne vois pas pourquoi vous en faites toute une histoire. Je veux des enfants, donc il me faut une femme. Ellie n'est pas mariée et semble prête à changer cet état de fait, cette année. Elle a vingt-six ans, que diable ! Le temps lui est compté.

Pourquoi donc ses frères le détaillaient-ils donc, les yeux comme des soucoupes ?

— Dis-moi au moins que cela, tu ne le lui as pas dit, supplia Jack, apparemment terrifié.

— Quoi donc ? Le fait que je veux des enfants ? Je pensais que ce serait évident pour elle ; cela dit, j'aurais pu être moins direct.

Jack fit non de la tête.

— Pas cela… La remarque sur son âge.

— Bien sûr que non.

Quoiqu'il aurait pu y venir au fil de la discussion. Peut-être valait-il mieux qu'il n'en ait pas eu l'occasion – il comprenait qu'Ellie aurait pu mal le prendre. Mais qu'importe, elle n'avait rien pris de la bonne manière.

— Et le chapitre sur les enfants ? s'enquit Ash, presque amusé. As-tu été aussi direct avec elle qu'avec nous ?

Où diable veut-il en venir ?

— Je n'en sais rien… Peut-être bien, admit-il tandis que son visage s'empourprait. Mais rassurez-vous, je lui ai bien précisé que je ne comptais pas abuser de mes droits conjugaux, et de ne les mettre en application que dans la perspective de concevoir nos enfants. Je ne suis pas une brute, vous savez.

— Non, tu es un âne, précisa Jack, le visage déformé par le dégoût.

Ned se raidit jusqu'au bout des doigts, mais il inspira profondément et tenta de ne rien laisser paraître. Il n'enverrait pas sa boisson au visage de Jack. Trop de cognac avait déjà été renversé dans cette pièce.

— Tu ferais mieux de retirer cela.

— Pourquoi ? C'est pourtant vrai.

Le sang-froid, c'est tellement surfait.

Le cognac gifla le visage de Jack un quart de seconde avant que ce dernier n'agrippe l'épaule de Ned. L'instant d'après, ils se roulaient sur le sol en essayant de se frapper l'un l'autre.

— Nom de Dieu, arrêtez ! Auriez-vous perdu l'esprit ?

Ned ne fit aucun cas d'Ash ; toute son attention était centrée sur Jack. Son petit frère était bien plus robuste que jadis, et bien plus doué. Au moins, jusqu'ici, il se battait sans coup bas, mais Ned le suspectait d'avoir participé à plus d'une échauffourée où, par nécessité, la victoire – ou la survie – valait plus que le respect des règles.

Quelque chose lui heurta le dos de plein fouet.

— Que diable… ?

Il releva brusquement la tête et vit qu'Ash assenait un coup de tisonnier à la jambe de Jack.

— Hé ! s'écria Jack en envoyant son pied en direction d'Ash, qui l'évita d'un habile bond en arrière.

— Joli coup ! le félicita Ned en s'asseyant.

Ils foudroyèrent tous deux leur frère du regard.

— Et je n'hésiterai pas à vous frapper de nouveau, les menaça-t-il, si vous ne cessez pas de vous battre. Vous avez déjà brisé un verre de cognac et cet horrible chien de Chine qui trônait sur la table d'appoint.

Jack se passa la main dans les cheveux. Sa cravate tachée de cognac lui pendouillait sur le torse.

— Mère n'en aura cure.

— Peut-être pas, rétorqua Ash, mais elle ferait grand cas de voir l'un de vous se présenter au dîner avec une lèvre fendue ou un œil poché.

Ash avait raison, maudit soit-il. Ned se releva à grand-peine, en grimaçant.

— Où donc as-tu appris à te battre, Jack ?

Ce dernier haussa les épaules – et Ned fut ravi de le voir serrer les dents. Il avait tout de même réussi à faire quelques dégâts.

— Surtout avec Gentleman Jackson, et…, hésita-t-il en se levant à son tour. Je ne flâne pas toujours dans les beaux quartiers de Londres.

L'expression de Ned s'assombrit.

— Bon sang, Jack, mais qu'est-ce qui te passe par la tête ! As-tu des envies de suicide ?

Jack lui sourit.

— Pas le moins du monde.

Ned voulait lui faire comprendre sa stupidité, mais il savait que c'était peine perdue.

— Veux-tu au moins faire attention à toi ?

— J'essaierai, monsieur Inquiet.

Peut-être que s'il le frappait encore une fois…

Ash s'interposa.

— Je pense que vous feriez mieux de rejoindre votre chambre et de travailler à avoir l'air présentable, leur dit-il. Et sur le chemin, évitez de croiser mère.

— Seigneur, oui ! approuva Jack d'un rictus. Je déteste son regard triste et déçu. Vous voyez duquel je veux parler ?

— Oui, répondit Ash, amer. Parfaitement.

— Eh bien, il est grand temps que tu résolves cette situation avec Jess, dit Jack.

Ash plissa les yeux.

— Attention, Jack. Tu es peut-être meilleur lutteur, mais je pourrais te faire extrêmement mal.

— J'en doute, vieil homme. Trente ans demain, ne l'oublie pas.

Ash émit un grognement.

— Comment l'oublier, vous êtes tous si prompts à me le rappeler…

Ned sourit sans conviction avant de se diriger vers la porte.

— À plus tard, tous les deux.

— Ned, le héla son frère aîné.

Il s'arrêta.

— Quoi ?

— Loin de moi l'idée de te donner un conseil en matière de femmes – nous savons tous à quel point cela s'avérerait ironique – mais je pense vraiment que tu devrais t'interroger sur ce qu'Ellie représente pour toi. Si tu l'aimes, dis-le-lui. Ne te cache pas derrière un arrangement bénéfique aux deux partis. Cela ne lui rend pas justice – ni à toi.

Ned se contenta de hocher la tête, puis il sortit en refermant la porte derrière lui. Il regarda des deux côtés du couloir ; Dieu merci, personne en vue. Il emprunta l'escalier menant aux chambres.

Était-il amoureux d'Ellie ?

Il l'aimait comme une amie, bien sûr, mais l'aimait-il vraiment ?

La panique lui serra la gorge et la poitrine. Il ne pouvait pas l'aimer. Il n'avait pas la force de traverser le calvaire de la mort de Cicely. Mieux valait épouser Miss Wharton ; d'elle, au moins, il était sûr de ne pas être épris.

Il allait passer un peu de temps avec elle dans la soirée pour déterminer s'ils étaient compatibles. Si tel était le cas, peut-être lui parlerait-il le lendemain. Inutile de faire traîner les choses. Plus vite il se marierait, plus vite il aurait un héritier.

Il aurait simplement apprécié de ressentir un peu plus d'enthousiasme à cette idée.

Chapitre 18

Le rouge est la couleur de l'amour.

Préceptes amoureux de Vénus

La duchesse des Cœurs tira les rideaux de sa chambre et plissa les yeux. Le soleil, qui étincelait sur le jardin et les champs recouverts d'un manteau de neige, était superbe, mais agressif. Une harde de cerfs se frayait un chemin entre les congères qui bordaient le marais ; un lapin s'immobilisa au milieu d'un des chemins du jardin. Le monde semblait immense, froid, et calme.

— Joyeux anniversaire, chère duchesse, chantonna Drew qui était apparu derrière elle et lui mettait les mains sur les hanches.

— Mmm.

C'était son anniversaire, celui de ses fils, ainsi que le dernier jour de sa réception, et elle avait bien peur de ne jamais recevoir le cadeau qu'elle espérait plus que tout. Elle en avait entretenu l'espoir, mais après ce qui s'était passé la veille au soir…

— Tu sembles plus pensive que d'habitude, fit remarquer Drew tout en lui caressant le cou avec le nez. Toujours inquiète ?

— Oui.

Elle avait passé la moitié de la nuit à se faire du mauvais sang, et le peu de sommeil dont elle avait pu jouir avait été hanté par des images de Ned échangeant ses vœux avec Miss Wharton dans la chapelle de Greycliffe, avec le père d'Ellie comme pasteur.

Drew la força à la regarder droit dans les yeux.

— Arrête. Ned est un adulte, Vénus. Il doit prendre ses propres décisions.

Elle soupira et le serra de ses bras, la joue reposant contre son torse. Le battement régulier de son cœur était tellement réconfortant.

— Je sais. Mais j'aimerais tellement que ce soit encore un petit garçon. La vie était tellement plus simple, alors. Je pouvais résoudre tous ses problèmes avec un câlin et un baiser.

— Pas tous. Souviens-toi des nuits que tu as passées à son chevet lorsqu'il avait de la fièvre, une otite ou une mauvaise toux…

— Tu as raison.

Elle se souvenait de tout dans les moindres détails – l'atroce douleur qui s'emparait d'elle dès que l'un de ses fils souffrait, et son incapacité à y faire quoi que ce soit, ou pire, la terreur de les voir respirer, espérant à chaque bouffée d'air que ce n'était pas la dernière, marchandant avec Dieu pour qu'ils se rétablissent promptement.

— Il a bien épousé Cicely ; il épousera Miss Wharton si c'est ce qu'il souhaite.

Drew la serra un peu plus fort. Elle savait que cette pensée n'enchantait pas plus son mari qu'elle.

— Nous survivrons, ajouta-t-il avant de déglutir. Je suis persuadé que nous découvrirons quelle femme charmante est Miss Wharton quand nous apprendrons à mieux la connaître.

Elle leva les yeux vers lui.

— Je n'en doute pas.

Elle n'avait rien contre Miss Wharton ; elle n'en voulait simplement pas pour belle-fille.

— Mais, continua-t-elle, je pensais que tout se passait bien entre Ned et Ellie, tout particulièrement depuis que Lady Juliet l'avait éconduit pour Mr Cox.

— Et moi donc ! Apparemment, nous avons fait fausse route.

— Quelque chose a dû se produire hier après-midi, affirma-t-elle en fronçant les sourcils et en se mordillant la lèvre de frustration. J'ai posé la question à Jack – puisque je n'arrive jamais à rien tirer d'Ash – mais il avait une mine sinistre et a refusé de m'en parler.

— Dans ces cas-là, je suppose que nous ne pouvons que prendre notre mal en patience et voir ce que l'avenir nous réserve.

La duchesse avait horreur d'attendre. Elle préférait de loin donner un coup de pied dans la fourmilière.

— Et qu'en est-il d'Ellie ?

— Ellie n'est pas ton problème.

Drew marqua une pause pour leur laisser le temps de digérer cette vérité déplaisante.

— Néanmoins, rien ne nous empêche de convaincre le pasteur et Mrs Bowman de nous laisser l'emmener à Londres pour la Saison. Si Ned épouse Miss Wharton, Ellie sera peut-être encline à nous suivre en ville et à soumettre sa candidature au marché du mariage ; sa mère sera sans nul doute favorable à l'idée d'élargir ses horizons conjugaux.

— Exact. J'en toucherai deux mots à Constance une fois que tous les convives seront partis. Je sais qu'elle espérait qu'Ellie trouve un mari convenable dans l'année, soupira-t-elle.

Vénus aussi, mais la nuit dernière avait été horrible. Ellie était blême, taciturne, et avait repris ses vieilles habitudes avec Ash ; Ned, quant à lui, avait passé la soirée à s'entretenir avec Miss Wharton, résigné et sinistre.

— Peut-être Ellie trouvera-t-elle un époux à Londres, suggéra Drew. C'est une femme très agréable, et si l'on apporte les changements nécessaires à sa garde-robe, elle se révélera aussi très attirante, à n'en pas douter. Elle a un beau visage ; il est simplement malaisé de juger de sa beauté lorsqu'elle s'abîme dans ses océans de tissu.

Vénus acquiesça, puis ses lèvres s'étirèrent en un grand sourire. Elle avait oublié la robe – quelle erreur !

— J'ai comme l'impression que tu as un plan, fit remarquer Drew en la libérant de son étreinte.

— En effet.

Elle se dirigea vers sa coiffeuse comme au rythme d'une valse et entreprit de se démêler les cheveux.

Mary tenait à les lui tresser avant l'heure du coucher, mais Drew les préférait lâches ; satisfaire son mari l'intéressait évidemment beaucoup plus que d'écouter sa bonne.

Elle buta sur un nœud particulièrement revêche. Il fallait bien admettre que les tresses avaient leurs avantages.

— Je t'ai dit que je lui avais fait confectionner une nouvelle robe de soirée, n'est-ce pas ?

— Oui. Et j'ai cru comprendre que tu avais engagé Reggie pour t'aider à te débarrasser de l'ancienne.

— En effet, dit-elle en se retournant vers Drew qui était occupé à s'asperger le visage d'eau. N'est-elle pas gelée ?

Il écarta les mains et s'essuya avec une serviette.

— Cela ne me dérange pas – au contraire, c'est très efficace pour se réveiller.

Il accrocha sa serviette au lave-mains et vint s'adosser à l'un des piliers du lit à baldaquin.

— Tu sais, dit-il, Ellie était probablement furieuse que sa robe ait été lacérée.

— Plutôt agacée, mais elle doit quand même reconnaître que le monde est un endroit meilleur sans ce vêtement hideux.

Drew leva un sourcil surpris.

— Elle ne pouvait pas être laide à ce point.

— Oh, si. C'était la jaune – tu dois t'en souvenir.

Il plissa le front.

— La jaune ; celle de l'année dernière ?

— Celle-là même. Elle la portait l'année dernière, et l'année précédente, et celle d'avant aussi. Cela devait être la seule robe de bal qu'elle possédait, et elle lui donnait des airs de citron desséché recouvert de pucerons.

— C'est vrai, je m'en souviens ! Il est vrai qu'elle était très bouffante et surchargée de fanfreluches, se remémora Drew avec une grimace.

« Bouffante » et « surchargée » étaient bien en deçà de ce cauchemar vestimentaire. Toutes les robes d'Ellie étaient atroces, mais celle-là portait à son paroxysme le concept de laideur.

Constance n'avait jamais compris pourquoi Ellie avait insisté pour acheter ce tissu, ni comment elle était parvenue à convaincre le couturier d'ajouter tous ces rubans et ces volants – joignant ainsi l'insulte à l'agression, selon l'expression de Constance.

— Hmm, fit Drew, pensif. Soit Ellie a un sens de la mode particulièrement pitoyable, soit cette robe était une forme de cilice social.

— C'est possible, mais de quoi Ellie pouvait-elle bien faire pénitence ? Pour autant que j'en sache, elle a vécu une vie tranquille, exemplaire. Chaque fois que je devais poser le regard sur ce vêtement, ajouta-t-elle en plissant le nez, j'avais la sensation d'expier mes propres péchés.

— Et que pense-t-elle de sa nouvelle robe ?

Vénus se leva et déposa un baiser sur la joue de Drew d'un petit bond.

— Oh, elle ne l'a pas encore vue. Mary et moi-même nous sommes mises d'accord pour ne la lui donner qu'au dernier moment, afin de lui ôter la possibilité de saboter nos efforts – qu'elle porte une autre robe ou qu'elle trouve quelque châle ou fichu ignoble pour la dissimuler ou… qu'importe.

Il s'esclaffa, lui prit le visage dans les mains et lui effleura les lèvres d'un baiser fugace.

— Cela promet d'être intéressant.

— Oui.

Elle prit le parti de l'optimisme. Ned ne serait certainement pas assez idiot pour faire sa demande à Miss Wharton avant le bal, et dès qu'il apercevrait Ellie dans sa nouvelle tenue…

— En fin de compte, je crois bien que cet anniversaire sera merveilleux.

Ned agressait la table de billard du regard pendant qu'Ellie s'apprêtait à jouer. Jack, avec son satané sens de l'humour alambiqué, avait insisté pour que Ned et Ellie fassent équipe contre Miss Wharton et lui-même. Ils étaient sur cette partie depuis une éternité. Une véritable séance de torture.

Ned et Ellie n'avaient pas échangé un mot. Ils s'esquivaient consciencieusement et évitaient toute forme de contact visuel. Mais il l'observait lorsqu'elle était concentrée sur autre chose.

Bon sang, elle avait une mine affreuse ; pâle, crispée et cernée. Elle n'avait quasiment pas fermé l'œil, il en aurait mis la main à couper.

Lui non plus, en fait. Il s'était agité et contorsionné jusqu'à ce que ses draps ne soient plus qu'un immense nœud, mais il était au moins parvenu à prendre une décision. Il allait demander Miss Wharton en mariage. Ellie avait été très claire : elle ne voulait pas de lui, et, à vrai dire, lui non plus ne voulait pas d'elle. Il avait trop de sentiments à son égard. De l'amour, supposait-il, mais quoi qu'il en soit, cela le terrifiait. Il avait aimé Cicely, mais cette fois, c'était pire. S'il mettait Ellie enceinte et qu'elle expirait en couches, il n'y survivrait pas.

Cela dit, rien de tout cela n'avait la moindre importance. Ellie ne l'aimait pas ; elle avait été extrêmement claire sur ce point. L'écho de ses mots l'avait hanté toute la nuit, comme l'expression qui se lisait sur son visage lorsqu'elle l'avait éconduit. Puis il s'était réveillé d'un coup, migraineux et nauséeux.

Mon Dieu, quelle douleur !

Mais cela valait mieux ainsi. L'aube pointait lorsqu'il était arrivé à cette conclusion. Il épouserait Miss Wharton. Il ne savait pas trop comment elle réagirait à tant de précipitation, mais il ne voyait aucun intérêt à repousser l'inéluctable. Si elle acceptait, ils pourraient tout organiser dès à présent. Et il n'aurait même pas besoin d'aller jusqu'à Londres.

Il faisait une bonne action en la libérant de ses parents et en lui offrant un foyer. Il devrait bien évidemment revenir à Greycliffe de temps à autre, mais d'ici là, qui sait, peut-être que les sentiments qu'il entretenait pour Ellie se seraient calmés pour redevenir une affection plaisante, moins difficile à gérer. Comme s'ils n'étaient effectivement que deux amis.

Ou peut-être qu'Ellie, mariée, aurait déménagé.

Sa douleur se décupla à cette pensée.

— Ned, dit Jack, serais-tu en train de prendre racine ? C'est à ton tour.

— Soit.

Il s'approcha de la table sans même penser à son coup, et observa, dépité, la boule blanche se diriger directement vers un trou d'angle. Bon sang, il n'allait tout de même pas se ridiculiser.

Ellie lui lança un regard surpris – il ne faisait jamais d'aussi mauvais coups. Il lui rendit son regard. Ce n'était pas comme s'il prenait plaisir à cette fichue partie. Autant la finir le plus vite possible. Il pourrait alors peaufiner ses plans concernant Miss Wharton.

Ellie baissa les yeux sur la table, l'étudiant comme si le Saint Graal était dissimulé sous le tapis vert.

— Tu devrais te concentrer un peu plus sur le jeu, lui murmura Jack tandis que Miss Wharton préparait son prochain coup.

Ned grommela. Il était sur le point d'emmener Miss Wharton pour une promenade dans la longue galerie et peut-être lui faire sa demande lorsque Jack l'avait intercepté et traîné jusqu'à la salle de jeux. En fait, maintenant qu'il y pensait, chaque fois qu'il avait essayé d'avoir une conversation privée avec elle, mère, père ou l'un de ses frères l'en avait empêché. Il ne pouvait s'agir d'une simple coïncidence.

Apparemment, Miss Wharton n'était pas très douée au billard ; elle aussi fit rentrer la boule blanche.

— Oh, fichtre ! s'exclama-t-elle en gloussant.

C'était d'ailleurs sans doute un rire un tant soit peu exagéré. La tension palpable entre Ellie et Ned ne pouvait lui échapper.

— Je crois bien, ajouta-t-elle, que je n'ai jamais gagné une seule partie de billard. Mes sœurs se battaient toujours pour savoir laquelle aurait le malheur de m'avoir dans son équipe.

— Ce n'est rien, mademoiselle Wharton, la rassura Ned.

Il n'avait cure de ses talents de joueuse de billard. Il ne cherchait pas une partenaire de jeux, mais une femme. Il voulait une descendance, et il n'y avait aucune raison de penser que Miss Wharton ne pourrait s'acquitter de cette tâche.

Mais lui, parviendrait-il à tenir sa part du marché ?

Une vague de chaleur lui monta au visage, et il se pencha maladroitement pour examiner sa queue. Bien sûr qu'il serait à la hauteur. S'il n'était pas franchement émoustillé par la demoiselle pour l'instant, il n'en restait pas moins un homme. Et il n'avait qu'à ne pas placer la barre trop haut.

Ah, fichtre, quel choix de mots malheureux !

— Tout à fait, mademoiselle Wharton, renchérit Jack avant de tirer. Ce n'est qu'une partie amicale, histoire de passer le temps avant que vous, mesdemoiselles, n'alliez vous préparer pour le bal de ce soir.

Si Ellie se mit à blêmir, le visage de Miss Wharton s'illumina.

— Oh oui ! Je suis tellement impatiente. Sa grâce m'a confié que tous les aristocrates de la région viendraient y assister, ainsi que quelques membres de la haute société.

Ellie, déjà pâle comme la mort, blêmit de plus belle. Quel était le problème ? Était-elle préoccupée par la présence de ses parents, de ses sœurs accompagnées de leur mari et de toutes ses connaissances ? Mais ils étaient là tous les ans ; rien n'avait changé cette année.

— En effet, attendez-vous à une sacrée cohue ! précisa Jack, l'air désabusé. Je dois avouer que je suis surtout impatient que le bal se termine.

— Oh, Lord Jack, comment pouvez-vous dire une chose pareille ?

Miss Wharton, choquée, écarquillait les yeux comme s'il venait de blasphémer.

— Comme ça, sans difficulté, répondit-il avant d'éclater de rire. Mais à mon humble avis, la plupart des gentlemen n'apprécient pas les bals autant que les ladies, ajouta-t-il en se tournant vers Ellie. À vous, ma chère. Voyons si vous pouvez gagner la partie, voulez-vous ? Notre Ned semble prêt à déclarer forfait.

— Oh, non, Jack, prononça Ned entre ses dents, je passe un moment des plus délectables.

Jack lui adressa un large sourire, mais Miss Wharton le dévisagea d'un air étonné. Ned essaya de se parer d'une expression plus agréable.

— Très bien, répondit Ellie.

Sa voix était chargée de fougue – ou d'irritation – mais enfin animée, pour la première fois depuis le début de la partie.

— Je vais voir ce que je peux faire, précisa-t-elle.

La boule blanche était placée de telle manière qu'Ellie dut rejoindre Ned de son côté de la table pour la jouer. Il eut un mouvement de recul et se serait ouvertement déplacé s'il n'avait croisé le regard de Jack. Diantre, le défiait-il de rester où il était ? Ainsi soit-il. Il ne voulait pas que son frère pense qu'il était incapable de supporter la proximité d'Ellie.

Alors que c'était le cas. Ellie dut presque s'allonger sur la table pour former le bon angle ; sa robe – laide, gris foncé, informe, hideuse – la serrait tandis qu'elle se penchait plus avant, moulant son séant merveilleux, rebondi, parfait. Elle était à portée de main. Il aurait pu…

Non.

Au moins, le corps d'Ellie dissimulait la partie inférieure de celui de Ned aux yeux de Jack. Du moins l'espérait-il.

S'il n'était pas certain qu'elle ignorait totalement l'effet qu'elle avait sur lui, Ned l'aurait soupçonnée de le torturer sciemment. Mais ce n'était pas Lady Heldon. Et pour la défense d'Ellie, lui-même n'en avait jamais tout à fait pris conscience jusqu'à cet instant. Il changea de position et se concentra sur ses cheveux bruns, chatoyants…

Cela n'arrangea rien.

Il força ses yeux à contempler le cinquième duc qui inondait la pièce de noirceur depuis le mur d'en face. L'homme avait eu trois épouses et engendré douze filles – pas un seul fils. Le duché était revenu à un neveu que le duc abhorrait, d'après les légendes familiales. Ce qui expliquait son expression courroucée.

— Bien joué, Ellie ! s'exclama Jack.

— Tout à fait, mademoiselle Bowman, c'était un coup magnifique.

Miss Wharton applaudit avec enthousiasme, sincèrement subjuguée par les talents d'Ellie.

Ellie, radieuse, se tourna vers lui et son visage se décomposa. *Bon sang !*

— Joli coup, Ellie ! tenta-t-il maladroitement.

Il avait parfaitement conscience du regard accusateur de Jack, mais il n'avait eu nulle intention de lui faire du mal.

— Oui, enfin, maintenant que la partie est terminée, je crois que je vais monter à l'étage.

Elle se détourna de Ned et gratifia Jack et Miss Wharton d'un grand sourire.

— Ma robe de bal a souffert d'un sérieux revers, annonça-t-elle, et la duchesse, dans toute sa bonté, a demandé à sa femme de chambre de m'en confectionner une nouvelle. Je ne l'ai pas encore vue – je suppose qu'il reste quelques retouches de dernière minute à effectuer.

L'horloge posée sur la cheminée sonna l'heure, ce qui fit sursauter Miss Wharton.

— Oh, regardez l'heure ! Si vous me le permettez, mademoiselle Bowman, je vais vous accompagner.

Elle prit Ellie par le bras ; Ned s'aperçut qu'Ellie fut prise de court par ce geste, mais elle parvint cependant à rendre son sourire à Miss Wharton.

— Peut-être pourrez-vous m'expliquer à quoi je dois m'attendre, proposa cette dernière, puisque vous avez déjà participé à ces bals par le passé. Vous devez probablement en être blasée, pouffa-t-elle, mais je dois admettre que de mon côté, je suis au comble de l'exaltation.

— Oh, je ne suis pas blasée le moins du monde ! répliqua Ellie.

Elles sortirent de la pièce bras dessus, bras dessous.

— Tu observais Ellie et non Miss Wharton, fit remarquer Jack peu après.

— À l'instant ? demanda Ned, feignant la nonchalance. Je les regardais toutes les deux.

Le scepticisme de Jack se reflétait dans la hauteur de ses sourcils.

— Si tu le dis. Mais je parlais de la partie.

Ned avait pris toutes les précautions pour justement ne pas la contempler – enfin, sauf quand il avait observé son séant de manière inappropriée.

— Tu t'imagines des choses…

— Je ne crois pas.

— Mais si.

Il avait conscience de mentir, mais s'il le répétait suffisamment, peut-être ce mensonge finirait-il par devenir vrai. Son émoi n'était qu'une réponse physique, une preuve que ses attributs masculins fonctionnaient toujours, et il ne devrait avoir aucun mal à s'adonner à la chose avec Miss Wharton.

Malheureusement, son attribut d'être humain, doué d'émotions, se flétrit à cette idée.

Le front de Jack se plissa profondément ; son expression était dénuée de toute malice.

— Tu ne vas quand même pas demander Miss Wharton en mariage, Ned ?

Aucune raison de se montrer évasif.

— Eh bien si. J'en ai pris la décision ce matin.

La réaction de Jack était loin d'être encourageante : son visage se durcit et il étudia son frère comme pour déterminer de quelle maladie mentale il était atteint.

Il n'avait pas à se justifier, mais les mots se frayèrent un chemin tout seuls.

— C'est parfaitement sensé : j'ai besoin d'une femme, et elle d'un époux.

— Mais tu es amoureux d'Ellie !

— Je…

Il aurait voulu réfuter cette affirmation, mais il craignait que ce ne fût un mensonge.

— Et elle est amoureuse de toi.

Voilà qui constituait un terrain plus solide.

— Oh, je peux t'assurer que non. Ne t'ai-je pas dit la nuit dernière qu'elle m'a rejeté ?

Jack leva les yeux au ciel en poussant un grognement exaspéré.

— Évidemment ! Si la description que tu nous as faite de ta « demande » était fidèle, elle a dû se dire que tu voulais l'engager comme femme de ménage, ou pire, comme poulinière.

Impossible qu'il ait été aussi mauvais…

— Tu n'en sais rien. Tu n'étais pas là.

— C'est vrai. Alors dis-moi juste une chose : est-ce que, à un moment ou à un autre, tu lui as dit que tu l'aimais ?

Encore ce satané mot qui donnait sur l'abysse terrifiant. Ned déglutit et tenta de s'exprimer calmement.

— Non.

— Alors dis-le-lui.

— Non.

Jack l'agrippa par les épaules et le secoua doucement.

— Je ne peux pas ! Bon sang…

Ned se dégagea de la prise de Jack. Une angoisse infernale comprima l'endroit où aurait dû se trouver son cœur.

— Tu ne comprends donc pas ? J'ai déjà aimé ; je ne peux pas recommencer. Je ne le supporterai pas, je ne pourrai pas survivre encore une fois à une telle douleur.

— Ned…

Le regard de Jack était tellement empli de compassion que Ned détourna les yeux pour ne pas fondre en larmes.

— Je sais que je ne peux pas vraiment comprendre. Je le sais, mais toi, il faut que tu me croies : tu as besoin d'Ellie…

— Non.

Il ne pouvait pas.

— … autant qu'elle a besoin de toi.

— Non.

Il refusait d'écouter. Jack se fourvoyait, il le fallait.

— Alors laisse-lui au moins la possibilité de te dire clairement qu'elle ne t'aime pas, lui suggéra Jack d'une voix sensiblement plus douce. Cela fait des années que je t'appelle monsieur Inquiet, mais je n'aurais jamais pensé t'appeler monsieur Trouillard un jour.

Ned eut l'impression d'avoir pris un coup en plein estomac.

— Sois maudit, Jack, que le diable t'emporte !

Ellie regardait par la fenêtre de sa chambre. En plissant les yeux, elle parvenait à distinguer le filet de fumée qui s'échappait de la cheminée du presbytère. Ce soir, sa famille assisterait au bal, et demain le duc et la duchesse la renverraient chez elle en calèche. Elle rangerait ses belles robes jusqu'à l'année prochaine.

Mais l'année prochaine Ned serait marié, probablement à Miss Wharton.

Elle déglutit. Miss Wharton avait l'air sympathique. Elle pourrait rendre Ned heureux. Elle…

Oh, Seigneur ! Ellie se mordit la lèvre. Elle eut beau presser son front contre le verre froid de la fenêtre, les larmes lui montèrent tout de même aux yeux. Elle aurait pu être l'épouse de Ned. Si seulement elle avait dit oui, hier, dans la bibliothèque – un mot, trois lettres de rien du tout – elle serait sa promise à l'heure qu'il est. La duchesse serait ravie, ses sœurs seraient heureuses – et soulagées de ne plus avoir à s'inquiéter de devoir soutenir leur sœur célibataire –, et sa mère serait aux anges. Le duc aurait probablement annoncé les fiançailles durant le bal d'anniversaire, et tout le voisinage l'aurait félicitée. Et l'hiver prochain, elle aurait peut-être été enceinte, ou même déjà la mère d'un bambin qu'elle pourrait bercer dans ses bras.

Quelle importance que Ned ne l'aime pas. Comme il l'avait dit, ils étaient amis de longue date. C'était plus que ce qu'elle avait partagé avec n'importe quel homme qu'elle aurait pu envisager d'épouser – certainement plus qu'avec Mr Cox ou Mr Humphrey, non qu'aucun de ces gentlemen envisage encore de la prendre pour épouse. Ils avaient tous deux trouvé chaussure à leur pied.

Une fois qu'elle aboutit à la conclusion que son envie d'enfanter surpassait son désir pour Ned, elle comprit que ses chances de trouver un compagnon de cœur étaient quasiment nulles. Elle en était venue à espérer exactement ce que Ned lui avait proposé : un marché sensé, poli. Ned la traiterait avec égards et aimerait leurs enfants. Il serait un bon père, un père investi. Pourquoi diable n'avait-elle pas dit oui ?

Parce qu'elle l'aimait tant que c'en était douloureux. Elle pensait souffrir de ne pas avoir d'enfants – mais là, c'était pire que tout. C'est comme si quelqu'un lui avait planté une lame en plein cœur et l'avait remuée dans la plaie.

Pourrait-elle supporter l'existence morose qu'il lui avait décrite ? Avec un autre homme, oui. Mais avec Ned ?

Non. Elle en mourrait.

Elle soupira et tira son mouchoir de sa poche. Peut-être était-elle naïve de penser qu'elle était faite pour ce genre d'arrangement. Elle se moucha. Elle devrait se résigner à n'être qu'une vieille tante célibataire, peut-être un peu excentrique. Cela pourrait s'avérer amusant.

Les ombres s'étiraient ; il devait être tard. Elle jeta un coup d'œil à l'horloge. Mary serait là avec sa nouvelle robe d'une seconde à l'autre. Elle ne voulait pas qu'on voie qu'elle avait pleuré. Cela donnerait lieu à trop de commentaires déplaisants.

Elle fit couler de l'eau dans le lave-mains et s'en aspergea le visage. Elle avait eu l'intention de demander pardon à Ned pour lui avoir envoyé son verre de cognac au visage. Cela avait été un geste particulièrement grossier. Mais elle parvenait à peine à le regarder pendant cette épouvantable partie de billard – et lui semblait incapable de souffrir sa présence à elle.

Elle lui présenterait ses excuses au cours du dîner ou du bal. Elle ne voulait pas qu'ils se quittent en si mauvais termes.

Bon sang, elle était encore au bord des larmes.

Quelqu'un frappa à la porte et elle enfouit son visage dans la cuvette.

— Oui ? Entrez.

Elle attrapa une serviette pour s'essuyer le visage mais lorsque la porte s'ouvrit à la volée, elle put voir à travers un repli qu'il s'agissait de la duchesse suivie de Mary qui portait à bout de bras – Oh pitié, pas ça ! – une robe en tissu rouge.

— Ellie, avez-vous eu peur que nous vous oubliions ? demanda sa grâce en fermant la porte, tandis que Mary déposait son fardeau sur le lit. Nous – oh, navrée, Reggie, j'ai failli te coincer la queue. Tu aurais été furieux, n'est-ce pas ?

Sir Reginald se faufila dans la chambre et déambula sur ses coussinets jusqu'au lit, sur lequel il s'empressa de bondir.

— Laisse la robe d'Ellie tranquille, s'il te plaît, supplia Mary en essayant de l'éloigner par des gestes maladroits. Celle-ci n'est pas pour toi.

Reggie se contenta de bâiller et s'installa sur le lit, à quelques centimètres de l'étoffe d'un rouge éclatant. Au moins les dessous étaient en sécurité sous le matelas, Ellie s'en était assurée en rentrant dans la chambre.

— J'espère que la présence de Mary ne vous incommode pas, dit la duchesse, mais j'étais trop impatiente de vous voir porter votre nouvelle parure.

Ellie finit de s'éponger le visage et reposa la serviette sur le lave-mains.

— Elle est très… rouge.

— N'est-ce pas ? s'extasia sa grâce. Nous allons vous débarrasser de ces loques pour que vous puissiez la passer.

— J-je ne pense pas que je devrais porter du rouge.

La dernière fois – la seule – qu'elle avait essayé, sa mère l'avait renvoyée directement dans sa chambre. Sapristi, si elle portait cette robe, sa famille le remarquerait immédiatement, et mère repenserait aussitôt au bal de fiançailles de Ned et Cicely.

— Ne soyez pas idiote, elle va vous aller à merveille, n'est-ce pas, Mary ?

— Pour sûr, et on va pouvoir vérifier ça dans quelques secondes si vous arrêtez de lambiner, mademoiselle Ellie.

Mary s'approcha et lui lança un regard qui disait clairement qu'aucun enfantillage ne serait toléré.

— Très bien.

Elle n'avait pas le choix. Son autre robe avait rejoint les chiffons. La mort dans l'âme, elle laissa docilement Mary l'aider à se déshabiller et à passer sa nouvelle toilette.

— Oh, Ellie ! s'extasia la duchesse en applaudissant comme une petite fille surexcitée, vous êtes magnifique !

— V-vraiment ? Elle avait peur de se retourner vers le miroir, dont elle n'avait pas besoin pour se rendre compte que cette robe la dévoilait bien plus qu'à son habitude. Le corsage de la robe épousait les rondeurs de sa poitrine et laissait apparaître une quantité scandaleuse de peau nue au niveau du cou, de la gorge et des bras. Quel dommage qu'elle ait manqué de place pour emporter son châle de Norwich.

— Auriez-vous un fichu à me prêter ? s'enquit-elle.

Le sourire de la duchesse céda la place à une moue de mépris.

— Certainement pas ! L'époque où vous vous cachiez derrière des mètres de tissu est révolue. Maintenant, venez donc vous admirer.

— Ouais, approuva Mary en lui donnant une bourrade. Allez, un p'tit coup d'œil va pas vous tuer.

Ellie n'en était pas si sûre. Elle se plaça à contrecœur face au miroir et se força à garder les yeux ouverts…

Elle en était bouche bée. Elle était effectivement, sinon magnifique, du moins très jolie. Cette robe était bien plus belle que celle qu'elle avait confectionnée des années plus tôt – Mary était une couturière bien plus douée et la soie était d'une qualité considérablement supérieure. L'étoffe tombait en une cascade de plis chatoyants de son corsage à ses ballerines, lui affinant la taille et tourbillonnant autour d'elle lorsqu'elle se mouvait. Et la couleur… Le rouge, d'une manière ou d'une autre, rendait sa peau – ces étendues de peau dénudée – éclatante.

Son visage aussi s'était illuminé.

— Oh, merci, Votre Grâce – et à vous, Mary. La robe est superbe !

Mary ricana.

— Moi, j'pense que c'est la fille dans la robe qu'est superbe.

— Bien dit, Mary, approuva la duchesse. À présent, Ellie, asseyez-vous pour laisser Mary vous coiffer.

Ellie s'exécuta – elle était pour ainsi dire en transe, tellement déconcertée par sa nouvelle apparence – et

Mary s'occupa en un rien de temps de lui remonter les cheveux qui, maintenus par une épingle, permettaient de dévoiler son cou et ses épaules encore un peu plus.

— À présent, les perles, annonça la duchesse.

— Les perles ? Qu'avez-vous – oh !

Sa grâce venait de lui accrocher un collier autour du cou.

— Je ne peux pas porter cela, murmura Ellie en effleurant le chapelet parfait de perles laiteuses.

— Bien sûr que si, la rassura la duchesse en lui tapotant l'épaule. Vous savez que je vous ai toujours considérée comme ma propre fille.

— Mais… protesta Ellie en reniflant.

— Allons, vous n'allez pas pleurer maintenant ! Des yeux assortis à votre robe seraient du plus mauvais effet. Levez-vous, laissez-moi vous contempler encore un peu.

Ellie se leva donc ; la duchesse secoua la tête, comme ébahie.

— Qui aurait pu croire… Je vous parie qu'aucun des hommes présents ce soir, mes fils y compris, ne sera capable de détacher les yeux de vous, affirma-t-elle en souriant.

Ellie sourit également. Si seulement Ned… Mais il était trop tard pour cela.

— Votre grâce, intervint Mary, y faudrait se mettre en branle.

— Oh Seigneur, oui. Avez-vous vu l'heure ? Mary, donnez les gants à Ellie, et allons-y ! s'exclama la duchesse, à deux doigts d'oublier d'ouvrir la porte.

J'attends avec impatience de voir la réaction des autres convives lorsqu'ils vous verront !

Mary lui tendit une longue paire de gants blancs en cuir de chevreau et suivit sa grâce dans le couloir, laissant la porte entrouverte.

Les yeux d'Ellie furent de nouveau attirés par le miroir. Elle bougea le bras droit – tout comme la femme de l'autre côté de la vitre. Elle se toucha le visage, caressa les perles qui pendaient à son cou – et l'autre l'imita. Aussi incroyable que cela puisse paraître, cela devait être son propre reflet.

Celui de Reggie apparut à ses pieds.

— Qu'en penses-tu, Reggie ? Me reconnais-tu ?

Il s'étira. Il avait l'air de s'ennuyer comme seuls les chats en sont capables.

Ellie éclata de rire.

— Voilà qui me remet à ma place. Je vais simplement enfiler ces gants sublimes et – oh !

Elle en avait laissé échapper un.

Avant même qu'elle ait le temps de se pencher pour le ramasser, Reggie s'en était emparé. Il s'éclipsa de la pièce à une vitesse folle.

Elle se mit à sa poursuite.

— Reggie, nom de nom ! Où est-ce que tu…

Il se ruait vers la chambre de Ned, évidemment. Elle le vit disparaître derrière la porte.

Fichtre !

Elle contempla le gant qui lui restait dans la main. Elle ne pouvait pas descendre avec un seul des deux, et ses vieux gants ne valaient rien.

Elle jeta un regard à la ronde. Personne. Si elle se hâtait, nul n'en saurait rien. Mais si Ned montait ?

La duchesse elle-même n'était pas prête. Ned se trouvait sans nul doute dans quelque pièce du rez-de-chaussée. Ramasser son gant ne lui prendrait qu'un instant.

Elle se mordilla les lèvres. Encore une fois, elle n'avait pas le choix. Elle devait le récupérer.

Ellie se précipita le long du couloir et se glissa derrière la porte de Ned. Nul besoin de chercher dans son salon – elle savait exactement où trouver Reggie.

Il l'attendait ; elle aurait juré qu'il souriait derrière le gant qui lui pendait toujours aux babines.

— Reggie, donne-moi ça.

Ce qu'il ne fit pas – évidemment. Le chat disparut sous le lit.

Elle se figea. Elle détestait l'idée de se décoiffer ou de traîner sa robe magnifique dans la poussière, mais, une fois encore, il ne lui laissait pas le choix. Il lui faudrait simplement repasser par sa chambre pour réparer les dégâts une fois qu'elle aurait repris possession de son bien. Elle souleva son jupon avec précaution pour ne pas s'agenouiller dessus.

— Reggie, je te jure que tu vas me payer ça.

Elle rampa sous le lit.

Et c'est à ce moment précis qu'elle entendit la porte du couloir se refermer.

Chapitre 19

La séduction est un talent à la portée de tous.

Préceptes amoureux de Vénus

Ned referma la porte de ses appartements et s'y adossa quelques instants. Nom de Dieu, si seulement il pouvait rester là, et n'assister ni au dîner ni à ce satané bal... Il avait mal au crâne, et le cognac qu'il venait d'ingurgiter avec Ash dans son bureau ne lui était pas d'un grand secours... il l'avait seulement rendu confus et morose.

Il se débarrassa de son manteau et de son gilet. Il avait bu plus de cognac pendant cette maudite réception qu'au cours de l'année entière. Il se promit d'arrêter de consommer cette liqueur du diable dès qu'il se retrouverait chez lui – seul – à Linden Hall.

Il arracha sa cravate et traversa la pièce pour regarder par la fenêtre. La luminosité était faiblarde ; le crépuscule se rapprochait. Le paysage lui paraissait froid et terne.

Dès qu'il aperçut une calèche s'engager dans l'allée, la première d'une longue série, son estomac se retourna. Les convives invités pour le dîner allaient arriver, et plus tard, ceux qui n'assistaient qu'au bal. Bientôt, le château grouillerait de monde.

Il jeta de nouveau à sa porte un regard chargé de regrets. Si seulement il pouvait la fermer à clé et se barricader à l'intérieur. Mais s'il ne se montrait pas dans le salon pour accueillir les invités de sa mère, elle enverrait quelqu'un pour l'y traîner de force. Mieux valait se résigner à son sort et se préparer.

Il s'assit et se débattit avec ses bottes – et avec la question qui le tourmentait depuis la fichue partie de billard.

Jack avait-il raison – était-il un trouillard ?

Il enleva ses chaussettes et les jeta sur le sofa. Zut, il n'avait pas tiré grande satisfaction à balancer un objet aussi léger. Au lieu d'effectuer un vol plané, elles voletèrent à peine dans les airs et atterrirent mollement sans faire le moindre bruit. Ses bottes, en revanche… Mais cela le conduirait dangereusement près d'une crise de colère. Il avait plus de sang-froid que ça ; du moins l'espérait-il.

Il se leva et ôta sa chemise. Au moins, Ash n'avait pas essayé de lui faire la leçon – il s'était contenté de lui passer la bouteille de cognac. Son frère aîné avait bien plus d'expérience que Jack en matière d'amour, et du chagrin qu'il pouvait causer.

Mais Jack l'avait accusé de faire preuve de lâcheté.

Furieux, il prit une profonde inspiration pour se calmer. D'accord, il était lâche. Il l'admettait. La seule idée de retomber amoureux, de connaître encore une fois ces tracas et cette souffrance, lui glaçait le sang.

Il défit sa ceinture et fit tomber son pantalon, l'enlevant à coup de pieds, et il se retrouva alors en sous-vêtements.

Mais Jack se trompait sur un point : Ellie ne l'aimait pas. Jack ne l'avait pas entendue lorsqu'elle l'avait rejeté, et n'avait pas vu non plus le cognac dégouliner sur son visage et sa cravate.

Toutefois, il était indéniable qu'il n'aimait pas Miss Wharton.

Il soupira. Heureusement que sa famille avait conspiré contre lui pour l'empêcher de faire sa demande à cette femme. Cela n'aurait pas été juste pour elle. Il avait peut-être décidé de fuir l'amour, mais elle, certainement pas. Elle ne le cherchait pas forcément ; elle consentait peut-être à y renoncer pour éviter d'épouser le premier venu ; mais il y avait de grandes chances qu'elle espère encore le trouver.

Rien ne pressait. Il parlerait à sa mère et s'assurerait qu'elle prenne Miss Wharton sous son aile. Sans aucun doute, la duchesse des Cœurs pouvait lui dénicher un bon parti, et si tel n'était pas le cas, il pourrait toujours lui faire sa demande à la fin de la Saison. Quelques mois ne feraient pas une grande différence. Il…

Il fronça les sourcils. Venait-il d'entendre un bruit dans sa chambre ? Oh, Seigneur, pas Reggie. Exactement ce qu'il voulait éviter. Rendre le butin du chat serait particulièrement compliqué avec le bal en préparation, et de nouveaux invités plein le château.

Il entra en trombe dans sa chambre. Comme il s'en doutait, Reggie était sur son lit – sur son oreiller, tant qu'à faire –, assis sur quelque chose.

— Bon sang, Reggie, qu'est-ce que tu as encore ramené ?

Il s'approcha.

— Au moins, c'est blanc. Il ne pouvait s'agir des dessous d'Ellie.

Venait-il d'entendre un curieux petit gémissement ? Reggie le gratifia d'un clin d'œil, en bon chat qu'il était, fidèle à lui-même.

C'était un effet de son imagination.

— Alors, vas-tu me le donner gentiment ou va-t-il falloir que je me batte pour l'avoir ?

Reggie consentit à partager son butin sans livrer bataille. Il se redressa pour se nettoyer les pattes, permettant à Ned d'extirper l'objet de sous l'oreiller. Il s'agissait d'un long gant de femme blanc. Il était manifestement de très bonne facture.

— Oh, Nom de Dieu, Reggie ! Je serais prêt à parier qu'à cet instant, une des invitées de mère se met dans tous ses états pour le retrouver.

Était-ce un autre gémissement ? Reggie venait de passer à la toilette de son ventre ; aucune chance qu'il ait produit le son en question.

Ned se massa le front. Par chance, la réception prenait fin ce soir. De toute évidence, il perdait la tête. Dès la première heure le lendemain matin, il partirait pour retrouver le calme et la tranquillité bénies de Linden Hall.

— As-tu dérobé autre chose, Reggie ?

Le chat abandonna ses ablutions et sourit – les chats ne sourient pas, bien sûr, mais ça en avait tout l'air. Puis Reggie sauta par terre et courut sous le lit avant d'en ressortir à toute vitesse, en soufflant.

— Que diable se passe-t-il là-dessous, Reggie ?

Ned s'arma d'un chandelier éteint et se mit à quatre pattes pour inspecter l'espace sombre. Il se trouva nez à nez avec deux yeux – appartenant à un visage familier.

— Ellie ? Que faites-vous là-dessous ?

— Je me c-cache.

— De qui ?

La seule personne qu'il put s'imaginer en train de menacer Ellie était Percy, mais il n'était plus au château.

— De vous.

— Quoi ? Vous vous cachez de moi sous mon propre lit ?

Cela n'avait aucun sens.

— Sortez de là.

— Non, tout va très bien. Je vais rester là jusqu'à ce que vous partiez.

Peut-être n'était-il pas le seul qui soit bon à envoyer à l'asile.

— Ne soyez pas ridicule ; vous ne pouvez pas rester sous mon lit. Suivez-moi maintenant.

Il recula pour lui laisser la place. Elle ne fit pas un geste.

— Je vais vous traîner, vous savez, si vous m'y forcez, la menaça-t-il.

Il entendit un léger grognement – il regarda derrière lui, mais Reggie était parti, le bruit devait donc provenir d'Ellie. C'est alors qu'elle se décida. Il vit un bras fin et élégant doté d'une petite manche bouffante écarlate émerger ; suivi par un cou adorable et un joli dos, quelque peu obscurci par une épaisse chevelure châtain, ainsi qu'une jupe rouge soulignant une taille fine et des hanches marquées.

— Ellie ?

Il ne l'avait jamais vue habillée ainsi. Où étaient donc passées les couleurs ternes, les manches longues et les collerettes ?

— Oui, oui, j'arrive. C'est loin d'être la chose la plus facile au monde, vous savez, de sortir de sous un lit en robe de bal.

— Je vous crois sur parole.

Il avait envie de rire, mais sa bouche était soudain devenue sèche. À présent, sa jupe était relevée, dévoilant un mollet et une cheville aux proportions parfaites. Il savait qu'il ne devrait pas regarder, mais sa retenue avait dû détaler en même temps que Reggie.

Il se remit debout alors qu'elle finissait d'émerger.

— Laissez-moi vous aider à vous relever, dit-il en tendant la main.

— Merci.

Elle s'agrippa à ses doigts et se débattit pour se redresser tout en tirant sur ses jupons afin de libérer ses pieds, puis s'appuya de tout son poids sur le lit.

Lorsqu'elle se retrouva enfin à la verticale, elle le regarda…

— Oups !

Bouche bée, elle tenta de dissimuler son émoi de sa main libre – celle qui était parée du long gant blanc – tandis qu'elle écarquillait les yeux et que son visage rougissant s'assortissait à sa robe.

Que diable… ? Il baissa les yeux…

Seigneur, il avait oublié qu'il était pratiquement nu. Pire, ses sous-vêtements, la seule parcelle de tissu recouvrant son intimité, étaient incapables de dissimuler l'admiration ardente que la nouvelle robe d'Ellie suscitait en lui – ils affichaient un renflement presque inquiétant.

Il lâcha sa main, bondit vers sa robe de chambre accrochée à la porte, et la passa aussi vite que possible. Il eut du mal à en fermer les boutons. Ellie ne le quittait pas des yeux.

Eh bien, il pouvait au moins lui rendre la pareille ; il faut dire qu'il avait du mal à se détourner d'elle.

— Que faites-vous dans ma chambre ?

Fichtre, cette remarque dut paraître trop acerbe, mais il n'avait pu s'en empêcher. Sa bouche était toujours aussi sèche que les flammes de l'enfer.

— Ah.

Elle contemplait son cou comme si elle n'avait jamais vu de pomme d'Adam auparavant. C'était probablement le cas. Les cous masculins étaient généralement dissimulés derrière un foulard.

Et puisqu'elle avait choisi de le cacher derrière ses robes, il n'avait jamais vu son cou non plus. Il s'humecta les lèvres tandis que ses yeux suivaient la ligne délicate reliant son épaule à sa colonne vertébrale. Sa peau était-elle aussi douce qu'elle semblait le promettre ?

— J-je, euh…

Elle ferma les yeux et inspira profondément – communiquant un mouvement des plus délicieux à son corsage.

Il n'aurait jamais pensé que la silhouette d'Ellie était à la fois si mince et ses formes si généreuses. Il aurait adoré l'admirer plus en détail.

Non. Il n'allait pas laisser la lubricité assombrir son jugement. Il tenta de se maîtriser.

Malheureusement, après tant d'années de disette, son corps était tellement démuni face au désir qu'il était impensable de le contrôler.

— Enfin, n'est-ce pas évident ? s'offusqua Ellie, les yeux toujours clos. Reggie a dérobé l'un de mes gants, et je suis venue le récupérer.

— Ce qui n'explique en rien pourquoi vous étiez tapie sous mon lit.

Maudit désir, qui lui donnait des airs accusateurs alors qu'il n'en était rien.

Diable, la seule et unique pensée qui lui emplissait la boîte crânienne consistait à pousser Ellie afin qu'elle tombe sur le lit, commodément situé juste derrière elle, et à lui faire l'amour avec fougue et passion.

Seigneur, il lui fallait conserver sa présence d'esprit. Il avait renié l'amour, oui ou non ? Aimer Ellie lui vaudrait bien trop de douleur.

D'ailleurs, elle ne l'aimait pas.

Ses yeux balayèrent sa chevelure, son cou, sa gorge. L'avait-elle vraiment dit aussi clairement ? Ash et Jack étaient intimement convaincus qu'elle était profondément éprise de lui.

Cela ne changeait pas grand-chose. Corps et esprit étaient désolidarisés. Il semblait que sa nudité presque totale, associée à un sexe si proéminent que c'en était douloureux, sans compter la présence d'une femme magnifique – d'Ellie – dans sa chambre, avaient cet effet sur lui. Quels que soient ses efforts, seule une activité pourrait apaiser cette fournaise.

Il n'avait bien sûr pas la moindre intention de s'y adonner cette nuit. Si animal qu'il puisse se sentir, il n'était tout de même pas une bête.

Les paupières d'Ellie révélèrent un regard empreint de ressentiment.

— Peut-être pensiez-vous que j'étais tapie dans l'expectative de bondir et d'abuser de vous ?

Son membre s'érigea tout à coup, et il se sentit sur le point d'exploser. Avait-elle deviné le désir qui l'agitait ? Probablement pas. Il était à contre-jour ; son visage était impénétrable.

Saisissant le sens de ses propres paroles, elle se couvrit la bouche.

— Ce n'est pas ce que je voulais dire.

Dommage. Il aimerait assez que cette nouvelle Ellie, particulièrement attirante, abuse de lui.

Son visage était plus rouge encore que sa robe.

— L-lorsque j'ai entendu votre porte c-claquer, je me suis retrouvée tétanisée. Incapable de réfléchir, j'ai simplement…

Ned observa sa gorge tandis qu'elle déglutit avec difficulté.

— Il m'a semblé qu'il serait de mauvais ton que l'on me retrouve dans votre chambre, reprit-elle, même si personne parmi nos connaissances n'en dirait quoi que ce soit. Après tout, ajouta-t-elle d'un ton cassant, presque abattu, je ne suis qu'Ellie.

— Vous n'êtes qu'Ellie ?

Il entendait le désir percer dans sa voix.

Il aurait dû vérifier que le couloir était désert, vide de tout regard indiscret, et la renvoyer dans sa chambre. C'est sans aucun doute ce qu'un gentleman aurait fait. Ils auraient pu s'entretenir plus tard, une fois convenablement vêtus – enfin, au moins en ce qui le concernait.

— C'est cela, siffla-t-elle en saisissant le gant posé sur son lit. Maintenant que j'ai récupéré l'objet de mon intrusion, je vais aller remettre de l'ordre dans ma chambre. Ma coiffure se désagrège, et je suis persuadée que cette robe splendide est recouverte de poussière.

Sa coiffure était effectivement en train de retomber, et Ned aurait voulu la débarrasser des quelques épingles restantes pour voir jusqu'où tombaient ses cheveux. Il voulait y passer les doigts, y enfouir son visage.

Elle fit un pas vers lui, mais il demeura immobile.

— Vous m'empêchez de sortir, Lord Edward.

Il ne pouvait la toucher, pas encore. Il avait peur, s'il en arrivait là, de perdre le contrôle de ses instincts bestiaux.

— Ce que vous m'avez dit hier dans la bibliothèque, le pensiez-vous vraiment ?

— De quoi parlez-vous ?

Un vent de panique balaya son visage, mais elle releva immédiatement un menton fier.

— Du fait que vous ne m'épouseriez pas même si j'étais le dernier homme sur Terre.

— Oh. Il est possible, dit-elle en s'éclaircissant la voix, que j'aie un tantinet exagéré la chose.

Elle se mit à observer le gant qu'elle tournait et retournait entre ses doigts.

— D'ailleurs, reprit-elle, je tenais à vous présenter mes excuses pour ce lancer de cognac. C'était totalement hors de propos. Je ne sais pas ce qui m'a pris.

— Je suppose que vous étiez furieuse contre un dandy prétentieux qui avait laissé sa demande en mariage mariner bien trop longtemps.

Il secoua la tête. Lui-même avait à présent du mal à croire à quel point il s'était montré inepte et… insultant.

— C'est moi qui devrais vous demander pardon, conclut-il.

Hésitante, elle leva les yeux vers lui.

— Soit, eh bien, pardonnons-nous mutuellement, voulez-vous ? Ainsi nous pourrons en revenir à notre vieille amitié si confortable.

Elle commençait à se pencher de côté, comme si elle prévoyait de le contourner d'un bond.

Mais il ne pouvait pas la laisser partir, pas tant que cette confusion demeurait. Il allait quitter Greycliffe au matin ; il lui fallait savoir s'il avait ses chances avec elle. Il tendit la main vers son bras dénudé.

Elle se figea, les yeux écarquillés, un peu comme un lapin effrayé ; mais elle ne fit rien pour l'éviter ou échapper à son emprise – même s'il ne la retenait d'aucune manière. Il avait simplement les doigts posés sur son avant-bras dépourvu de gant, sur sa peau douce, tendre et chaude.

Il ne pouvait se contenir. Ses doigts, comme animés d'une volonté propre, la caressaient de haut en bas, sans jamais remonter plus haut que son coude – mais finirent par lui saisir la main pour l'amener vers sa bouche. Le désir le consumait comme une fièvre.

— Je n'ai aucune envie de revenir à notre vieille amitié confortable, Ellie, dit-il juste avant de lui caresser les phalanges du bout des lèvres.

Ellie avait le souffle coupé. Le gant finit par lui échapper de nouveau. Elle avait ressenti tant en si peu de temps : la panique, l'humiliation, l'indignation, et quelque chose d'autre, une sensation obscure et déroutante.

Elle avait eu l'intention de se ruer vers le havre de sa chambre, mais à présent... Le baiser de Ned avait fusé directement le long de son bras pour se ficher directement dans son cœur – et dans un organe situé sensiblement plus bas. Tous deux se consumaient de désir. Elle était pétrifiée.

— V-vraiment ?

— Non.

Le regard de Ned, brûlant et déterminé, était rivé sur Ellie.

Elle avait déjà surpris la façon dont il regardait Cicely avant leur mariage. Elle avait décelé du désir et de l'admiration, et elle avait rêvé qu'il la regarde de la même manière. Mais ceci était bien plus... charnel. Elle se sentit mal à l'aise, comme si elle avait la peau trop sensible et délicate.

Était-ce là l'apparence d'un homme déterminé à séduire ?

— Mais que voulez-vous ?

— Vous.

Ses yeux s'écarquillèrent comme si sa propre réponse l'étonnait autant qu'elle, puis, lentement, ses lèvres esquissèrent un sourire.

La séduction, c'était certain. Elle se dit qu'une seule chose était capable de susciter ce brusque changement d'attitude.

— C'est à cause de ma nouvelle robe ?

Mère lui avait répété que les hommes se laissaient bien plus facilement guider par leurs sens que les femmes. Ellie ne l'avait pas crue, mais peut-être aurait-elle dû.

Si elle avait porté cette robe lors du bal de fiançailles de Ned et Cicely, Ned aurait-il choisi Ellie ?

Non. L'amour que vouait Ned à Cicely était basé sur bien plus qu'une simple attirance physique.

Y avait-il plus que cela entre Ned et Ellie ?

— La robe est très jolie, c'est certain…

Ned parcourait son corsage du bout des doigts, raidissant ses tétons de manière impressionnante.

— Mais ce n'est pas elle que je désire.

Mais si elle ne pouvait en avoir plus – si elle ne pouvait avoir le mariage et la fin heureuse – se contenterait-elle de la tentation ?

Certainement pas ! C'était mal. C'était un péché. Un scandale. Les jeunes femmes bien élevées – et les vieilles filles aussi – ne s'adonnaient pas à de telles activités… quelles qu'elles soient.

Mais elle avait vu les larges épaules de Ned, son torse et ses bras musculeux. Elle les savait dissimulés sous sa robe de chambre. Et elle ressentait le désir ardent qui l'animait.

Elle venait de se résigner à finir tante célibataire, alors pourquoi pas une célibataire pourvue de quelque expérience ? Personne à part Ned ne le saurait ; il garderait le secret, cela ne faisait aucun doute. Et si cette expérience risquait de la faire tomber enceinte – l'angoisse et le désir formèrent un nœud au fond de son cœur – une seule fois ne représentait pas un énorme risque. Ses sœurs ne s'étaient retrouvées enceintes qu'après de nombreuses tentatives.

Et il s'agissait de Ned, le seul homme qu'elle avait jamais aimé. Aussi choquant que cela puisse sembler, elle le désirait à tel point qu'elle aurait fait n'importe quoi pour l'avoir, même une seule fois.

Elle avait passé des années à être cette femme discrète et convenable, et il lui faudra encore jouer ce rôle dans sa vie à venir. C'était l'occasion ou jamais de se montrer indécente, et de laisser son corps prendre le pas sur son esprit.

Ned se pencha vers son oreille et murmura :

— Non, ce n'est pas la robe que je désire, c'est la femme qui est dans la robe.

Son désir explosa, et ce point curieux et humide situé entre ses cuisses palpitait au rythme de son cœur. Soudain, la pièce lui parut bien trop chaude. Ridicule ! On était en février au château Greycliffe, pour l'amour du ciel… Cachée sous le lit de Ned quelques minutes auparavant, elle regrettait son châle, et à présent elle aurait voulu déchiqueter sa jolie robe et les baleines de son corset et sa chemise pour se retrouver complètement, magnifiquement nue.

Le simple fait d'imaginer Ned dénudé sous sa robe de chambre la torturait. Elle voulait revoir son torse et ses épaules ; elle voulait le toucher ; elle voulait sentir sa peau contre la sienne. Elle voulait vivre ce qui avait fait chuchoter et glousser ses sœurs pendant toutes ces années, tandis qu'elles lui lançaient des regards empreints de pitié. Même si elle ne pourrait probablement jamais leur avouer qu'elle savait enfin de quoi elles parlaient, cela n'avait pas la moindre importance. Elle conserverait ce souvenir en son sein aussi longtemps qu'elle vivrait.

C'était le dernier jour de la réception et elle se sentait téméraire. On ne les attendait pas dans le salon avant un bon moment. Pour une fois, elle allait faire ce dont elle avait envie.

— Et je vous veux, avoua-t-elle tout en cherchant le premier fermoir de sa robe de chambre.

Il lui saisit la main, apparemment inquiet. Bon sang, monsieur Inquiet – le Ned rationnel, prudent et sensé – était de retour.

— Que faites-vous ?

— N'est-ce pas évident ? dit-elle en essayant de libérer ses mains. Je tente d'ouvrir ces fermoirs.

Il émit un bruit étrange, à mi-chemin entre le rire et le grognement.

— Soit, mais…

Ses traits se parèrent d'une détermination exaspérante.

— Ce n'est pas une bonne idée, enchaîna-t-il. Vous devriez retourner dans votre chambre.

— Je n'en ai pas envie.

Diantre, comme cela l'aiderait si elle avait la moindre idée de la manière dont il fallait s'y prendre pour séduire quelqu'un ! Mais au moins, Ned n'était pas encore en train de la raccompagner vers la porte.

— Et si quelqu'un entre et nous surprend ?

Une vague de panique rinça la luxure de son esprit. Il avait raison. Si quelqu'un la trouvait ici avec lui, cela provoquerait un scandale sans précédent. La duchesse la chasserait du château, et sa mère l'enfermerait dans sa chambre pour l'éternité. Ce serait bien pire que la dernière fois qu'elle avait passé une robe rouge…

Mais non. Cela n'avait rien à voir.

— Vous avez fermé la porte. Je m'en souviens, je vous ai entendu.

— Eh bien, oui.

— Alors nous sommes saufs. Personne n'entrera sans votre permission, même les serviteurs, et de toute façon ils sont trop occupés à recevoir les invités pour vous importuner, ajouta-t-elle en souriant. Et si l'impensable se produit, il me suffira de me cacher sous votre lit, ajouta-t-elle avec un grand sourire. Ce ne serait pas la première fois.

La poigne de Ned s'était desserrée, si bien qu'elle put en dégager ses mains et défaire le premier fermoir avant qu'il l'en empêche de nouveau.

— Ellie, vous ne savez pas ce que vous faites.

Elle espéra avoir reconnu cette touche de découragement dans sa voix.

— Alors pourquoi ne me montrez-vous pas ?

Il émit un rire nerveux.

— Ce n'est pas une bonne idée… Allons…

— Pourquoi ?

Par la Sainte Mère ! Enfin, peut-être pas mère.

Voilà une pensée troublante. Mais quelqu'un aurait dû lui donner des leçons en séduction, comme on lui avait appris la couture et les corvées ménagères. Cet aspect du bien-être d'un homme était sans doute aussi important que les techniques de nettoyage du parquet ou les recettes les plus appétissantes.

— Pourquoi serait-ce une mauvaise idée ? Il me semble au contraire qu'elle est excellente.

Sa mâchoire se crispa – ce n'était jamais bon signe. Lorsque Ned avait une idée en tête, il était pratiquement impossible de l'en déloger.

— Ce n'est pas une bonne idée. Je pourrais faire quelque chose que je regretterais par la suite.

Bon, autant essayer l'approche directe.

— Ned, je désire que vous le fassiez – enfin, j'espère que vous ne le regretterez pas, en fait, mais je suis sûre que c'est de cela dont vous parlez, dit-elle en le regardant droit dans les yeux. Je veux que vous m'emmeniez jusqu'à ce lit et que vous me fassiez ce que les hommes font aux femmes dans ce genre de situation, quoi que ce soit.

Choqué, il écarquilla les yeux, mais elle n'en avait cure. C'était le moment ou jamais. Elle allait se montrer forte et déterminée. Si elle échouait, ce ne serait pas faute d'avoir essayé.

— Et je veux que vous le fassiez sur-le-champ.

Elle profita de son état de stupeur momentanée pour défaire trois fermoirs de plus avant qu'il ne l'interrompe derechef.

— Je ne peux pas.

Il semblait désespéré.

— Mais si, vous pouvez.

Désespérée, Ellie l'était aussi.

Il la foudroya du regard, mais elle perçut son désir aux prises avec sa conscience.

— Vous n'avez pas consenti à m'épouser. Je n'irai pas plus loin tant que vous ne le ferez pas.

Elle ne voulait pas le piéger, le forcer à faire quelque chose dont il n'avait pas envie, surtout pas quelque chose d'aussi définitif que le mariage.

— Allons, Ned, je ne suis pas naïve à ce point. Ne me dites pas que vous demandez toutes vos conquêtes en mariage.

Il s'empourpra, si bien qu'il aurait pu rivaliser avec la robe d'Ellie, et son regard noir s'assombrit encore.

— Si.

— Oh.

Elle en resta bouche bée. Elle n'aurait pas dû être si surprise – elle aurait juré que Ned n'était pas un débauché – mais elle avait toujours entendu dire que les hommes coucheraient avec la première femme venue à la moindre incitation. Donc si Ned n'avait jamais… Cela voulait dire que Cicely était la seule…

Il s'écarta, lui laissant un passage vers la porte.

— Si vous cherchiez un mari plus expérimenté, il va falloir poursuivre vos recherches.

— Non, je…

— Je suis sûr que mère sera enchantée de vous amener à Londres pour la Saison, siffla-t-il en détournant les yeux. Vous devriez y trouver une pléthore d'hommes bien plus expérimentés que moi dans l'art de l'amour.

C'était ridicule. Il lui fallait maintenant traiter avec la susceptibilité masculine froissée de Ned. Comment pouvait-il penser qu'elle voudrait d'un libertin inconnu ?

— Bon sang, Ned ! Au moins vous avez plus d'expérience en la matière que moi, dit-elle en croisant les bras pour s'empêcher d'aller le secouer. Quelle que soit cette matière, d'ailleurs. Maintenant, cessez vos bavardages et montrez-moi, je vous en prie !

Lui aussi croisa les bras.

— Seulement si vous promettez de m'épouser.

Elle releva le menton.

— Je vous épouserai uniquement si vous me jurez qu'il ne s'agira pas d'une épouvantable union utilitaire. Je veux dormir dans votre couche, et vous devrez vous acquitter de vos devoirs conjugaux de manière régulière.

Ned était troublé.

— Vous ne devriez pas insister sur ce point. Vous avez avoué que vous ignoriez tout de ces devoirs. Peut-être allez-vous découvrir qu'ils vous déplaisent.

Avait-elle décelé une pointe d'inquiétude dans sa voix ? Peut-être devrait-elle faire preuve de prudence.

— Bon, j'arrête d'insister sur ce point pour le moment, mais je me réserve le droit d'y revenir plus tard, précisa-t-elle en lui offrant un large sourire – et en espérant que sa nervosité n'était pas trop évidente. Si vous voulez bien vous atteler à la tâche, je devrais pouvoir me décider assez vite.

Il ne lui rendit pas son sourire.

— La première fois peut s'avérer… un brin désagréable pour une femme, Ellie.

— Désagréable ?

— La déchirure de l'hymen peut être douloureuse, expliqua-t-il avant de se racler la gorge. Il peut y avoir des saignements.

C'était quelque peu alarmant, mais cela ne pouvait être pire que l'enfantement – pas qu'elle partagerait cela avec Ned pour autant. Plutôt que de l'amuser, cela risquait au contraire de le faire fuir.

— Très bien, considérez que je suis prévenue.

Elle lui adressa un sourire plein d'espoir avant d'ajouter :

— Maintenant, voulez-vous bien me ravager ?

Encore une fois, les mots étaient peut-être mal choisis. Il afficha de nouveau cette expression butée.

— Non. Je ne sais pas où j'avais la tête. Nous attendrons d'être mariés.

Il se dirigea vers la porte de son salon.

— C'est la chose la plus raisonnable à faire – c'est ce que vos parents, et les miens – attendent de nous. Ce soir, nous allons annoncer nos fiançailles, et je me procurerai ensuite une dérogation.

— Je ne veux pas attendre, insista-t-elle en agrippant le dos de sa robe de chambre avant qu'il puisse s'échapper. J'ai promis de vous épouser ; je pensais que vous aviez promis de me ravager.

— Ellie…

Il se retourna ; elle sautilla hors de sa portée.

S'il mettait la main sur elle, ses espoirs de séduction arriveraient à leur terme : il la raccompagnerait vers la sortie de sa chambre en toute chasteté et refermerait la porte derrière elle. Probablement à double tour. Et si elle aurait le plaisir d'une annonce de fiançailles au dîner et au bal… elle en voulait davantage. Elle avait besoin de quelque chose qui puisse soulager cette singulière tension, si forte qu'elle en avait la chair de poule.

— Ellie, soyez raisonnable.

— Non.

Si mère avait raison, si les hommes étaient les esclaves de leurs sens, peut-être pourrait-elle séduire Ned à ce niveau. C'était un fait, il avait adoré sa nouvelle robe.

Elle repartit en direction du lit à reculons tout en semant ses épingles à cheveux, observant les yeux de Ned qui suivaient les mouvements de ses mains. Elle comprit que son désir guerroyait de nouveau contre sa conscience.

— Ned, je ne peux plus attendre. J'ai déjà attendu si longtemps… Je suis tombée amoureuse de vous lorsque j'avais neuf ans. Vous étiez un garçon – vous n'avez rien remarqué, vous vous en moquiez éperdument. Et puis vous vous êtes épris de Cicely.

— Ellie…

Elle entendit la douleur dans sa voix, mais ne put s'arrêter.

— Je vous en prie, Ned, croyez-moi. Je n'ai jamais souhaité qu'il arrive quoi que ce soit à Cicely. C'était mon amie, et j'ai longtemps pleuré son trépas. Mais je n'ai jamais cessé de vous aimer – de vous désirer.

Elle enleva la dernière épingle et secoua la tête. Ses cheveux tombèrent en cascade jusqu'à ses hanches.

— Depuis que votre année de deuil s'est achevée, j'ai gardé l'espoir que vous me verriez autrement que comme une amie.

Elle ôta le seul gant qu'elle portait.

— Ellie, je...

— J'ai attendu et espéré, mais je n'ai jamais agi. J'ai été lâche, Ned.

Elle retira ses pantoufles d'un coup de pied.

— Non, vous...

Il observait ses cheveux. Elle n'allait pas tarder à lui donner autre chose à regarder.

— Je l'ai été, mais je ne le suis plus maintenant, reprit-elle en posant une de ses jambes sur le lit. Je ne veux pas seulement un mari, Ned. Je n'ai jamais voulu me contenter d'un mari en général. Je vous ai toujours voulu, vous, en particulier.

Elle commença à remonter sa robe le long de sa jambe.

— Ellie, ne faites pas ça.

Les yeux de Ned étaient rivés sur ses mains dès qu'elles atteignirent son genou.

— Êtes-vous conscient de l'effet que vous avez sur moi, Ned ? Avez-vous la moindre idée de ce que je ressens à cet instant ?

Ses doigts effleurèrent sa jarretière.

— Euh...

Il déglutit avec peine, sans doute parce qu'il haletait légèrement.

Elle sourit, tout en la détachant et en la laissant tomber sur le sol. Puis elle fit lentement glisser son bas jusqu'à sa cheville et son pied. Oui, cette fois, il avait vraiment le souffle court.

— J'ai mal, Ned ! gémit-elle en retirant son autre bas et en l'abandonnant près du premier. Mon cœur se languit de vous, mais une autre partie de moi aussi, ajouta-t-elle en se tournant face à lui. Elle est chaude, humide, et elle vous réclame.

Ned poussa un grognement et ferma les yeux. Il continuait à résister, bon sang ! Que pouvait-elle bien dire de plus ?

— Je vous en prie, Ned. Je suis prête à vous supplier s'il le faut.

Ça, précisément. Il traversa la pièce à grands pas.

— Ellie…

À son air – et au son de sa voix – on aurait dit qu'il avait mal, lui aussi. Puis sa bouche fondit sur la sienne.

Chapitre 20

Ne jamais se montrer pudique au lit.
Préceptes amoureux de Vénus

La bouche de Ned écrasait la sienne contre ses dents ; elle émit un petit son de protestation et il adoucit la pression immédiatement.

Hmm. Nettement mieux. À l'aide de ses lèvres, il effectuait des mouvements de va-et-vient, faisant gonfler d'excitation celles d'Ellie. Elle sentait son cœur battre la chamade, au gré des palpitations de la zone humide entre ses jambes. En se cambrant contre lui, elle se retrouva au contact d'une protubérance très prometteuse – jusqu'à ce qu'il recule.

Cela ne fonctionnerait jamais ainsi. Elle tenta de l'attirer contre elle – diantre, il résistait. Essayait-il encore de la préserver ? Elle ne voulait pas de sa protection.

Elle plaqua les mains sur son torse.

Elle dut appuyer plus fort pour éveiller son attention.

— Q-quoi ? s'enquit-il en baissant les yeux sur elle.

— Il est temps d'ôter cette robe de chambre, fit-elle remarquer en posant les mains sur les boutons.

Elle voulait voir – et sentir – son torse et ses épaules.

Il couvrit ses mains des siennes.

— Non.

Elle essaya de libérer ses doigts.

— Comment ça, non ? Je croyais que vous étiez d'accord pour me ravager ?

Il fronça les sourcils.

— Allez-vous cesser d'utiliser ce mot-là ? Je suis d'accord pour vous faire l'amour, mais rien ne nous oblige à retirer nos vêtements.

Il s'éclaircit la gorge.

— En fait, il vaudrait peut-être mieux éviter.

Elle le regarda d'un air sévère.

— Mieux pour qui ?

— Pour vous, répondit-il avant de se racler la gorge une fois encore. Je crois qu'il est d'usage pour les femmes bien élevées de ne pas être soumises à une quelconque forme de nudité durant le… l'acte d'amour.

Elle en eut le souffle coupé.

— Vous plaisantez, n'est-ce pas ?

Il fronça les sourcils de plus belle.

— Non.

— Eh bien, vous devriez.

Elle tenta encore une fois de détacher les boutons de sa robe de chambre ; il l'en empêcha derechef.

— Ellie, je pense que vous devriez me laisser vous guider. Je ne veux pas submerger vos sens.

Elle recula et le regarda dans les yeux.

— Ned, j'ai vingt-six ans. J'ai beau être vierge, je ne suis pas une jeune pucelle effarouchée pour autant. J'ai rêvé de cet instant – enfin, pas dans les détails bien sûr, vu qu'hélas, je manque d'expérience…

— Il n'y a rien de désolant là-dedans ! Heureusement que vous n'avez pas d'expérience. Vous êtes la fille célibataire d'un pasteur.

— En effet, je vous l'accorde. Mais maintenant je vais acquérir de l'expérience, et j'en veux autant que possible. Je veux que mes sens soient submergés, affirma-t-elle avec un grand sourire. Alors je vous en prie, arrêtez d'essayer de me protéger.

— Mais, Ellie, je ne suis pas certain…

Elle couvrit sa bouche de ses doigts.

— Moi, j'en suis certaine, le rassura-t-elle en lui caressant la joue. Je promets de vous demander grâce si j'arrive au bord de l'évanouissement.

Cette remarque lui arracha un éclat de rire.

— Très bien, mais ne dites pas que vous n'étiez pas prévenue.

— Ne vous en faites pas, dit-elle en ouvrant ses boutons à la hâte. Et pensez à quel point vous vous sentirez supérieur, lorsque je reprendrai enfin mes esprits et que vous pourrez me dire que vous aviez raison.

Elle ouvrit la robe de chambre et posa ses paumes à plat contre les poils doux qui recouvraient son torse. Elle l'entendit – et le sentit – prendre une profonde inspiration ; son désir battait en mesure avec son cœur. Un mélange de terreur et d'excitation.

— Ou peut-être est-ce vous qui allez vous évanouir, renchérit-elle.

Il émit un rire nerveux.

— Peut-être bien.

Elle remonta les doigts le long de son torse, de ses muscles galbés, pour faire tomber la robe de chambre de ses épaules. Elle ne parvint pas à extirper ses bras des manches, alors il l'aida. Pendant ce temps, elle s'enquit de la forme proéminente tout à fait fascinante qui débordait de ses sous-vêtements.

— Ne touchez pas à ça, Ellie.

— Pourquoi ? C'est douloureux ?

Ça en avait tout l'air.

— C'est un miracle que vous arriviez à enfiler vos hauts-de-chausses, fit-elle remarquer.

— Oui, c'est douloureux, répondit Ned en se délestant enfin de sa robe de chambre et en l'abandonnant sur le sol. Et c'est votre faute si je suis dans un tel état.

— Ma faute ? demanda Ellie, tout en observant la chose remuer. Je ne vois pas comment je pourrais être responsable.

— Vous comprendrez très vite. Maintenant, nous devons vous débarrasser de cette jolie robe, puisque vous insistez. Tournez-vous.

— Très bien.

Elle se tourna face au lit, présentant son dos à Ned.

Il effleura ses bras et ses épaules, et elle frissonna de désir.

— Maudits fermoirs, murmura-t-il. Ils sont tellement minuscules !

— Faites attention – ne la déchirez pas.

Elle se mordit la lèvre. Elle n'aurait pas dû ouvrir la bouche, mais elle ne voulait pas abîmer la robe, d'autant qu'elle devait la porter le soir même.

— Préféreriez-vous descendre au rez-de-chaussée tout de suite afin d'éviter que mes doigts maladroits n'esquintent votre robe ?

— Non.

Elle le regarda – et sa bouche devint sèche à la seule vue de son cou et de ses épaules. Elle se retourna vers le lit.

— Déchirez-la.

Il gloussa.

— Je détesterais détruire cette ravissante robe. Laissez-moi voir… ah, oui. Nous y voilà.

Cela semblait prendre une éternité. Les doigts de Ned, hésitants, caressaient son corps tout entier, jusqu'à ce que le désir l'affaiblisse tant qu'elle dut se cramponner au matelas. Enfin, la robe fut jetée sur une chaise. Ellie entreprit de se tourner vers lui, mais il l'arrêta, faisant remonter ses mains le long de ses jambes, de plus en plus haut, au-dessus de ses mollets, de ses genoux, de ses cuisses. Elles s'attardèrent sur son postérieur, puis montèrent encore jusqu'à ce qu'elle lève les bras pour qu'il lui ôte sa chemise. Elle n'était plus vêtue que d'un collier de perles.

Mais sa peau ne demeura pas découverte bien longtemps. Ned se colla contre son dos, caressant sa poitrine d'une main, tandis que l'autre s'entortillait dans ses boucles et se courbait pour atteindre la zone sensible entre ses jambes. Il l'attira contre lui et enfouit son visage dans le creux de sa nuque.

Elle était piégée entre ses mains et son torse. Quelle exquise séance de torture !

— Vous aviez peut-être raison au sujet de la nudité, chuchota-t-il, sa respiration lui chatouillant l'oreille.

— Mais vous, vous n'êtes pas nu.

Elle plaqua résolument son postérieur contre le membre raidi de Ned, toujours dissimulé par ses sous-vêtements.

— Vous pensez que je devrais remédier à la situation ?

— Oui. Sans hésiter. Tout de suite.

— Très bien, dit-il en retirant ses mains. Si vous voulez bien m'accorder un instant…

— Laissez-moi faire.

Elle se tourna et attrapa ses sous-vêtements, détacha les boutons, puis les baissa…

— Oh.

Elle saisit tendrement le membre gorgé de désir, enfin libéré. Il était long, dur et chaud – et était agité de légers soubresauts comme s'il avait une existence propre.

Ned émit un son étrange – à mi-chemin entre l'éclat de rire et le grognement – et enroula ses bras autour d'elle, la plaquant contre lui de la poitrine aux genoux.

— Je crois, murmura-t-il, que si vous voulez courir à votre perte, il est temps d'aller au lit.

Elle se languissait tant d'être ravagée de fond en comble.

— Excellente idée !

— Sauf que vous ne serez pas ravagée, rétorqua Ned en baissant les yeux vers elle, l'air grave. Ellie, si vous me rejoignez dans mon lit et me laissez pénétrer dans votre corps, alors vous me prendrez pour époux, et je vous prendrai pour femme. Nous formulerons nos vœux en public plus tard, mais les promesses que nous nous faisons ce soir nous lient autant que si nous les avions prononcées dans une église, devant nos parents, nos familles et nos amis – du moins, à mes yeux.

Elle aussi, devint plus sérieuse.

— Alors il ne s'agit pas d'une union pratique, raisonnable ?

Il éclata de rire.

— J'ai gâché cette maudite conversation – je n'ose l'appeler une demande en mariage – celle que nous avons eue dans la bibliothèque, n'est-ce pas ? Non, notre union peut sembler raisonnable – je suis convaincu que mère, père et mes frères en conviendront. Et je suppose qu'elle est pratique. Mais elle signifie bien plus que ça à mes yeux.

Il prit son visage dans ses mains.

— Je vous aime, Ellie. J'avais abandonné l'espoir d'aimer de nouveau un jour. J'avoue que cette idée me terrifiait. À présent, je me retrouve tellement rempli d'amour ! s'extasia-t-il un grand sourire aux lèvres. Je pourrais bien exploser si nous ne remédiions pas à cette situation. Alors… voulez-vous m'épouser ?

Elle aussi, était à deux doigts d'exploser d'amour pour lui.

— Oui. Oui, bien sûr que je veux vous épouser, Ned.

À peine eut-elle prononcé ces mots qu'il avait déjà arraché la couverture et l'avait étendue sur son lit.

— Dans ce cas, passons à la cérémonie.

Agenouillé à côté d'Ellie, Ned l'observa sous toutes les coutures. Elle s'était étirée sur le dos, les bras tendus, ses cheveux ondulant gracieusement sur l'oreiller. À l'exception du collier de perles qu'elle portait autour de son cou, elle était totalement nue. Sa peau sans la moindre aspérité scintillait presque contre les draps ternes. Le cœur de Ned – ainsi qu'un autre de ses organes – se gonfla d'amour et de désir.

Elle était parfaite. Elle incarnait tout ce dont il avait toujours rêvé : son passé, son présent, son avenir.

Mais qu'arriverait-il s'ils concevaient un enfant ce soir-là ? Et dans neuf mois…

Son pénis se flétrit sous le coup du désespoir. Comment pourrait-il risquer de la perdre ?

Il ne pouvait s'y résoudre.

— Es-tu soucieux ? demanda-t-elle en effleurant délicatement son membre intimidé. Tu sembles… triste.

Il sentit ce léger contact comme s'il en jaillissait des étincelles. Il vit les yeux d'Ellie s'agrandir tandis que son pénis s'étirait faiblement. Il rit, mais avait plutôt envie de pleurer.

— Je suis sans doute un peu préoccupé.

Il s'éclaircit la gorge. Pourquoi rester évasif ? Ellie le connaissait trop bien.

— Voire même beaucoup, ajouta-t-il.

— Ne le sois pas.

Elle posa la main sur sa cuisse. Le seul fait de sentir ses doigts à proximité redonna un peu d'espoir à son pauvre organe.

— Je veux des enfants, Ned. J'en veux tellement que j'envisageais d'épouser un homme dans le seul but de devenir mère.

Elle se mit à sourire tout en secouant légèrement sa cuisse, suffisamment pour faire remuer son pénis, plein d'espoir à présent.

— Mais je préfère largement avoir les tiens.

Ses doigts remontèrent le long de sa jambe, s'approchant très, très près de…

Il reporta son attention sur le sujet à portée de main – les termes étaient très mal choisis. Il s'efforça de se concentrer sur sa plus grande inquiétude, de penser avec sa grosse, non… sa petite tête.

— Mais que se passera-t-il…, commença-t-il, sans pouvoir finir sa phrase. Que se passera-t-il si ça tourne mal ?

Ellie se redressa. Ned baissa les yeux pour observer ses adorables petits seins. Il avait beau s'inquiéter pour son état de santé, il restait un homme…

— Ned, dit-elle en posant la main sur sa joue, tandis qu'il levait les yeux pour croiser son regard. Je ne peux pas te garantir que nous serons toujours à l'abri du malheur. La vie ne fonctionne pas comme ça. Mais je veux prendre le risque. Je le veux, pour pouvoir tenir mon enfant – notre enfant – dans mes bras.

À ces mots, le sexe de Ned se redressa, impatient de lui donner ce qu'elle voulait.

Il fronça les sourcils, ignorant autant que possible son membre incontrôlable.

— J'en ai envie aussi, Ellie, mais je te veux encore plus. Si je devais te perdre, si je devais un jour te regarder mourir sans pouvoir faire quoi que ce soit pour te sauver…

Il sentit sa gorge se serrer et son membre impétueux se dégonfler, pour finir flasque entre ses cuisses. Rien ne pourrait ressusciter le malheureux, à présent.

Il se trompait.

Le visage d'Ellie afficha un air déterminé.

— Je t'aime aussi, Ned. Je ferais n'importe quoi pour toi, mais je ne te laisserais pas passer à côté de ta vie.

— Tu ne comprends pas. Tu ne peux pas comprendre.

— Peut-être pas. Mais je sais que j'ai passé bien trop de temps à attendre sans faire quoi que ce soit pour obtenir ce que je voulais, reprit-elle en collant ses lèvres aux siennes. Je ne vais pas refaire la même erreur. Tu ne quitteras pas ce lit tant que je ne t'aurai pas entièrement comblé.

Cette remarque le fit éclater de rire.

—Enfin… Ellie!

Elle avait courbé la tête pour embrasser son membre assagi. Il devrait la repousser. Il posa les mains sur sa tête pour s'exécuter, mais d'une façon ou d'une autre, ses doigts se retrouvèrent piégés dans les boucles de son épaisse chevelure et finirent par l'encourager.

—C'est douloureux?

Ces mots murmurés caressaient sa chair en expansion.

—Non, mais tu ne devrais pas… ohh.

Elle parcourut son corps avec sa langue.

Il ne put pas s'en empêcher – il écarta les cuisses pour lui laisser plus de place. Il tenta de se souvenir pour quelle raison il lui demandait d'arrêter, mais le contact de sa langue l'empêchait de formuler toute pensée cohérente.

—Je suis sûr que ce n'est pas…, commença-t-il en réprimant un gémissement. Ce que tu es en train de faire n'est pas convenable.

Lorsqu'elle s'arrêta, il faillit pleurer.

—Ça ne te plaît pas? demanda-t-elle en déposant un baiser sur sa chair douloureuse. En tout cas, cette partie de toi a l'air d'apprécier. Elle est de nouveau longue et dure.

—Ahh…

—Je pense que ce sera plus facile si tu t'allonges.

Elle fit le tour du lit pour l'étendre contre les oreillers.

Il était plus robuste qu'elle ; il pourrait facilement résister… mais il obéit sans rechigner. Son gland avait repris le dessus, et se dressait, impatient de voir ce qu'Ellie lui réservait.

Elle se mit à califourchon sur ses jambes, ses longs cheveux lui chatouillant la peau, sa poitrine pendant contre ses cuisses. Et alors sa bouche s'approcha de…

— Ahh ! s'écria-t-il, sentant ses hanches se soulever subitement. Ohh.

Il ne pensait plus, ne s'inquiétait plus. Quatre années de douleur, de peur, de culpabilité et de privation le submergèrent, mélangées à un amour sans précédent.

— Ellie !

Elle leva les yeux.

— Quoi encore ?

— J-je ne peux pas attendre plus longtemps.

Il eut du mal à prononcer ces mots.

— Attendre ? répéta-t-elle, perplexe. Attendre quoi ?

— Ceci.

Il la tira aussi délicatement que possible et la poussa sur le dos. Puis il s'allongea sur elle, s'efforçant de garder le contrôle sur son désir implacable.

— J'ai bien peur que ce ne soit plus rapide que prévu.

Ellie lui adressa un grand sourire.

— Rien n'est assez rapide pour moi. Je t'ai attendu toute ma vie ; je ne veux pas patienter une seule minute de plus.

— Il se pourrait que je n'arrive pas à me maîtriser, ajouta-t-il, les sourcils froncés.

— Je ne veux pas que tu le fasses, répliqua-t-elle en lui caressant le visage. Laisse-toi aller, d'accord ?

Au son de sa voix, il sentit qu'elle était nerveuse.

Il lui embrassa la poitrine en s'attardant sur un de ses tétons. Elle gémit et écarta les jambes. Encouragé, il empoigna plus fermement son sein et le suça ; la tête frottant contre l'oreiller, Ellie lui attrapa les cheveux, plaquant son visage contre son corps.

Il glissa les doigts sur son ventre, jusqu'au creux de ses cuisses… Dieu merci – si toutefois Il n'avait rien contre le fait d'être loué dans une telle situation, même si Ned n'entendait pas la chose de la manière la plus respectueuse qui soit – elle était humide et prête à l'accueillir. À son contact, ses hanches se cambrèrent et elle se plaqua contre lui. Peut-être avait-elle raison – il n'irait jamais assez vite.

Il délaissa son sein et la couvrit de baisers, descendant le long de son corps, seulement guidé par ses adorables gémissements. Son odeur de musc, brûlante, l'ensorcelait ; il glissa doucement sa langue dans la fente…

— Oh, Ned, oh, oh, je t'en prie, maintenant, je ne peux plus… attendre…

Son bassin effectuait des mouvements frénétiques.

Comme il serait cruel de lui refuser ce qu'elle désirait si ardemment. Et ce qu'il voulait tant, lui aussi.

Il remonta sur elle et glissa dans son corps chaud et serré. Il s'efforçait de faire attention. Il savait qu'il devait se montrer doux – il ne voulait pas l'effrayer comme il l'avait fait avec Cicely. Il voulait lui montrer à quel point il l'aimait, mais un flot de désir le submergea.

Il se voûta et déchira son hymen – et l'entendit alors haleter de douleur. Bon sang !

Il s'interrompit, se dégonflant légèrement.

— Je suis désolé.

— Tu as terminé ? grogna-t-elle.

Il devrait s'arrêter là, mais son odeur et sa peau étaient irrésistibles. Il reprit du poil de la bête et se rappela l'essentiel : elle voulait des enfants.

— Pas tout à fait.

Il bougeait aussi délicatement que possible, effectuant d'incessants va-et-vient.

— Oh, gémit-elle, son corps se raidissant légèrement. Oh !

Est-ce qu'elle souffrait ? Il s'arrêta, même si corps entier l'implorait de continuer.

Par chance, Ellie lui soufflait la même chose.

— Ne t'arrête pas, articula-t-elle en se tortillant en dessous de lui, plaquant les mains sur ses hanches. Vas-y. Plus vite. Plus fort.

Il se courba de nouveau. Il essayait de faire attention à ses réactions, mais il se perdit dans ses propres sensations. Il devrait… ah.

Elle gémit et enfonça un doigt dans son anus.

— Oui. Oh !

Son corps se raidit encore ; et elle poussa un cri d'extase – puis ses jambes retombèrent. Elle frissonna, et il la sentit trembler tout autour de lui.

C'était trop. Il recula et s'enfonça une dernière fois, déversant sa vie et son amour dans Ellie.

Il se sentait chez lui.

Ellie enroula ses bras autour de Ned. Elle arrivait à peine à respirer, mais elle s'en moquait. Elle aurait voulu rester comme ça pour toujours, Ned au plus profond d'elle, son poids la maintenant enfoncée dans le matelas. Elle se sentait mariée et fière de l'être, même si l'État et l'Église ne la considéraient pas encore comme telle.

Il tourna la tête pour embrasser sa joue.

— Je suis trop lourd pour toi.

Au son de sa voix, il semblait aussi comblé qu'elle.

— Hmm.

C'était vrai, mais elle se garderait bien de le dire.

Il se retira et elle se sentit frissonnante et vide, jusqu'à ce qu'il la serre contre lui. Elle reposa sa joue sur son épaule et enroula son bras autour de son torse, tandis que, de sa main libre, il attrapait le dessus-de-lit et les couvrait tous les deux.

Il déposa un baiser sur le sommet de son crâne.

— Est-ce que tu as souffert ? demanda-t-il.

Elle sentit une pointe d'inquiétude dans sa voix.

— Non.

Elle devrait se montrer honnête malgré tout.

— Enfin, peut-être un tout petit peu au début, mais ça en valait la peine, le rassura-t-elle en le serrant plus fort encore et en embrassant son torse. C'était merveilleux… mieux que je n'aurais pu l'imaginer. J'ai envie de recommencer.

Il ricana.

— Pas maintenant. Tu as sans doute un peu mal.

— Peut-être un petit peu, concéda-t-elle en bougeant les jambes.

Mais cette douleur n'était pas désagréable.

Venaient-ils de concevoir un enfant ? Elle n'en parlerait pas ; Ned commencerait à s'inquiéter. Elle passa la main sur son ventre. Elle espérait que oui, mais elle serait ravie – vraiment ravie – de continuer à essayer.

Ned passa les doigts dans ses cheveux.

— La prochaine fois, je te promets que nous irons plus doucement. J'ai bien peur d'avoir perdu le contrôle.

Elle lui décocha un grand sourire.

— Tu m'as entendue me plaindre ?

— Non, répondit-il avant de l'embrasser langoureusement. Tu étais assez incontrôlable, toi aussi. Ça m'a plu.

Elle lui rendit son baiser.

— Je n'ai pas offensé ta conception des convenances ?

— Pas trop. Mais en parlant de ça, ajouta-t-il en fronçant les sourcils, ce qui semble un peu ridicule, étant donné que je suis allongé nu dans mon lit à côté d'une jeune pucelle de bonne famille...

— Je ne suis plus une pucelle !

Il lui lança un regard apaisant.

— ... la fille du pasteur qui n'est pas – pas encore ! – ma femme, nous devrions nous habiller et descendre. Tout le monde a dû remarquer notre absence.

— Mais personne n'y prêtera attention. Je ne suis qu'Ellie, ta vieille amie, tu te souviens ?

Elle laissa courir sa main le long de torse et de son ventre, mais il l'attrapa avant qu'elle ne puisse atteindre son objectif.

— Tu ne comptes tout de même pas me pousser à multiplier les actes répréhensibles...

— Eh bien... Je préférerais rester ici avec toi plutôt que de descendre.

— Moi aussi, mais nous descendrons quand même, affirma-t-il en se redressant et en posant les pieds par terre. Nous allons nous habiller et... oh, bon sang !

— Que se passe-t-il ?

Ellie se redressa, elle aussi, et se plaqua contre le dos de Ned, glissant ses doigts autour de...

Il lui attrapa la main.

— Veux-tu bien te tenir ?

— C'est un ordre ?

— Oui. Nous devons y aller. Je devrais au moins faire le plaisir à ton père d'avoir une entrevue en privé avec lui pour lui demander ta main avant d'annoncer nos fiançailles, ajouta-t-il en jetant un coup d'œil à l'horloge sur la cheminée. Si nous nous dépêchons, nous aurons peut-être une chance de lui parler avant le dîner.

— Ou juste après.

— Oh, non ! gémit-il en se levant. Je suis presque certain que dès qu'on nous verra, il sera évident pour tout le monde que nous souhaitons nous marier au plus vite.

— Je me demande bien pourquoi.

Ellie admira les fesses musclées de Ned tandis qu'il se dirigeait vers l'armoire.

— Parce que je ne suis pas une femme de chambre, et que nous nous abstiendrons d'appeler Mary pour qu'elle t'aide à te rhabiller.

Il enfila un nouveau caleçon, ramassa sa chemise sur le sol et retourna près d'elle.

— Et cesse de me regarder comme si tu voulais lécher le moindre centimètre de mon…

Il ferma les yeux, comme s'il ressentait une douleur soudaine, et elle vit l'adorable bosse se reformer sous son caleçon. Elle tendit la main – mais il l'intercepta.

— Ellie, je t'aime, je te désire, tu incarnes mes rêves les plus fous, mais nous devons vraiment descendre maintenant.

— Bon, très bien.

Elle descendit du lit et enfila sa chemise.

— Mais tu me promets que je pourrai revenir dormir ici cette nuit ?

— Non, répondit-il en se passant la main dans les cheveux. Je ne sais pas. Nous verrons cela.

Il mit sa chemise et ses hauts-de-chausses, puis l'aida à lacer son corset.

Elle se tourna face à lui dès qu'il eut terminé et le serra dans ses bras.

— Je t'aime, Ned.

Il lui rendit son étreinte.

— Moi aussi, je t'aime, Ellie. Merci d'avoir eu le courage de me le faire comprendre.

Il recula d'un pas.

— À présent, nous devons de toute urgence rejoindre les autres.

Chapitre 21

L'amour est capable de tout.

Préceptes amoureux de Vénus

— Avez-vous la moindre idée de l'endroit où se trouve Ellie, Votre Grâce ? demanda Constance Bowman à Vénus en jetant un regard circulaire sur le salon. Je suis passée par sa chambre lorsque nous sommes arrivés, mais il n'y avait personne – hormis Sir Reginald qui jouait avec un morceau de soie rouge. J'espère qu'il ne s'agissait pas du châle de Norwich d'Ellie.

— Je suis certaine que non, répliqua Vénus en souriant.

— Vous avez sans doute raison. Cela ne semblait pas suffisamment grand, et Ellie ne se sépare jamais de son châle.

Elle jeta un coup d'œil vers la porte, puis examina la pièce une fois de plus.

— Il est bientôt l'heure du dîner, ajouta-t-elle.

— Je suis certaine qu'elle ne va plus tarder, répliqua Vénus, en affichant un regard équivoque. Je remarque que Ned manque à l'appel, lui aussi.

Les yeux de Constance se mirent à pétiller.

— Vous ne pensez tout de même pas qu'ils sont ensemble ?

— On peut toujours rêver.

Voire prier, mais Vénus avait appris au fil des années que notre Seigneur Tout-Puissant ne répondait pas aussi rapidement qu'elle le souhaitait aux supplications. Il valait bien mieux consulter une entremetteuse pour ses affaires de cœur – même si elle n'avait pas fait preuve d'une efficacité redoutable concernant ses fils.

Constance soupira et secoua la tête.

— Si c'est le cas, ils sont probablement tranquillement assis dans la bibliothèque en train de parler de la pluie et du beau temps. Oh, Vénus, je ne sais pas ce que je vais faire de cette enfant. J'avais vraiment espéré que cette année, elle mettrait de côté son penchant pour Ned et trouverait un mari, mais il me semble que tous les hommes que vous aviez invités pour elle se sont tournés vers d'autres femmes – comme à chaque fois.

Vénus tapota gentiment le bras de Constance.

— Ne vous en faites pas. J'ai de très gros doutes quant au fait que mon fils et votre fille soient en train de discuter.

L'espoir fleurit de nouveau sur le visage de Constance, même s'il semblait clair qu'elle luttait pour ne pas le montrer.

— Qu'est-ce qui vous fait penser cela ?

— L'intuition maternelle. Je les ai observés ces jours-ci, ajouta-t-elle en rapprochant son visage de celui de Constance. Et j'ai fait confectionner une robe en soie rouge par Mary, assez semblable à celle que vous m'aviez décrite.

— Vous avez réussi à faire porter une tenue flatteuse à Ellie ? demanda-t-elle, visiblement déçue. Je m'y évertue sans succès depuis des années, comme vous le savez.

Vénus gloussa.

— Elle n'a pas eu le choix. J'ai… disons… convaincu Reggie de mettre en pièces le chiffon qu'elle avait apporté.

— Eh bien, remerciez Reggie pour moi. J'ai fait tous les efforts possibles pour la dissuader de choisir ce tissu, mais elle a été intraitable. Entre vous et moi, je plains Mrs Wilkins, notre couturière, qui est venue me trouver en larmes plus d'une fois après s'être occupée d'Ellie. Honnêtement, je pense qu'elle s'est résolue à se rendre la plus effroyable possible depuis que Ned a épousé Cicely, soupira Constance. J'ai cru bien faire en refusant de la laisser assister au bal de fiançailles dans cette scandaleuse robe rouge, mais maintenant, je n'en suis plus aussi sûre.

— Et, comme je vous l'ai dit à de nombreuses reprises, vous n'avez pas à vous reprocher quoi que ce soit – de l'eau a coulé sous les ponts. Ned était éperdument amoureux de Cicely. Je serais prête à parier que, même si Ellie était venue toute nue, il n'aurait rien remarqué.

— Enfin, Vénus ! Jamais Ellie ne ferait quoi que ce soit d'aussi indécent.

— Non, je sais bien, mais je suis heureuse de vous apprendre qu'elle a montré un peu plus de caractère cette année, comme elle était autrefois. C'est bon signe.

Constance sembla sceptique.

— Je ne peux imaginer que Ned veuille se marier avec une harpie.

— Sans aller jusque-là, je crois que Ned a besoin d'une femme qui soit capable de chambouler sa vie bien ordonnée, qui le pousse à faire preuve d'audace et à prendre des risques. Et si j'ai tort, et qu'Ellie et Ned ne sont pas faits l'un pour l'autre, vous savez que je suis prête à l'emmener à Londres pour la Saison, surenchérit-elle en haussant les épaules. Ne vous inquiétez pas, je lui dégotterai un bon époux quoi qu'il arrive.

Même si Vénus espérait de tout cœur que cela ne serait pas nécessaire.

— Mais elle a déjà vingt-six ans ! se lamenta Constance en se triturant nerveusement les mains. La situation pourrait difficilement être pire.

— Balivernes ! Quoi qu'il en soit, elle s'en sortira très bien. Contrairement à ce qu'on entend à la campagne, Londres n'est pas peuplée que de jeunes freluquets. Il y a encore quelques hommes sensés et clairvoyants, toujours disponibles.

Vénus s'efforçait d'afficher un sourire encourageant. Où diable étaient passés Ned et Ellie ?

— Espérons que mon fils fasse lui-même preuve de discernement.

— Vous cherchez notre cadet ? demanda Drew en s'avançant vers elles. Bonsoir, madame Bowman.

— Bonsoir, Votre Grâce. C'est toujours un plaisir de vous rendre visite.

— Et ce le sera encore plus demain, quand nos invités de Londres seront repartis et que nous aurons de nouveau la paix ! s'exclama Drew tout en souriant à Constance. Même si je crois que nous devons d'abord endurer un peu d'agitation.

Cette fois, il arbora un sourire éclatant.

Vénus l'attrapa par le bras.

— Vous savez quelque chose – de quoi s'agit-il ?

Drew, les yeux rieurs, prit un air offusqué.

— Ma chère duchesse, vous êtes en train de froisser ma veste.

Elle lui secoua le bras.

— Je ferai bien plus que cela à votre…

Drew jeta alors un coup d'œil à Constance, avant de dévisager sa femme qui, rappelée à l'ordre, se calma.

— … satanée veste si vous ne videz pas votre sac immédiatement.

— Quelle virulence !

— Drew, ma patience a des limites.

— Oui, Votre Grâce, je vous en prie, dites-nous ce que vous savez.

La voix de Constance semblait indiquer qu'elle était à deux doigts de le supplier.

Drew leur fit une révérence.

— Je m'excuse de vous taquiner toutes les deux. Je tenais seulement à vous apprendre que Dalton est venu trouver votre époux pendant que je discutais avec lui, madame Bowman, et a très discrètement demandé au pasteur de se rendre dans la bibliothèque. Apparemment, Lord Edward souhaite discuter avec lui.

Constance faillit applaudir, mais s'interrompit.

— Oh, tout cela semble très prometteur.

— J'ai pensé que vous aimeriez vous rapprocher de la porte pour les saluer quand ils sortiront, poursuivit Drew. Quelque chose me dit que la conversation sera brève.

Drew avait raison. À peine avaient-ils atteint la porte que le pasteur apparut. Il arborait une expression curieuse – un mélange de joie et de désapprobation. Quand Vénus aperçut le couple derrière lui, elle comprit. La coiffure de cette pauvre Ellie était sens dessus dessous, et vu sa robe, on aurait dit qu'elle avait été habillée par une personne dotée de deux mains gauches.

Description qui s'appliquait également à Ned.

— J'ai le plaisir de vous annoncer, commença le pasteur, que nos enfants vont se marier – le plus tôt possible.

— Fantastique !

Vénus serra d'abord le pasteur dans ses bras – qui sembla surpris par son enthousiasme – puis Drew, Constance, Ned et Ellie. Ensuite, les deux mères emmenèrent Ellie à part pour la rendre présentable avant l'annonce officielle.

Plus tard, Vénus se trouvait dans la salle de bal en compagnie de Drew et observait Ned et Ellie valser pour la première fois en tant que couple fiancé.

—Alors ma chère, heureuse ? demanda Drew.

—Très – comme vous, j'en suis sûre.

—Tout à fait, mais j'avais toute confiance en la duchesse des Cœurs et ses talents d'entremetteuse.

Vénus poussa un grognement.

—Alors nous sommes deux, rétorqua-t-elle en souriant. Avez-vous déjà vu Ned aussi radieux ?

—Non, mais j'ai bien peur que le bonheur de Ned ne remette Jack dans de sales draps.

Vénus, paniquée, se raidit.

—Qu'entendez-vous par là ?

—Je crois que Miss Wharton a mal pris l'annonce des fiançailles. Elle semblait abattue à table.

Vénus acquiesça.

—J'ai remarqué, moi aussi. Je pense que Ned lui avait donné de faux espoirs – j'ai moi-même redouté qu'il lui fasse sa demande. Je suis désolée pour elle, mais une union entre eux aurait été un vrai désastre.

—Oui, mais je ne suis pas sûr qu'elle le comprenne, répliqua Drew. Dans tous les cas, elle semble avoir renoué avec son plan d'origine, à savoir piéger Jack pour qu'il la demande en mariage.

—Vraiment ?

Hors de question que Vénus laisse faire une chose pareille.

—Où est-elle ? demanda-t-elle alors que la musique s'arrêtait.

— Elle vient de finir de danser avec Mr Humphrey, mais on dirait bien que Jack est en train d'inviter Ellie, donc je pense qu'il est hors d'atteinte pour le moment.

Drew lui attrapa le bras et l'entraîna sur la piste.

— Et comme j'ai demandé à l'orchestre de jouer une autre valse, je crois que c'est le moment idéal pour voler une danse à ma femme.

La musique commença et Vénus se laissa emporter par la joie de valser avec le duc. Mais elle ne put s'abandonner complètement. Maintenant que Drew l'avait alertée d'un danger, elle était aux aguets.

Miss Wharton discutait avec Constance – elle semblait la féliciter. Charmante attention. La fille avait bon cœur, elle n'était simplement pas faite pour Jack. Vénus se pencherait sur son cas pendant la Saison. Peut-être pas Percy non plus… hmm. Cela demandait réflexion.

Elle observa Mr Cox valser non loin de là avec Lady Juliet, et Mr Humphrey avec Miss Mosely. Sa réception avait dépassé de loin ses espérances, mais elle n'avait pas comblé tout le monde.

— Si seulement je pouvais faire quelque chose pour Ash.

— Ash a une épouse, Vénus. Tu es une entremetteuse, pas… Enfin, quoi qu'il faille à Ash et Jess.

Drew avait raison, bien sûr.

— J'imagine que je vais devoir me concentrer sur Jack, dans ce cas.

Le duc éclata de rire.

— Quelle chance il a ! Je ne suis pas sûr qu'il te soit reconnaissant, cependant. D'ailleurs, s'il est malin, il fuira tes bals mensuels comme la peste.

— Mais…

Drew posa un doigt sur ses lèvres.

— Cesse donc de penser un instant à tes fils, ma tendre duchesse. Ton pauvre époux a besoin d'attention.

— Tu n'as de pauvre que le nom, mon cher duc. Mais si tu veux mon attention, alors elle est tout à toi, repartit Vénus avec un grand sourire. Et un peu plus tard aussi, lorsque j'aurai envie de célébrer ma réussite en grande pompe.

Drew lui jeta un regard sans équivoque.

— Comme c'est intéressant. Je vais voir si ma vieille cervelle arrive à trouver une façon de t'aider à marquer le coup.

Vénus ricana.

— Je n'en doute pas. C'est à toi que je dois mon inspiration, mon tendre duc des Cœurs.

Drew la gratifia d'un regard malicieux, puis fit tournoyer de plus belle son épouse, hilare, dans la salle de bal.

EN AVANT-PREMIÈRE

Découvrez la suite de la série
La Duchesse des Cœurs dans :

LORD JACK À TOUT PRIX
(version non corrigée)

Bientôt disponible chez Milady Romance

Traduit de l'anglais (États-Unis)
par Pauline Buscail

Chapitre premier

Il ne faut pas se fier aux apparences.

Préceptes amoureux de Vénus

Miss Frances Headley, les jambes arquées, souffrant d'une douleur lancinante à chaque pas, chancela jusqu'à la porte défraîchie de l'auberge *Au coq vantard*.

Bon sang, les hommes ont toujours monté à califourchon. Rien ne laissait soupçonner que cette expérience serait aussi pénible... Et le dernier kilomètre à pied dans les vieilles bottes de Frederick n'avait rien arrangé.

Maudites routes gelées !

Elle prit une bonne bouffée d'air et le froid piquant de l'hiver la saisit. Que se passerait-il si sa jument boitait...

Elle fusilla la porte du regard. Si sa jument boitait, alors elle trouverait un autre moyen de se rendre à Londres. Au diable, elle était même prête à marcher s'il le fallait. Hors de question de rentrer à Landsford. La seule idée que Tante Viola ait aidé Mr Littleton à fomenter son plan machiavélique...

Oh ! À chaque fois qu'elle y repensait, elle avait envie de cogner sur quelque chose – ou quelqu'un.

Elle plaqua la main contre la porte. Les ivrognes riaient si fort qu'elle les entendait de l'extérieur. Un tas de viande saoule ! Mais au moins, des soiffards auraient plus de mal à percer son déguisement à jour. Elle espérait presque que l'un d'entre eux ose l'aborder. Elle prendrait un immense plaisir à lui mettre le nez en sang.

À peine poussa-t-elle la porte qu'elle fut frappée par la cacophonie et l'odeur nauséabonde de bière renversée, de fumée et de sueur. Une serveuse, les bras chargés de six ou sept chopes, sortit en trombe d'une pièce sur la gauche.

— Où puis-je me trouver un lit pour la nuit ? lui demanda Frances.

Elle dut hurler pour se faire entendre. Pour une femme, elle avait la voix plutôt grave, mais l'était-elle suffisamment ? Apparemment, oui. La serveuse lui jeta à peine un coup d'œil.

— Allez voir Mr Findley, répondit-elle sans ralentir la cadence, se contentant d'un rapide signe de tête vers la pièce qu'elle venait de quitter. Mais je vous préviens, on est complet.

Oh, bon sang ! Frances sentit son estomac se nouer.

Aucune raison de désespérer. Dans le pire des cas, elle trouverait un coin pour dormir dans la salle commune. Ou peut-être que l'aubergiste l'autoriserait à se reposer dans l'écurie. De toute façon, elle ne pouvait pas aller plus loin pour l'instant. Il faisait nuit et les routes étaient impraticables.

Elle passa la petite porte. Un homme chauve et corpulent et une femme aux cheveux gris, tout aussi enveloppée, dînaient sur une table en bois en piteux état. Le fumet vint immédiatement chatouiller les narines de Frances. Du mouton et des pommes de terre. Certes pas son plat favori, mais elle avait tellement faim qu'elle ces mets lui paraissaient plus appétissants que tout.

— Ce soir, c'est le bal de la duchesse, Archie, racontait la femme en tendant une bouchée de mouton à son compagnon. Tu crois que Son Altesse a dégoté une prétendante pour Lord Ned ou Lord Jack cette année ?

Archie poussa un grognement.

— Pourquoi cette année serait-elle différente de l'année passée, ou de celle d'avant, Madge ?

— Tu as sans doute raison. C'est juste que…

Frances se racla la gorge pour se faire remarquer.

— Pardonnez-moi… Auriez-vous une chambre pour la nuit ?

L'homme tourna les yeux vers elle en fronçant les sourcils.

— J'ai bien peur qu'on soit complet.

— Je vois…, répondit Frances en se mordillant la lèvre.

Flûte.

— Oh, Archie, rétorqua sa femme en se levant. Je suis sûre qu'on peut trouver quelque chose pour ce pauvre petit. Il a l'air exténué.

— En effet, je suis épuisé, madame, et mon cheval est blessé.

Frances était à deux doigts de ramper. Dormir dans un vrai lit serait l'idéal, surtout en comparaison avec le plancher jonché d'ivrognes de la salle commune, ou avec la paille de l'écurie.

Mrs Findley fit claquer sa langue d'un air suspicieux.

— Vous devez avoir faim aussi.

L'estomac de Frances répondit à sa place en émettant un gargouillis sonore. Elle rougit. Elle n'avait rien avalé depuis le petit-déjeuner, huit heures auparavant. Sans doute aurait-elle dû préparer quelque chose avant de partir, mais elle ne pensait pas arriver aussi tard et, à vrai dire, elle était bien trop énervée pour réfléchir.

D'ailleurs, si elle avait eu un couteau entre les mains, Tante Viola n'en serait pas sortie indemne.

Mrs Findley se mit à rire.

— Venez, asseyez-vous avec nous, offrit-elle en attrapant Frances par le bras et en l'attirant vers la table.

— J-je ne voudrais pas vous importuner. Si vous pouviez seulement me garder une tranche de mouton et une pomme de terre, ce serait parfait.

— Ne soyez pas ridicule, renchérit la femme en la forçant à s'asseoir et en commençant à lui servir une assiette. Vous devez mourir de faim.

L'estomac de Frances gargouilla de plus belle et Mrs Findley éclata de rire.

— Pauvre petit ! s'exclama-t-elle en posant l'assiette sur la table. Mangez maintenant, avant que la faim ne vous fasse tourner de l'œil. Je suis sûre qu'on peut vous trouver un endroit où passer la nuit.

Mr Findley semblait moins enclin à la charité.

— Madge, notre seule chambre libre, c'est celle qu'on garde pour les Valentine, lança-t-il.

— Eh bien, aucun d'entre eux ne sera là ce soir, si ? C'est le bal d'anniversaire, tu te souviens ? Ils y assisteront tous, même s'ils ont horreur de ça. Ce sont de bons garçons.

Ah ! Frances catapulta un morceau de pomme de terre avec sa fourchette. Jack, le benjamin de la fratrie des ducs de Greycliffe, n'avait rien d'un « bon garçon ». Tante Viola le citait toujours en exemple lorsqu'elle mentionnait les esprits vils qui rôdaient en ville. Un débauché de premier ordre, voire même un proxénète, d'après ce que racontaient – dans son dos – tous les propriétaires de maisons closes de Londres.

— Tu dois avoir raison, admit Mr Findley en tournant les yeux vers Frances. Quel est votre nom, mon garçon, et où est-ce que vous allez comme ça ?

— Frances Had…, commença Frances avant de tousser.

Elle pouvait utiliser son nom de baptême – en remplaçant le e par un i, on arrivait à un prénom masculin de toute manière – mais sans doute devrait-elle éviter de divulguer son patronyme.

— Francis Haddon, reprit-elle. Je suis en route pour Londres.

— Londres ? demanda Mr Findley dont l'expression passa de l'étonnement à la sévérité. Quel âge avez-vous ? Vous ne faites pas l'école buissonnière au moins ?

— Non, monsieur, répondit-elle, tout en découpant minutieusement sa viande pour éviter de croiser le regard de l'homme. Je suis… plus vieux que je n'en ai l'air.

— Comment ça ?! s'exclama Mrs Findley, hilare. Treize ans au lieu de douze ? N'essayez pas de nous rouler, jeune homme. Nous avons élevé trois fils. Nous voilà en fin de journée, et vous n'avez pas l'ombre d'un poil au menton.

Faire semblant d'être un homme s'avérait plus compliqué que ne l'escomptait Frances. Elle se contenta de sourire, puis enfourna un gros morceau de mouton dans sa bouche.

— À quoi peut bien penser votre mère en vous laissant voyager de la sorte ? s'enquit Mrs Findley en émettant un nouveau claquement de langue désapprobateur.

Frances déglutit à grand-peine.

— Ma mère est morte depuis un certain temps, madame. Je vis avec ma vieille tante.

Tante Viola ne serait pas ravie de cette description, mais après tout, elle avait déjà célébré son soixantième anniversaire.

— Eh bien, je ne vois toujours pas comment une tante, âgée ou non, peut laisser un petit gars comme vous faire le voyage jusqu'en ville tout seul, surenchérit Mr Findley, sur un ton suspicieux.

— Elle n'était pas enchantée, monsieur, mais – à vrai dire, Viola avait crié si fort qu'il semblait étonnant qu'on ne l'ait pas entendue depuis l'auberge – mais cela me tenait vraiment à cœur.

Elle était résolue à ne pas passer une seconde de plus sous le toit de cette traîtresse.

— Je vais rendre visite à mon frère, ajouta-t-elle. Je serais arrivé à Londres depuis longtemps si les routes n'avaient pas été si mauvaises.

Elle avait prévu de passer la nuit chez Frederick et de rendre visite à leur gestionnaire le lendemain matin pour lui réclamer le montant de sa dot. Puis elle serait retournée à Landsford pour narguer Viola avec le chèque de banque, avant de récupérer l'argent, d'empaqueter ses affaires et de partir pour de bon.

Les yeux rivés sur son assiette, Frances fronça les sourcils. Elle n'avait encore aucune idée de l'endroit où elle irait par la suite, mais elle ne passerait pas une nuit de plus à Landsford. Et dire que Viola comptait la droguer au laudanum, laisser Mr Littleton entrer dans sa chambre, puis donner l'alerte aux domestiques, toujours en quête de commérages, pour qu'ils le prennent sur le fait.

Elle planta sa fourchette si fort dans un morceau de pomme de terre qu'elle la fit crisser contre l'assiette.

— Cesse de regarder ce garçon de travers, Archie. Tu lui fais peur, gronda Mrs Findley.

Puis elle se retourna vers Frances pour la réprimander à son tour.

— Un gars de votre âge ne devrait pas voyager seul. Il y a des hommes – et des femmes – peu recommandables à chaque coin de rue, impatients de profiter d'un jeune mouflet comme vous, à peine sorti de ses langes. Je serais prête à parier que votre frère ne saura pas s'occuper de vous. Quel âge a-t-il ?

Frances cligna des yeux. Si seulement Frederick essayait de prendre soin d'elle… Dès qu'il y avait quoi que ce soit à faire, elle était la seule à se montrer responsable.

— Vingt-quatre ans, répondit-elle.

Ils étaient jumeaux, mais elle était l'aînée de dix minutes.

— Je ne sais pas, Madge, commenta Mr Findley, les sourcils toujours froncés. Tout ça me paraît un peu louche. Je…

— Monsieur Findley, héla la serveuse depuis la porte, il y a de la bagarre dans l'air.

— Saperlipopette ! s'écria-t-il en jetant un œil à sa montre. Pile à l'heure, ces poches à vin, ajouta-t-il en regardant sa femme, avant de se lever. Tu dois avoir raison, Madge. Aucun des Valentine n'aura besoin de la chambre, et je vois bien que tu ne veux pas que ce garçon dorme dehors avec les autres.

Ils entendirent un grand cri, suivi du fracas d'une table en train de basculer, accompagné d'éclats de verre.

Mr Findley soupira.

— Installe le petit pendant que je vais en prendre un pour taper sur l'autre.

Il attrapa un gourdin en bois posé contre le mur et quitta la pièce pour aller se battre contre les ivrognes.

— Vous êtes prêt, Francis ?

— Oui, madame. Merci.

Frances ne voulait pas donner à la femme de l'aubergiste l'occasion de changer d'avis. Elle engloutit sa dernière bouchée puis se leva.

— Je ne comprends toujours pas comment votre tante a bien pu vous laisser voyager seul, surtout avec cet horrible blizzard. Les routes étaient à peine dégagées, mais entre les intempéries et du gel, elles sont devenues impraticables.

Mrs Findley la guida hors de la pièce puis dans l'escalier. Elle jeta un coup d'œil en arrière, en faisant les gros yeux.

— Vous ne vous seriez pas sauvé en douce pendant qu'elle avait le dos tourné, par hasard ?

— Oh non, madame ! Ma tante m'a vu sortir.

Elle l'avait même couverte de jurons, par la même occasion.

Elle baissa le regard pour que Mrs Findley ne décèle pas la fureur dans ses yeux. Dieu merci, elle avait entendu ce vaurien de Félix Littleton le matin en question. Si elle ne s'était pas arrêtée au magasin de Mr Turner pour lire la lettre de Mr Puddington – si la missive de ce maudit gestionnaire ne lui avait pas échappé et qu'elle n'avait pas été obligée de ramper derrière une caisse de bougies pour remettre la main dessus – jamais elle n'aurait su que Viola était de mèche avec cette sale petite vermine.

En haut des marches, Mrs Findley tourna à gauche et Frances la suivit dans le couloir.

Littleton – elle avait reconnu sa petite voix geignarde – et son ami, un certain Mr Pettigrew, qu'elle n'avait pas pu voir mais dont elle avait clairement saisi les propos, avaient bien plaisanté au sujet du complot qui se tramait. Mr Littleton s'était terré chez lui depuis quelques semaines, manifestement pour fuir ses créanciers, et lui avait fait la cour. Les deux compères avaient bien ricané en constatant à quel point il était facile de faire tourner la tête de vieilles célibataires stupides et désespérées.

Elle sentit une vague de chaleur remonter de sa poitrine jusqu'à ses joues. Cette ordure de Littleton prenait ses désirs pour des réalités s'il pensait qu'elle était tombée amoureuse de lui. Amoureuse. Ah ! Elle n'était pas encline à cette maladie. Bon, peut-être bien qu'elle avait fini par éprouver une vague attirance pour ce serpent – mais son cœur, lui, était resté sous bonne garde.

Mais pourquoi Viola, qui lui avait toujours soutenu que les hommes n'étaient pas dignes de confiance – et le comportement de son frère et de son père absents confirmait certainement cette théorie – consentirait-elle à aider Mr Littleton dans son entreprise ? À vrai dire, Frances n'y avait pas cru au départ, mais lorsqu'elle était rentrée et avait confondu Tante Viola, son visage tout entier portait le sceau de la culpabilité.

— Nous y voilà ! s'exclama Madge, tout en ouvrant la porte de la dernière chambre. C'est…

Elles sursautèrent toutes deux en entendant le vacarme du rez-de-chaussée.

— Oh mon cher, je ferais mieux d'aller aider Archie. Les hommes peuvent se montrer revêches quand ils ont un petit coup dans le nez, mais ils devraient se calmer d'ici peu, ajouta-t-elle en souriant et en adressant à Frances une tape sur le bras. Dormez bien.

Elle ressortit de la pièce à la hâte.

Frances fit quelques pas et sentit ses pieds s'enfoncer dans une moquette épaisse. Oh ! Elle ne pouvait laisser des traces de boue et de neige fondue ici. Elle posa son chapeau et sa bougie sur une table à proximité, ferma la porte, et s'y adossa pour ôter les bottes de Frederick.

Ah… Elle sentait l'épaisse moquette lui chatouiller les pieds. Elle balaya la pièce du regard. Une tapisserie rouge recouvrait les murs, un fauteuil en tapisserie était installé près du feu, et de lourds rideaux pendaient aux fenêtres, empêchant toute lumière et tout courant d'air de s'inviter dans la chambre sans crier gare. Mieux encore : un lit à baldaquin en acajou occupait le reste de la chambre.

Lit qui avait sans doute abrité les frasques de Lord Jack avec un nombre incalculable de femmes. Elle fit une moue dégoûtée en retirant son pardessus et en le suspendant à un crochet. Aussi écœurante qu'était cette idée, elle était tellement épuisée que sa moralité ne pouvait s'outrer davantage. Le lendemain matin, sans doute serait-elle offusquée, à juste titre, mais pour l'heure, elle voulait seulement s'allonger.

Elle se délesta de son manteau et commença à déboutonner son gilet…

Non, mieux valait le garder, de même que sa chemise, son pantalon et ses chaussettes – toutes les guenilles de Frederick. Il semblait improbable qu'un autre voyageur fasse irruption aussi tard, mais prudence était mère de sûreté.

Elle tira la couverture et grimpa sur le lit, étirant son corps douloureux sur le matelas en plumes d'une douceur et d'un confort merveilleux.

Elle s'endormit avant même que sa tête ne touche l'oreiller.

Achevé d'imprimer en mars 2013
Par CPI Brodard & Taupin - La Flèche (France)
N° d'impression : 72086
Dépôt légal : avril 2013
Imprimé en France
81121004-1